BASTEI
LÜBBE

MERCEDES LACKEY

Talia

DIE ERWÄHLTE

Die Chronik von Valdemar

Fantasy-Roman

Ins Deutsche übertragen
von Marion Vrbicky

BASTEI LÜBBE

BASTEI-LÜBBE-TASCHENBUCH
Band 20210

Erste Auflage:
Juli 1993

Deutsche Lizenzausgabe 1993
Bastei-Verlag
Gustav H. Lübbe GmbH & Co.,
Bergisch Gladbach
Originaltitel:
Arrows of the Queen
Lektorat: Reinhard Rohn
Titelillustration: Jody Lee
Umschlaggestaltung:
Quadro Grafik, Bensberg
Satz: Fotosatz Schell, Bad Iburg
Druck und Verarbeitung:
Brodard & Taupin,
La Flèche, Frankreich
Printed in France

ISBN 3-404-20210-4

Eins

Eine leichte Brise ließ die Blätter des Baumes rascheln, aber das junge Mädchen, das in seinem Schatten saß, schien es nicht zu bemerken. Sie war etwa dreizehn Jahre alt. Ihr einfaches Gewand wies sie als ein Mitglied einer jener einfachen Grundbesitzerfamilien aus, die im Grenzland von Valdemar lebten. Vor zwei Generationen erst hatten sie begonnen, hier zu siedeln. Das Mädchen trug, wie es hier üblich war, eine einfache braune Hose und eine lange Tunika mit Ärmeln. Ihre wirren braunen Locken waren kurzgeschnitten worden, ein erfolgloser Versuch, sie zu zähmen und in die gewünschte Form zu bringen. Für jeden, der mit den Sitten der Siedlerfamilien vertraut war, bot sie einen seltsamen Anblick. Denn während sie dasaß und die ungefärbte Wolle kämmte, las sie. Nur wenige Mädchen ihrer Gesellschaftsschicht konnten lesen, und keines von ihnen tat es zu seinem Vergnügen. Das war ein Privileg, welches für gewöhnlich nur den Männern und Jungen der Familien zustand, wie es die altehrwürdige Tradition gebot. Es war nicht Sache einer Frau, gelehrt zu sein. Ein junges Mädchen, das las, war so auffallend wie ein scharlachroter Häher zwischen Krähen.

Und hätte irgend jemand in diesem Moment ihre Gedanken lesen können, er hätte erkennen können, daß sie ein noch größerer Eigenbrötler war, als ihre Lesegewohnheiten vermuten ließen.

Vanyel war nur ein undeutlicher Schatten neben ihr in der Dunkelheit. Es war Neumond. Allein das diffuse Licht der Sterne drang durch die Zweige der Schierlingsgewächse, unter denen sie sich verbargen. Nur seine leisen Atemgeräusche ließen sie seine Gegenwart ahnen, obwohl sie so nahe beisammen lagen, daß es genügt hätte, die Hand auszustrecken, um ihn zu berühren. Disziplin ließ sie Ruhe bewahren. Unter anderen Umständen hätte sie so sehr gezit-

tert, daß ihre Zähne geklappert hätten. Das vom Schnee reflektierte Sternenlicht reichte aus, um etwas zu sehen – gerade genug, um die tödliche Gefahr für Valdemar zu erkennen, die sich unter ihnen dahinbewegte.

Unterhalb des Simses, auf dem sie lagen, in dem engen Paß zwischen Dellcrag und dem Berg Thurlos, zog die Armee der Dunklen Diener hindurch. Sie war fast genauso leise wie die beiden, die sie beobachteten, nur das Geräusch des Schnees, wenn jemand darauf ausglitt, das Knacken der Äste, wenn jemand darauftrat, und das leise Klingen der Rüstungen verrieten die Marschierenden. Sie wunderte sich über die Disziplin, die ihr lautloser Durchzug zeigte; wunderte und fürchtete sich. Wie nur sollte der kleine Außenposten der Grenzwachen, der südlich von ihrem Beobachtungspunkt lag, gegen diese Krieger, die auch Magier waren, bestehen können? Schlimm genug, daß sie den Grenzwachen hundertfach überlegen waren. Aber dieses Mal waren es keine einfachen Barbaren, die gegen die Armee von Valdemar zogen. Valdemars Streitkräfte waren schon dadurch unterlegen, daß sie sich auf keinen gemeinsamen Anführer hatten einigen können. Nein, diese Kämpfer unter ihnen gehorchten einem Anführer mit eisernem Willen, der den Besten von Valdemar glich. Und in ihren Reihen waren nur gut ausgebildetete und erfahrene Kämpfer zu finden.

Sie erschrak, als Vanyels Hand sie leicht im Nacken berührte, und riß sich aus der Starre, in die sie verfallen war. Er zog leicht an ihrem Ärmel. Gehorsam folgte sie seinem Zeichen und schob sich vorsichtig aus den Büschen heraus.

»Was nun?« flüsterte sie, als sie sich von ihrem Sims in die Sicherheit eines Felsenvorsprungs, der sie vor den Dunklen Dienern verbarg, zurückgezogen hatten.

»Einer von uns muß den König warnen, während der andere versucht, sie am anderen Ende des Passes aufzuhalten ...«

»Und mit welcher Armee?« fragte sie. Angst ließ ihre Stimme sarkastisch klingen.

»Du vergißt, kleine Schwester, daß ich keine Armee brauche ...« Das plötzliche Aufflammen von Licht in Vanyls ausgestreckter Hand beleuchtete sein ironisches Lächeln und badete seine weiße Uniform für einen Moment in einem unwirklichen blauen Licht.

Sie erschauerte; seine hageren Gesichtszüge hatten immer erschrekkend auf sie gewirkt, und in dem blauen Licht war sein Gesicht ein dämonischer Anblick. Sie war von Vanyel in einer morbiden Art fasziniert. Dieser Mann war gefährlich, nicht so wie sein sanfter Lebensgefährte, der Barde Stefen. Wahrscheinlich war er der letzte – und viele sagten, der beste – der Herold-Magier. Die Dunklen Diener hatten die anderen getötet, einen nach dem anderen. Nur Vanyel war stark genug gewesen, ihren vereinigten Kräften zu widerstehen. Sie, die nur ein bißchen magische Kraft in ihrer Seele hatte, konnte seine Stärke beinahe fühlen, auch wenn er seine Macht nicht ausübte.

»Meine Gefährtin und ich können zusammen einigen Tausend ihrer Hexenmeister widerstehen«, fuhr er arrogant fort. »Außerdem, am anderen Ende des Passes können nicht mehr als drei Seite an Seite gehen. Wir können sie dort leicht aufhalten. Und ich möchte, daß Stefen so weit weg wie möglich ist. Yfandes kann uns nicht beide tragen, aber du bist leicht genug, daß Evalie euch beide in Sicherheit bringen kann.«

Sie senkte den Kopf und akzeptierte seine Logik. »Das kann mir nicht gefallen ...«

»Ich weiß, kleine Schwester, aber du verfügst nur über sehr wenig magische Kraft, während Evalie sehr, sehr schnell ist. Je eher du aufbrichst, desto eher kannst du mir Hilfe senden.«

»Vanyel«, sie berührte seinen Handschuh mit ihrem eigenen. »Paß auf dich auf!« Plötzlich hatte sie viel mehr Angst um ihn als um sich selbst. Er hatte so seltsam dreingeschaut, als der König ihnen diese Aufgabe anvertraut hatte, wie ein Mann, der seinen Tod kommen sah.

»So gut ich kann, kleine Schwester. Ich verspreche dir, ich werde nichts wagen, wozu man mich nicht zwingt.«

Einen Herzschlag später saß sie fest im Sattel. Evalie galoppierte mit ihr wie ein Blizzard in Gestalt eines Pferdes. Sie konnte fühlen, wie sich der Barde Stefen hinter ihr an ihre Taille klammerte, und bemitleidete ihn einen Moment. Evalie war fremd für ihn, er konnte sich nicht mit ihr bewegen, nur sich ungeschickt festklammern, während sie sich eins mit ihrer Gefährtin fühlte, von einem Zauber berührt, den nur ein anderer Herold verstehen konnte.

Ihre Geschwindigkeit war halsbrecherisch und rücksichtslos. Skelettartige Äste griffen hungrig nach ihnen, versuchten, sie von Evalies Rücken zu reißen, während sie unter ihnen durchritten. Aber immer wieder wich die Gefährtin ihnen aus und duckte sich wie ein Wiesel zwischen den Ästen durch.

»Die Dunklen Diener«, brüllte Stefen ihr ins Ohr. »Sie wissen, daß jemand reitet, um Hilfe zu holen. Sie stacheln die Bäume gegen uns auf!«

Während Evalie gerade einer anderen Falle, die man ihnen gestellt hatte, auswich, erkannte sie, daß Stefen recht hatte. Die Bäume bewegten sich wirklich, als hätten sie einen eigenen Willen und nicht nur, als würden sie vom Wind bewegt. Sie griffen nach ihnen, hungrig, wütend. Sie konnte den heißen Hauch dunkler Magie in ihrem Nacken fühlen wie den stinkenden Atem eines Aasfressers. Evalies Augen waren groß vor Furcht und Vorahnungen. Sie wußte, ihre Gefährtin fühlte ebenso die dunkle Macht.

Sie trieb Evalie weiter an, die Gefährtin antwortete mit noch größerer Geschwindigkeit. Der Schweiß brach aus allen Poren der Gefährtin und gefror auf der Stelle zu Eis. Die Bäume schienen sich vor Zorn zu winden, als sie die letzten hinter sich ließen und auf der Befestigung oberhalb der Straße anlangten.

Die in die Hauptstadt führende Straße lag offen vor ihnen, und Evalie übersprang mit einem mächtigen Satz einen am Boden liegenden gigantischen Stamm. Ein triumphierendes Wiehern erklang, als sie auf der Oberfläche der Straße landeten ...

Talia blinzelte, jäh aus dem Bann ihrer Lektüre gerissen. Sie war ganz in dem Tagtraum, den die Erzählung für sie heraufbeschworen hatte, versunken gewesen. Aber nun war er zerbrochen. Irgendwo in der Ferne rief jemand ihren Namen. Mit einer schnellen Kopfbewegung, die ihr nicht zu bändigendes Haar zurückfliegen ließ, blickte sie auf. In der Nähe des Eingangstores zum Haus ihrer Familie konnte sie die eckige Gestalt von Keldar, der Hauptfrau, erkennen; dunkel gekleidet und steif stand sie wie ein Schürhaken an der Wand des Hauses gelehnt. Keldar hatte die Hände in die

Hüften gestemmt; ihre strenge Haltung zeigte, daß sie ungeduldig auf Talias Antwort wartete.

Talia seufzte bedauernd, nahm die Wolle und den Kamm und schloß das abgegriffene, kleine, in Stoff gebundene Buch. Sie legte die Steine beiseite, die sie benützt hatte, um die Seiten offenzuhalten, während sie arbeitete. Obwohl sie die Stelle, die sie gerade gelesen hatte, sorgfältig markiert hatte, wußte sie, daß sie auch ohne das kostbare Stück Schleife die Seite wiederfinden würde. Keldar hätte sich keinen schlechteren Zeitpunkt aussuchen können: Herold Vanyel war alleine, umgeben von den Dunklen Dienern, und niemand wußte um die Gefahr, außer seiner Gefährtin und Stefen. So wie sie Keldar kannte, konnte es Stunden dauern, bis sie zu ihrer Lektüre zurückkehren konnte, möglicherweise sogar bis zum morgigen Tag. Keldar war sehr einfallsreich, um Talia an der wenigen Zeit zum Lesen, die man ihr widerwillig gestattet hatte, zu hindern.

Es half nichts, Keldar war die Hauptfrau. Sie regierte die Siedlung, und es mußte ihr entweder in allen Dingen gehorcht werden oder es hieß, die Strafe für den Ungehorsam auf sich zu nehmen. Talia folgte ihren Befehlen so pflichtbewußt sie nur konnte. Sorgfältig legte sie das Buch in den mit einem Deckel versehenen Korb, der gekämmte und ungekämmte Wolle und ihre Spindel enthielt. Der fahrende Händler, der ihr das Buch letzte Woche gegeben hatte, hatte ihr oftmals versichert, daß es für ihn wertlos war, aber als eines der drei Bücher, die sie besaß, war es für sie um so wertvoller, da sie es noch nie zuvor gelesen hatte. An diesem Nachmittag war sie für eine kurze Stunde in die Welt der Herolde und ihrer Gefährten, der großen Abenteuer und der Magie entrückt worden. Die Rückkehr in die gewöhnliche Welt mit ihrer Schufterei und Keldars unfreundlichem Gesichtsausdruck war ein schlimmer Rückschlag. Sie bemühte sich, eine nichtssagende Miene zu zeigen, und hoffte, daß nichts ihre Unzufriedenheit verriet. So stapfte sie den Weg zur Siedlung hinauf, ihren Korb trug sie mit einer Hand.

Aber als sie sah, wie sich Keldars Züge verhärteten, hatte sie das Gefühl, daß sie vor der Hauptfrau nichts verheimlichen konnte.

Keldar erkannte die Zeichen der Rebellion in Talia, so sehr das Mädchen sich auch bemühte, sie zu verbergen. Sie waren auch deutlich genug für jemanden, der wie die Hauptfrau im Umgang mit Kindern und Heranwachsenden Erfahrung hatte: der langsame, widerwillige Gang, der trotzige Ausdruck der Augen. Keldar preßte die Lippen zusammen. Dreizehn Jahre alt war dieses Mädchen, und immer noch wehrte sie sich gegen die Pflichten, die die Götter ihr auferlegt hatten! Nun gut, das würde sich bald ändern. Bald genug würde sie keine Zeit mehr für dumme Geschichten und Mußestunden haben.

»Hör auf, trotzig zu sein, Kind!« sagte Keldar scharf, und ihre dünnen Lippen verrieten ihnen Ärger. »Du wirst schließlich nicht zu einer Tracht Prügel gerufen!«

Nicht, daß sie nicht ein paar Prügel bekommen hätte in der letzten Zeit, um ihr Verhalten zu bessern. Es hatte überhaupt nichts genützt, sondern nur den schwachen Protest von Keldars Schwiegermutter hervorgerufen. Aber es war der Wille der Götter, daß ein Kind gehorchen sollte; und wenn man es prügeln mußte, um es zum Gehorsam zu zwingen, dann schlug man es eben, so wie es das verdiente, und hoffte, daß es seine Lektion dieses Mal gelernt hatte.

Es war möglich, daß sie, Keldar, nicht streng genug gewesen war. Nun gut, wenn dem wirklich so war, so würde auch das bald bereinigt sein.

Sie sah zu, während das Mädchen widerwillig den Hügel hinauf trottete. Ihre Füße wirbelten kleine Staubwolken auf. Keldar war sich bewußt, daß ihre Einstellung diesem Mädchen gegenüber ein wenig ungerecht war. Aber dieses Kind brachte sie um alle Geduld. Wer hätte sich *jemals* vorstellen können, daß eine so ruhige und einfache Gestalt wie Bessa diesen kleinen Wildfang gebären konnte? Und wer hätte sich vorstellen können, daß Bessa auch noch den schlechten Geschmack hatte, bei der Geburt zu *sterben* und die Aufzucht der Kleinen den anderen Frauen zu überlassen?

Talia war ihrer leiblichen Mutter so unähnlich, daß Keldar zwangsweise an die Geschichten von Wechselbälgern erinnert wurde. Und das Kind war am Mittsommerabend geboren worden, einem Datum mit magischen Vorzeichen. Sie ähnelte dem starken, großgewachsenen blonden Mann, der ihr Vater war, genausowenig wie ihrer plumpen, hübschen, verstorbenen Mutter.

Aber nein. Das war Aberglaube, und Aberglaube hatte keinen Platz im Leben der Siedlerfamilien. Es war nur, daß Talia anscheinend den doppelten Anteil an Sturheit geerbt hatte. Aber selbst der sturste Trieb konnte gebeugt werden. Oder gebrochen.

Und wenn Keldar die nötigen Mittel, sie zu beugen oder zu brechen, fehlten, so gab es andere, denen sie *nicht* fehlten.

»*Beeile dich,* Kind!« sagte sie. Und als Talia nicht gleich gehorchte: »Oder soll ich deine Schritte mit einem Stecken beschleunigen?«

»Ja, Madame. Ich meine, nein, Madame!« antwortete Talia mit ihrer ruhigsten Stimme. Sie versuchte, noch mehr so dreinzuschauen, wie es der Älteren gefallen mochte, so wie sie mit schweißnasser Hand ihre Tunika zurechtzustreichen versuchte.

Warum bin ich gerufen worden? fragte sie sich angstvoll. Ihrer Erfahrung nach hatten solche Rufe nichts Gutes zu bedeuten.

»Nun gut, geh hinein, *geh hinein.* Laß mich nicht den ganzen Nachmittag hier im Eingang herumstehen!« Keldars kalter Blick gab keinen Hinweis, was sie zu erwarten hatte. Alles an Keldar, von ihrem eng und ordentlich geflochtenen Haar bis zu ihrer sauber und ordentlich gebundenen Schürze, erweckte den Eindruck von absoluter Selbstbeherrschung. Sie war all das, was eine Hauptfrau sein sollte – und betonte das auch ständig. Talia war in ihrer Gegenwart stets eingeschüchtert und kam sich immer ungepflegt und schlampig vor, egal, wie sorgfältig sie sich auf solche Zusammentreffen vorbereitete.

In ihrer Hast, an der drohenden Gestalt im Eingang vorbeizukommen, stolperte Talia ein wenig über die Schwelle. Keldar ließ einen verächtlichen Laut hören, und Talia fühlte, wie sie errötete. Irgend etwas war an Keldar, das sie noch ungeschickter und schlimmer erscheinen ließ. Sie raffte die Reste an Haltung, die ihr geblieben waren, zusammen, trat hinein und ging gleich in die Halle. Der fensterlose Eingang war sehr dunkel; für gewöhnlich wäre sie stehengeblieben, um ihre Augen daran zu gewöhnen, aber mit Keldar hinter sich wagte sie das nicht. Sie fühlte ihren Weg entlang des abgetretenen, hölzernen Bodens mehr, als daß sie ihn sah, und hoffte, daß sie nicht noch einmal stolpern würde. Dann, als sie den Gemeinschaftsraum betrat und im Licht seiner drei Fenster wieder sehen konnte, wurde ihr Mund plötzlich trocken vor Angst. Alle Frauen ihres Vaters waren hier rund um den rohen Holztisch versammelt, an dem auch das Essen serviert wurde. Und alle starrten sie an. Acht Paare brauner und blauer Augen starrten sie an wie eine hungrige Katze einen Singvogel ansehen mochte. Acht flache, ausdruckslose Gesichter hatten sich ihr zugewandt.

Sofort fielen ihr alle Verfehlungen des letzten Monats ein, von dem vergessenen Küchendienst gestern bis zu der Geschichte mit dem Kind, auf das sie hätte aufpassen sollen und das in den Ziegenstall gekrabbelt war. Es waren ein halbes Hundert Dinge, die sie ihr vorwerfen konnten, aber nichts davon war schlimm genug, daß alle Frauen sich versammelt hätten. Zumindest *glaubte sie* das!

Außer – schuldig schrak sie bei dem Gedanken zusammen – außer sie hatten herausgefunden, daß sie sich in die Bibliothek ihres Vaters geschlichen hatte, um bei Vollmond zu lesen, wenn es auch ohne verräterischen Kerzenschein hell genug war. Vaters Bücher waren fast alle religiösen Inhalts, aber sie hatte auch eine oder zwei alte Geschichten gefunden, die fast so gut wie ihre Erzählungen waren. Und die Versuchung war einfach zu groß gewesen. Wenn sie *das* herausgefunden hatten –

Das konnte eine Woche lang jeden Tag eine Tracht Prügel

bedeuten und einen Monat ›Exil‹, wo sie während der Nacht eingesperrt wurde und während des Tages niemand mit ihr sprechen durfte, außer Keldar, die ihr ihre Arbeiten zuwies. Das war dieses Jahr schon zweimal gewesen, und Talia begann zu zittern. Sie war sich nicht sicher, ob sie das noch ein drittes Mal ertragen konnte.

Keldar blieb am Kopfende des Tisches stehen, und ihre nächsten Worte vertrieben alle Gedanken daran aus Talias Kopf. »Nun gut, Kind,« sagte sie immer noch ärgerlich. »Du bist heute dreizehn Jahre alt geworden.«

Talia wurde schwach vor Erleichterung. Nur ihr Geburtstag? War das alles? Sie atmete tief ein und stand wesentlich ruhiger vor der Versammlung der neun Frauen. Sie ließ ihre Hände gefaltet vor sich und hielt den Blick zu Boden gewandt. Sie starrte auf den Korb zu ihren Füßen und bereitete sich darauf vor, mit allem schuldigen Respekt den Vortrag über ihre wachsende Verantwortung anzuhören, den sie ihr an jedem Geburtstag gehalten hatten. Wenn sie sicher waren, daß sie ihre gesammelten Weisheiten zu diesem Thema auch verstanden hatte, dann würden sie sie zu ihrer Wolle (und zu ihrem Buch!) zurückkehren lassen.

Aber was Keldar als nächstes zu ihr sagte, vertrieb alle Ruhe, die sie je gehabt hatte.

»Ja, dreizehn«, betonte Keldar deutlich, »und das ist die Zeit, um an eine Heirat zu denken.«

Talia wurde bleich und fühlte, wie ihr beinahe das Herz stehenblieb. Heirat? Große Göttin, nein!

Keldar achtete offensichtlich nicht auf Talias Reaktion, aber ein Aufblitzen ihrer Augen verriet, daß sie sie bemerkt hatte. Kalt ging sie darüber hinweg und fuhr mit ihrer Rede fort. »Natürlich bist du darauf nicht vorbereitet, aber das ist kein Mädchen. Deine monatliche Zeit war jetzt über ein Jahr lang regelmäßig, du bist gesund und stark. Es gibt keinen Grund, warum du nicht schon ein Kind erwarten solltest, bevor das Jahr noch zu Ende geht. Es ist mehr als Zeit, daß du als Frau in einen Haushalt kommst. Dein verehrter Vater gibt dir drei ganze Felder als Mitgift, so daß du eine gute Partie bist.«

Keldars finstere Miene schien anzuzeigen, daß sie die Mitgift für viel zu großzügig hielt. Ihre Hände umklammerten den Tisch fester, während die anderen Frauen leise die Großzügigkeit ihres Gatten lobten.

»Mehrere Älteste haben sich bereits mit deinem Vater besprochen, was dich betrifft, entweder als Hauptfrau für einen ihrer Söhne oder als Nebenfrau für sich selbst. Trotz deiner unweiblichen Angewohnheiten zu lesen und zu schreiben, haben wir dich gut ausgebildet. Du kannst kochen und putzen, nähen, weben und spinnen, und du kannst auch mit den Allerkleinsten umgehen. Du bist noch nicht in der Lage einen Haushalt zu führen, aber das ist auch einige Jahre noch nicht nötig. Selbst wenn du als Hauptfrau zu einem jungen Mann gehst, wirst du doch im Haushalt deines Schwiegervaters leben. Daher bist du genügend auf deine Pflichten vorbereitet.«

Keldar schien zu glauben, daß sie alles gesagt hatte, was sie sagen mußte, und setzte sich nieder, die Hände unter ihrer Schürze gefaltet, den Rücken steif wie ein Holzstock. Nebenfrau Isrel wartete auf ihren Wink, um fortzufahren, und belehrte Talia dann weiter über die Pflichten einer Tochter.

Isrel war Keldar völlig ergeben; Talia hatte sie immer für ein wenig dumm gehalten. Die Nebenfrau blickte stets mit ihren großen braunen Kalbsaugen zu Keldar, um sich alles, was sie sagte und tat, von ihr bestätigen zu lassen. So auch dieses Mal. Nach jedem zweiten Wort sah sie zu der Hauptfrau.

»Beides bringt Vorteile, sowohl eine Stellung als Hauptfrau als auch als Nebenfrau. Wenn du Hauptfrau bist und dein Mann irgendwann seine eigene Siedlung und seinen eigenen Haushalt gründet, dann bist du die Erste. Aber wenn du eine Nebenfrau bist, dann mußt du niemals irgendwelche Entscheidungen treffen. Und du bist dann in einem etablierten Haushalt, du wirst niemals knausern und sparen müssen und hättest keine Härten zu ertragen. Du würdest dich um nichts außer den Pflichten, die man dir gibt, und um deine Kinder kümmern müssen. Wir wollen doch nicht, daß du *unglücklich* wirst, Talia. Wir wollen dir die Wahl des Lebens lassen, für das du am besten geeignet bist. Natürlich nicht den Mann«, dabei kicherte sie nervös, »das wäre doch unschicklich, und außerdem kennst du wahrscheinlich ohnehin keinen von ihnen.«

»Isrel!« fuhr Keldar sie an, und Isrel zuckte zusammen. »Diese letzte Bemerkung war unschicklich und nicht für die Ohren eines Mädchens bestimmt. Nun, Kind, was soll es werden?«

Göttin! Talia wünschte sich zu sterben, wünschte sich, sie könnte sich in einen Vogel verwandeln oder in den Boden versinken. Gefangen, sie war gefangen. Sie würden sie verheiraten, und sie würde enden wie Nada, die jede Nacht geschlagen wurde und hochgeschlossene Tuniken trug, um ihre blauen Flecken zu verbergen. Oder sie würde sterben wie ihre eigene Mutter, verbraucht von den Geburten zu vieler Kinder in zu kurzer Zeit. Selbst wenn das Unwahrscheinlichste geschah und ihr Gatte nett zu ihr war oder zu dumm, um eine Gefahr darzustellen, würde ihr *wahres* Leben, die Geschichten, die alles waren, was ihr Leben erst lebenswert machte, für immer verschwinden, denn es würde keine Zeit mehr für sie geben in den niemals endenden Schwangerschaften und den Pflichten einer Frau.

Bevor sie sich zurückhalten konnte, brach es aus Talia heraus: »Ich will überhaupt nicht verheiratet werden!«

Die kleinen Geräusche und Bewegungen, die eine Gruppe gelangweilter Frauen nun einmal verursacht, hörten plötzlich auf; alle wurden so still wie eine Reihe Zaunpfähle. Der Unglaube stand in ihren Gesichtern geschrieben. Neun erschreckte Gesichter starrten Talia vom Tisch her an. Die Stille schloß sich wie die Hand der Verdammnis um sie.

»Talia, Liebes«, sprach eine sanfte Stimme hinter ihr und brach die entsetzliche Stille. Erleichtert wandte sich Talia um und sah die Mutter ihres Vaters an, die bis dahin unbeobachtet in einer Ecke gesessen hatte. Sie war einer der wenigen Menschen in Talias Leben, die anscheinend niemals dachten, daß alles, was sie tat, falsch war. Ihre freundlichen Augen von verblaßtem Blau waren die einzigen in diesem Raum ohne Vorwürfe darin. Die alte Frau strich eine Strähne ihres wolkenweißen Haares mit altersgefleckten Händen glatt und fuhr fort. »Möge die Mutter uns vergeben, aber wir dachten niemals daran, dich zu fragen. Verspürst du eine Berufung? Hat die Göttin dich in Ihren Dienst gerufen?«

Talia hatte auf Hilfe gehofft, aber das war schlimmer als alles andere. Talia dachte voll Schrecken an den einen Blick, den sie in das Tempelkloster getan hatte, an die Frauen, die ihr Leben im Gebet für die Siedlerfamilien verbrachten. Die Frauen, die von Kopf bis Fuß eingehüllt waren, durften nicht fortgehen, nicht sprechen, ihnen war *das Leben* an sich verboten. Das war eine schlimmere Falle als selbst eine Heirat; die bloße Erinnerung an das Kloster ließ Talia fast ersticken. Verzweifelt schüttelte sie den Kopf. Sie bekam kein Wort heraus.

Keldar erhob sich von ihrem Platz. Die Hauptfrau ging auf das verängstigte Kind zu, das unfähig war sich zu bewegen, wie eine Maus in den Klauen einer Katze. Keldar nahm sie bei den Schultern mit einem Griff, der um so mehr schmerzte, da er ein Entkommen unmöglich machte, und schüttelte sie. »Was ist denn nur *falsch* an dir, Mädchen?« sagte sie wütend. »Du willst keine ehrenvolle Heirat, du willst nicht den Frieden der Göttin. *»Was willst du denn?«*

Alles, was ich will, ist allein gelassen zu werden, dachte Talia in stiller Verzweiflung, *ich möchte nicht, daß sich irgend etwas ändert,* aber ihr verräterischer Mund öffnete sich erneut und gab ihren Traum preis.

»Ich möchte ein Herold sein«, hörte sie sich selbst sagen.

Keldar ließ blitzschnell ihre Schultern los, mit entsetztem Blick, als habe sie der Ekel plötzlich übermannt.

»Du ... du ...!« Dieses eine Mal wußte selbst die beherrschte Keldar nicht, was sie sagen sollte. »Jetzt könnt Ihr sehen, was dabei herauskommt, ein Biest zu verwöhnen!« sagte sie und wandte sich in Ermangelung eines anderen Sündenbocks an ihre Schwiegermutter. »Genau das passiert, wenn man einem Mädchen erlaubt, sich über ihren Platz zu erheben. Lesen! Rechnen! Kein Mädchen muß mehr wissen, als sie braucht, um ihre Vorräte zu beschriften und ihre Waren zu zählen, damit kein Händler sie betrügen kann! Ich habe vorausgesagt, daß das passieren würde; Ihr und Euer kostbarer Andrean, Ihr habt ihren Kopf mit verrückten Erzählungen verwirrt.« Sie wandte sich zurück zu Talia »Und *du*, Mädchen, wenn ich erst mit dir fertig bin ...!«

Aber Talia war verschwunden.

Sie hatte den Vorteil, den ihr Keldars Tirade für einen Moment bot, benutzt und war geflohen. Blitzschnell stürzte sie aus der Tür, bevor eine der Frauen überhaupt bemerkt hatte, daß sie verschwunden war. Sie floh von dem Haus und der Siedlung, so schnell sie ihre Füße trugen. Hysterisch schluchzend hatte sie nur Flucht im Sinn. Der Wind blies ihr ins Gesicht. Talia schwitzte vor Angst. Sie lief am Getreidespeicher und an den Viehgehegen vorbei. Sie floh durch die Felder, obwohl das hüfthohe Heu und Getreide sie zerkratzten. Sie folgte einem sich windenden Pfad durch Unterholz. Sie wollte sich in ihrem Versteck verkriechen, das sie hier entdeckt hatte. Ein Platz, den außer ihr niemand kannte.

Das kleine Waldstück brach an seinem Ende steil ab, hoch über der Straße. Vor zwei Jahren hatte Talia eine Stelle gefunden, an der irgend etwas eine flache Grube zwischen den Wurzeln eines Baumes, der ganz am Rand des Abgrunds wuchs, verursacht hatte. Sie hatte die Höhlung mit Stroh und Stoffetzen, die für den Abfall bestimmt waren, ausgestopft. Ihre anderen beiden Bücher waren hier verborgen. Sie hatte viele Stunden, die sie sich von ihrer Arbeit weggestohlen hatte, hier verbracht, in Tagträume versunken und von der Welt abgeschottet. Diesen sicheren Platz suchte sie nun auf. Sie vergrub sich in den Stoffetzen und weinte verzweifelt, wobei sie allerdings auf die kleinsten Geräusche über ihr lauschte.

Denn gleichgültig wie tief ihr Leid war, sie wußte, daß sie auf die Geräusche der Suchmannschaften achten mußte.

Nach kurzer Zeit hörte sie die Stimmen einiger Dienstboten, die ihren Namen riefen. Als sie zu nahe kamen, erstickte Talia ihr Weinen in den Tüchern. Voller Angst wartete sie auf ein Zeichen, das ihre Entdeckung verriet. Ein Dutzend Mal dachte sie, daß sie jetzt ihre Spur entdeckt haben mußten, aber die Dienstboten schienen sie immer wieder zu verlieren. Irgendwann gaben sie auf und gingen fort, und Talia konnte weinen, so viel sie wollte.

Verzweifelt zog sie die Knie an die Brust und schaukelte hin und her. Sie weinte so lange, bis ihre Augen zu wund waren, um auch nur noch eine Träne vergießen zu können. Sie fühlte sich überall ganz taub, zu taub, um noch nachdenken zu können. Sollte sie zurückkehren und sich entschuldigen, würde jede Bestrafung, die sie jemals zuvor erhalten hatte, angenehm sein gegen das, was Keldar sich für ihr ungehöriges und ungehorsames Benehmen einfallen lassen würde. Es würde Keldars und ihres Vaters Wahl sein, was nachher mit ihr passieren würde. Jeder Gatte, den Keldar nun auswählen würde, konnte nur furchtbar sein. Sie wäre dann entweder an einen sabbernden Greis gebunden, der sie in der Nacht betasten und bei Tag als Dienstmagd ausnützen würde. Oder sie würden sie einem brutalen jungen Mann geben, mit den Anweisungen, sie schickliches Benehmen zu lehren. Keldar würde einen Sadisten wie Justus, ihren älteren Bruder, auswählen. Talia zitterte, als ungerufen die Erinnerung an ihn sie überkam, wie er einst vor ihr gestanden hatte, mit einem heißen Schürhaken in der Hand, und sie in seinem Gesicht sehen konnte, wie es ihm gefiel.

Schnell zwang Talia diese Erinnerung beiseite.

Aber selbst das würde noch angenehmer sein, als wenn man sie zur Tempeldienerin machte. Die Dienstmädchen des Tempels hatten noch mehr Pflichten und noch weniger Freiheit als die Dienerinnen der Göttin. Sie lebten und starben, ohne jemals wieder den Teil des Klosters zu verlassen, der ihnen zugewiesen war. Und ganz gleichgültig, welches Schicksal die Zukunft für sie bereithielt, mit einem würde es auf jeden Fall vorbei sein: mit ihrem einzigen Ausweg, dem

Lesen. Keldar würde dafür sorgen, daß sie niemals mehr ein Buch zu Gesicht bekam.

Ein paar Momente lang überlegte Talia ernsthaft, zu fliehen, die Siedlung und die Siedlerfamilien wirklich zu verlassen. Dann erinnerte sie sich an die Gesichter der Wanderarbeiter, die sie auf den Anstellungsmärkten gesehen hatte: Ausgemergelt, hungrig, verzweifelt warteten sie darauf, daß irgend jemand sie in seine Siedlung mitnahm. Und sie hatte nie eine Frau unter ihnen gesehen. Die ›verrückten Geschichten‹, die sie gelesen hatte, machten eines sehr deutlich: Das Leben eines Wanderers war gefährlich und oft genug tödlich für denjenigen, der sich nicht schützen konnte. Welche Vorbereitung hatte sie? Sie hatte die Kleidung, die sie am Leib trug, die Fetzen, auf denen sie lag, und sonst nichts. Wie sollte sie sich schützen können? Sie hatte niemals gelernt, ein Messer zu benutzen. Sie wäre eine leichte Beute ...

Wenn das nur eine ihrer Geschichten wäre ...

Eine unbekannte Stimme rief ihren Namen, und sie antwortete ihr und kletterte aus ihrem Versteck, fast gegen ihren Willen. Und da, vor ihr, am Rand des Abhangs, wartete ...

... ein weiblicher Herold, strahlend und stolz in ihrer weißen Uniform, ihr Gefährte eine weiße Erscheinung an ihrer Seite, dessen Mähne und Schweif leise im Wind wehten wie die feinste Seide. Sonnenlicht umgab die beiden und ließ sie erstrahlen, ließ sie mehr als sterblich erscheinen. Sie sah Talia an, als wäre die Statue der Göttin plötzlich zum Leben erwacht – stolz und stark, nicht schwach und unterwürfig. Hinter dem Herold standen Keldar und ihr Vater und sahen beschämt und erschrocken aus.

»Du bist Talia?« fragte die Heroldin, und sie nickte.

Ein strahlendes Lächeln belohnte sie – wie das plötzliche Erscheinen der Sonne nach dem Regen.

»Gesegnet sei die Herrin, die uns hierhergeführt hat!« rief die Heroldin aus. »Lange Monate haben wir vergeblich nach dir gesucht. Wir wußten nichts von dir als deinen Namen.«

»Zu mir geführt hat?« fragte sie aufgeregt. »Aber warum?«

»Um dich zu einer von uns zu machen, kleine Schwester«, antwortete die Heroldin, während Keldar immer mehr in sich zusammenzusinken schien und ihr Vater die Spitzen seiner Schuhe betrachtete. »Du sollst eine Heroldin werden, Talia, die Götter selbst haben es so bestimmt. Schau – dort kommt deine Gefährtin!«

Sie schaute dorthin, wohin die Heroldin wies, und sah eine grazile weiße Stute mit einem stolzen, hochgetragenen Kopf und wissenden Augen. Die Gefährtin war ganz in Blau und Silber gezäumt, kleine Glöckchen hingen von den Zügeln. Hinter der Gefährtin kamen in respektvollem Abstand alle ihre Geschwister, die Nebenfrauen und alle Diener des Haushaltes.

Mit einem frohen Aufschrei lief sie der Stute entgegen, und die Heroldin half ihr auf ihren Rücken, während die Diener jubelten, ihre Geschwister in trotzigem Respekt starrten und Keldar und ihr Vater sie voller Angst anschauten. Offensichtlich dachten sie an all die Strafen, die sie Talia gegeben hatten, und erwarteten dasselbe von ihr, nachdem sie nun die Macht dazu hatte.

Der Klang von Hufschlägen auf der Straße brach in Talias verzweifelten Tagtraum ein. Für einen panischen Moment dachte sie, daß es jemand war, der sie suchte, aber dann erkannte sie, daß die Pferde ihres Vaters nicht so klangen. Diese Hufschläge auf der Straße klangen wie kleine Glokken. Als das Geräusch näher kam, hörte Talia auch richtige Glocken. Nur eine Art von Pferd trug jeden Tag Glöckchen, nicht nur an Feiertagen – die magischen Rösser der Legende, die Gefährten der Herolde.

Talia hatte noch nie einen richtigen Herold gesehen, obwohl sie fast ununterbrochen von ihnen träumte. Die Erkenntnis, daß sie nahe daran war, einem ihrer Träume wirklich zu begegnen, riß sie aus ihrem Traum. Zu verführerisch war diese Ablenkung, um ihr widerstehen zu können. Für diesen einen Moment würde sie ihre Schwierigkeiten, ihre hoffnungslose Lage vergessen und ein kleines Stück Magie erfahren, das sie für den Rest ihrer Tage bewahren wollte. Sie lehnte sich aus ihrer Höhle und dachte an nichts, als einen Blick zu erhaschen, bis sie sich – zu weit vorbeugte.

Sie verlor das Gleichgewicht, und ihre Hände erwischten nichts als Luft. Hals über Kopf stürzte sie den Abhang hinunter und schlug schmerzhaft gegen Wurzeln und Felsen. Es war völlig unmöglich für sie, sich zu retten, bis sie mit einem Aufschlag, der sie Sterne sehen ließ und sie halb betäubte, mitten auf der Straße landete.

Als sich das Dunkel vor ihren Augen lichtete und sie wieder atmen konnte, fand sie sich mit dem Gesicht nach unten auf der Straße wieder. Ihre Hände waren aufgekratzt, ihre Knie voller Dreck und ihre Augen voller Staub. Als sie den Kopf auf die Seite drehte und die Tränen den Staub aus ihren Augen wuschen, starrte sie auf vier silberne Hufe.

Ein ersticktes Keuchen drang aus ihrem Mund; schmerzvoll richtete sie sich auf. Mit freundlicher Neugier betrachtete sie ein – nun, den Gefährten eines Herolds konnte man nicht gut ein ›Pferd‹ nennen. Sie unterschieden sich von Pferden so wie Panther sich von Straßenkatzen unterscheiden, so wie Engel sich von Menschen unterscheiden. Talia hatte viele Beschreibungen über Gefährten gehört und gelesen, aber sie war trotzdem auf den eigentlichen Anblick völlig unvorbereitet.

Der reiterlose Gefährte trug sein volles Zaumzeug in Silber und Blau, und von seinen Zügeln hingen silberne Glöckchen. Kein Pferd, das Talia kannte, hatte diesen schlanken und dennoch kraftvollen Körperbau. Ein Gefährte schien zu fliegen, ohne auch nur einen Schritt zu tun. Er war weiß, aber nichts auf der Erde kam diesem strahlenden, leuchtenden, lebendigen Weiß auch nur nahe. Und seine Augen –

Als Talia endlich den Mut aufbrachte, in diese saphirblauen Augen zu sehen, verschwand die Welt um sie herum.

Sie verlor sich in einem Blau, das endloser war als das Meer, dunkler als der Himmel und von so viel Willkommen erfüllt, daß es keinen Raum für Zweifel ließ.

Ja – endlich – du. Ich erwähle dich. Auf der ganzen Welt, von allen, die suchen, habe ich dich gefunden, kleine Schwester meines Herzens! Du bist mein und ich bin dein – und niemals wieder wird es Einsamkeit geben.

Es war ein Gefühl stärker als jedes Wort, voller Schrecken und Freude. Eine atemlose Freude, so tief, daß sie beinahe schmerzte. Ein Verlieren und ein Finden, ein Loslassen und ein Binden. Flug und Freiheit. Und eine Liebe und ein Verstehen jenseits aller Worte, die es beschreiben konnten, und Talia antwortete dieser Liebe mit ihrem ganzen Herzen.

Nun vergiß, Kleines. Vergiß, bis du bereit bist, dich wieder daran zu erinnern.

Blinzelnd kam Talia wieder zu sich, mit dem Gefühl, als wäre etwas sehr Wichtiges passiert, obwohl sie nicht genau wußte, was es war. Sie schüttelte den Kopf. Sie hatte keine Erinnerung, nur das seltsame Gefühl, daß es gerade dann, wenn sie es am wenigsten erwartete, zurückkommen würde. Aber da war immer noch der Gefährte, der sie ganz leise anwieherte.

Es schien, als würde jemand seine Arme um sie legen und sie auffordern, sich auszuweinen. Sie warf ihre Arme um seinen Hals und weinte ohne jede Zurückhaltung. Das Gefühl, daß jemand sie hielt und sie tröstete, verstärkte sich noch, als sie ihn berührte. Diesmal brachten ihre Tränen ihr Frieden, nicht so wie ihr einsames Weinen in ihrer Höhle. Nach kurzer Zeit war sie in der Lage, ihre Augen an einem Zipfel ihrer Tunika zu trocknen, und sie wandte ihre Aufmerksamkeit wieder ihrer Umgebung zu.

Zögernd ließ Talia den Hals des Gefährten los und sah ihn nochmals lange an. Einen kurzen Moment lang war sie versucht, in seinen leeren Sattel zu springen. Sie sah sich selbst davonreiten, weit weg, gleichgültig wohin, solange es weit genug weg war. Die Versuchung war so groß, daß sie zu zittern begann. Dann kam die Wirklichkeit zurück. Wo hätte sie hingehen sollen? Außerdem –

»Du bist jemandem davongelaufen, stimmt's?« fragte sie den Gefährten mit ruhiger Stimme. Der aber schnaubte bloß als Antwort. »Ich kann dich nicht behalten, du kannst eigentlich nur zu einem Herold gehören. Ich ...« Sie schluckte schwer. Der Hals wurde ihr eng, und bei der Idee, ihn verlassen zu müssen, kamen ihr beinahe wieder die Tränen. Niemals in ihrem jungen Leben hatte sie sich etwas so sehr gewünscht, wie immer bei ihm sein zu können. »Ich muß dich zu dem zurückbringen, zu dem du gehörst!«

Ihr kam ein Gedanke. Zum ersten Mal an diesem Nachmittag hatte sie für einen Moment den Schimmer einer Hoffnung, als sie einen möglichen Ausweg aus ihrem Dilemma sah. »Vielleicht sind sie mir dankbar. Vielleicht lassen sie mich für sich arbeiten. Sie brauchen doch auch jemanden, der für sie kocht und näht und alle Arbeit tut. Ich würde für die Herolde alles tun.« Seine schönen blauen Augen schienen dieser Idee zuzustimmen. »Sie müssen einfach netter sein als Keldar – sie sind schließlich in all den Erzählungen so freundlich und so weise. Ich wette, sie würden mich lesen lassen, wenn ich gerade nichts zu tun habe. Ich würde sie oft beobachten können. Und vielleicht erlauben sie mir, dich manchmal zu sehen.«

Der Gefährte wieherte nur leise zur Antwort. Er streckte seinen Hals und stupste sie mit seiner samtigen Nase an, als wollte er sie in den Sattel stoßen.

»Ich?« rief sie. »Das könnte ich nicht ...« Auf einmal wurde ihr klar, wer er war und was das bedeutete und wer sie war. Es war recht nett, davon zu träumen, einfach in den Sattel zu springen. Aber wenn sie ruhig darüber nachdachte, dann erschreckte sie die Vorstellung: Schmutzig und gewöhnlich wie sie war, sollte sie auf einem Gefährten reiten.

Die riesigen blauen Augen schienen sie mit einem Hauch von Ungeduld anzusehen. Er stampfte befehlend mit einem Huf auf und schüttelte seine Mähne. Sein ganzer Ausdruck sagte ihr so deutlich wie gesprochene Worte, daß er ihre Meinung für lächerlich hielt. Wer würde sie denn schon zu Gesicht bekommen? Und nun, wenn sie es sich recht überlegte, war es durchaus möglich, daß er aus großer Entfernung hergekommen war. Wenn sie darauf bestand, zu Fuß zu gehen, so konnte es ewig dauern, ihn zurückzubringen.

»Bist du sicher, daß es dir nichts ausmacht? Daß es in Ordnung ist?« fragte Talia schüchtern und kam sich gar nicht seltsam dabei vor, ein Pferd um Rat zu fragen.

Wieder schüttelte er ungeduldig den Kopf, so daß seine silbernen Glöckchen klingelten. Sie war ziemlich sicher, daß er sie für sehr dumm hielt.

»Du hast recht«, sagte sie. Bevor sie es sich anders überlegen konnte, stieg sie auf.

Talia hatte ein wenig Reiten gelernt. Sie hatte es bei jeder Gelegenheit geübt; oft genug war sie einfach auf ein Pferd gestiegen, wenn keiner sie sehen konnte. Sie hatte jedes Pferd geritten, das alt genug war, um ihr Gewicht tragen zu können, egal, ob es bereits gezähmt war oder nicht, gleichgültig, ob mit oder ohne Sattel. Sie war eines der ältesten Kinder in der Siedlung, und daher oft die einzige, die für verantwortungsbewußt genug gehalten wurde, um Botschaften zu anderen Familien zu bringen oder sonstige kleine Aufträge im nahegelegenen Dorf zu erledigen. Wenn sie es genau bedachte, hatte sie mindestens einmal in der Woche mit Erlaubnis auf einem Pferd gesessen.

Aber auf einem Gefährten zu sitzen, das ließ sich mit nichts vergleichen, was sie zuvor erlebt hatte. Sein Gang war so ruhig, daß selbst ein Kleinkind sich in seinem Sattel hätte halten können. Hätte Talia die Augen geschlossen, wäre sie nie auf die Idee gekommen, daß er sich in einem schnelleren Gang als dem Schritt bewegte. Die Tiere ihres Vaters hatten der ständigen Ermunterung bedurft, um schneller als im Schritt zu gehen. Der Gefährte hatte aus eigenem Willen einen schnellen Trab eingeschlagen, und das war schneller als selbst der schnellste Galopp, den sie jemals aus den gewöhnlichen Tieren herausgeholt hatte. Die milde Luft floß an ihrem Gesicht vorbei, als wäre sie das Wasser des Flusses. Talia genoß diesen Ritt so sehr, daß er alle anderen Gedanken völlig aus ihrem Kopf vertrieb. Es war, als hätte der Wind, der an ihr vorbeistreifte, all ihr Unglück fortgeweht.

Wenn das ein Tagtraum war, dann hoffte Talia, mittendrin zu sterben und niemals mehr in ihrer alten, traurigen Welt aufwachen zu müssen.

Zwei

In der Zeit, die eine Stundenkerze braucht, um das Vergehen einer Stunde anzuzeigen, war Talia weiter von der Siedlung ihres Vaters entfernt, als sie es jemals zuvor gewesen war. Die Straße verlief parallel zum Fluß; auf der einen Seite begleitet von dem steilen Abhang, der von Büschen und Bäumen gekrönt wurde, auf der anderen Seite fiel das Gelände sanft zum Fluß ab. Der Fluß war hier breit und strömte langsam dahin. Talia konnte manchmal durch die Bäume, die auf ihrer Seite wuchsen, einen Blick auf das ferne andere Ufer erhaschen. Diese Bäume waren riesige alte Weiden. Es gab kein Zeichen von menschlichen Ansiedlungen. Alles, was Talia hören konnte, war Vogelgezwitscher und das Summen der Insekten in den Zweigen über ihr. Alles, was sie sehen konnte, waren die Bäume und manchmal das Aufblitzen des Flusses und die Straße, die sich schier endlos vor ihnen hinstreckte. Talia war sich nicht sicher, aber sie glaubte, daß die Gegenden, in denen die Siedlerfamilien lebten, schon längst hinter ihr lagen.

Die Sonne stand noch recht hoch am Himmel; ihre Wärme war angenehm, nicht so stechend, wie sie es später im Sommer sein würde. Die Oberfläche der Straße bestand aus einem Material, das sie noch nie zuvor gesehen hatte, da sie es in ihrem ganzen bisherigen Leben nicht ein einziges Mal gewagt hatte, die Straße zu betreten. Der Duft von grünenden, blühenden Pflanzen, den der Wind mit sich trug, war wie starker Wein für sie. Jeden Moment konnte Talia jetzt auf den Herold treffen, zu dem dieser Gefährte rechtmäßig gehörte. Ihr Abenteuer würde dann zu Ende sein; es war nicht sehr wahrscheinlich, daß man sie jemals wieder auf einem Gefährten reiten ließ. Jeder Augenblick war kostbar und mußte tief in ihrer Erinnerung bewahrt werden.

Die Zeit verging. Kein Herold war zu sehen. Das einzige, was ihnen über den Weg lief, waren ein oder zwei Eichhörnchen. Talia begann, in eine Art Trance zu fallen. Das beständige Tempo des Gefährten und die endlose Straße wirkten hypnotisch auf sie. So bemerkte sie nicht, wie die Zeit verging, und wachte erst wieder auf, als die untergehende Sonne ihr in die Augen schien. Ihre Ängste und Befürchtungen waren irgendwie vergangen, während sie ohne nachzudenken geritten war. Nun fühlte sie sich ruhig. Die Nacht brach schnell herein. Sie und der Gefährte waren immer noch ganz alleine auf der endlosen Straße.

Die Landschaft hatte sich verändert. Die Abhänge auf beiden Seiten waren flacher geworden. Nun lagen die Felder und Wälder auf der rechten Seite auf gleicher Ebene mit der Straße. Der Fluß war nicht weiter als zwei knappe Pferdelängen vom Rand der Straße entfernt. Die Landschaft war so flach geworden, daß Talia nun mit Sicherheit wußte, daß sie weit weg an der Grenze Valdemars war.

»Reisen wir die ganze Nacht lang weiter?« fragte sie den Gefährten. Er streckte seine Ohren nach hinten, um ihre Worte aufzufangen, dann schnaubte er und schüttelte den Kopf. Er verlangsamte sein Tempo. Jetzt konnte Talia jene Geräusche hören, die Vögel dann machen, wenn sie sich für die Nacht in ihre Nester zurückziehen, leises, schläfriges Zwitschern und gedämpftes Rufen. Der Gefährte schien irgend etwas auf der bewaldeten Seite der Straße zu suchen, zumindest hatte Talia diesen Eindruck. Gerade als die untergehende Sonne sein weißes Fell scharlachrot färbte, schien er gefunden zu haben, was er gesucht hatte. Ohne Vorwarnung wurde er noch einmal schneller, verließ die Straße und folgte einem Pfad, der in die Wälder führte.

»Wo gehst du denn hin?« rief sie.

Er schüttelte nur den Kopf und folgte weiter dem Weg. Die Bäume standen zu eng beieinander, als daß sie hätte abspringen können. Das Unterholz war dicht und voller Schatten, die ihre Ängste wieder erwachen ließen. Sie hatte keine Ahnung, was in den Pflanzen unter den Bäumen alles verborgen lauern mochte. Es hätten Dornen sein können, oder schlimmeres. Verärgert und besorgt biß Talia sich auf die Lippen. Aber sie konnte nichts anderes tun, als sich weiter am Sattel anzuklammern und zu warten.

Der Weg erweiterte sich plötzlich zu einer Lichtung. Am Rande dieser Lichtung stand ein kleines Gebäude. Es konnte nicht mehr als einen einzigen festerlosen Raum enthalten, aber es hatte einen Rauchfang. Offensichtlich war es leer. Eine Welle der Erleichterung überflutete Talia, als sie das Gebäude als einer jener Raststationen der Herolde erkannte.

»Es tut mir leid«, flüsterte sie beschämt. »Du *wußtest*, was du tust, nicht wahr?«

Der Gefährte blieb einfach vor der Tür der Wegstation stehen, wandte sich langsam und schüttelte seine Stirnlocke aus den Augen. Er wartete, daß sie abstieg.

Die Erzählungen, die sie gelesen hatte, kamen ihr jetzt zugute. Talia wußte genau, was sie hier finden würde. Vorsichtig schwang sie ihr Bein über den Rücken des Gefährten und ließ sich langsam zu Boden gleiten. Gleich darauf mußte sie zu ihrer Verärgerung entdecken, daß es ihr nicht möglich war, sich schnell zu bewegen. Sie war noch niemals zuvor so lange Zeit ununterbrochen im Sattel gewesen, und ihre Beine fühlten sich sehr steif an.

Talia wußte, ihre erste Pflicht war es, sich um den Gefährten zu kümmern. Sie sattelte ihn schnell ab und entdeckte mit einiger Verwunderung, daß er überhaupt keine Gebißstange trug. Die Zügel waren eigentlich nicht mehr als eine aufwendig geschmückte Trense. Auf keinen Fall konnte man den Gefährten damit lenken, so wie sie es von anderen Pferden gewohnt war, außer der Herold war stark genug, seinen Kopf mit bloßer Gewalt herumzudrehen. Es war eine sehr eigenartige Art von Reitausrüstung, und noch eigenartiger waren die Schlußfolgerungen, die man daraus ziehen mußte.

Sorgfältig legte sie alles am Eingang zu der Wegstation ab, dann öffnete sie die Türe und warf einen Blick ins Innere. Es war gerade noch hell genug, daß sie erkennen konnte, was sie suchte: Feuerstein und Zunder lagen auf einem Regal unmittelbar neben dem Eingang.

Sie nahm den Zunder und entzündete vorsichtig ein ganz kleines Feuer in der Feuerstelle. Es gab gerade soviel Licht ab, daß sie deutlich sehen konnte. In der schwachen Beleuchtung, die das Innere der Wegstation erfüllte, konnte sie die anderen Dinge sehen, die sie gesucht hatte: Tücher, um das Reitzeug zu säubern, und einen Striegel, um den Gefährten damit zu kämmen.

Er blieb viel ruhiger stehen, während sie ihn striegelte, als die Pferde ihres Vaters es je getan hatten. Gründlich reinigte sie ihn von Schweiß und Staub. Als sie ihre Arbeit beendet hatte, lief er mit leichtem Trab ins Zentrum der Lichtung, um sich im Gras zu rollen. Sie mußte lachen, als sie sah, daß er seine ganze Würde abstreifte und sich wie ein gewöhnliches Pferd verhielt. Ganz besonders, nachdem es ihr vorgekommen war, als wäre *er* derjenige, der *sie* irgendwohin bringen wollte. Genauso gründlich wie sie ihn gepflegt hatte, reinigte sie jetzt auch das Zaumzeug und genoß dabei den Geruch des Leders. Sie verstaute es im Inneren des Hauses gleich neben der Tür, wo der Tau ihm nicht würde schaden können. Zwei Eimer standen da. Schnell lief sie durch die blaue Dämmerung mit ihnen zum Fluß, solange sie noch etwas sehen konnte. Der Gefährte lief neben ihr her. Beiden schlug das Flußschilf um die Beine. Er folgte ihr wie ein kleiner Hund. Während sie ihren Eimer füllte, trank er.

Das angenehme Gefühl des kühlen Wassers, das ihre Beine umspielte, erinnerte sie daran, wie schmutzig und verschwitzt sie war. Zuerst war sie kopflos durch den Wald geflohen und den ganzen, langen Abhang hinuntergerollt. Dann war sie lange geritten. Eigentlich brauchte sie dringend ein Bad.

»Du bist vielleicht ein Gefährte«, sagte sie zu dem Hengst, der sie beobachtete, »aber trotzdem riechst du nach Pferd. Glaubst du, es ist jetzt sicher, hier zu baden?«

Der Gefährte schnaubte leise, machte ein paar Schritte von ihr weg und scharrte mit einem Huf an einer Stelle am Ufer des Flusses. Dazu nickte er, als wolle er ganz sichergehen, daß sie ihn auch verstand. Sie ging dorthin, wo er stand, und starrte in der beginnenden Dunkelheit auf die Wasserpflanzen.

»Oh!« rief sie dann erfreut, »Seifenkraut. Es muß also sicher sein, zu baden. Die Herolde hätten sonst hier kein Seifenkraut gepflanzt, wenn es gefährlich wäre.«

Ohne noch einen Gedanken zu verschwenden, zog sie sich nackt aus. Sie begann, ihre Kleidung auf einen ordentlichen Haufen am Flußufer zu schichten, aber dann überlegte sie es sich und nahm sie mit ins Wasser. Wahrscheinlich würden sie beim Trocknen völlig verknittern, aber Falten waren immer noch besser als Dreck.

Das Wasser war noch warm von der Sonne und fühlte sich auf ihrer nackten Haut wie Seide an. Das Flußbett war an dieser Stelle eher sandig als schlammig. Talia schwamm wie ein junger Otter und genoß es, nackt schwimmen zu können, ohne sich darum sorgen zu müssen, was Keldar wohl wieder dazu zu sagen haben würde, wenn sie sie dabei ertappt hätte. Ihr fiel auf, daß sie nun alle Brücken hinter sich abgebrochen hatte. Keine Frau im heiratsfähigen Alter, die eine Nacht lang fort gewesen war, würde jemals wieder in einer Siedlung aufgenommen werden, es sei denn als niederste Küchenmagd. Einen Moment lang war Talia bei diesem Gedanken zutiefst erschrocken, denn es war nicht sehr wahrscheinlich, daß irgend jemand in der Siedlung noch gut auf sie zu sprechen war. Aber dann fiel ihr Blick auf die schimmernde Gestalt des Gefährten, der am Flußufer auf sie wartete, und sie beschloß, daß es ihr überhaupt nichts ausmachte.

Nachdem sie sich und ihre Kleider mit Sand und Seifenkraut gründlich gesäubert hatte und die Luft langsam kühl wurde, sagte sie sich, daß es jetzt genug war. Der Gefährte folgte ihr den ganzen Weg zurück zur Raststation. Als sie ankamen, stieß er sie mit der Nase in Richtung des Eingangs und wieherte bittend. Talia wußte sofort, was er von ihr wollte. Und eigentlich schien es ihr auch nicht mehr seltsam, Vorschläge von einem Pferd entgegenzunehmen.

»Gierhals!« lächelte sie. »Du willst dein Nachtmahl, stimmt's? Das sollte dich eigentlich lehren, nicht mehr davonzulaufen, Rolan!«

Sie schwieg und ihre Stirn furchte sich vor Konzentration. »Woher kenne ich deinen Namen?« wunderte sie sich laut. Sie blickte den vom Mondlicht beschienenen Gefährten an, der ruhig vor ihr stand, die Ohren leicht nach vorne gewandt, und sie beobachtete. »Von dir? Ist das dein Name? Du heißt Rolan?«

Einen Moment lang fühlte sie sich verwirrt, als blickte sie durch die Augen eines anderen Lebewesens. Es fühlte sich beinahe an, als wäre sie für eine kurze Zeitspanne eins mit jemand anderem – es war ein beunruhigendes Gefühl, aber es machte ihr keine Angst. Dann ging dieser Augenblick vorüber.

»Nun, ich muß dich ja schließlich *irgendwie* nennen, ganz egal, woher der Name kommt. Ich muß nur mein Gewand zum Trocknen aufhängen und die Eimer vom Fluß holen, Rolan. Dann besorge ich etwas zu essen für uns beide.«

Sie schüttete ihm eine großzügig bemessene Menge Weizen hin und nahm dann einen vom Feuer geschwärzten Topf, den sie zuvor entdeckt hatte, um für sich eine Portion Brei aus Getreide und Früchten zu kochen. Rolan war mit seiner Portion fertig, bevor ihr Brei zu kochen begann, und kam näher. Eine Armlänge von ihr entfernt legte er sich zufrieden ins Gras. Insekten summten in den Wäldern um sie herum, und die Blätter raschelten leise. Der Schein des Feuers spiegelte sich in Rolans Fell. Sie lehnte sich gegen die Wand der Wegstation und fühlte sich seltsamerweise sehr glücklich.

»Was ich ganz einfach nicht verstehen kann«, sagte sie zu

ihm, »das ist, warum du davongelaufen bist. Gefährten sollten solche Dinge eigentlich nicht tun, oder?«

Rolan öffnete nur weit seine Augen und sah sehr weise aus.

»Ich hoffe, du weißt, wo wir hingehen, denn ich weiß es ganz sicher nicht. Na ja, irgendwann müssen wir ja auf einen Herold treffen, und der weiß dann sicherlich, was er mit dir machen muß.«

Der Geruch des Breis erinnerte sie an ihr Essen. Sie zog den Topf mit Hilfe eines Astes aus dem Feuer und begann, mit ihren Fingern zu essen, sobald er ein wenig abgekühlt war.

»Eigentlich ist es sehr seltsam, daß du gerade zu diesem Zeitpunkt gekommen bist«, sagte sie zu ihm. »Eigentlich hätte ich eher erwartet, daß sie mich vor Einbruch der Dunkelheit gefunden hätten. Oder ich hätte von selbst aufgegeben und wäre in die Siedlung zurückgekehrt.« Sie betrachtete ihn voller Neugier. »Ich kann nicht glauben, daß du gekommen bist, um mich zu retten. Oder? Nein, das ist einfach lächerlich. Ich bin kein Herold, ich bin nur ein unbedeutendes Siedlerkind, nur die seltsame Talia. Warum hättest du mich retten wollen? Außerdem *wenn du das gewollt hättest,* hättest du dann wohl deinen Herold mitgebracht. Oder nicht?« Sie seufzte ein wenig traurig. »Ich wünschte, *ich* wäre dein Herold. Ich wollte, ich könnte immer so leben.«

Rolan hatte die Augen geschlossen. Nun, da sie selbst gesättigt war, überkam auch Talia große Müdigkeit. Die Wälder waren sehr dunkel, der Boden unter ihr sehr hart, und das Innere der Hütte war sehr einladend für ein Mädchen, das selten genug eine Nacht außerhalb des Hauses verbracht hatte.

»Also, wenn du schlafen gehen möchtest, dann sollte ich wohl das Gleiche tun.«

Sie hatte das Feuer herunterbrennen lassen. Nun bedeckte sie den Topf mit Asche und ein paar glühenden Kohlen, um den Rest des Breis für das Frühstück warmzuhalten. Dann riß sie ein paar Handvoll von dem langen Gras aus, das benutzt wurde, um die hölzerne Bettstatt zu füllen. Es dauerte nicht lange, und sobald sie im Bett lag, kam Rolan und legte sich quer über die Türschwelle, beinahe wie ein Wachhund. Talia hatte sich kaum bequem hingelegt, als sie auch schon schlief.

Sie wachte vom Gesang der Vögel auf und davon, daß Rolan neben der Bettstatt stand und sie an der Schulter stubste. Noch verwirrt vom Schlaf, konnte sie sich einen Moment lang nicht daran erinnern, wo sie war und wie sie hierher gekommen war. Dann fiel ihr alles wieder ein, und sie sprang aus ihrem Nest aus süß riechendem Gras. Überwältigt von ihrer Dankbarkeit, daß alles nicht nur ein Traum gewesen war, fiel sie Rolan um den Hals.

Schnell verschlang sie ihr Frühstück, dann reinigte sie sich und die Unterkunft, so gut sie es eben vermochte. Sie fühlte sich ein wenig schuldig, als sie die Asche des Feuers vergrub. Sie wußte, daß die Tradition verlangte, daß sie das verbrauchte Feuerholz wieder auffüllte, aber ohne eine Axt war das unmöglich. Sobald alles wieder in dem Zustand war, in dem sie es vorgefunden hatte, sattelte sie Rolan, und die beiden machten sich auf den Weg zurück zur Straße.

Der Morgen verging schnell. Nicht nur, daß jeder Augenblick mit Rolan für sie die reine Freude war, es gab heute auch viel mehr zu sehen. Der dichte Wald wich wohlbestellten Feldern. In der Ferne sah sie Tiere auf der Weide und einoder zweimal ein Haus, das ganz von Efeu überwachsen im Schatten von Bäumen stand. Dann, gerade als die Sonne am höchsten stand, machte die Straße eine Biegung und führte hinab in ein kleines Dorf, das in einem engen Tal lag.

Talia konnte nicht anders, sie sah sich mit großen erstaunten Augen um. Dieses Dorf unterschied sich sehr von dem, in dessen Nähe sie ihr ganzes bisheriges Leben verbracht hatte. Die Angehörigen der Siedlerfamilien trugen nichts als dunkle Farben, die fröhlichste war noch ein dunkler Safranton. Aber hier schien es, als hätte jeder einen Hauch von bunten Vögeln an sich. Selbst der schlechtstgekleidete Mann trug noch einen Schal oder eine Schleife in Scharlach oder

Blau. Einige offensichtlich reiche Menschen, die sich nicht darum sorgen mußten, ob sie ihr Gewand bei der Arbeit beschmutzten, trugen nur bunte Farben. Sogar die Häuser wirkten festlich mit ihren bunten Bemalungen auf den weißgetünchten Wänden. Selbst die Fensterläden waren bunt. Die Größe der Häuser erstaunte Talia, es konnten in ihnen einfach nicht mehr als ein Mann, seine Frau und ihre Kinder leben. Es war offensichtlich kein Platz für die Nebenfrauen und deren Kinder. Talia fragte sich verwundert, ob denn jede Frau ihr eigenes Haus hatte, und mußte dann über die unschickliche, aber erheiternde Vorstellung lachen, wie der Hausherr in der Nacht von Haus zu Haus rennen mochte, um seine Pflicht bei all seinen Frauen zu erfüllen.

Das Dorf selbst hatte auch keinerlei Schutzwälle. Das war ein ungewohnter Anblick für Talia, die nichts als Wälle und Barrikaden rund um einen bewohnten Platz kannte.

Sie zügelte Rolan beim Anblick eines Mannes, der bei einer kleinen Hütte an der Stelle stand, wo die Straße ins Dorf hineinführte. Er sah aus, als wäre er eine Art Wache oder ein Beamter. Er war in ein Gewand in hellem Blau gekleidet. Selbst die Kopfbedeckung und seine Schuhe hatten diese Farbe. Er trug einen Köcher mit kurzen Pfeilen über der Schulter, und Talia sah, daß seine Armbrust an seiner Seite an die Wand der Hütte gelehnt stand.

Sein Anblick ließ sie sehr vorsichtig werden – ihrer Erfahrung nach waren Männer Wesen, die man fürchten mußte. Sie hielten die Macht über Leben und Tod ihrer Familienangehörigen in ihren Händen. Sie teilten die Belohnungen an die Gehorsamen und die Strafen an die Ungehorsamen aus. Wie oft hatten ihr Vater oder andere Älteste es für notwendig erachtet, daß sie eine Tracht Prügel bekam oder ins ›Exil‹ geschickt wurde? Viel zu oft, als daß sie sich nicht gefürchtet hätte. Sie konnte nicht wissen, ob dieser Fremde nicht dieselbe Strafe für sie bereithielt oder sie nach Hause zurückschicken würde. Aber sie mußte einfach mit *irgend jemandem* sprechen, sie hatte einen Tag lang gesucht und immer noch nicht die leiseste Ahnung, wem der Gefährte eigentlich gehörte. Der Mann hatte ein freundliches offenes Gesicht, und sie nahm all ihren Mut zusammen und sprach ihn an.

»B-Bitte entschuldigt, Herr«, sagte sie höflich und stotterte dabei ein wenig, »aber habt Ihr einen Herold gesehen, der seinen Gefährten verloren hat?«

Man konnte dem Mann unschwer ansehen, wie sehr ihn Talias unschuldige Frage erstaunte. Langsam ging er auf die beiden zu, wie um das Mädchen nicht zu erschrecken. Talia sah mit Erleichterung, daß er seine Armbrust stehen ließ.

»Nein, das habe ich nicht, kleines Fräulein«, antwortete er. »Warum fragst du?«

»Ich habe gestern diesen Gefährten alleine auf der Straße getroffen«, antwortete sie zögernd. Sie war sich immer noch nicht sicher, ob sie nicht doch etwas falsch gemacht hatte. »Ich dachte einfach, ich sollte ihn zu jenen zurückbringen, zu denen er gehört.«

Er warf ihr einen abschätzenden Blick zu, sie empfand seine Aufmerksamkeit als verwirrend. »Wo kommst du denn her, Kind?« fragte er schließlich.

»Aus Sensholding, in der Nähe von Cordor, in dieser Richtung.« Sie machte eine vage Handbewegung und wies in die Richtung, aus der sie gekommen war.

»Aha, vom Siedlervolk«, sagte er, als würde ihm das einiges erklären. »Nun, junges Fräulein, es gibt nur eines, was du tun kannst, wenn du einen Gefährten allein findest. Du mußt ihn zum Collegium der Herolde zurückbringen.«

»Ich?« Vor Schreck brach ihr die Stimme. »Ins Collegium? Ich?«

Er nickte, und sie schluckte hart. »Ist das sehr weit?« flüsterte sie fragend.

»Mit einem gewöhnlichen Pferd würdest du drei Wochen oder mehr brauchen, je nachdem, wie das Wetter ist. Aber du reitest einen Gefährten, und bei deinem geringen Gewicht fühlt er nicht mehr Belastung, als wenn eine Feder auf seinem Rücken läge. Du solltest in acht oder neun Tagen dort ankommen, vielleicht ein wenig länger.«

»Acht oder n-neun Tage?« stotterte sie und wurde sich

plötzlich ihrer zerknitterten und von dem Ritt schmutzigen Kleidung bewußt. In acht oder neun Tagen würde sie wie ein Landstreicher aussehen. Wahrscheinlich würden sie auf sie schießen, sobald sie sie sahen, weil sie dachten, sie wollte Rolan stehlen!

Die Falten in seinen Augenwinkeln vertieften sich, als er lächelte. Anscheinend konnte er ihre Gedanken lesen. »Nun, mach dir keine Sorgen, junges Fräulein. Die Königin hat für genau solche Umstände vorgesorgt. Warte einfach hier auf mich!«

Nicht, daß ihr etwas anderes übriggeblieben wäre, denn Rolan schien am Boden festgewachsen zu sein. Nach kurzer Zeit kam der Mann mit einem Paar Satteltaschen, einem braunen Wollumhang, der von seinem Arm hing, und einem kleinen, metallenen Gegenstand in der Hand zurück. »Bürgerfrau Hardaxe hat eine Tochter, die nur wenig älter ist als du. Einige Kleidungsstücke, aus denen das Mädchen herausgewachsen ist, stecken in der linken Satteltasche.«

Talia wollte protestieren, aber er unterbrach sie. »Keine Widerrede, junges Fräulein. Ich sage dir doch, die Königin trifft Vorsorge für diesen Vorfall. Wir helfen dir, und wir zahlen das ganze Jahr nur die halben Steuern. In der rechten Tasche sind verschiedene Dinge, die du schon brauchen wirst, Feuerstein und Zunder, Striegel und Bürste, alles was du brauchst, wenn dein Gefährte einmal keine Wegstation findet. Aber habe auch keine Angst davor, das zu benutzen, was du in den Wegstationen findest, dafür sind sie schließlich da.«

Er warf die Satteltasche über Rolans Rücken und sicherte sie, indem er sie am Sattel festband. »Der Umhang ist aus guter, geölter Wolle gemacht, er sollte dich selbst im Regen trockenhalten, und zu dieser Zeit des Jahres sollte das genug sein, um dich warmzuhalten, falls das Wetter einmal schlecht wird. Er ist dir viel zu groß, aber das ist nur gut so. Das bedeutet, daß du dich ganz darin einwickeln kannst. Ah, da kommt der Herbergsmeister.«

Ein dicklicher Mann mit freundlichem Gesicht lief keuchend auf sie zu. Er trug einen Wasserschlauch, einen kleinen Beutel und eine in fröhlichen Farben gewebte Tasche. Der wunderbare Geruch nach Fleisch, der aus der Tasche aufstieg, ließ Talia das Wasser im Mund zusammenlaufen, und ihr Magen erinnerte sie laut daran, daß seit dem Frühstück schon einige Zeit vergangen war.

»Ich sah, daß du keine Gürteltasche hast, so habe ich Daro gebeten, ob er nicht eine finden kann. Die Leute vergessen ständig irgendwelche Dinge in der Herberge«, sagte der erste Mann.

»Ich habe den Schlauch gerade eben mit frischem Quellwasser gefüllt«, sagte der Herbergsmeister und hing ihn einfach an einen der Sattelvorsprünge, bevor Talia noch ein Wort sagen konnte. »Und in dem Beutel sind ein Messer und ein Löffel. Leg ihn schon um, sei ein braves Mädchen, ich habe mehr vergessene Eßbestecke, als du dir vorstellen kannst. Und diese Pasteten sollten länger frisch bleiben, als du brauchst, um sie aufzuessen.« Er drückte ihr die Tasche in die Hand, lächelte und wischte sich die Hände an seiner Schürze ab. »Nur bitte, sage allen Leuten, wie gut unsere Pasteten sind! Ich muß zurück an meine Arbeit!« Und er keuchte davon, bevor sie auch nur ein Wort des Dankes sagen konnte.

»Siehst du das?« fragte sie der erste Mann und hielt ihr ein kleines Stück Messing entgegen, auf dem etwas eingraviert war. »Wenn du zum Collegium kommst, gib das Ding demjenigen, der dich danach fragen wird. Das sagt ihnen, daß wir dir unterwegs geholfen haben.« Er gab es ihr, und sie verstaute es sorgfältig in ihrer neuen Gürteltasche. »Falls du irgend etwas brauchst, frag einfach jemanden, der so gekleidet ist wie ich, und ganz sicher wird er dir helfen. Wir sind die Straßenwachen, ein Teil der Armee.«

Talia konnte ihr Glück nicht fassen. Nicht nur, daß man sie für ihre Tat weder bestraft noch gescholten hatte, nicht nur, daß man sie nicht einfach wieder nach Hause geschickt hatte, nein, sie wurde statt dessen auch noch mit der Gelegenheit belohnt, dorthin gehen zu dürfen, wohin sie selbst in ihren Träumen nicht zu gehen gewagt hätte! »D-d-danke! H-h-helle Göttin, es scheint mir einfach nicht genug zu sein, nur danke zu *sagen* ...«

Die Wache grinste so sehr, daß seine Augen beinahe in den Lachfalten verschwanden. »Junges Fräulein, *wir* sind es, die sich voll Dankbarkeit an dich erinnern werden, wenn es Zeit wird, die Steuern zu bezahlen! Brauchst du noch irgend etwas?«

Rolan war der Meinung, daß sie nun weiterreiten sollten, denn ungeduldig trabte er los. »Nein, nichts!« rief sie über die Schulter zurück. Der Mann winkte ihr nach.

Schnell fand Rolan wieder in seinen gewohnten Trab, und das Dorf blieb bald hinter ihnen zurück. Plötzlich fiel Talia ein, daß sie weder den Namen des Ortes noch den ihres Wohltäters kannte. Aber da war das Dorf bereits ihren Blikken entschwunden.

»Na gut«, sagte sie zu Rolan und biß heftig in eine der Fleischpasteten. »Die Kochkunst von Daros Frau vergesse ich sicher niemals! Nicht einmal Isrel hat so etwas Gutes fertiggebracht!«

Neugierig betrachtete sie das Messing-›Ding‹ genauer. Es trug eine Zahl und das Wort ›Süßquell‹.

»Süßquell?« überlegte sie laut. »Das muß dieses Dorf gewesen sein. Ich wüßte nur zu gerne, was wirklich los ist. Ich habe niemals davon gehört oder darüber gelesen, daß Gefährten weglaufen, aber der Mann benahm sich so, als würde so etwas ständig passieren.«

Die Straße führte sie durch ein anderes Dorf, ungefähr zur Zeit des Abendessens. Es war viel kleiner als Süßquell, eigentlich nur eine Ansammlung von Häusern und Hütten, die sich um eine Schmiede drängten. Die Ansiedlung war offensichtlich zu unbedeutend, als daß sie einen blau gekleideten Wachposten gehabt hätte, aber die Menschen schienen genauso freundlich zu sein. Sie winkten ihr zu, als sie vorbeitrabte und Rolans Glöckchen klingelten. Sie fanden anscheinend nichts dabei, daß ein schmutziges Mädchen auf dem Gefährten eines Herolds ritt. Talia verglich das Verhalten dieser Menschen mit der Art, wie jemand von den Siedlerfamilien sie empfangen hätte. Im besten Fall hätten ihre Leute sie kalt angestarrt und sich dann von dem unschicklichen Benehmen des Mädchens abgewandt; im schlimmsten Fall hätten sie versucht, sie von Rolans Rücken zu zerren und als Diebin einzusperren.

Als die Nacht hereinbrach, fand Rolan wieder eine Wegstation. Die Straße hatte vor kurzer Zeit den Flußlauf verlassen, aber die Unterkunft verfügte über eine Quelle. Wasser hatten sie also genug. Talia fand unter den verschiedenen Dingen, die der Wachtposten in ihre Satteltasche getan hatte, eine kleine Schachtel mit weicher, hausgemachter Seife, ein Handtuch und einen Striegel und eine Bürste für Rolan. Als der Mond aufging, waren die beiden Reisenden schon wesentlich sauberer.

Talia entschied sich, die Pasteten für ihre Mittagsmahlzeit aufzuheben, und kochte wieder einen Brei aus dem Getreide und den Früchten, die es in jeder Wegstation zu geben schien. Also sorgte sie auch für Rolans Mahlzeit und fiel gleich danach in tiefen Schlaf.

Am dritten Tag ihrer Reise fand Talia heraus, daß sie sich bereits daran gewöhnt hatte, einen Gefährten zu reiten, und ihre Gedanken beschäftigten sich mit anderen Dingen. Der Stand der Sonne am Himmel erinnerte sie daran, welche Arbeit sie um diese Zeit zu Hause gerade erledigt hätte, und sie wunderte sich, wie der Haushalt wohl auf ihr Verschwinden reagiert hatte. Es gab in dieser großen Familie niemanden mehr, den sie vermißt hätte, nicht mehr, seit Andrean bei einem Überfall getötet worden war und man Vris dem alten Fletcher zur Nebenfrau gegeben hatte. Von ihrer ganzen großen Verwandtschaft hatten nur diese beiden sie wirklich geliebt. Selbst ihre Großmutter hatte nicht genug für sie empfunden, um sie vor Keldars Zorn zu schützen. Nur diese beiden hatten gewagt, dem Zorn der Hauptfrau zu trotzen. Vris hatte es heimlich getan und Talia etwas zu essen gebracht, wenn ihre Strafe sie wieder einmal hungrig schlafen gehen ließ. Andrean hatte es offen getan, hatte verlangt, daß man ihr erlaubte, etwas zu tun, oder er hatte den Vater dazu bewogen, ihr zu vergeben. Andrean war es gewesen, der darauf bestanden hatte, daß sie weiterhin lesen durfte, denn als Zweiter Sohn hatte sein Wort Gewicht gehabt. Und sie und Vris hatten sich näher gestanden als Geschwister es eigentlich tun, trotz des Altersunterschiedes waren sie fast wie Zwillinge gewesen.

Wieder traten ihr Tränen in die Augen, wenn sie an Andrean dachte. Er war so sanft zu ihr gewesen, hatte sie beschützt, hatte immer ein Lächeln für sie gehabt und einen Scherz, den er mit ihr teilte. Er war nur so kurze Zeit für sie dagewesen. Er war getötet worden, als sie erst neun Jahre alt war. Sie konnte sich immer noch deutlich an ihn erinnern, wie er wie ein beschützender Riese über ihr gestanden hatte. Er war freundlich und geduldig gewesen – bereit, sie alles zu lehren, was sie wissen wollte. Er war der Liebling aller gewesen, nur Keldar mochte ihn nicht. Es mußte wohl so sein, daß die Göttin ihn so jung zu sich gerufen hatte, weil sie ihn liebte, – aber Talia hatte ihn auch gebraucht. Man hatte sie getadelt, weil sie während der Totenwache geweint hatte, aber in Wahrheit hatte sie um sich selbst geweint.

Und die arme Vris hatte solche Angst vor der Heirat mit dem alten Fletcher gehabt. Die paar Mal, die Talia sie auf Versammlungen gesehen hatte, hatte sie schlecht ausgesehen und war still wie eine der Dienerinnen der Göttin gewesen. All das Funkeln in ihrem Wesen war erstickt worden und nichts war geblieben außer Asche.

Talia schauderte – Vris' Schicksal hätte so leicht auch ihr eigenes werden können. Die rechtzeitige Ankunft des Gefährten war eigentlich schon mehr als ein Wunder.

Während sie ritt, wurde ihr bewußt, daß ihre Hände sich ruhelos bewegten. Sie konnte sich nicht daran erinnern, daß ihre Hände jemals im Schoß gelegen hätten, seit sie alt genug war, um zu arbeiten. Sogar das Lesen war ihr nur gestattet worden, wenn sie dabei irgendeine nützliche

Arbeit verrichtete. Leere Hände zu haben war für sie beinahe etwas Unnatürliches.

Sie füllte die Zeit aus, indem sie versuchte, so viel wie möglich von der Landschaft, durch die sie ritten, in sich aufzunehmen. Je näher sie der Hauptstadt kamen, desto mehr kleine Dörfer lagen an ihrem Weg. Die augenscheinliche Unbesorgtheit der Leute, wenn sie eine fremde Jugendliche auf einem Gefährten vorbeireiten sahen, verwunderte sie. Man hätte beinahe annehmen können, daß das ein alltäglicher Anblick war. Die einzige Antwort schien die zu sein, die die Stadtwache angedeutet hatte: Es geschah sehr oft. Aber warum war das in ihren Geschichten niemals vorgekommen? Gefährten waren eindeutig sehr intelligent, sie mußte nur in Betracht ziehen, wie geschickt sich Rolan während ihrer Reise um sie beide kümmerte. Ihr erster Gedanke, daß er wie ein gewöhnliches Pferd einfach davongelaufen war, war höchstwahrscheinlich falsch. An diesem Punkt der Reise gab es eigentlich keine Zweifel mehr, wer hier wen wohin führte und wer das Kommando hatte. Die Geschichten waren also alle wahr gewesen – die Gefährten waren Geschöpfe, deren Intellekt an den ihrer Reiter heranreichte. Talia wog das wenige, das sie wußte, gegen die Erfahrung der letzten drei Tage ab. Es war nicht genug, um das Rätsel zu lösen. Die Siedlerfamilien hatten sich von den Herolden ferngehalten. Sie hatten den Kindern verboten, über sie zu sprechen, und gaben sich nur mit den Reitern ab, wenn es sein mußte. Nur die Ältesten durften Kontakt haben. Und das Geschwätz, das die Runde gemacht hatte, beschäftigte sich nur mit den Herolden und den Gerüchten über ihre Freizügigkeit, nicht mit den Gefährten.

Aber wenn Talia nun Schlüsse ziehen wollte – Rolan mußte sie ausgewählt haben, um ihn zu begleiten. Es war keine Frage, daß er auch alleine hätte zurückkehren können. Und wenn das stimmte, hatte er sie aus irgendeinem bestimmten Grund ausgesucht? War er mit der ausdrücklichen *Absicht* zur Siedlung gekommen, sie zu finden und in die Hauptstadt zu bringen? Das klang einfach *zu* sehr wie eine von Talias Geschichten. Talia konnte nicht glauben, daß so etwas möglich war. Nicht für sie – vielleicht für irgendeinen magisch begabten Jugendlichen wie Vanyel einer gewesen war, aber doch nicht für ein einfaches kleines Mädchen aus den Siedlerfamilien. Niemand, der seine Sinne beisammen hatte, würde auf solch eine Idee kommen.

Aber die Fragen blieben. Warum war er gerade zu dieser Zeit gekommen, warum hatte er sie dazu gebracht, in seinen Sattel zu steigen, und warum brachte er sie an den einen Platz, an den sie am liebsten von allen gegangen wäre?

Am sechsten Tag ihrer Reise verspeiste sie die letzte ihrer Pasteten und hatte sich dazu entschlossen, den Rat, den ihr die Wache gegeben hatte, auszuprobieren. Vielleicht konnte sie von der nächsten Wache mehr erfahren, jetzt, da sie wußte, daß wesentlich mehr Dinge mit im Spiel sein mußten, als sie alleine jemals herausbekommen konnte.

Vielleicht gab es im nächsten Dorf ein paar von den Antworten, die sie suchte.

Drei

Gegen Mittag befanden sie sich an den Außenrändern eines sehr, sehr großen Dorfes. Es lag in einem kleinen, gut bewässerten Tal, in dem viele Bäume standen. Wie in den anderen Dörfern, die Talia bis jetzt gesehen hatte, waren auch hier die Häuser und Geschäfte bunt bemalt. Die hölzernen Fensterläden waren blau, rot und gelb. Die hellen Farben kontrastierten fröhlich mit den weißgetünchten Wänden und dem Gold der frischgedeckten Dächer. Die Szenerie glich den faden grauen Siedlungen so wenig, daß sie genausogut in einem anderen Land hätte liegen können. Etwas weiter entfernt konnte Talia ganz deutlich eine Hütte von der Art erkennen, wie die Wache in Süßquell sie gehabt hatte. Sie wirkte neben den zwei- und dreistöckigen Häusern noch kleiner. Dies war der erste Wachposten, den Talia seit der Frühe gesehen hatte. Im Zentrum Valdemars waren die Straßenwachen seltener anzutreffen. Dies war der Platz, zu dem sie reiten mußte, um Antworten zu finden und wieder etwas zu essen zu bekommen.

Die Hütte stand im tiefen Schatten eines riesigen Baumes, dessen Blätterdach die ganze Straßenbreite beschattete. Von all den Gebäuden, die hier standen, war die Hütte als einzige nicht bunt bemalt, sie war aus einfachem Holz, das das Alter dunkelbraun gefärbt hatte. Als sie näher kamen, sah Talia eine Bewegung in den Schatten, aber das Sonnenlicht verhinderte, daß sie Genaueres erkannte. Als die Gestalt aus dem Schatten trat, blieb Talia der Mund offen stehen: Die Wache war eine Frau! Und sie trug die gleiche Uniform wie der Mann in Süßquell! Einen Moment lang dachte Talia, daß sie sich täuschte, es war einfach unmöglich. Sie schüttelte den Kopf, dann sah sie noch einmal hin. Die Wache *war* eine Frau. So unmöglich es Talia auch erschien, es war eine Tatsache, daß *Frauen* genauso zur Armee gehörten wie Männer.

Einen Moment später kam die Wache auch schon in schnellem Tempo auf sie zu und blieb bei Rolans Kopf stehen.

»Ich glaub's nicht!« rief sie, bevor Talia irgend etwas sagen konnte. »Das ist doch Rolan, oder nicht?« Sie streichelte seinen Hals, und er schnupperte in ihren langsam grau werdenden Haaren. Sie lachte und gab ihm eins auf die Nase, dann beugte sie sich vor und betrachtete einige Markierungen am Sattel, die Talia zuvor noch nicht bemerkt hatte. »Natürlich ist das Rolan! Ihr wart lange Zeit unterwegs, mein Herr«, fuhr sie fort und sprach dabei eindeutig mit dem Gefährten. »Ich hoffe nur, es ist es wert gewesen.«

Rolan nahm vorsichtig ihren Ärmel zwischen seine Zähne, und sie lachte erneut.

»Nun«, wandte die Frau ihre Aufmerksamkeit Talia zu und blinzelte gegen die Mittagssonne. »Was kann ich für dich tun, junges Fräulein?«

Talias Verwirrung konnte nicht mehr schlimmer werden,

woher kannte die Frau Rolans Namen? Es war sicher kein gewöhnlicher Name, sie hatte ihn sich doch nicht selbst ausgedacht, das konnte einfach kein Zufall sein. »Sein Name ist wirklich Rolan?« rief Talia schließlich aus. Sie ließ den Kopf hängen und errötete wegen ihrer groben Unhöflichkeit. »Es tut mir leid«, sagte sie. »Ich verstehe überhaupt nicht, was mit mir geschehen ist. Die – die Wache in Süßquell sagte, andere Wachen würden mir weiterhelfen ...«

»Süßquell!« rief die Frau überrascht aus. »Du bist aber weit von zu Hause weg, mein Kind.«

»Ja – ich glaube, ich bin sehr weit weg«, antwortete Talia schwach. Sie ließ ihren Blick nicht von der Frau in Uniform.

Auch die Wache betrachtete Talia nun eingehend. Das Mädchen dachte, daß der Frau vielleicht gefallen könnte, was sie sah. Talia trug ihre gewohnte Kleidung, die sie von zu Hause mitgebracht hatte. Sie hatte sie sorgfältig gewaschen und beim Trocknen darauf geachtet, daß so wenig Falten wie möglich entstanden. Die geborgten Kleidungsstücke waren bei diesem Wetter viel zu schwer gewesen und auch nicht sehr bequem, wenn man den ganzen Tag auf dem Pferd saß – sie hatte sich in ihnen einfach nicht wohl gefühlt. Nachdem sie alles einmal getragen hatte, hatte sie beschlossen, ihr altes Gewand zu säubern und wieder zu tragen. Sie war froh, daß sie es getan hatte, die Wache schien am Schnitt und an den Farben eindeutig zu erkennen, wer sie war und woher sie kam.

»Du kommst von den Siedlerfamilien?« Ihre Stimme klang verständnisvoll. »Ich habe ein paar Dinge über diese Leute gehört; ich bin ganz sicher, daß du sehr verwirrt sein mußt, du armes Ding. Du kennst dich wahrscheinlich gar nicht mehr aus. Nun, du wirst bald genug deine Antworten bekommen; vertraue mir, im Collegium werden sie dir alles erklären. Ich würde es ja gerne tun, aber das ist mir nicht erlaubt. Wahrscheinlich ist das auch gut so, ich würde dich nur noch mehr verwirren. Warum ich Rolan erkannt habe – jeder bei der Straßenwache weiß, daß er unterwegs war, und sein Zaumzeug ist mit seinem Namenssiegel gekennzeichnet, wie bei jedem Gefährten. Sieh es dir nur an!« Sie wies auf die Markierungen, die sie betrachtet hatte. Jetzt wo Talia sie sah, konnte sie eine verkürzte Version von Rolans Namen entziffern. »Nun, was kann ich sonst noch für dich tun?«

»Ich bräuchte noch ein wenig Reiseproviant«, sagte Talia halb entschuldigend und erwartete einen Verweis. »Man hat mir ein paar sehr gute Fleischpasteten gegeben, ich habe versucht lange damit auszukommen, aber ...«

»Wie lange ist das her?« fragte die Frau.

»Vier Tage«, antwortete Talia und wurde im Sattel noch kleiner.

»*Vier* Tage? Höllenfeuer! Willst du damit sagen, daß du solange mit ein paar Pasteten ausgekommen bist? Was hast du denn gegessen, den getrockneten Pferdemist, den sie in den Wegstationen aufbewahren?«

Talias Gesichtsausdruck gab der Frau ohne Worte die nötige Antwort. Die Frau verzog voller Ärger ihren Mund.

»Rolan«, sagte sie in einem strengen Tonfall, den man nicht mißverstehen konnte. »Du läßt dieses arme Kind jetzt für eine Stunde von deinem Rücken herunter. Hörst du mich? Ich weiß ganz gut, daß du die verlorene Zeit leicht wieder aufholen kannst. Und dieses Kind braucht jetzt ein anständiges Essen, damit es nicht krank wird. Was wäre denn dann mit *dir*?«

Rolan schnaubte und legte die Ohren zurück, aber er wehrte sich nicht dagegen, daß die Frau Talia aus dem Sattel hob. Talia rutschte herunter und fühlte sich unter dem strengen Blick der Frau noch ungeschickter und unordentlicher. Als sie nicht mehr auf Rolans Rücken saß, war sie völlig verunsichert. Die Wache nahm Talia bei der Hand und führte sie zum Gasthaus inmitten des Dorfes. Rolan folgte ihnen dicht auf den Fersen.

»Ich vermute, die Wache in Süßquell war ein Mann?« fragte die Frau trocken, und als Talia zustimmte, nickte sie nur wissend. »Typisch Mann! Kommt gar nicht auf den Gedanken, daß du vielleicht mehr verängstigt als aufgeregt sein könntest, denkt gar nicht daran, daß du die Spielregeln vielleicht nicht kennst. Vergißt völlig, daß du, obwohl du erwählt bist, trotzdem ein Kind bleibst. Und du bist um nichts besser, Rolan!« rief sie über ihre Schulter zurück. »Männer!«

Der Gefährte warf zur Antwort nur den Kopf zurück und gab ein Geräusch von sich, das sich verdächtig wie ein Lachen anhörte.

Das Gasthaus gehörte sicher zu den besseren am Ort. Genau in der Mitte des Innenhofes wuchs eine Goldeiche, in deren Schatten Tische aufgestellt waren. Eine Menge Leute saßen an diesen Tischen und aßen und tranken. Die Wache und Talia setzten sich an einen der wenigen unbesetzten Tische, und die Frau bestellte beim Serviermädchen ein riesiges Mittagsmahl. In strengem Tonfall, der keinen Widerspruch zuließ, befahl sie Talia ›ordentlich zu essen‹. Talia erkannte plötzlich, wie hungrig sie während der letzten Tage gewesen war. Inzwischen verschwand die Frau irgendwohin.

Sie kam zurück, als Talia gerade die letzten Bissen hinunterschluckte. Sie trug die Satteltaschen bei sich, die die andere Wache Talia gegeben hatte. Sie waren so voll, daß sie zu platzen schienen.

Sie setzte sich neben Talia rittlings auf die Bank und legte die Taschen vor sich. »Ich habe deine Kleidung ausgewechselt. Jetzt sind es Stücke von der Art, wie die Siedlerfamilien sie tragen. Die Jugendlichen, die hier leben, tragen diese Gewänder, wenn sie schwere Arbeit verrichten müssen. Ich kann mir denken, daß du dich darin wohler fühlst, und andere werden daran sogleich erkennen, daß du nicht daran gewöhnt bist, in der großen weiten Welt herumzureiten. Und hoffentlich werden sie auch begreifen, daß sie dich nicht verwirren dürfen.«

Talia wollte protestieren, daß das nicht notwendig war, aber der strenge Blick, den ihr die Wachfrau zuwarf, ließ sie verstummen.

»Ich habe dir genug Kleidung zum Wechseln eingepackt. Damit kommst du bis ins Collegium, ohne sie selber noch einmal waschen zu müssen. Der Gastwirt bringt dir Reiseproviant. Ich sagte ihm, daß er den Wein weglassen könne. War das richtig?«

Als Talia bejahend nickte, fuhr sie fort: »Spare nicht damit. Wir wollen ja nicht, daß du krank wirst. Laß das Zeug, das in den Wegstationen herumliegt. Eigentlich ist das nur für die Gefährten und für schlimmste Notfälle bestimmt, ganz egal, was dir dieser faule Kerl in Süßquell erzählt hat. Ich sage dir, es müßte wirklich ein sehr, sehr schlimmer Notfall sein, bevor *ich* dieses Zeug essen würde! Du wirst jeden Tag zum Mittagessen anhalten, außer auf eurem Weg liegen keine Dörfer. Das ist ein Befehl. Hier ist dein Stadtabzeichen«, sagte sie und gab Talia eine weitere Messingplakette. Das Mädchen steckte sie sofort zu der anderen in ihre Gürteltasche.

»Ehrlich gesagt, wenn es nicht wegen dieser verdammten Regeln wäre, dann würde ich dich über Nacht hierbehalten, so daß du endlich ein anständiges heißes Bad und ein Bett zum Ausschlafen hast, aber was soll's. Du wirst noch einmal stehenbleiben müssen, um dir Proviant zu besorgen. Versuche es in Kesselschmiede. Die Tagwache dort ist eine alte Freundin von mir. Sie kennt sich mit den Siedlerfamilien und mit Kindern aus. Sie wird sich um alles kümmern, was du brauchst. Bist du fertig?«

Talia nickte nur. Diese Frau hatte sich so schnell und freundlich um alles gekümmert, daß Talia davon ganz schwindelig geworden war. Und es kam Talia so vor, als würde sich diese Frau wirklich um sie Sorgen machen, weil sie allein auf der Straße war. Daß sich jemand um sie sorgte, war für Talia ein ungewohntes Gefühl. Sie hätte fast andere Motive hinter dem Verhalten der Frau vermutet, wenn diese nicht so offen und ehrlich gewesen wäre. Wenn an ihr etwas war, vor dem man sich in acht nehmen mußte, dann konnte zumindest Talia es nicht erkennen.

»Na ja, schau nun, daß du weiterkommst.« Sie gab Talia einen leichten Schubs in Richtung Straße, wo Rolan auf sie wartete. Eine Horde Kinder umlagerte ihn. Alle wollten ihn streicheln oder ihn mit einem ganz besonderen Leckerbissen füttern.

Die Wachfrau hob Talia in den Sattel, band die Satteltaschen erneut fest und übergab auch noch die Taschen mit Essen, die der Gastwirt gebracht hatte. Dann bekam Rolan von ihr noch einen Klaps aufs Hinterteil, damit er sich auf den Weg machte.

Erst als sie schon ein ganzes Stück die Straße hinuntergeritten war, fiel Talia auf, daß sie auf keine einzige ihrer Fragen eine offene Antwort erhalten hatte. Die Wachfrau hatte irgendwelche ›Regeln‹ erwähnt, nach denen diese Reisen ablaufen mußten. Das bewies doch, daß so etwas immer passierte. Und sie hatte zu Rolan gesprochen, als würde sie sich mit einem Menschen unterhalten. Das bewies, daß die Gefährten wirklich so bemerkenswert waren, wie die Legenden behaupteten. Und daß alles, was er mit oder für Talia tat, geplant und absichtlich geschah.

Das hieß, es gab irgend etwas, das Rolan mit ihr zu tun beabsichtigte. Aber Talia konnte sich einfach nicht vorstellen, was das sein sollte.

Nun gut, sie konnte ja weiter darüber nachdenken. Was hätte sie denn sonst auch tun sollen, während sie dahineilten? In den drei Büchern, die sie besessen hatte, wurde immer wieder darauf hingewiesen, daß die Gefährten magische Fähigkeiten hatten, daß eine Art mystisches Band einen Herold und sein Reittier verband. Besonders in der Erzählung von Vanyel war zu lesen gewesen, daß ein Gefährte sich vernünftig mit seinem Herold verständigen konnte. Die Wache hatte so mit Rolan gesprochen, so, als hätte er die Fürsorge für Talia übernommen. Und das würde das Gefühl erklären, das Talia seit dem ersten Tag nicht mehr losließ: Es war *Rolan*, der wußte, wo sie hingehen und was sie tun sollten.

Rolan hatte keinen Zweifel daran gelassen, daß er verstand, was die Wache zu ihm gesagt hatte. Und eigentlich reagierte er ja auch auf alles, was Talia sagte, als ob er sie verstehen könne. Er war es, der fast jeden Abend eine Wegstation fand und ihren Schlaf bewachte. Er war derjenige, der den Weg zum Collegium der Herolde kannte.

Also mußte er zu irgendeinem Zweck an der Stelle gewesen sein, an der sie ihn gefunden hatte. Die Wache hatte auch gesagt, daß er lange Zeit weggewesen war. Und daß seine Reise sie irgendwie betraf.

Talia wagte es kaum zu denken: War es möglich, daß er jemanden gesucht hatte, der als Kandidat für die Ausbildung zum Herold auf die Probe gestellt werden sollte?

Eigentlich hatte sie überhaupt keine Ahnung, wie ein Herold überhaupt zum Herold wurde, nur daß er am Collegium eine lange und anstrengende Ausbildung machen mußte. In der Erzählung von Vanyel war erwähnt worden, daß er am Anfang beinahe nicht den Mut gehabt hätte, sich seinem Schicksal zu stellen; es war aber nicht gesagt worden, wie er erwählt worden war. Und alles, was Talia sonst noch aus den Gerüchten, die in den Siedlerfamilien umgelaufen waren, über die Herolde wußte, war, daß man sie für Monstren mit niedrigster Moral hielt, schamlos und zügellos, die sich einem sinnlichen, luxuriösen und orgiastischen Benehmen hingaben. Sie hatte vermutet, daß das meiste davon dummes Gerede und blanker Neid waren, vor allem weil die Herolde nichts von den Ideen und Anschauungen der Siedler hielten, die die Unterlegenheit der Frauen und ihre Stellung betrafen. Auch waren sie keiner Autorität außer dem jeweiligen Herrscher Valdemars und ihresgleichen verantwortlich. Daß in der Straßenwache auch Frauen im Dienst standen, war eine Überraschung für Talia gewesen, aber nachdem das erste Buch, das sie gelesen hatte, die Erzählung von ›Sonne und Schatten‹ enthalten hatte, wußte Talia, daß es weibliche Herolde gab, die den gleichen Rang wie die männlichen einnahmen. Diese Freiheit, die eine Frau erreichen konnte, war einer der Hauptgründe dafür, warum sie eine Heroldin werden wollte.

Durfte sie davon träumen, daß genau das in naher Zukunft geschehen würde?

Gerade als Talia geglaubt hatte, daß sie sich an die Überraschungen auf ihrer Reise gewöhnt hatte, wartete die nächste. Die Wache in Kesselschmiede war eine Frau, die obendrein auch noch vom Kämpfen Narben und ein Holzbein hatte. Sie erzählte Talia, daß sie das Bein im letzten Krieg verloren hatte. Die Idee, daß eine Frau auf dem Schlachtfeld mitgekämpft hatte, war Talia so fremd, daß sie den Rest des Mittagsmahles und die ersten paar Meilen nach dem Aufbruch in völliger Versunkenheit verbrachte. Erst als sie auf einen Herold traf, schien Talia aus ihren Tagträumen zu erwachen.

Die Straße führte hinunter in ein stilles, kühles Tal. Hier standen hauptsächlich Pinienbäume, so daß sie in einer Wolke von Pinienduft dahinritten. Sie waren tief in den Wäldern und weit von jeder Ansiedlung entfernt. Schließlich traf im Herzen des Waldes die Straße, auf der sie ritten, auf eine andere. Talia bemerkte nicht einmal, daß sich unter dem Schatten der Bäume auf der anderen Straße jemand näherte, bis ein erstaunter Ausruf sie aus ihrer Trance riß.

Erschreckt schaute sie auf. Ihr gegenüber, nicht mehr als vier oder fünf Schritte entfernt, saß ein weißgekleideter Mann, dem das Erstaunen ins Gesicht geschrieben stand. Es war ein Herold, ein *richtiger* Herold auf seiner Gefährtin, einer weißen Stute.

Talia biß sich auf die Lippen; Angst ließ sie erschauern. Trotz allem, was man ihr immer wieder gesagt hatte, war sie nicht sicher, ob sie das Richtige getan hatte. Jetzt war sie dran, es gab keine Möglichkeit, zu verbergen, daß Rolan ein Gefährte war und sie mit einem Herold nicht das Geringste gemein hatte. Wenn sie deswegen Schwierigkeiten bekommen sollte, dann war jetzt der Zeitpunkt gekommen. Trotz all ihrer Anspannung wurde Talia sich bewußt, daß sie auch ein wenig enttäuscht war. Ein Herold sollte einfach nicht so – gewöhnlich aussehen.

Der junge Mann, der auf sie zukam, war zwar selbstsicher und stolz wie ein Herold, aber trotzdem – er war beinahe häßlich. Ganz sicher sah er weder dem wunderschönen

Vanyel noch dem engelsgleichen Sonnensinger aus den Erzählungen ähnlich.

Aber seine Stimme entschädigte dafür.

»Bei der Hand der Göttin! Rolan, so wahr ich hier sitze.« Seine Stimme war melodiös und unerwartet tief. »Bei allen Göttern, endlich hast du jemanden erwählt!«

»M-m-man hat mir gesagt, ich muß ihn zum Collegium zurückbringen, mein Herr.« Talia stotterte wieder einmal vor Aufregung. Sie hielt ihre Augen zu Boden gesenkt, wie es schicklich war für ein Mädchen, das mit einem Mann von Rang sprach. »Ich wußte nicht, was ich sonst hätte tun sollen, und alle schienen so sicher zu sein.«

»He! Du tust schon das Richtige«, unterbrach er ihren Versuch einer Erklärung. »Du meinst, du weißt nicht, was das soll? Nein, du kannst es nicht wissen, sonst würdest du dich nicht benehmen, als hätte ich dich mit deiner Hand in meiner Gürteltasche erwischt!«

Endgültig verwirrt durch seine Worte, sah Talia ihn einen Herzschlag lang an. Er redete auch nicht so, wie es die Herolde in ihren Geschichten getan hatten. Für einen Moment hatte er wie Andrean geklungen.

Sie wünschte, sie könnte sehen, ob seine Augen Andreans ähnelten, aber sie wandte ihren Blick sofort ab, als er versuchte, ihr in die Augen zu sehen.

Er lachte vergnügt in sich hinein. Aus den Augenwinkeln konnte sie sehen, daß er ein freundliches Gesicht machte. »Es ist schon alles in Ordnung. Du tust genau das, was du tun solltest. Bleibe einfach auf der Straße, auf der du gekommen bist, und du bist noch vor dem Abendessen in der Hauptstadt. Jeder dort kann dir den Weg zum Collegium der Herolde zeigen. Höllenfeuer, Rolan kennt den Weg besser als jeder andere. Du kannst dich nicht verirren. Ich wünschte, ich könnte dir sagen, was los ist, aber das ist gegen die Regeln. Du mußt dir alles am Collegium erklären lassen. Sonst bekommst du nur jede Menge Geschichten zu hören, was dies alles bedeutet, und es würde Tage dauern, dir nachher alles richtig zu erklären.«

»Aber ...« Talia wünschte sich so sehr, daß ihr jemand endlich alles erklärte. Es war, als wäre sie in einem großen Spiel gefangen, dessen Regeln sie als einzige nicht kannte. Wenn *irgend jemand* die volle Wahrheit kannte, dann ganz sicher ein Herold. Und seine Freundlichkeit ließ sie sich wünschen, daß sie ihm einfach alles anvertrauen konnte. Wie jemand, der so normal aussah, sie an Andrean erinnern konnte, das verstand sie auch nicht, aber er tat es. Und sie fühlte sich zu ihm hingezogen, wie zu keinem anderen männlichen Lebewesen seit dem Tod ihres Bruders.

»Alles, was du wissen mußt, werden sie dir am Collegium schon erklären. Los, los!« Bei diesen Worten ritt er nahe genug heran, daß er Rolan einen Klaps geben konnte. Der Gefährte war so überrascht, daß er zu traben begann und die weiße Gestalt bald hinter ihnen zurückblieb.

Als Talia sich von ihrem Schrecken erholt hatte, sah sie, daß die Straße von anderen Reisenden bevölkert wurde, sowohl in ihre Richtung als auch in die, aus der sie gekommen war: Reiter, Fußgänger, Karren, die von den verschiedensten Tieren gezogen wurden, und Packtiere. Aber obwohl sie danach Ausschau hielt, konnte sie keinen anderen Herold entdecken.

Solch eine sonderbare Menschenmenge hatte Talia noch nie gesehen. Es war furchtbar laut! Die Angehörigen der Siedlerfamilien hielten die Stimme immer gesenkt und wirkten sehr verschlossen. Doch diesen Menschen konnte man ihre Gefühle, ihre Persönlichkeit geradezu ansehen.

Die anderen Reisenden beachteten Talia und Rolan kaum. Rolan war viel schneller als die meisten anderen. Talia war so beschäftigt damit, sie zu beobachten, daß sie vergaß, nach der Stadt Ausschau zu halten.

Dann überquerten sie einen Hügel, und da lag die Stadt vor ihnen.

Sie war so riesig, daß Talia bei ihrem Anblick erstarrte. Wieder einmal bewies sich, wer das Kommando hatte, denn Rolan schritt einfach weiter. Talia hätte ihn am liebsten herumgedreht, zurück in die Richtung, aus der sie gekommen waren, um in die Vertrautheit der kleinen Siedlungen zurückzuflüchten.

Die Aussicht auf die Stadt war von den Hügeln einfach großartig. Man konnte von hier aus erkennen, daß sie an einem Fluß lag und einst von Mauern umgeben gewesen war. Viele, viele lange Jahre der Sicherheit hatten die Stadt sich über ihre Mauern in alle Richtungen ausbreiten lassen, so wie das Wasser aus einem überfließenden Springbrunnen hinausrinnt.

Zwischen den Mauern standen die Häuser so eng beieinander, daß Talia nur die Dächer sehen konnte. Innerhalb des ersten Walles schien eine zweite Befestigung zu liegen, die ein paar sehr große Gebäude und eine weite Grünfläche mit Bäumen einschloß. Außerhalb der äußeren Mauer lagen noch mehr Gebäude, von einfachen Hütten mit nur einem Stockwerk bis zu riesigen, fensterlosen Gebäuden. Die Häuser drängten sich dicht um die Mauer und zogen sich dann in langen Armen dem Fluß und den Straßen entlang. Talias Augen wurden unwiderstehlich von den innersten Gebäuden und den grünen Wiesen und einem Steingebäude, das alle anderen weit überragte, angezogen. Mit Sicherheit waren das der Palast und das Collegium, aber bevor Talia weitere Einzelheiten erkennen konnte, trug Rolan sie zu einen Punkt hinab, von dem aus die Sicht verstellt war.

Als sie den Häusern näher kamen, war Talia ringsum von Lärm und Geräuschen eingeschlossen. Überall waren Straßenhändler, die ihre Waren in den höchsten Tönen anpriesen. Geschäftsbesitzer hatten am Eingang Leute stehen, die laut schreiend die verschiedensten Spezialitäten des Landes verkauften. Kinder spielten lärmend auf der Straße und kamen den Hufen von Pferden, Eseln und Ochsen, die sich mit den von ihnen gezogenen Waren ebenfalls drängten, oft gefährlich nahe. Nachbarn schrien miteinander, um sich über den Lärm hinweg von Haus zu Haus verständigen zu können. Aus den Gasthäusern schallten laute Gesänge oder Streitgespräche heraus. Talia schwamm der Kopf, ihre Ohren dröhnten, und ihre Angst wuchs.

Und die Gerüche! Gebratenes Fleisch, frisches Brot, Rauch, Pferdemist, Gewürze, der Schweißgeruch von Menschen und Tieren, heißes Metall und verschüttetes Bier – Talias arme, nur die Gerüche des Landes gewöhnte Nase litt genauso sehr wie ihre Ohren.

Sie gelangten zu einem Tor im ersten Wall. Es standen Wachen dort, aber sie hielten Talia nicht auf, als sie vorbeiritt. Sie sahen das Mädchen mit Mienen an, die Talia nicht ganz verstand: Neugier und eine seltsame Verwirrung. Die Mauer, unter der sie hindurchritten, verängstigte Talia noch mehr. Sie war so hoch wie zu Hause das Dach des Tempels. Ihr Gewicht schien auf Talia zu lasten, und sie fühlte sich noch viel kleiner und unbedeutender.

Der Lärm und der Tumult waren im Innern noch viel schlimmer. Die Häuser waren alle mehrstöckig und standen so eng beisammen, daß sich ihre Dächer berührten. Talia schrumpfte in Rolans Sattel zusammen. Es fiel ihr nicht auf, daß die Passanten ihr mitleidige Blicke zuwarfen, wie sie da so saß mit Augen, die groß waren vor Angst in ihrem kleinen, schneeweißen Gesicht. Es war gut, daß Rolan genau wußte, wo er hingehen mußte, denn Talia war so verängstigt, daß sie es nicht geschafft hätte, jemanden um Rat zu fragen.

Es schien endlos zu dauern, bis Rolan vor einem Tor in der zweiten Umwallung stehenblieb. Es war schmal, gerade breit genug, um einen einzelnen Reiter passieren zu lassen, und es war verschlossen. Die Wache sah Talia neugierig an. Seine Uniform war nicht die leichte blaue Kluft. Dieser Mann war in tiefes Mitternachtsblau mit silbernen Tressen gekleidet. Sobald er sie erblickt hatte, war er vorgetreten und hatte das Tor geöffnet. Rolan wartete darauf, daß der Mann herankam. Der lächelte Talia ermutigend an und kam dann so nahe, daß er die Markierungen auf Rolans Sattel betrachten konnte. Ein freudiger Ausruf drang von seinen Lippen.

»Rolan!« rief er entzückt. »Endlich! Wir dachten schon, du findest niemals jemanden! Es gab sogar eine Wette, daß du über die Grenze gegangen wärst! Das Collegium war in einem ganz schönen Aufruhr, seit du fort warst ...«

Dann sah er endlich Talia, deren Gesicht schneeweiß vor Schreck war.

»Deine Prüfung ist fast vorbei, mein Kind«, sagte er voll Freundlichkeit. »Steig jetzt ab, und ich sorge dafür, daß du dort hinkommst, wo du hingehen mußt!«

Er half ihr aus dem Sattel, als wäre sie eine Prinzessin. Aber kaum hatte sie ihre Füße auf den Boden gesetzt, kam ein anderer Uniformierter und führte Rolan fort. Talia sah mit schmerzendem Herzen zu, wie sie verschwanden, und fragte sich, ob sie ihn wohl jemals wiedersehen würde. Sie wünschte, sie wäre ihrem ersten Einfall gefolgt und wäre mit ihm weit, weit weg geritten. Was konnte hier schon mit ihr passieren? Wie hatte sie jemals davon träumen können, für Menschen, die an so einem Ort lebten, auch nur von geringster Bedeutung zu sein?

Die Wache führte sie in das graue mehrstöckige Steinhaus am Ende des Weges, den sie entlanggingen. Es glich keinem anderen Bauwerk, das Talia jemals gesehen hatte. Das Herz rutschte ihr in die Hose, als sie zwischen den massiven, hölzernen, mit Messing eingelegten Toren hindurchgingen. Sie hatte auch nie etwas gesehen, das dem Schmuck dieser Tore gleichkam, und das war erst der Anfang der Überraschungen. Talia fühlte sich immer elender. Allein die Möbel in einem einzigen Zimmer, an dem sie vorbeigingen, waren viel mehr wert, als es ihre gesamte Ansiedlung war. Nicht einmal das Allerheiligste des Tempels war so wertvoll gewesen. Hätte man sie auch nur einen Moment allein gelassen, sie wäre davongelaufen, aber nach ein paar Minuten hätte sie den Weg zum Ausgang ohnehin nicht mehr finden können.

Zuletzt brachte der Wächter sie in einen Raum, der viel kleiner war als jene, an denen sie vorbeigekommen waren. Ungefähr so groß wie eine große Speisekammer, aber nicht weniger wertvoll eingerichtet als der Rest des Gebäudes.

»Jemand wird in ein paar Minuten zu dir kommen, Mädchen«, sagte der Wächter freundlich und nahm ihre Metallplaketten entgegen. »Hab keine Angst, du bist hier unter

Freunden. Weißt du, wir haben auf dich gewartet. Du und Rolan, ihr wart ein willkommener Anblick für meine Augen.« Als sie keine Antwort gab, tätschelte er ihr leicht den Kopf. »Hab keine Angst, niemand wird dir etwas tun. Ich habe selbst Kinder, die fast so alt sind wie du. Mach es dir inzwischen bequem, während ich die richtigen Leute davon verständige, daß du hier bist.«

Es sich bequem machen? Hier? Wie sollte sie das, in so einem Raum?

Schließlich wählte sie einen Ledersessel, der so aussah, als könnte sie ihn am wenigsten beschädigen, und setzte sich. In der Stille des leeren Raumes begann sie ein wenig von ihrer Angst zu vergessen. In dem ganzen Luxus, der sie umgab, war sie sich bewußt, daß sie schmutzig und verschwitzt war, daß sie nach Pferd roch und in einen Stoff gekleidet war, aus dem man hier vermutlich die Getreidesäcke anfertigte. Außerdem war sie erst dreizehn Jahre alt. Wenn sie mit Rolan zusammen war, dann schien das alles nichts auszumachen. Aber jetzt standen ihr alle Nachteile deutlich vor Augen. Wie hatte sie es jemals wagen können, auch nur davon zu träumen, ein Herold zu werden? Niemals. Nur Menschen, die in dieser Umgebung geboren und aufgewachsen waren, konnten so eine Position erreichen. Die Wache war vermutlich gegangen, um einen Dienstboten zu holen, der ihr ein wenig Silber geben und sie dann wegschicken würde. Wenn sie Glück hatte, dann würde es jemand sein, den sie dazu überreden konnte, ihr eine Arbeit zu geben.

Ein kleiner Wirbelwind stürzte in den Raum herein und unterbrach ihre Gedanken.

»Oh«, sagte das kleine Mädchen. Sie war ein wenig über sieben Jahre alt, hatte walnußbraunes Haar und blaue Augen. Sie machte ein ziemlich angewidertes Gesicht. »Was machst *du* denn hier?«

Zum ersten Mal, seit sie die Stadt aus der Ferne gesehen hatte, fühlte sich Talia wieder auf sicherem Boden. Kleine Kinder waren etwas, womit sie umgehen *konnte*!

»Ich warte hier, wie man es mir gesagt hat«, antwortete sie.

»Willst du dich nicht hinknien?« fragte das Kind mit herrscherlicher Miene.

Talia verbarg ihr Lächeln. Es war erstaunlich, wie schnell ein kleines, offensichtlich verwöhntes Kind ihr das völlig verlorengegangene Selbstvertrauen wiedergeben konnte.

»Knien?« fragte sie mit geheucheltem Erstaunen. »Warum sollte ich niederknien?«

Das Kind lief vor Zorn rot an. »Du befindest dich in der Gegenwart der Erbin des Thrones«, antwortete sie mit starker Betonung. Sie reckte das Näschen in die Höhe und machte ein beleidigtes Gesicht.

»Wirklich? Wo ist sie?« Talia sah sich mit unschuldigem Gesicht um, das ihren Mutwillen, den das Kind mit seinem Benehmen erregt hatte, verbergen sollte. Dieses Mädchen war drauf und dran, die Behandlung zu erhalten, die ihre schlechten Manieren verdienten. Wenn sie *wirklich* die Erbin war, dann erfüllte der, der sie aufziehen sollte, seine Pflicht sehr schlecht. Und wenn sie es nicht war, dann verdiente sie einen Tadel für ihre Lügen. »Ich sehe aber niemanden, der das sein könnte.«

»Ich! Ich!« schrie das Kind zornig und stampfte mit dem Fuß auf. »Ich bin die Erbin!«

»Ach, das glaube ich dir nicht«, sagte Talia, der die Auseinandersetzung großen Spaß machte. »Du bist nur ein kleines Kind, das viel herumquengelt. Ich habe alles über die Erben gelesen. Der Erbe ist immer höflich und freundlich und behandelt die niedrigste Küchenmagd, als wäre sie die Königin in eigener Person. Du benimmst dich, als würdest du eher die Königin wie eine Küchenmagd behandeln. Du kannst einfach nicht die Erbin sein. Vielleicht sollte ich nach der Wache rufen und ihr sagen, daß sie eine Betrügerin festnehmen muß.«

In seinem grenzenlosen Zorn wußte das Kind nicht, was es sagen sollte, es öffnete und schloß nur seinen Mund.

»Aber vielleicht bist du ein Fisch«, fügte Talia noch hinzu. »Auf jeden Fall siehst du wie einer aus.«

Das Mädchen kreischte vor Zorn und hob die zur Faust geballte Hand.

»Das würde ich nicht tun«, sagte Talia warnend. »Ich schlage zurück.«

Die Augen des Kindes wurden vor Überraschung noch größer, und sein Gesicht nahm einen womöglich noch röteren Farbton an. »Ich – wie – oh!«

»Das hast du mir bereits gesagt.« Das war zuviel! Das Mädchen stieß einen ohrenbetäubenden Schrei aus, warf einen kleinen Tisch um, der in seiner Nähe stand, und rannte aus dem Zimmer. Talia, die irgend etwas in der Art von ihr erwartet hatte, sprang auf, um den Tisch zu retten, und stellte ihn mit einem erschöpften Seufzer wieder richtig hin.

Hinter Talia war ein kurzes Auflachen zu vernehmen. Talia drehte sich um und sah, wie der Vorhang beiseite geschoben wurde. Eine hochgewachsene, hübsche Frau in der weißen Uniform eines Herolds trat in den Raum. Obwohl sie zu der hüftlangen Tunika einen Rock statt der üblichen Hosen trug, und das Gewand aus feinstem Samt und Seide angefertigt worden war, unterschied sie sich durch nichts in ihrem Auftreten von den anderen Herolden, die Talia gesehen oder von denen sie gehört hatte. Ihr Haar war im Nacken zu einem Knoten zusammengebunden und hatte dieselbe goldene Farbe wie Raivalblätter im Herbst. Sie hatte intelligente, durchdringende Augen, die dasselbe intensive Blau zeigten wie die Augen der Gefährten.

Talia wollte auf die Füße springen, aber die Frau bedeutete ihr, sitzen zu bleiben.

»Bleib, wo du bist, Mädchen«, sagte sie. Talia setzte sich wieder hin, und scheu beobachtete sie weiter die Frau. »Du hast einen langen und ermüdenden Ritt hinter dir. Du verdienst es, zur Abwechslung einmal auf etwas zu sitzen, das sich nicht bewegt.«

Die Frau betrachtete das Kind, das gehorsam vor ihr saß. Sie mochte, was sie sah. Das Mädchen hatte genau gewußt, wie sie mit dem Temperament und der Unhöflichkeit der

Erbin umzugehen hatte. Sie hatte genug Mutwillen gezeigt, der bewies, daß sie auch Humor hatte. Gleichzeitig war sie klug gewesen, ohne grausam zu dem Kind zu sein. Das ließ für ihren zukünftigen Erfolg das Beste hoffen.

»So, du bist also Talia. Ich hoffe, es stört dich nicht, daß ich gelauscht habe, aber ich wollte sehen, wie du mit ihr zurecht kommst«, sagte die Frau dann mit leichter Entschuldigung im Tonfall.

»Mit einer Bürste auf ihrem Hinterteil, wenn ich für sie verantwortlich wäre«, antwortete Talia unwillkürlich. Der Vorfall und die Zustimmung der Frau zu dem, was sie getan hatte, hatten ihr die Angst genommen. Und wenn Keldar immer etwas ausgestrahlt hatte, das Talia nervös und ungeschickt werden ließ, so bewirkte diese Frau das genaue Gegenteil.

»Davon hat sie leider viel zu wenig gehabt«, lachte die Frau.

Sie betrachtete Talia genauer und war noch mehr ermutigt von dem, was sie in ihrem Gesicht und aus ihrem Benehmen lesen konnte. In den großen braunen Augen lagen Intelligenz und Großzügigkeit. Und ihr Gesichtsausdruck glich dem eines Kindes, das mit einer freundlichen und geduldigen Wesenart gesegnet war. Die Frau vermutete, daß Talia wahrscheinlich ein wenig älter war, als sie auf den ersten Blick zu sein schien, um die dreizehn oder vierzehn Jahre. Das herzförmige Gesicht, von wilden braunen Locken gekrönt, wirkte anziehend. Der kräftig gebaute und muskulöse Körper zeigte, daß dieses Kind schon sehr hart gearbeitet hatte. Mit jeder Einzelheit, die ihr auffiel, kam die Frau immer mehr zu dem Schluß, daß Rolan das Collegium mit der richtigen Antwort auf alle ihre Gebete und Hoffnungen versorgt hatte.

»Nun, das ist ein Problem für morgen«, sagte sie schließlich. »Man hat mir gesagt, daß du diejenige bist, die Rolan von seiner Reise mitgebracht hat. Ist das richtig? Hat dir bereits irgend jemand etwas erklärt?«

Talia fühlte sich durch das Verständnis im Gesicht dieser

Frau ermutigt. Die Ermutigung, die sie fand, das ungeteilte Interesse und vor allem ein Gefühl der absoluten Sicherheit brachten die Worte dazu, aus ihr herauszuströmen, bevor sie darüber nachdenken konnte.

»Nein! Außer mir weiß anscheinend jeder, was los ist!« platzte sie heraus. »Aber niemand will mir auch nur das Geringste *erklären*!«

Mit sorgloser Anmut setzte sich die Frau. »Nun, jetzt will dir jemand alles erklären. Warum erzählst du mir nicht einfach, was passiert ist? Von Anfang an. Ich werde versuchen, dir beim Verstehen zu helfen.«

Die ganze lange Geschichte brach aus Talia heraus. Bevor sie geendet hatte, kämpfte sie bereits mit den Tränen. Alle Zweifel, die sie gehabt hatte, kehrten zurück. Sie hatte nichts,worauf sie sich verlassen konnte, außer vielleicht zweifelhafte Dankbarkeit. Und sie verstand nun ganz klar, in welch hilfloser Situation sie sich befand, wenn die Herolde beschlossen, sie fortzuschicken.

»Bitte – Ihr müßt doch jemanden kennen, der ...«

»Jemanden, der etwas zu sagen hat?«

»Ja. Könnt Ihr hier nicht irgendeine Arbeit für mich finden?« bat Talia. »Ich tue alle, stopfen, waschen, die Fußböden schrubben.« Sie schwieg, weil sie spürte, daß sie sonst zu weinen beginnen würde. Wie hatte sie nur gewagt, davon zu träumen, daß sie sich diesen magischen Gestalten würde anschließen können? Sie standen so hoch über ihr wie die Sterne.

»Dirk hatte recht. Du hast nicht die geringste Ahnung, was mit dir geschehen ist«, sprach die Frau, halb zu sich selbst. Dann sah sie auf und vor ihrem intensiven Blick mußte Talia die Augen abwenden. »Hast du das wirklich gemeint, was du zu der Hauptfrau gesagt hast? Willst du wirklich eine Heroldin werden?«

»Ja.« Talia blickte verschämt auf ihre Hände. »Mehr als alles andere – ich weiß, das ist unmöglich – aber das habe ich vorher ja nicht besser gewußt. Niemand hat mir jemals gesagt, wie dieser Ort hier sein würde. Ich glaube auch nicht, daß ich es mir hätte vorstellen können. Sensholding ist ganz, ganz anders. Ich konnte ja nicht ahnen, was ich da verlangt habe. Bitte, bitte vergebt mir – ich wollte ja sicher nicht respektlos sein.«

»Vergeben?« Die Frau war erstaunt. »Kind, *was* vergeben? Es ist nicht respektlos, davon zu träumen ein Herold zu werden. Obwohl es sicher nicht so ist, wie es in den Geschichten erzählt wird. Es ist Arbeit, die sowohl langweilig als auch gefährlich sein kann. Nur die Hälfte der Herolde erreicht ein hohes Alter. Und es ist ein Leben, in dem du sehr wenig Zeit für dich selbst findest. Es ist ein Wunder, daß diese Arbeit überhaupt jemand tun will. Es ist ein noch größeres Wunder, daß es der Herzenswunsch von jemandem sein kann. Ein Herold muß seine Pflicht immer über alles stellen, selbst über sein eigenes Wohlbefinden.«

»Das macht doch nichts!« rief Talia.

»Warum? Was macht dann etwas aus?«

»Ich bin nicht sicher.« Sie suchte nach Worten, um das auszudrücken, was sie bis jetzt nur gefühlt hatte. »Herolde *tun* Dinge, anstatt sich darüber nur zu beklagen. Dinge, die oft das Leben der Menschen erleichtern, und wenn sie nur den Streit um eine Kuh schlichten. Und ...« Da stockte sie. »Es gibt die Gefährten.«

Wieder flossen ihre Tränen, obwohl sie es nicht wollte, als sie sich mit seltsamer Klarheit an ihre Tage auf der Straße erinnerte, als sie einmal in ihrem Leben nicht einsam gewesen war. Es konnte auch Einbildung sein, aber sie hatte geglaubt, daß Rolan sich um sie kümmerte – daß er sie vielleicht sogar liebte. Sie zweifelte nicht daran, daß sie ihn geliebt hatte. Und jetzt war er verschwunden, vermutlich wieder bei dem Herold, zu dem er *wirklich* gehörte.

»O mein armes Kind.« Plötzlich streckte die Frau die Arme aus und zog Talia an sich, um sie an ihrer Schulter ihren Kummer herausweinen zu lassen.

Talia versuchte sich loszumachen und kämpfte die Tränen zurück, obwohl sie viel lieber an dieser freundlichen Schulter geweint hätte. »Ich bin ganz schmutzig«, schluchzte sie. »Und Ihr seid in der weißen Uniform.«

»Es gibt wichtigere Dinge im Leben als Schmutz«, antwortete die Frau und hielt sie genauso fest, wie Vris es mehr als einmal getan hatte. Irgend etwas an ihr wirkte ebenso beruhigend auf Talia, wie es Rolan getan hatte. Oder Vris. Oder Andrean.

Als Talia die Beherrschung über sich zurückgewonnen hatte, gab ihr die Frau ein Taschentuch, um die Spuren der Tränen zu beseitigen, und sagte: »Es ist ziemlich offensichtlich, daß dir niemand je gesagt hat, wie die Herolde erwählt werden.«

»Werden sie dazu nicht einfach geboren, so wie ein Ältester Sohn alles erbt? Ich meine – all das hier ...«

»All das hier bedeutet gar nichts, wenn du nicht die Richtige bist. Es stimmt, Herolde werden für ihre Arbeit geboren, denn niemand kann lernen, ein Herold zu sein, aber das Blut allein macht es nicht aus. Nein, die Gefährten erwählen sie.«

Und plötzlich war alles wieder da, jener wundervolle, freudige Moment, als sie das erste Mal in Rolans Augen gesehen hatte. »Ich erwähle dich«, hatte er in ihrem Geist gesagt. Ja, jetzt erinnerte sie sich an alles ...

Die Frau lächelte, als Talia überrascht aufblickte. »Für gewöhnlich müssen sie auf ihrer Suche nicht sehr weit gehen. Es ist eine eher seltsame Sache. Aus verschiedensten Gründen kommt jeder, der aus dem richtigen Holz geschnitzt ist, um ein Herold zu werden, an den Hof oder ins Collegium. Aber manchmal müssen die Gefährten ihren Herold selbst suchen. Es gibt einen Gefährten, der das *immer* tut. Sage mir, in den Geschichten, die du gelesen hast, bist du da jemals über den Titel ›Der Herold des Monarchen‹ gestolpert?«

»Ja«, antwortete Talia, die immer noch ein wenig betäubt war von den neuen Erkenntnissen und ihrer wiedererwachten Erinnerung, »aber ich habe nicht verstanden, was damit gemeint ist.«

»Es ist eine ganz besonders hohe Vertrauensstellung. Und du brauchst dafür einen außergewöhnlichen Menschen.

Jeder braucht jemanden, dem er völlig vertrauen kann, der ihm nie einen falschen Rat geben würde, jemand, der ein treuer Freund im besten Sinn des Wortes ist. Der Herrscher braucht so jemanden noch viel mehr, da er von vielen Leuten umgeben ist, die nur ihr eigenes Interesse im Herzen haben. Das ist es, was ›Der Herold der Königin‹ eigentlich ist. Alleine die Tatsache, daß es so etwas wie den Herold des Monarchen gibt, ist einer der Gründe, daß es im Königreich so wenig Zwistigkeiten gegeben hat in der langen Geschichte. Wenn ein Herrscher weiß, daß es jemanden gibt, dem er vollkommen vertrauen kann und der ihm auf jeden Fall die Wahrheit sagen wird, dann macht ihn das ehrlicher vor sich selbst und weniger eigensüchtig, und so zu einem besseren Herrscher. Herold des Monarchen ist man für sein ganzes Leben und derjenige, der dazu ausersehen wird, wird immer von dem Gefährten des letzten Herolds erwählt, der diese Stellung hatte. Wenn dieser Herold stirbt, verläßt der Gefährte das Collegium, um im Königreich nach einem Nachfolger zu suchen. Unter den letzten Herrschern hat das selten länger als ein oder zwei Tage gedauert, und oft genug hat der Gefährte jemanden erwählt, der schon Herold war oder knapp vor der Weihe stand. Aber dieses Mal war es anders. Als Herold Talamir starb, war sein Gefährte beinahe zwei Monate unterwegs, und das ist schon sehr lange nicht mehr geschehen.«

Talia war so fasziniert von der Geschichte, daß sie ihre eigenen Probleme ganz vergaß. »Warum?« fragte sie einfach.

Die Frau dachte eine ganze Weile über diese scheinbar einfache Frage des Mädchens nach. Talia verdiente die beste und ehrlichste Antwort, die sie geben konnte.

»Nun, wir denken, daß es etwas mit der gegenwärtigen Situation zu tun hat«, sagte sie dann endlich. »Die Erbin ist entsetzlich verdorben worden, und das ist zum Teil die Schuld der Königin. Sie hat zuviel von ihrer Zeit mit Politik und scheinbar wichtigeren Dingen verbracht und zu wenig mit ihrem Kind. Das Kindermädchen ist eine Fremde und hat dem Mädchen eine völlig übertriebene Vorstellung seiner eigenen Bedeutung beigebracht. Es wird nicht leicht sein, das Biest in einen Menschen zu verwandeln, der es wert ist, auf diesem Thron zu sitzen. Talamirs Gefährte mußte einen weiten Weg zurücklegen, um die zu finden, die dazu imstande sein könnte.«

»Aber er hat jemanden gefunden, nicht wahr?« fragte Talia aufgeregt.

»Ja, das hat er. Er hat sie zu uns gebracht.« Sorgfältig beobachtete sie Talias Reaktion, da die ihr eine Menge über das Mädchen sagen konnte.

Talia wollte es einfach nicht glauben. »*Ich*? Aber ich weiß doch überhaupt nichts, ich bin doch nur eine Bauerntochter, ich passe nicht hierher. Ich kann mich nicht richtig ausdrükken, ich schaue nicht richtig aus, ich habe nichts von dem, was Ihr wollt.«

»Du weißt, wie man mit einem verzogenen Kind umgehen muß. Talia, ich gebe zu, ich habe auf jemanden gehofft, der ein wenig älter ist als du, aber – die Gefährten machen keine Fehler. Du stehst Elspeth im Alter nahe genug, daß du ihr wirklich eine Freundin sein kannst, wenn du das Biest einmal gezähmt hast. Und weil du sagst, du paßt nicht hierher, sie ist von den Höflingen viel zu sehr verwöhnt worden, sie könnte ein wenig gesunden Menschenverstand gebrauchen. Ja, und auch ein paar aufs Hinterteil, wenn es notwendig sein sollte! Und in Zukunft – wenn ich jemanden gehabt hätte, dem ich hätte vertrauen können, mit dem ich einfach hätte reden können, hätte ich wahrscheinlich niemals ihren Vater geheiratet.« Sie seufzte.

»Ihr – ihr Vater – Ihr seid die *Königin*?« Dieses Mal sprang Talia auf die Füße. Entsetzen stand in ihren Augen. Die Königin tat ihr Bestes, um das Lächeln zu verbergen, das Talias völlige Verzweiflung in ihr hervorrief. »Ich habe die Königin schmutzig gemacht?« Talia wäre auf die Knie gefallen, wenn die Königin es nicht verhindert und sie wieder auf ihren Sessel gedrückt hätte.

»Talia, Liebes, die Königin ist nur im Thronraum die Königin«, antwortete sie. »Überall anders bin ich nur ein anderer Herold. Und ich bin auch eine Mutter, die dringend deine Hilfe braucht. Ich habe irgendwo etwas falsch gemacht, und alleine kann ich es nicht mehr in Ordnung bringen. Was ich in der letzten Stunde gesehen habe, überzeugt mich davon, daß du es sein kannst, obwohl du noch so jung bist.«

Sie hoffte, daß das Mädchen die Bitte sah, die in ihren Augen geschrieben stand.

»Niemand kann dich dazu zwingen. Wenn du ehrlich nicht glaubst, daß du der Herold der Königin für eine Frau sein kannst, die alt genug ist, um deine Mutter sein zu können, und für ein verwöhntes kleines Monster, finden wir hier einen anderen Platz, wo du glücklich leben kannst. Ich gestehe dir, ich würde diese Aufgabe unter *keinen* Umständen haben wollen. Du kannst nein sagen, und wir senden Rolan noch einmal aus. Aber ich denke, sein Urteil war richtig, als er dich erwählte. Willst du ein Herold sein, Talia? Und willst du der Herold der Königin sein?«

Talia schluckte. Sie war sich immer noch nicht sicher, ob sie nicht das Opfer eines schrecklichen Irrtums war. Sie öffnete den Mund und wollte »Nein!« sagen, aber wieder war ihr Herz schneller als ihr Verstand.

»Ja!« hörte sie sich sagen. »Ja, ich will!«

Die Könign seufzte, als hätte jemand eine schwere Last von ihren Schultern genommen. »Ich danke dir, Talia. Vertraue mir. Für lange, lange Zeit wirst du diese Last nicht alleine tragen müssen. Du mußt noch viel, viel lernen, und es wird viele geben, die bereit und in der Lage sind, dir zu helfen. Das Wichtigste ist, daß du Elspeths Freundin wirst, so daß du anfangen kannst, sie ein wenig zu lenken. Es kann sein, daß ich den Herolden schwere Aufgaben stelle, aber ich versuche auch, sie nicht unmöglich zu machen.« Die Königin lächelte erleichtert. »Gibt es sonst noch etwas, das ich dir sagen kann?«

»Könnte ich ... könnte ich Rolan hin und wieder sehen?«

»Ihn sehen? Kind, er ist jetzt *dein* Gefährte, wenn du wirklich wolltest, könntest du sogar in seinem Stall schlafen.«

»Er ist mein Gefährte? Ist das alles wirklich wahr?«

Es war viel zu sehr wie in ihren Geschichten. Talia erwartete, daß sie jeden Moment in ihrer Kammer unter dem Dach des Hauses in Sensholding aufwachen würde. Sie mußte träumen. Aber fühlte man sich in einem Traum auch schmutzig, und spürte man die Sesselkante, die leicht ins Bein schnitt?

Es konnte also doch kein Traum sein. Plötzlich fühlte sie sich schwindelig und trunken vor Erleichterung und Hochgefühl. Sie würde ein Herold sein – sie würde wirklich ein Herold sein, so wie Vanyel und Schattentänzer und alle anderen in den Geschichten und Legenden!

Talia blickte zur Königin auf, ließ ihre Zurückhaltung fallen und zeigte ganz offen ihre Freude.

»Ja, Talia. Es ist alles wahr«, sagte die Königin. Ihre Augen wurden weich, als sie das strahlende Glück im Gesicht des Mädchens sah. Talia war so selbstbeherrscht, daß es ganz einfach war, zu vergessen, daß sie erst dreizehn Jahre alt war. Es würde niemandem schwerfallen, Talia gerne zu haben, zumindest nicht in solchen Augenblicken.

Dann verwandelte sich das Kind wieder in den kleinen Erwachsenen. »Wo fange ich an? Was muß ich alles tun?«

»Du fängst jetzt an«, sagte die Königin und zog an dem Glockenseil, um den Dekan des Collegiums herbeizurufen, der ungeduldig das Ende der Unterhaltung erwartete. »Sobald Dekan Elcarth hier ist. Er wird dich im Collegium unterbringen und für alles Nötige sorgen. Und was du tun mußt, Talia, das ist lernen, lernen, lernen. Und bitte«, sie sah Talia sehr ernst an, »lerne, so schnell du kannst. Ich – *wir* brauchen dich mehr, als du dir vorzustellen vermagst.«

Vier

Die Aufforderung der Königin wurde unverzüglich beantwortet. Talia hatte keine Ahnung, was auf sie zukommen würde, aber der Anblick des kleinen Mannes in der weißen Uniform eines Herolds, den die Königin als den Dekan des Collegiums der Herolde vorstellte, erleichterte sie ungemein. Dekan Elcarth war ein lebhafter, ältlicher Mann, der irgendwie einem Vogel glich und kaum größer war als Talia. Die große Unsicherheit, die sie für gewöhnlich in der Gegenwart von Männern verspürte, löste sich in Luft auf. Er glich so sehr einem Zaunkönig, daß es einfach unmöglich war, vor ihm Angst zu haben.

»So«, sagte er und betrachtete Talia dabei mit leicht zur Seite geneigtem Kopf. Seine runden schwarzen Augen strahlten Intelligenz aus. »Das ist also unser neuer Herold. Ich glaube, du wirst dich sehr wohl fühlen, Kind. Und laß dir gleich von mir sagen, daß ich mich so gut wie nie irre.« Er lachte, und Talia antwortete mit einem vorsichtigen Lächeln.

Er nickte leicht zur Königin hin. »Nun gut, mit Eurer Erlaubnis, Selenay ...«

»Ich überlasse sie Euren fähigen Händen«, antwortete die Königin.

»Ausgezeichnet, komm nur mit, Kind. Ich führe dich herum. Vielleicht finden wir jemanden, der dir helfen kann, dich bei uns einzurichten.«

Er führte sie hinaus aus der Tür und durch die holzgetäfelte Halle. Gehorsam paßte Talia ihre Schritte den seinen an. Sie war froh, daß er nur wenig größer war als sie selbst. Anders hätte sie nie mit ihm Schritt halten können. So schnell wie er ging, mußte sie, nur um neben ihm zu bleiben, zwei Schritte machen, wenn er einen tat.

Elcarth war seit Jahrzehnten der Dekan des Collegiums. Er hatte sehr viel Erfahrung in der Beurteilung der Neu-Erwählten gesammelt und nicht eine Nuance in Talias

Benehmen war ihm entgangen. Die Art, wie sie versucht hatte, sich kleinzumachen, bevor sie ihn das erste Mal genau ansah, hatte ihm mehr über sie gesagt, als sie sich hätte vorstellen können. Daß sie ihm gleich blindlings gehorcht hatte, sagte noch viel mehr über sie aus. Leise schüttelte er den Kopf. Sie war offensichtlich nicht daran gewöhnt, die Initiative zu ergreifen. Dagegen mußte man etwas tun. Und ihre Scheu sprach davon, daß sie in gewisser Hinsicht mißhandelt worden war. Zum Glück war sie vielleicht gebeugt worden, aber sicher nicht gebrochen; sonst hätte Rolan sie wohl niemals erwählt. Der Dekan nahm sich vor, mit der Königin über die Siedlerfamilien zu sprechen. Daß dieses Kind nicht gewußt hatte, wie die Gefährten ihre zukünftigen Herolde erwählten, war geradezu kriminell. Und der junge Dirk hatte mit seiner Beurteilung recht gehabt. Talia war so in sich zurückgezogen und zurückhaltend, daß es kaum zu glauben war. In der Gegenwart von Frauen schien sie sich nicht so sehr in sich selbst zurückzuziehen, wie das bei Männern der Fall war. Es war beinahe, als erwartete sie von einem Mann auf jeden Fall Schläge und Mißhandlungen. Es würde wahrscheinlich sehr lange Zeit dauern, bis ein Fremder ihr Vertrauen würde gewinnen können. Schnell revidierte er seine ursprünglichen Pläne. Bis sie sich an das Leben hier gewöhnt hatte, war es wohl besser, wenn die meisten ihrer Lehrer Frauen waren. Nur Herold Teren wirkte wahrscheinlich unverfänglich genug, so daß sie in seiner Gegenwart ihre Anspannung ablegen würde.

Elcarth fragte Talia gründlich aus, während sie gingen. Bewußt behielt er einen leichten Ton bei und versuchte, eine beruhigende Aura auszustrahlen. Die Antworten, die er bekam, stellten ihn in hohem Maße zufrieden. Er hatte befürchtet, daß sie eine Analphabetin sein würde. Ihre Fragen zeigten einen unglaublichen Wissensdurst. So weit es ums Lernen ging, war er sicher, daß man ihr nur Zugang zu Wissen und Unterricht geben mußte, und sie würde lernen, ohne dazu angehalten werden zu müssen.

Auf einem einzigen Gebiet war sie allerdings gefährlich

schlecht unterrichtet. Sie hatte so gut wie keine Ahnung vom Umgang mit Waffen. Sie würde so schnell wie möglich lernen müssen, sich selbst zu verteidigen. Viele im Kreis der Herolde bezweifelten, daß Talamirs Tod auf natürliche Ursachen zurückzuführen war, und der Dekan teilte diese Zweifel. Ein Kind, das ganz alleine war, das nichts von Selbstverteidigung wußte, war jenen, die es verstanden hatten, den Tod eines erfahrenen Herolds als eine natürliche Folge des Alters darzustellen, einfach nicht gewachsen. Talia war so furchtbar verletzlich, so eine zarte Kreatur, die alle ihre Hoffnungen auf sich vereinte. Waffenmeister Alberich war der einzige Lehrer, der sie mit einiger Geschwindigkeit genug lehren konnte, daß sie außer Gefahr war, aber wahrscheinlich würde sein bloßer Anblick das Mädchen erschrecken. Der Dekan sagte sich, daß er sofort mit dem Waffenmeister sprechen mußte. Alberich war kein Narr. Wenn man ihm sagte, wie scheu Talia war, so würde er wissen, wie er sie zu behandeln hatte.

Inzwischen, während er diesen Gedanken nachhing, fuhr Elcarth mit seinen Fragen an Talia fort. Keine einzige ihrer Antworten entging ihm.

Talia selbst war mehr als nur ein wenig verwirrt von Dekan Elcarths Fragen. Er wechselte so schnell von einem Thema zum anderen, daß sie keine Zeit hatte, über ihre Antworten nachzudenken. Aber die Antworten, die sie ihm gab, schienen ihm zu gefallen. Ein oder zwei Mal war er anscheinend so gar *sehr* zufrieden mit dem, was sie sagte.

Sie durchquerten lange holzgetäfelte Korridore mit Wandbehängen. Nur diejenigen, die Fenster nach außen hatten und Talia einen Blick auf die Sonne und die Bäume erlaubten, ließen sie ungefähr erahnen, in welche Richtung sie sich bewegten. Nach einiger Zeit gingen sie durch ein Paar massive doppelte Türen. »Wir sind jetzt im Collegium-Flügel, ich meine im Collegium der Herolde«, sagte Elcarth. »Mit dem Palast verbunden sind noch die Collegia der Barden und der Heiler. Unseres ist das größte, aber das kommt daher, daß die meisten Unterrichtsräume hier eingerichtet sind und wir dadurch Platz sparen können. Die Heiler und die Barden haben ihre eigenen Gebäude. Das Haus der Heilung ist dem Collegium der Heiler angeschlossen; vielleicht hast du schon davon gehört. Entlang dieses Korridors liegen die Unterrichtsräume, der ganze erste Stock besteht nur aus Klassenzimmern. Die Tür am entfernten Ende führt in den Hof, der vor den Ställen liegt, und zu den Übungsgründen dahinter. Hinter uns, auf der anderen Seite der Türen, befinden sich die privaten Quartiere der Herolde des Königreiches.«

»Sind denn *alle* Herolde hier?« fragte Talia schier überwältigt.

»Nein. Die meisten sind draußen auf ihren Rundreisen. Aber alle haben sie zumindest einen Raum hier. Mitunter teilen sie ihn mit jemandem, manchmal haben sie ein Einzelzimmer. Diejenigen, die ständig hier im Palast oder am Collegium ihren Dienst verrichten, haben mehrere Räume, genau wie die Herolde, die sich vom aktiven Dienst zurückgezogen haben. Hinter dieser Tür hier befindet sich ein Stiegenaufgang, ein weiterer liegt in der Mitte des Gebäudes und ein dritter in der Nähe der Tür am anderen Ende. Wir werden jetzt zu den Quartieren der Studenten hinaufgehen.«

Das holzgetäfelte Treppenhaus war nicht so eng und schmal wie die Treppen in Sensholding. Ein kleines Fenster auf halber Höhe der Stiege spendete genug Licht. Am zweiten Treppenabsatz befand sich eine Tür, die der Dekan höflich für sie öffnete.

»Hier befinden sich die Schlafräume der Studenten«, sagte er. Wie die Halle unten war auch dieser Korridor mit einem dunklen Holz getäfelt. Das war zwar fein abgeschliffen, aber nicht poliert worden. Die Türen lagen hier viel enger nebeneinander, als das unten der Fall gewesen war.

»Wie du sehen kannst, ist diese Halle halb so lang wie die untere, weil auf der anderen Seite dieser Mauer der Gemeinschaftsraum liegt, in dem alle Mahlzeiten serviert werden. Dahinter befindet sich noch der Wohnteil der Burschen. Wir sind jetzt auf der Mädchenseite. Im dritten Stock liegt nur ein einziger Raum: die Bibliothek und der Studierbereich. Die Bibliothek steht ganz den Studenten und den Herolden zur Verfügung, du kannst hinaufgehen, wenn du keinen Unterricht hast oder andere Aufgaben erledigen mußt.« Elcarth lächelte ermutigend, als Talias Augen aufblitzten. »Bitte, versuche aber, nicht *ganz* das Essen und Schlafen zu vergessen!«

Genau in diesem Moment kam ein kleiner Junge, der eine hellblaue Uniform trug, auf Elcarth zugelaufen. Ihm folgte in einiger Entfernung ein reich gekleideter Mann mittleren Alters, der eine besorgte Miene zur Schau stellte. Er war der erste, den Talia seit ihrer Ankunft gesehen hatte, der nicht irgendeine Art von Uniform trug.

»Himmel, was ist denn jetzt schon wieder los?« murmelte Elcarthganz leise, während der Junge auf sie zustürzte.

»Dekan Elcarth, mein Herr, der Generalprofos ist hier, mein Herr«, keuchte der Junge atemlos.

»Das sehe ich, Levand. Was ist denn dieses Mal passiert? Feuer, Überschwemmung oder Aufruhr in den Straßen?«

»Von allem etwas, mein Lord Herold«, sagte der Generalprofos, der inzwischen herangekommen war. Talia versuchte, sich so klein wie möglich zu machen.

»Ihr kennt den Springbrunnen der Göttin im Hof der Schneider? Jenen, der ursprünglich einen Abflußgraben hinunter in die Nadelöhrstraße bewässerte?«

»Eure Wortwahl erfüllt mich mit schlimmen Vorahnungen, mein Herr«, antwortete Elcarth mit einem Seufzer. »Was meint Ihr mit ursprünglich?«

»Jemand hat den Graben abgeleitet, mein Lord Herold. In den Versammlungsraum im Keller der ›Die Jungfrau-und-die-Sterne‹-Taverne, die Jon Hapkins gehört. Die, wie Ihr sicher wißt ...«

»Der bevorzugte und schlecht beleumundete Vergnügungsort der bardischen Studenten des dritten Jahrganges ist, ja, das weiß ich sehr wohl. Das riecht sehr nach einer Tat der unverbundenen Studenten, nicht wahr? Der Ort, an dem dies geschehen ist ...«

»Teilweise, mein Lord.«

»Ihr macht mir Angst. Sprecht weiter.«

»Die bardischen Studenten nahmen es sehr übel auf, daß ihre Füße naß wurden, mein Lord Herold, sogar sehr, sehr übel.«

»Und sind losgezogen, um die Missetäter auszuforschen?«

»Ja, mein Lord. Man hat mir gesagt, daß Trommlerlehrlinge wissen, wie man gute Keulen herstellt, und daß einige der Studenten der Bardenkunst mit geschnitzten Holzstäben herumlaufen.«

»Nun gut, so weit zu der Überschwemmung und dem Aufruhr in den Straßen. Was ist mit dem Feuer?«

»Es wurde von den Barden gelegt, mein Lord. In der Allee abseits von der Fünfpfennigstraße. Es scheint so, daß diejenigen, die sie für die Überschwemmung verantwortlich gemacht haben, sich im ›Ei des Greifen‹ verkrochen hatten und nicht herauskommen wollten. Einer hatte wohl die Idee, sie auszuräuchern. Sie haben ein Feuer aus Abfällen angezündet und den Rauch durch die Hintertür hineingelegt.«

»Mein Herr.« Elcarth fuhr sich mit der Hand über die Augen. Talia fand, er sah aus wie jemand, der gerade Kopfweh bekommt. »Und warum bringt Ihr diese Angelegenheit vor mich? Bis jetzt müßtet Ihr nur mit den Eltern und Gönnern der betroffenen Unverbundenen und mit dem Dekan des Bardischen Collegiums sprechen.«

»Das habe ich bereits getan, mein Lord Herold. *Darum* habe ich mich bereits gekümmert.«

»Es kommt noch mehr? Die Göttin rette mich ...«

»Als all der Aufruhr und Lärm vorbei war und die Damen und Herren voneinander getrennt worden waren, fanden sie heraus, daß man ihnen allen, jedem einzelnen, die Brieftaschen gestohlen hatte. Sie wurden mit dem gesamten Inhalt wiedergefunden. Sie hingen von den Bäumen im Klostergarten. Die Priesterinnen der Herrin haben natürlich niemanden gesehen, der sie dort hingehängt haben könnte.

Aber einige der Beteiligten erinnerten sich daran, daß mitten in der Schlacht jemand war, der die graue Uniform der angehenden Herolde trug.«

»Unnötig zu sagen, daß ...«

»Ja, mein Lord Herold. Nur ein einziger eurer Studenten ist zu diesem Streich fähig.«

»Dunkler Herr und Lichte Herrin«, murmelte Elcarth und rieb seine Schläfen. »Wartet einen Moment, mein Herr Generalprofos. Ich habe noch eine andere dringende Sache zu erledigen, und dann komme ich sofort zu Euch zurück.«

Elcarth sah sich suchend um und fand Talia, die sich so unauffällig wie möglich in eine Ecke geduckt hatte. »Kind, ich weiß, das ist unerträglich unhöflich von mir, aber ich muß dir für den Moment einen anderen Führer suchen«, sagte er. Er legte ihr die Hände auf die Schultern und schob sie sanft vorwärts. Die Tür, die zum Gemeinschaftsraum führte, öffnete sich, und eine Gruppe junger Frauen, alle in der gleichen grauen Uniform gekleidet, trat heraus.

»Und da«, sagte Elcarth befriedigt, »ist genau die Person, die ich brauche. Sherrill!«

Eine der jungen Frauen, eine hochgewachsene, schlanke Brünette, drehte sich um, als ihr Name gerufen wurde. Sie lächelte und kam auf sie zu.

»Sir?« sagte sie und sah Talia dann interessiert an.

»Das ist die junge Dame, die Rolan mitgebracht hat«, sagte Elcarth. »Sie kommt aus einer jener Siedlungen an der Grenze, die genausogut außerhalb unseres Königreiches liegen könnten. Und sie ist sehr verwirrt. Sie wird eine Menge Hilfe brauchen, um sich hier einzugewöhnen. Leider hat der Generalprofos ein Problem, um das ich mich sofort kümmern muß. Würdest du ...«

»Ob ich mich um sie kümmern kann? Natürlich! Ist sie so schlimm dran, wie *ich* es war?« Das Lachen der jungen Frau war ansteckend, und zögernd lächelte Talia zurück.

»In mancher Hinsicht sogar schlimmer.«

»Leuchtende Freistatt, so schlimm? Armes Kind!« Die junge Frau lächelte Talia ermutigend an. »Na, wir werden sehen, was wir für sie tun können. O, Sir – das Problem. Hat es wieder mit Skif zu tun?«

»Es sieht so aus.«

»O Freistatt. Lernt er es denn nie?«

»O doch. Er versucht es nie zweimal mit demselben Trick«, antwortete Elcarth und mußte dabei mühevoll sein Lachen unterdrücken. »Dieses Mal ist es nicht so schlimm. Er ist nicht der größte Übeltäter, er hat nur am Rande damit zu tun. Ich glaube, ich bekomme ihn da leicht heraus.«

»Ich hoffe es, ich mag dieses kleine Äffchen.«

»Tun wir das nicht alle! Außer vielleicht Lord Orthallen. Du wirst dich um unsere junge Talia kümmern? Ich zähle auf dich. Der Generalprofos sieht schon so ungeduldig aus.«

»Ja, Sir«, grinste sie. Als sie sich Talia zuwandte, wurde das Grinsen mitfühlend. »Der Dekan weiß, daß es mir genauso schlimm gegangen ist, als ich hierher kam. Meine Familie sind Fischersleute am See Evendim, und alles, was ich kannte, war Fisch. Du hättest sehen sollen, wie wund ich vom Reiten war, und ich konnte nicht einmal lesen und schreiben, als ich hier ankam!«

»Ich kann lesen und schreiben«, sagte Talia scheu.

»Siehst du? Das sind schon Dinge, in denen du einen besseren Anfang hast, als ich ihn hatte! Dekan!« bat sie noch einmal um die Aufmerksamkeit Elcarths. »Hat sie morgen ihre Einführungsstunde bei Teren?«

»Natürlich, wir haben mit diesem Kurs gewartet, bis Rolan zurückkommt. Ich werde einen Stundenplan für sie aufstellen und ihn bei Teren hinterlassen. Und ich möchte, daß du sie morgen auf die Übungsgründe bringst. Alberich soll entscheiden, was er mit ihr tun will.«

Sherrill sah von Talia zum Dekan. Sie war ein wenig überrascht, daß das Mädchen so schnell in Alberichs Klasse gesteckt werden sollte. Sie fing Elcarths stummes Zeichen auf, das besagte, daß er später mit ihr darüber reden wollte. Sie nickte kurz, und Elcarth verabschiedete sich von beiden und eilte mit dem Generalprofos davon.

Sherrill sah sich die neue Erwählte noch einmal genau an.

Das arme kleine Ding war erschöpft, scheu und besorgt und wahrscheinlich auch sehr verwirrt von allem, was mit ihr geschehen war. Sherrill war überrascht von der Aufwallung mütterlicher Gefühle, die sie diesem Mädchen gegenüber empfand.

»Nun, Talia, zunächst müssen wir ein Zimmer für dich finden und dir ein paar Uniformen und sonstige Dinge besorgen«, sagte sie und hoffte, daß ihr sachlicher Ton das Mädchen beruhigen würde. »Wie alt bist du denn eigentlich?«

»Dreizehn«, antwortete Talia so leise, daß Sherrill sie kaum verstehen konnte.

»Schon so alt? Du siehst nicht so aus«, sagte sie und ging voran. »Aber ich sage dir etwas, es ist nicht so schlimm, wenn man klein ist. Es gibt nicht viele Erwählte, die deine Größe haben, wenigstens kannst du dich darauf verlassen, daß du keine Uniformen bekommst, die zur Hälfte aus Flikken bestehen.«

»Uniformen?«

»Ja, so wie meine. Sieh sie dir nur gut an. Sie stimmt mit der Kluft eines Herolds überein, außer daß sie silbergrau ist anstatt weiß. Der Stoff ist auch ein anderer. Verstehst du, daß wir diese Uniformen tragen, macht uns alle gleich. Und wir können daran leicht als angehende Herolde erkannt werden. Das Barden- und das Heilercollegium halten es genauso. Barden tragen Scharlachrot und Bardenlehrlinge Rotbraun. Die Heiler tragen Grün und die Heilerlehrlinge ein blasseres Grün. Wir tragen Grau, bis wir uns unsere weiße Uniform verdient haben. Es gibt auch Studenten, die zu keinem Collegium gehören, sie tragen hellblaue Uniformen. Offiziell werden sie die ›Unverbundenen‹ genannt, aber wir nennen sie einfach ›die Blauen‹. Es sind alle möglichen Leute. Einige lernen, um mehr als einfache Beamte zu werden, einige sind begabt in der Kunst, auch einige Hochgeborene, deren Eltern der Meinung sind, daß sie mehr tun sollten, als sich nur neue Pferde und neue Gewänder auszusuchen.«

Sie runzelte für einen Moment die Stirn und überlegte,

wie viel sie dem Mädchen über die Blauen erzählen sollte. Sollte sie sie unnötig verängstigen, oder sollte sie sie in Unwissenheit über die Intrigen lassen, die rund um sie herum abliefen? Es war schwer zu beurteilen, denn dieses Mädchen schien fest entschlossen zu sein, der Welt ein undurchschaubares Gesicht zu zeigen. Sherrill wußte, daß sie nicht Elcarths Fähigkeit besaß, in anderen Menschen zu ›lesen‹. Und diese Talia hätte genausogut ein Stein sein können. Sie konnte einfach nicht beurteilen, welche Gedanken sich hinter diesen großen Augen verbargen.

Sie entschied sich für einen Mittelweg. »Du solltest vielleicht ein bißchen auf sie aufpassen«, warnte sie. »Sowohl die Barden als auch die Heiler achten sehr sorgfältig darauf, wen sie als Lehrling aufnehmen, und jeder in der grauen Uniform ist von einem Gefährten erwählt worden, aber für die unverbundenen Studenten gibt es keine solchen Kriterien. Sie müssen lediglich zu den Unterrichtsstunden, die sie sich ausgesucht haben, erscheinen. Und mehr als die Hälfte derer, die aus Hofkreisen stammen, sind nichts anderes als hochgeborene Großmäuler, und zwei oder drei von denen sind *wirklich* bösartig. An deiner Stelle würde ich in der Öffentlichkeit mit den anderen angehenden Herolden zusammenbleiben.« Sie blieb stehen und öffnete eine der Türen am Ende des Korridors. »Das hier ist jetzt dein Zimmer.«

Der kleine Raum dahinter hatte kaum genügend Platz für die Einrichtung: ein Bett, ein Schreibtisch, ein Sessel, ein Bücherregal und ein Kleiderkasten. Aber für Talia wirkte er riesengroß. Sherrill zweifelte nicht daran, daß Talia ihr Bett mit anderen Mädchen hatte teilen müssen und sehr wahrscheinlich nicht einmal eine Zimmerecke bisher ihr eigen hatte nennen können. Sherrill schob eine Karte, auf der Talias Name geschrieben stand, in die Halterung an der Tür und lächelte über ihren Gesichtsausdruck. Sie konnte das Mädchen nur zu gut verstehen. Bevor sie von ihrem eigenen Gefährten ins Collegium gebracht worden war, hatte sie die meiste Zeit ihres Lebens auf engstem Raum mit dem Rest ihrer Familie verbracht, dicht gepackt wie Salzfische in einem Faß. Im Sommer war sie auf dem Boot gewesen, wo sie nirgends ein wenig Raum für sich gehabt hatte, und im Winter im Langhaus, das nur einen Raum hatte und wo nicht nur ihre Familie gelebt hatte, sondern auch noch die Angehörigen ihrer beiden Onkel. Jetzt wunderte sie sich manchmal, wie die Paare es geschafft hatten, die vielen anderen Menschen um sich herum zu vergessen und dafür zu sorgen, daß der Name der Familie weiterleben konnte!

»Magst du das Zimmer?« fragte sie, um aus dem Kind eine Antwort herauszulocken.

Talia war überwältigt. Sie hatte ihr ganzes Leben mit zwei anderen Schwestern in einem Bett auf dem Dachboden ihres Elternhauses geschlafen. Dieser Raum, der ihr ganz allein gehörte, war im Vergleich dazu unglaublich luxuriös. Sherrill schien sie zu verstehen und gestattete ihr, sich eine knappe Weile an diesen neuen Reichtum zu gewöhnen.

»O ja!« antwortete sie schließlich. »Es ist ganz wunderbar!«

Es war mehr als wunderbar, es war eine Zufluchtstätte, die sie sich lange gewünscht hatte, ein Platz, wohin sie sich zurückziehen konnte und wohin ihr niemand folgen konnte. Es war Talia aufgefallen, daß die Tür sich von innen verriegeln ließ. Wenn sie es wollte, konnte sie nun die ganze Welt aussperren.

»Gut! Dann gehen wir jetzt zur Haushälterin«, sagte Sherrill und unterbrach Talias Träume.

»Sie wird dir alles Notwendige geben und dich auf dem Dienstplan einteilen.«

»Was ist das?«

»Endlich stellst du eine Frage! Ich habe mir schon Sorgen gemacht, was mit deiner Zunge passiert ist!« zog Sherrill sie auf, und Talia errötete ein wenig. »Es ist Tradition in den drei Collegia, daß sich alle die Arbeit teilen, daher gibt es hier überhaupt keine Dienstboten. Tatsache ist, die einzigen Leute in den Collegia, die keine Studenten oder Lehrer sind, sind der Koch und die Haushälterin. Wir alle machen jeden

Tag ein wenig Hausarbeit. Es dauert nicht wirklich lange, und es macht den Hochgeborenen klar, daß wir hier wirklich alle gleich sind. Wenn du krank sein solltest, dann bist du natürlich entschuldigt. Ich habe den Verdacht, daß sie uns sogar das Essen zubereiten ließen, wenn sie nicht Angst hätten, daß wir uns unabsichtlich gegenseitig vergiften!«

Sherrill mußte herzlich lachen, Talia fiel zögernd mit ein und sagte dann leise: »Ich kann ein wenig kochen.«

»Gut! Sag das auf jeden Fall der Haushälterin. Wahrscheinlich teilt sie dich dann die meiste Zeit als Küchenhilfe ein, weil die meisten von uns das eine Ende von einem Huhn nicht vom anderen unterscheiden können.«

Ihr fiel etwas ein, und sie lachte wieder. »Es gibt einen Herold, der erst kürzlich seine weiße Uniform erlangt hat. Sein Name ist Kris. Er ist adelig geboren und war ziemlich verwöhnt, als er hier anfing. Als er zum ersten Mal in der Küche geholfen hat, gab ihm der Koch ein Huhn und befahl ihm, es zu rupfen und dann zu füllen. Er war nicht der Typ, der auf die Jagd gegangen wäre, sondern ein richtiger Büchernarr. Der Koch mußte ihm zeigen, wie man das Huhn zum Putzen aufschneidet. Er tat das, sah hinein und sagte dann: ›Das brauche ich nicht zu füllen, das ist doch schon voll!‹ Das ist er bis zum heutigen Tag nicht los geworden!«

In der Zwischenzeit waren sie die Treppe hinuntergegangen, vorbei am Ausgang im ersten Stock bis ins Erdgeschoß. Sherrill klopfte zweimal an die Tür dort, öffnete sie dann und ging hinein. Hinter der Tür befand sich ein kleiner, weißgetünchter Raum, der von einem Fenster unterhalb der Decke erleuchtet wurde. Talia vermutete, daß das Fenster auf der Höhe des Bodens draußen lag. Dieser Raum enthielt nur einen Schreibtisch, hinter dem eine mütterliche Frau mittleren Alters saß. Sie lächelte, als die beiden hereinkamen.

»Hier ist die Neue, Haushälterin!« sagte Sherrill fröhlich.

Die Frau maß Talia sorgfältig mit den Augen. »Ungefähr Größe sieben, schätze ich. Wir haben nicht viele Erwählte, die so klein sind wie du. Hast du irgend etwas mitgebracht, Liebes?«

Talia schüttelte scheu den Kopf, und Sherrill antwortete für sie. »Genau wie ich, Haushälterin Gaytha, nur die Kleider, die sie am Leib trägt. Ihr solltet unbedingt mit Königin Selenay darüber reden. Die Gefährten lassen den Erwählten einfach nie genug Zeit, um zu packen!«

Die Haushälterin schüttelte lächelnd den Kopf und verließ dann den Raum durch eine Tür in der Wand hinter dem Schreibtisch. Kurz darauf kam sie mit einem Stapel ordentlich gefalteten Gewandes und einem Stoffsack zurück.

»Die Regeln des Collegium besagen, daß man sich vor jeder Mahlzeit zu waschen und jeden Abend ein heißes Bad zu nehmen hat«, sagte sie und drückte die eine Hälfte des Stapels Talia, die andere Hälfte Sherrill in die Hand. »Schmutzige Kleidung kommt in die Wäscherutsche im Baderaum, Sherrill wird dir zeigen, wo das ist. Einmal in der Woche wechselst du das Bettzeug, du bekommst das frische gemeinsam mit den anderen Mädchen. Das schmutzige kommt in die Wäscherutsche. Wenn du mit deinem Gefährten oder am Waffenübungsplatz gearbeitet hast, dann mußt du dich vor dem Essen umziehen. Wir haben hier genug Seife und heißes Wasser. Sauberkeit ist sehr wichtig. Man muß den Herolden schon vom Aussehen her vertrauen können, und wer vertraut schon einem verlotterten Herold? Du kannst von mir saubere Uniformen bekommen, wann immer du sie brauchst. Ich weiß, daß du dich vielleicht erst daran gewöhnen mußt, aber ...

Sherrill unterbrach sie. »Ich hatte zu Anfang Schwierigkeiten damit. Wo ich herkomme, wäschst du dich im Winter nicht, weil es keine Möglichkeit gibt, genug Wasser heiß zu machen. Ich fahre im Winter nie mehr auf Besuch nach Hause, meine Nase ist viel empfindlicher geworden, seit ich nicht mehr zu Hause lebe!«

Talia dachte an Keldars dreimal am Tag stattfindende Inspektionen und an das Abschrubben mit kaltem Wasser, das folgte, wenn sie auch nur eine Spur von Schmutz entdeckte. »Ich denke, damit komme ich zurecht«, sagte sie leise.

»Gut. Sherrill hat dir wahrscheinlich gesagt, daß ihr jeden Tag ein paar kleine Aufgaben zu erledigen habt. Was kannst du?«

»Alles«, erwiderte Talia sofort.

Die Haushälterin schaute sie zweifelnd an. »Vergib mir, meine Liebe, aber das ist bei jemandem in deinem Alter nicht sehr glaubhaft.«

»Sie ist älter als sie aussieht«, sagte Sherrill. »Dreizehn Jahre.«

Talia nickte. »Sie wollten mich verheiraten, deswegen bin ich weggelaufen. Dann hat Rolan mich gefunden. Keldar hat gesagt, ich wäre bereit dazu.«

Die Haushälterin war eindeutig schockiert. »Verheiraten? Mit *dreizehn* Jahren?«

»Es ist an der Grenze völlig normal, so früh zu heiraten«, antwortete Sherrill. »Sie warten bei uns zu Hause auch nicht viel länger. Grenzleute behandeln ihre Frauen und Kinder so wie ihr Vieh. Das Leben ist hart an der Grenze; wenn die Grenzer nach den Bräuchen im Inneren des Königreiches leben müßten, könnten sie ihr Land nicht halten.«

»Es ist trotzdem irgendwie barbarisch«, sagte die Haushälterin mit sichtlichem Abscheu.

»Das kann schon sein, aber sie müssen überleben. Und diese Art von Erziehung ist es, die uns einen Herold gebracht hat, der eine Chance hat, das Biest in die anständige Erbin zu verwandeln. Es wird Euch aufgefallen sein, daß Rolan keinen von *uns* erwählt hat.« Sherrill lächelte Talia an, die versuchte zu verbergen, wie unangenehm ihr dieses Gespräch war. »Es tut mir leid, daß wir über dich geredet haben, als ob du nicht da wärst. Laß dich von uns nicht verwirren, kleine Freundin. Nicht alle von uns haben die Wohltaten dessen genossen, was die Haushälterin eine ›zivilisierte Erziehung‹ nennt. Erinnerst du dich, was ich über das Waschen im Winter gesagt habe? Die Haushälterin mußte mich in der Badewanne voll heißem Wasser festhalten und mir fast die Haut abschrubben, als ich hierher kam. Ich war eine *richtige* kleine Barbarin!«

Talia konnte sich nicht vorstellen, daß die untadelig gekleidete und selbstsichere Sherrill von jemandem mit Gewalt gebadet werden mußte.

»Talia, kannst du kochen oder nähen? Irgend etwas in der Art?«

»Ich kann kochen, wenn es um gewöhnliches Essen geht«, sagte Talia voller Zweifel. »Nur die Ehefrauen kochten an den Festen, das war zu wichtig, um es uns zu überlassen. Sticken vermag ich überhaupt nicht gut, aber ich kann nähen und stopfen und stricken. Und weben und spinnen. Und ich kann einfach alles wieder sauber bekommen.«

Den letzten Satz hatte Talia in solch verbittertem Tonfall gesagt, daß die Haushälterin ein Grinsen unterdrücken mußte.

»Es ist so ungewöhnlich, daß unsere Studenten so viel Erfahrung in Hausarbeit haben wie du, daß ich dich abwechselnd als Küchenhilfe und im Nähraum einsetzen werde. Mero wird sehr erfreut sein, wenn ich jemanden in die Küche schicke, der zur Abwechslung einmal weiß, was er mit dem Essen tut.« Sie reichte Talia ein Blatt Papier, nachdem sie in einem der Bücher, die auf dem Tisch lagen, nachgelesen und etwas eingetragen hatte. »Hier ist dein Dienstplan. Komm zu mir, wenn er nicht zu deinen Unterrichtsstunden paßt, dann werden wir ihn ändern.«

Sherrill führte sie zurück über die Treppe zu Talias neuem Zimmer. Talia untersuchte ihre neue Kleidung mit viel Interesse. Sie hatte lockere Leinenhemden, die man unter den hüftlangen Tuniken aus schwererem Stoff tragen sollte. Auch die Hosen waren aus diesem schweren, dem Segelleinen ähnlichen, aber wesentlich weicheren Stoff. Sie hatte auch dickere, aus Wolle gewebte Tuniken und Hosen, die anscheinend für den Winter gedacht waren, einen wollenen Umhang und viele gestrickte Strümpfe, Unterwäsche und Nachthemden erhalten.

»Die erste Zeit wirst du noch mit deinen eigenen Schuhen

auskommen müssen, bis wir Zeit haben, dir welche anfertigen zu lassen«, sagte Sherrill entschuldigend, während sie Talia half, die Kleidung zu verstauen. »Das wird mindestens eine Woche dauern. Schlimm – aber noch schlimmer sind schlecht passende Schuhe. Keren würde dir die Haut abziehen, wenn du ohne Schuhe reitest, es sei denn, du reitest ohne Sattel.«

Sie hatten gerade das Bett bezogen, als draußen im Korridor eine Glocke erklang.

»Es ist Zeit zum Abendessen«, erklärte Sherrill. »Nimm eine deiner Uniformen, und wir können uns waschen gehen. Du kannst dich im Baderaum umziehen.«

Der Baderaum war furchtbar überfüllt. Sherrill zeigte ihr, wo alles war: die Wäscherutsche, Handtücher und Seife. Sie schaffte es, ein leeres Waschbecken und genügend heißes Wasser zu ergattern, so daß sie sich hastig säubern konnten. Talia fühlte sich wesentlich besser, als sie den Staub vom Reiten abgewaschen hatte. Sherrill half ihr eilig, das neue Gewand anzulegen. Dann gingen die beiden in den Gemeinschaftsraum.

Das Abendessen stellte sich als eine laute und fröhliche Angelegenheit heraus. Jeder saß an den langen Gemeinschaftstischen, die Studenten wie die Erwachsenen, und bediente sich aus den Schüsseln und von den Platten, die aus einem schrankähnlichen Ding in der Wand zu den Tischen gebracht wurden. Es war viel zu klein, als daß es all die Speisen hätte enthalten können, und Talia wunderte sich sehr. Sherrill sah ihr erstauntes Gesicht und erklärte es ihr über den Lärm hinweg.

»Das ist ein Aufzug, der von der Küche heraufkommt. Die Küche befindet sich unten im Keller, wo auch das Büro der Haushälterin und die Vorratsräume liegen. Und bemitleide die, die heute Servierdienst haben, nicht *zu sehr*. Sie haben schon vor uns gegessen. Mero, der Koch, hebt ihnen immer eine ganz besondere Delikatesse auf!«

Talia sah ein paar Gestalten im Weiß der Herolde zwischen den Studenten in Grau sitzen.

»Diese Herolde, sind das *alles* Lehrer?« flüsterte sie Sherrill ins Ohr.

»Nur die Hälfte von ihnen. Die anderen – nun, es sind Herolde, die gerade zurückgekommen sind, und ein paar, die nicht mehr im aktiven Dienst stehen, aber hier bei uns leben und nicht am Hof essen wollen. Daneben gibt es einige ehemalige Studenten, die zwar das Heroldsweiß angelegt haben, denen aber ihre erste Aufgabe als Helfer eines älteren Herolds noch nicht zugewiesen worden ist. Drei Herolde stehen ständig hier im Palast in Dienst: bei der Königin, das ist Dekan Elcarth, beim Lord Marschal, das ist Hedric, und beim Seneschall, das ist Kyril; er unterrichtet auch manchmal. Sie müssen fast immer am Hof speisen. Normalerweise gäbe es auch noch einen vierten, den Herold der Königin, aber ...«

Sie unterbrach sich abrupt und sah Talia aus den Augenwinkeln an.

»Wie – was ist mit ihm geschehen?« fragte Talia ganz leise. Sie wußte, die Antwort würde ihr nicht gefallen, aber sie mußte es unbedingt wissen. Die Königin hatte gesagt, daß das Leben eines Herolds gefährlich war, und irgend etwas ließ Talia glauben, daß Herold Talamir auf eine dieser Gefahren gestoßen war.

»Niemand weiß Genaues. Es *könnte* eine Krankheit gewesen sein, aber ...« Sherrill hielt zögernd inne.

»Aber? Sherrill, ich *muß* es wissen!« Bittend starrte Talia ihre Führerin an.

Ihre Eindringlichkeit beeindruckte Sherrill. Sie dachte, daß es besser war, wenn Talia gewarnt war. »Nun, ein paar von uns glauben, daß er vergiftet worden ist. Er war schon alt und sehr schwach, und es hätte nicht viel gebraucht, um ihn zu töten«, sagte Sherrill grimmig. »Wenn das wahr ist, dann hat es den Mördern überhaupt nichts eingebracht. Wir glauben, der Grund, warum sie ihn töteten, bestand darin, daß er dabei war, Selenay zu überzeugen, das Biest zu einer Pflegefamilie zu schicken. Du weißt es wahrscheinlich nicht, aber das Gesetz gebietet, daß der Erbe auch ein Herold sein muß. Wenn das Biest also nicht von einem Gefährten erwählt wird, dann muß die Königin entweder noch einmal heiraten, in der Hoffnung auf ein anderes Kind, das geeignet ist, oder sie muß unter jenen wählen, die dem Königshaus blutsverwandt *und* schon erwählt sind. Eine ganze Menge Leute würden sich jedenfalls in dieses Spiel um die Macht einmischen. Arme Selenay! Hier sind wir und können uns jeden Partner nehmen, den wir uns aussuchen, und so viele Kinder haben, wie wir nur wollen, aber sie ist die Königin, und es muß entweder eine Heirat sein oder gar nichts. Das ist keine erfreuliche Situation.« Sherrill sah das kleine, schwächlich aussehende Mädchen an ihrer Seite sehr ernst an. Allmählich begriff sie, warum Elcarth Talia so schnell in der Waffenkunst ausbilden lassen wollte.

Talia dachte, daß Sherrill ein Talent für Untertreibungen besaß. Ihre Eröffnungen, die den früheren Herold der Königin betrafen, hatten Talia so sehr geängstigt, daß der Rest ihrer Rede, der eher nur die bekannten Vorurteile über das Leben der Herolde bestätigte, völlig an ihr vorbeiging. »Was ist mit den Leuten, die Herold T-t-talamir vergiftet haben?« Sie stotterte wieder einmal vor Aufregung. »Würden sie – würden sie auch versuchen, mich zu verletzen?« Ihre Hände zitterten, als sie in Sherrills Augen sah und nach den Anzeichen suchte, die ihr verraten würden, ob das ältere Mädchen die Wahrheit sprach.

Sherrill war ein wenig überrascht, wie schnell Talia die Situation begriffen hatte, und beeilte sich, das Mädchen wieder zu beruhigen. Die riesigen braunen Augen Talias sprachen von einer Furcht, die sogar Sherrill lesen konnte. »Sie würden es nicht noch einmal mit der *gleichen* Methode versuchen, nicht bei all dem Mißtrauen, das sie hervorgerufen haben. Was sie aber vielleicht versuchen *werden*, ist, dir das Leben hier so schwer wie möglich zu machen und zu hoffen, daß du aufgibst und weggehst. Das ist ein Grund, warum ich dich vor den Blauen gewarnt habe. Sie könnten von ihren Eltern die Anweisung bekommen, dich zu vertreiben.« Sherrill lächelte Talia an. »Talia, wenn *irgend jemand* versucht, dich zu quälen, und du glaubst, daß du damit alleine nicht fertig wirst, dann komm zu mir. Meine Freunde und ich haben den Blauen schon ein paar Mal Angst eingejagt.«

Vielleicht. Talia wünschte, sie könnte Sherrill vertrauen; sie wünschte verzweifelt, daß sie sich hier anpassen konnte, aber selbst von ihren Blutsverwandten waren nur zwei bereit gewesen, sie gegen andere in Schutz zu nehmen. Warum sollte es eine Fremde tun? Still aß sie eine Weile weiter. Dann entschied sie sich, das Thema zu wechseln. »Wie viele Studenten gibt es denn hier?«

»Ungefähr sechzig bei den Heilern, vierzig bei den Barden und mit dir, genau dreiundfünfzig im Collegium der Herolde. Die Anzahl der Blauen ändert sich, es sind nie weniger als zwanzig, aber selten mehr als fünfzig. Ich kann dir die genaue Zahl nicht sagen. Du müßtest Teren fragen. Er ist Elcarths oberster Helfer. Morgen wirst du ihn als deinen ersten Lehrer kennenlernen.«

»Wie lange dauert es, bis man ein Herold wird?«

»Das ist nicht festgelegt, zumeist ungefähr fünf Jahre. Normalerweise kommen wir hier an, wenn wir so alt sind wie du und verdienen uns das Heroldsweiß mit achtzehn. Möglicherweise habe ich es nächstes Jahr geschafft. Ich habe auch schon jüngere Erwählte gesehen, und Elcarth selbst wurde nicht erwählt, bis er zwanzig Jahre alt war. Allerdings hat er das wieder wettgemacht, weil er schon nach drei Jahren ein vollwertiger Herold wurde! Wenn du die weiße Uniform erhalten hast, dann hast du ein oder eineinhalb Jahre als Helfer eines erfahreneren Herolds draußen im Land vor dir. Danach erhältst du für gewöhnlich deinen eigenen Aufgabenbereich.«

Talia dachte darüber eine Weile nach und fragte Sherrill dann besorgt: »Sherrill, was – wie lerne ich all das, was ich wissen muß?«

Talia sagte das so ernst, daß Sherrill mitfühlend lachen mußte. »Du lernst es schon, mach dir keine Sorgen. Als erstes hast du einen Einführungsunterricht. Im letzten

Monat kamen noch vier weitere Erwählte. Man hat hier nur darauf gewartet, daß Rolan zurückkommt, um mit dem Unterricht zu beginnen. Was den Rest betrifft – du kommst in jene Klassen, wo der Dekan glaubt, daß du hineinpaßt. Das heißt, daß du in ein paar Klassen gemeinsam mit mir sitzen wirst und in ein paar anderen mit den anderen Anfängern.«

Talia lächelte plötzlich. »Mit anderen Worten, man wirft das Kind in den Bach und sieht zu, ob es schnell genug schwimmen lernt.«

Sherrill lachte auch. »So schlimm sind wir nun wieder nicht! Bist du fertig?«

Talia nickte, und sie trugen ihr Eßgeschirr zu dem Aufzug und stellten es hinein. »Ich habe heute abend Küchendienst, so daß ich dich alleine lassen muß«, fuhr Sherrill fort. »Kommst du alleine zurecht, oder soll ich jemanden suchen, der dir Gesellschaft leistet?«

»Ich – ich schaffe das schon. Ich würde wahnsinnig gerne in die Bibliothek gehen, wenn niemand etwas dagegen hat.«

»Geh nur hinauf. Aber denk daran, nicht zu spät in den Baderaum zu gehen, sonst ist das ganze heiße Wasser schon verbraucht. Ich hole dich dann morgen früh ab.«

Sherrill lief klappernd die Treppen hinunter, und Talia stieg sie vorsichtig hinauf.

Sherrill war dankbar, daß der Dienst in der Küche nicht lange dauerte, und genauso dankbar war sie Mero, der sie früher entließ, als sie ihm sagte, daß Dekan Elcarth sie noch zu sprechen wünschte. Elcarth hätte ihr kein Zeichen gegeben, sondern hätte statt dessen vor dem Kind offen gesagt, was er beabsichtigte, wenn er nicht das Gefühl gehabt hätte, daß er manche Dinge lieber mit Sherrill allein besprechen sollte.

Sherrill fand ihn wartend in dem kleinen Raum neben seinem Quartier vor. Die Kammer war kaum größer als ein

Wandschrank und mit allem, was es unter der Sonne gab, vollgestopft.

»Hattest du Schwierigkeiten, wegzukommen?« fragte der Dekan und räumte einen Stapel Bücher und Papiere von einem der Sessel, einem komfortablen Ungetüm, das so alt wie Elcarth sein mußte.

»Ich hatte Küchendienst. Das war eine passende Entschuldigung. Jetzt ist Talia wahrscheinlich gerade dabei, beim Anblick der Bibliothek in helle Verzückung zu geraten«, antwortete Sherrill mit einem Lächeln und setzte sich nieder. Elcarth nahm hinter einem Schreibtisch Platz, der mit noch mehr Büchern und Papieren beladen war.

»Gut, ich kann es also als gegeben betrachten, daß es dir nichts ausmacht, ihre Mentorin zu sein? Sie braucht wirklich sehr dringend jemand, und du bist die einzige Studentin, die einen ähnlichen familiären Hintergrund wie sie hat.«

»Nein, Dekan, es macht mir überhaupt nichts aus. Obwohl ich nicht glaube, daß mein familiärer Hintergrund ihrem wirklich ähnlich ist.« Sherrill runzelte die Stirn. »Ihr kennt die Evendim-Clans, wir sind alle laut und leben zu eng beisammen. Ich habe das Gefühl, daß sie so sehr unterdrückt worden ist, daß sie jetzt sogar Angst hat, man würde sie für das Atmen bestrafen. *Und* ich habe das Gefühl, daß sich niemand je bemüht hat, dem armen Ding ein wenig Liebe zu schenken. Sie hält alles zurück, es ist sehr schwer, irgend etwas in ihr zu lesen.«

»Ja, es ist leider so, daß wir fast nichts über die Siedlerfamilien *wissen*. Sie sind sehr verschlossen, sie bleiben fast ausschließlich unter sich und ermutigen auch keine Besucher. Bis ich Talias Geschichte vernommen habe, wußten wir nicht einmal, daß sie ihren Kindern nichts über die Gefährten und die Erwählten sagen!«

»Wie bitte?« Sherrill war schockiert.

»Talia hatte nicht die geringste Ahnung, was es bedeutete, als Rolan sie erwählte. Ich bin ziemlich sicher, daß ihr immer noch nicht ganz klar ist, wer und was Rolan wirklich ist. Du mußt dich mit einem Kind abgeben, das eine sehr fremdartige Erziehung erhalten hat. Ich kann einige kluge Überlegungen anstellen. Sie scheint Angst vor Männern zu haben, so daß ich annehmen kann, daß sie von ihnen Strafe erwartet. Das würde zu dem passen, was ich über das Siedlervolk weiß. Ihr Familienleben ist streng patriarchalisch und autoritär. Talia scheint auch ständig ihre Emotionen zu unterdrükken. Die Siedler mögen es offenbar nicht, wenn man irgendwelche Gefühle offen zeigt. Gleichzeitig scheint sie ständig mit sich selbst zu kämpfen ...«

»Sich mit Gewalt zurückzuhalten, meint Ihr das, Sir?« Sherrill versuchte, eine Erklärung zu finden. »Als ob sie eigentlich über sich sprechen wollte, sich aber nicht traute? Sie scheint die ganze Zeit auf der Hut zu sein. Ich glaube nicht, daß sie im Augenblick außer Rolan irgend jemandem vertraut.«

»Genau. Der Anstoß zu etwas wird immer von dir kommen müssen, und ich fürchte, daß sie auch weiterhin ihre Gefühle für sich behalten wird«, antwortete Elcarth. »Es wird an dir liegen, herauszufinden, wenn sie irgend etwas stört, weil sie es dir von selbst niemals sagen wird.«

»Ihr Götter!« Sherrill schüttelte den Kopf. »Das genaue Gegenteil von meinen Leuten. Ich weiß nicht, Sir, ich bin eher daran gewöhnt, mit Menschen umzugehen, die ihre Gefühle und Ansichten geradezu herausschreien. Ich bin nicht sicher, daß ich gut genug bin, um Anzeichen von Schwierigkeiten zu erkennen, vorausgesetzt, sie gibt mir überhaupt irgendwelche Signale, die man erkennen kann.«

»Tue dein Bestes, das ist alles, was ich verlange. Zumindest kommt ihr beide aus Grenzländern, das sollte schon eine gewisse Verbindung herstellen.«

»Warum wollt Ihr sie so schnell an Alberich übergeben?« fragte Sherrill neugierig. »Es ist mir schon klar, warum sie so schnell wie möglich lernen muß, sich selbst zu verteidigen, aber man sollte denken, daß der Waffenmeister der letzte Mensch wäre, dem man sie aussetzen sollte. Ich glaube, Jeri würde ein viel weniger bedrohlicher Anblick für sie sein.«

»Ich wünschte, es gäbe einen anderen Weg, aber sie weiß

überhaupt nichts über Selbstverteidigung. Ich kenne Jeri sehr gut, aber sie ist kein so erfahrener Lehrer wie Alberich. Er ist der einzige, der sie im Moment unterrichten kann. Wenn ein Mob von Unruhestiftern sie in die Ecke drängt, oder jemand auf die Idee kommen sollte, daß ein Messer im Dunkel das Problem des Herolds der Königin lösen würde ...« Er ließ den Rest des Satzes ungesagt.

»Und ich kann nicht die ganze Zeit in ihrer Nähe sein. Nun, ich hoffe, daß Alberich mit ihr etwas sanfter umspringt, als es sonst seine Art ist. Sonst fällt sie am Übungsfeld vor Furcht gleich tot um und erspart möglichen Attentätern damit die Mühe.« Sherrills Tonfall war leicht, aber ihre Augen blickten sehr ernst.

»Ich habe bereits mit ihm darüber gesprochen. Er ist nicht ganz so mitleidslos, wie du vielleicht denkst. Ich habe allen Grund zu glauben, daß er sehr sanft mit ihr umgehen wird.«

»Sanft? Erklärt das bitte das nächste Mal meinen blauen Flecken, Sir!«

»Besser jetzt blaue Flecken als später eine tödliche Wunde, oder nicht?« Elcarth lächelte. »Ich wünschte mir, einer von den anderen Neuen wäre ein Mädchen und wir hätten jemanden hier, der Talia vielleicht noch besser verstehen könnte. Du bist die beste Vertraute die ich finden konnte. Das ist alles, was ich dir dazu sagen kann. Es ist nicht viel.«

»Aber es ist ein Anfang. Faßt Euch ein Herz, Dekan. Die Gefährten erwählen mit Bedacht. Und es hat sehr lange gedauert, bis Rolan sie gefunden hat. Sie wird es schaffen. Und ich werde es schaffen. Das tun wir Herolde doch immer, oder nicht?«

Am oberen Ende des Treppenhauses öffnete Talia eine Tür, die in einen einzigen, riesigen Raum, der mit Bücherregalen angefüllt war, führte. An den Enden der Reihen befanden sich Nischen, in denen Schreibtische und Stühle standen. Sie wurden von den Mauern abgeschlossen. Talia hatte vielleicht drei oder viermal so viele Bücher wie in der Bibliothek ihres Vaters erwartet, aber nichts hatte sie auf diesen Anblick vorbereitet. Hier standen Hunderte von Büchern. Es war mehr als nur ein Traum, der Wirklichkeit geworden war, es war eine Vision vom Himmel.

Während sie gegessen hatten, war die Dämmerung hereingebrochen, und an den Wänden waren in Abständen Laternen angezündet worden. Talia schaute in die nächste Nische und sah, daß auf dem Schreibtisch Kerzen lagen und an einer Seite ein Kerzenhalter angebracht war.

Sie hörte Schritte, die vom anderen Ende der Bibliothek näher kamen, und sie wandte sich um. Sie hoffte, daß jemand kam, den sie kannte.

»Hallo!« sagte jemand mit einer fröhlichen Tenorstimme. »Du mußt die Neue sein! Ich bin Kris.«

Der junge Mann, der in den Lichtkreis der Laterne trat, trug Heroldsweiß und war so unglaublich schön wie der Herold, den Talia vor der Stadt getroffen hatte, häßlich gewesen war. Seine Gesichtszüge waren so vollkommen, daß sie unwirklich wirkten, jedes einzelne seiner rabenschwarzen Haare war an seinem Platz, und um seine himmelblauen Augen mußte ihn wohl jede Schönheit am Hofe beneiden. Sofort fühlte sich Talia so ungeschickt und unansehnlich wie ein junges Kalb. Der Umgang mit ihrem älteren Bruder Justus hatte sie gelehrt, daß Schönheit einen bösen Charakter verbergen konnte. Nur die Tatsache, daß er ein Herold war und das es einen bösen Herold einfach nicht geben konnte, hinderte sie am Davonlaufen.

»Ja«, antwortete sie leise und errötete ein wenig. »Ich bin Talia.«

»Warst du schon jemals zuvor hier oben?«

Sie schüttelte den Kopf.

»Nun gut«, sagte er, »die Regeln sind ganz einfach. Du darfst alles lesen, was du möchtest, aber du darfst die Bücher nicht aus der Bibliothek entfernen, und du mußt sie genau dorthin zurückstellen, wo du sie gefunden hast. Das ist doch sehr einfach, nicht wahr?«

Sein väterlicher Ton fiel Talia auf. Er fühlte sich ihr wohl ein wenig überlegen. Aber er schien trotzdem freundlich und nett zu sein, und nichts in seinem Benehmen wies darauf hin, daß er vielleicht zu schlechten Launen neigen konnte. Seine Art, sie von oben herab zu behandeln, ärgerte Talia dennoch, und sie entschied, daß es nicht gefährlich sein konnte, es ihm mit gleicher Münze heimzuzahlen.

»Ja«, sagte sie leise, »es ist genauso einfach, wie ein Huhn zu füllen.«

»Aua!« lachte er und schlug sich mit der Hand an die Stirn. »Erwischt! Gibt es denn überhaupt jemanden, der diese Geschichte noch nicht kennt? Aber das habe ich verdient, ich hätte nicht so mit dir sprechen sollen. Amüsier dich gut hier oben, Talia. Ich hoffe, es gefällt dir.«

Er verabschiedete sich mit einem Grinsen, wandte sich um und ging durch die Tür hinaus, durch die Talia hereingekommen war. Sie hörte, wie sich seine Schritte auf der Treppe von ihr entfernten.

Talia schritt langsam durch das Labyrinth aus Büchergestellen. Sie war einfach überwältigt von der riesigen Anzahl.

Sie begann zu begreifen, daß die Bücher nach Themen geordnet waren. Danach ging sie mit größerer Aufmerksamkeit durch die Reihen und versuchte sich zu merken, welche Themen es gab, wo sie standen und welche Bücher davon für sie von besonderem Interesse waren. Schließlich spürte sie, daß sie sehr müde geworden war.

Sie lief zu ihrem Zimmer, nahm eines ihrer neuen Nachthemden und machte sich auf den Weg in den Baderaum. Sensholding hatte die recht modernen innenliegenden Latrinen besessen, so war sie darüber nicht verwundert gewesen, als Sherrill sie ihr gezeigt hatte. Aber zu Hause hatte alles heiße Wasser, das zum Baden gebraucht wurde, in Kesseln von der Küche herangebracht werden müssen. Hier im Collegium standen mehrere mit Holzkohle beheizte Kupferkessel, in denen das Wasser erwärmt wurde. Jeder Kessel hatte die Größe einer Wanne, besaß unten einen Ablauf und eine Pumpe, mit der von oben kaltes Wasser nachgefüllt werden konnte. Diese Technik begeisterte Talia. Weil sie kein kleines Kind mehr war, hatte sie zu Hause nur sehr selten ein wirklich heißes Bad nehmen können. Die Allerkleinsten wurden immer zuerst gesäubert und die Erwachsenen warteten bis später, als alle Kessel wieder aufgefüllt und in der Küche zum zweiten Mal wieder aufgeheizt worden waren. Die, die zu alt waren, um noch gebadet zu werden, aber noch zu jung, um lange aufbleiben zu dürfen und mit den Erwachsenen zu baden, hatten mit dem zurecht kommen müssen, was nach dem Säubern der Kleinkinder übriggeblieben war.

Ein Mädchen und ein paar junge Frauen waren bereits im Baderaum. Talia machte sich daran, die Pumpe zu betätigen, nachdem sie zuvor mit einem herzlichen »Du mußt die Neue sein!« begrüßt worden war.

»Ich bin froh, daß du ein Mädchen bist«, sagte eines von den Mädchen, das ungefähr so alt war wie sie selbst, und an einer anderen Pumpe stand. »Es gibt schon viel mehr Jungen als Mädchen. Jeder einzelne von den Neuen war ein Junge! Deswegen ist auch unser Teil vom Stockwerk viel kleiner.«

»Na, meine Schwester ist Lehrling bei den Heilern, und dort ist das genaue Gegenteil der Fall«, antwortete eine Stimme aus dem Dampf heraus.

»Außerdem, was zählt, ist die Qualität, nicht die Quantität.« Die Stimme der zweiten Badenden wurde durch lautes Spritzen fast übertönt. »Und es ist ganz offensichtlich, daß wir Frauen die Qualität sind!«

Die anderen lachten lauthals, und auch Talia lächelte.

»Sherrill hat mir gesagt, daß wir dreiundfünfzig sind«, antwortete sie einen Moment später. Sie genoß die Tatsache, daß dieses ›wir‹ auch sie einschloß. Sie war eine von den dreiundfünfzig. »Wie viele davon sind Mädchen?«

»Fünfunddreißig Hengstfohlen und achtzehn Jungstuten«, antwortete das Mädchen an der Pumpe. »Und ich beziehe mich dabei auf die menschlichen Fohlen, nicht auf die Gefährten. Es war nicht so schlimm, bis diese vier neuen Jungen gekommen sind. Aber jetzt sind sie uns fast zwei zu eins überlegen.«

»Jeri, du gibst gerade zu erkennen, wie jung du noch bist«, sagte die junge Frau, die aus der ersten Wanne stieg. »Du bist vielleicht noch nicht alt genug, um die Vorteile daran zu erkennen, aber Nerrissa und ich tun das sehr wohl. In unserem Teil des Königreiches gibt es mehr Frauen als Männer, und ich mag es anders herum viel lieber. Ich ziehe es vor, daß man mir den Hof macht, als daß ich um jemanden werben muß. Wer ist als nächster dran? Ich bin fertig.«

»Ist es dort, wo du herkommst, genau so?« fragte Jeri und stieg in die leer gewordene Wanne.

»Ich – ich glaube, es ist so«, antwortete Talia. »Ich stamme aus dem Land der Siedlerfamilien.«

»Wo ist das?« fragte die junge Frau namens Nerrissa und schlang sich ein Handtuch um ihr nasses Haar.

»Östlich – an der Grenze«, gab Talia zurück. »Ich weiß, daß es außerhalb der Siedlungen sehr gefährlich ist. Jedes Jahr sterben mehr Männer als Frauen. Es gibt viele wilde Tiere, und jeden Winter passieren Überfälle. Ich glaube, es gibt fast zweimal so viele Frauen als Männer, zumindest in den am weitesten entfernten Siedlungen.«

»Himmel! Ihr müßt ja unendlich viele alten Jungfern haben!«

»Aber nein. Wenn du nicht in den Dienst der Göttin trittst, dann *mußt* du heiraten. Mein Vater hatte elf Frauen, und neun von ihnen sind noch am Leben.«

»Du kannst meine Wanne haben, Talia.« Nerrissa tauchte aus dem Dampf auf. »Warum *müssen* Frauen eigentlich heiraten?«

»W-w-wieso? Frauen können keine Siedlung anführen, sie können nicht im Rat sprechen oder sonst irgend etwas Wichtiges tun. Es wäre nicht schicklich«, sagte Talia ganz erstaunt.

»Ah-ha! Das ist also der Grund, warum nie weibliche Herolde an die östliche Grenze gesandt werden. Man würde dort einfach nicht auf sie hören. Talia, hier ist das alles anders. Du wirst dich langsam daran gewöhnen müssen. Bei uns zählt nur die Persönlichkeit eines Menschen, nicht welches Geschlecht er zufällig hat.« Nerrissa versuchte, Talia eine Erklärung zu geben. »So etwas wie ›schicklich‹ oder ›unschicklich‹ gibt es nicht, nur wie du die Aufgabe, die man dir gestellt hat, erledigst, das ist wichtig.«

Talia nickte nachdenklich und tauchte in ihre Wanne ein. »Ich ... es ist nicht leicht für mich, so zu denken. Aber ich ... ich glaube, es gefällt mir. Die meisten von Vaters Frauen würden es hassen. Vor allem Keldar. Und Isrel würde sich ganz elend fühlen, wenn sie niemanden hat, der ihr Befehle erteilt.«

»Nessa, du kannst doch dem Kind nicht um diese Uhrzeit einen Vortrag halten!« rief die andere Frau, die schon in der Tür stand. »Wenn du einmal dein Heroldsweiß erhältst, dann sollten sie dich zur Lehrerin machen. Ich kenne niemanden, der so viele Reden hält wie du! Komm schon, oder du stehst noch die ganze Nacht hier!«

»Schon gut!« lachte Nerrissa. »Schöne Träume, Kleines.«

Talia beendete ihr Bad und ging in ihr Zimmer. Sie fühlte sich so erschöpft, daß sie am ganzen Körper taub war. Es war sehr seltsam, in ein Bett zu klettern, in dem außer ihr niemand schlief. Ihre Gedanken drehten sich in einem beständigen Kreis. Dieses ganze Abenteuer hatte etwas so Unwirkliches an sich. In weniger als zwei Wochen war aus dem schwarzen Schaf von Sensholding ein angehender Herold geworden, das war doch einfach unmöglich! Ihre Gedanken kehrten immer wieder zu dem staunenswerten Punkt zurück, an dem sie erkannt hatte, was alles, das mit ihr geschehen war, wirklich zu bedeuten hatte. Und sie hielt diese Erinnerung fest, staunend und vorsichtig, so wie sie ein neugeborenes Kätzchen halten würde, bis der Schlaf sie endlich überkam.

Aber ihre allerletzten Gedanken beschäftigten sich mit Nerrissas Worten und der plötzlichen Entscheidung, daß es ihr hier gefiel.

Wenn nur alles nur halb so schön war, wie es beim ersten Ansehen zu sein schien. Und wenn sie ihr nur die Chance gaben, dazu zu gehören.

Fünf

Talia erwachte, als Sherrill an die Tür klopfte, und zog sich die ungewohnte Uniform an, bevor sie öffnete.

»Es ist höchste Zeit, Schlafmütze!« sagte Sherrill fröhlich. Es war erst Sonnenaufgang. Dafür sah sie eindeutig *viel* zu wach aus. »Die Weckglocke hat schon vor einiger Zeit geläutet. Hast du sie nicht gehört? Wenn wir uns nicht beeilen, dann wird es nichts mehr geben außer kaltem Maisbrei.« Sie wandte sich um, ohne sich zu überzeugen, daß Talia ihr auch folgte, und ging zur Tür des Gemeinschaftsraumes.

Sherrill hatte ein wenig übertrieben. Es gab immer noch genug zu essen. Talia sah eine für sie ungewohnte Auswahl an Speisen. Sie hatte nicht viel mehr als Maisbrei, Brot und Milch und vielleicht ein paar Früchte erwartet. Außerdem drangen noch viele Studenten nach ihr in den Raum, die sich schläfrig die Augen rieben.

Das Frühstück war eine etwas leisere Angelegenheit als das Abendessen. Nachher führte Sherrill sie in den ersten Stock und aus der Tür am anderen Ende des Korridors hinaus. Talia erinnerte sich, was der Dekan ihr gesagt hatte. Diese Tür führte auf den Hof und zu den Ställen, die hinter diesem Hof lagen. Sie überquerten einen großen, gepflasterten Innenhof, der zwischen zwei Gebäuden lag. Die Sonne warf lange Schatten auf die Pflastersteine vor ihnen, die noch feucht waren vom Tau der Morgendämmerung. Talia zögerte eine Weile und hoffte, daß sie Rolan sehen würde.

»Talia, komm schon, beeile dich!« rief Sherrill über die Schulter zurück und blinzelte gegen das Licht der langsam höher steigenden Morgensonne. »Oder willst du heute morgen gar nicht deinen Gefährten sehen?«

Ganz erstaunt rannte Talia los, um Sherrill einzuholen. »Sind die Gefährten über Nacht nicht in den Ställen?« fragte sie atemlos.

»In den Ställen? Mit den ganz gewöhnlichen Pferden? Meine Güte, sie würden abstreiten, daß sie etwas mit uns zu tun haben! Die Gefährten haben ihren eigenen Ort – die sogenannte Wiese der Gefährten mit einem offenen Gebäude, so daß sie kommen und gehen können, wie es ihnen gefällt. An so einem wunderschönen Morgen wie heute sind sie wahrscheinlich alle auf der Wiese draußen.«

Sie gelangten an einen hohen hölzernen Zaun, der ein Areal mit vielen Bäumen umschloß. Talia dachte, daß dies wohl der Park war, den sie beim ersten Anblick der Stadt auf dem Hügel draußen gesehen hatte. Sherrill kletterte ein Stück auf den Zaun hinauf, genauso schnell und behend, wie es einer von Talias Brüdern getan hätte, und pfiff schrill durch die Finger. Als Talia ihr folgte, konnte sie in einiger Entfernung kleine weiße Gestalten sehen, die sich unter den Bäumen bewegten. Zwei von diesen verließen die anderen und kamen auf sie zugetrottet.

»Ich kann sie nicht mit meinem Geist rufen, außer ich habe fürchterliche Angst«, sagte Sherrill und schämte sich dabei ein wenig. »Ylsa sagt, ich bin blockiert. Daher muß ich nach Seidenflink pfeifen. Aber es scheint ihr nichts auszumachen.«

Talia hatte keine Schwierigkeiten zu erkennen, welcher der beiden herankommenden Gefährten Rolan war. Sie freute sich so sehr darüber, ihn wiederzusehen, daß sie ganz vergaß zu fragen, was Sherrill mit ›blockiert‹ und ›mit dem Geist rufen‹ gemeint hatte. Mit einem freudigen Aufschrei sprang sie vom Zaun und landete neben Rolan. Sie verbrachte ein paar glückliche Momente damit, ihn zu streicheln und ihm fröhlichen Unsinn ins Ohr zu flüstern. Er sah noch mehr wie ein Geschöpf der Magie aus, als sie ihn in Erinnerung hatte. Irgend jemand hatte sich letzte Nacht um ihn gekümmert, denn er war gestriegelt worden, daß sein Fell beinahe leuchtete. Seine Mähne war weicher als der feinste Stoff, den sie je berührt hatte, und er war so schön wie eines der Mondrösser, die den Wagen der Herrin über die Himmel zogen. Er stieß sie immer wieder mit seiner Nase an. Talia zweifelte nicht länger daran, daß Rolan sie liebte. Leise schnaubte er. Das Gefühl des vollkommenen Vertrauens, das sie gehabt hatte, als sie mit ihm auf der Straße unterwegs gewesen war, kehrte zurück. Wenn sie bei ihm war, dann hatte sie vor nichts Angst, dann zweifelte sie an nichts ...

»Ich hasse es, dich stören zu müssen«, sagte Sherrill schließlich widerwillig, »aber wir haben eine Verabredung mit Meister Alberich. Talia, es gehört zu deiner Ausbildung, daß du so viel Zeit wie möglich mit deinem Gefährten verbringst, du kannst am Nachmittag wieder herkommen. Von jetzt an mußt du dich um ihn kümmern, ihn striegeln und für sein Wohlbefinden sorgen. Die Gefährten sind unglaublich lieb, aber sie haben keine Hände. Sie brauchen uns genauso sehr, wie wir sie brauchen. Du kommst vor dem Abendessen bestimmt noch einmal her, aber jetzt müssen wir wirklich gehen.«

Rolan schob sie in Richtung des Zauns und schüttelte den Kopf, als ob er sie ermahnen wollte. Als sie immer noch zögerte, gab er ihr einen leichten Stoß und schnaubte.

»Schon gut«, antwortete sie. »Dann bin ich eben brav und gehe. Aber ich komme bald zurück!«

Sherrill brachte sie zu einem langgestreckten niedrigen Gebäude hinter den Ställen. Es war innen fast leer. Ein paar Holzbänke standen an den Wänden, und ein paar Wandschränke waren zu sehen. Zwischen den Wandschränken standen ein paar Spiegel, die so groß waren, daß man sich ganz darin betrachten konnte. Erhellt wurde der Raum von einigen Fenstern, in der Nähe der Decke. Der Mann, der hier auf sie wartete, wurde von Sherrill als Waffenmeister Alberich vorgestellt. Er war der einzige von allen Lehrern, der nicht das Heroldsweiß, sondern altes, weiches Leder trug, das zum Teil Kleidung, zum Teil Rüstung war. Es hatte die Farbe von alter Asche, ein dunkleres Grau als die Uniformen der Studenten.

»Ich dachte, alle Lehrer sind Herolde«, flüsterte Talia ihrer Führerin ins Ohr, als sie auf Alberich zugingen.

»Alle außer einem, aber Alberich *ist* ein Herold. Er ist einfach eine Sache für sich. Er trägt niemals weiß, außer bei offiziellen Anlässen.«

Talia war beinahe sprachlos vor Angst, als der Waffenmeister sich umwandte und sie ansah. Er war groß, schlank und dunkel, sein Gesicht war voller Narben, und er sah aus, als würde er niemals lachen. Dicke weiße Strähnen liefen durch sein volles schwarzes Haar. Seine Augen waren grau wie Achat und schauten durchdringend. Während sein ernster Blick sie an ihren Platz gebannt hielt, wußte Talia nun, wie sich eine Maus beim Anblick eines Falken fühlen mußte.

»So«, sagte er endlich. »Wie alt bist du? Dreizehn? Wieviel körperliches Training hast du gehabt, Kind? Kennst du dich mit irgendwelchen Waffen aus? Mit Taktik? Na?«

Sie wußte kaum, was sie antworten sollte. Sie verstand nicht, was er von ihr wollte. Körperliches Training? Zählten da auch Ballspiele? War die Schleuder, die sie verwendete, um die Schafe vor den Wolfen zu schützen, eine Waffe?

Schließlich drückte er ihr ein hölzernes Übungsmesser in die Hand und stand mit gekreuzten Armen vor ihr. Er sah immer noch streng aus.

»Na dann komm. Greif mich an!«

Talia wußte nicht, was sie tun sollte. Sie stand still wie eine Statue, hielt die Arme steif an den Seiten und fühlte sich ungeschickt und lächerlich.

»Was hast du denn? Ich habe dir gesagt, daß du mich angreifen sollst! Oder kämpfen bei deinen Leuten die Frauen nicht?« fragte er. Er hatte einen starken Akzent, und seine Brauen hatten sich finster zusammengezogen. »Kannst du überhaupt nicht mit Waffen umgehen?«

»Ich kann ein wenig Bogenschießen«, sagte sie leise und beschämt. »Einer meiner Brüder hat es mir gezeigt. Er hätte es eigentlich nicht tun dürfen, aber ich habe ihn so sehr darum gebeten. Und mit der Schleuder vermag ich ganz gut umzugehen.«

Ihr wurde ganz elend bei dem Gedanken, daß sie schon wieder alles falsch machte. Nichts, was sie je gelernt hatte, schien hier gefragt zu sein. Aber sie hatte noch nie eine

Geschichte gelesen, in der ein Herold wegen der Geschicklichkeit, mit der er Wurzeln schälte, gepriesen wurde!

Talia wartete darauf, daß er sie voll Abscheu ins Haus zurückschickte. Aber das tat dieser Mann nicht.

»Wengistens behauptest du nicht, irgend etwas zu können, von dem du nichts verstehst«, antwortete er nachdenklich. »Ich glaube, es ist bereits zu spät, um dich noch im Schwertkampf auszubilden. Glücklicherweise ist es nicht sehr wahrscheinlich, daß du jemals mit einem Schwert kämpfen mußt. Dann lernst du eben Bogenschießen, den Umgang mit einem Messer und die Kunst des Nahkampfs. Das sollte für deine Zwecke ausreichen. Komm eine Stunde nach dem Mittagessen wieder hierher.« Er starrte sie noch einmal lange und nachdenklich an, dann entließ er sie.

Talia war durch diese Begegnung sehr entmutigt worden. Das konnte Sherrill sehen, obwohl das Mädchen es zu verbergen versuchte. »Fühl dich nicht so mies!« versuchte sie Talia aufzumuntern. »Du bist recht glimpflich davongekommen. Als er mich das erste Mal gesehen hat, hat er die Arme in die Höhe geworfen und geknurrt: ›Hoffnungslos! Völlig hoffnungslos! Soll sie doch Netze und tote Fische werfen, um sich zu verteidigen!‹ Wenigstens glaubt er, daß es sich auszahlt, mit dir zu arbeiten. *Mich* hat er zuerst einen Monat lang einem seiner Assistenten überlassen!«

»W-w-warum h-hat er das über d-den F-f-fisch gesagt?« Oh, dieses verfluchte Stottern. Ganz egal, wie sehr Talia sich bemühte, selbstsicher zu wirken, es verriet sie immer!

»Weil ich die eine Hälfte meines Lebens auf einem Boot verbracht habe und die andere Hälfte in einem mit Menschen überfüllten Haus. Das letzte, was du auf einem schlüpfrigen Deck tust, ist laufen! Ich mußte erst lernen mich frei zu bewegen, etwas, das du schon immer gekonnt hast.«

»Es h-h-hat nicht so ausgesehen, als hätte er gedacht, daß ich zu irgend etwas tauge.«

»Zumindest hat er dich nicht angebrüllt, das ist schon ein kleines Wunder. Er hat dir auch nicht gesagt, daß du nach

Hause gehen und Kinder bekommen sollst. Ich glaube, du hast ihn ein wenig für dich eingenommen, weil du ihm ehrlich gesagt hast, wie wenig du weißt. Viele der neuen Studenten versuchen vorzugeben, daß sie viel mehr können, und wissen in Wahrheit fast gar nichts. Meistens bestraft er sie dadurch, daß er sie vor allen anderen zu Narren macht. Und das kann er gut!«

Inzwischen hatten sie wieder das Haus des Collegiums erreicht. Sherrill hielt Talia die Tür auf und blieb bei der ersten Tür zu einem Klassenzimmer auf der rechten Seite stehen. »Hier drinnen sind die anderen neuen Studenten. Ich sehe dich dann beim Mittagessen.« Mit diesen Worten verschwand Sherrill im Korridor und überließ es Talia, ihre nächste Prüfung alleine durchzustehen.

Das Mädchen öffnete die Tür nur einen Spalt und versuchte, ganz unauffällig hineinzuschlüpfen. Als sie aber sah, daß alle Augen auf sie gerichtet waren, wäre sie am liebsten hineingekrochen. Mindestens ein Dutzend Leute schienen in dem Raum versammelt zu sein, und kein einziger davon war ein Mädchen. Die Jungen waren fast alle in ihrem Alter. Talia fühlte sich in ihrer Gegenwart unwohl, aber Angst hatte sie vor ihnen nicht. Nur der eine, der am Kopfende des Klassenzimmers stand, war eine jener furchtbaren Gestalten von größter Autorität – ein erwachsener Mann. So war Talia sofort auf der Hut. Sie mußte sich ständig daran erinnern, daß er ein Herold war. Kein Herold würde irgend jemanden außer einen Feind der Königin und des Königreiches verletzen.

»Sei willkommen, Kind«, sagte er und setzte sich einfach auf die Kante seines Schreibtisches. »Jungs, das ist die fünfte eures Jahrgangs, ihr Name ist Talia. Talia, der rothaarige Kerl heißt Davan, der Große heißt Griffon und die Zwillinge sind Drake und Edric – und ich weiß immer noch nicht, wer von den beiden wer ist.« Er blinzelte ihnen zu, und die Zwillinge grinsten zurück. Offensichtlich fühlten sie sich in seiner Gegenwart wohl. »Vielleicht sollte ich Alberich fragen, ob er einem von euch nicht ein blaues Auge schlagen kann, dann könnte ich euch wenigstens auseinanderhalten, zumindest bis es wieder verheilt ist.«

Scheu ließ sich Talia in einen leeren Sessel gleiten und betrachtete ihren Lehrer. Wie Alberich war er schlank, aber sein braunes Haar zeigte nur wenige graue Strähnen. Er erinnerte an einen Jagdhund: bereitwillig, gut gelaunt und voller Energie. Seine Augen waren hundebraun. Und irgend etwas war an ihm, das Talia wieder einmal an Andrean erinnerte. Sie wollte ihm vertrauen.

»Nun, jetzt, wo du hier bist, können wir ja anfangen. Laßt mich euch als erstes erklären, worum es in diesem Unterricht geht. Ich bin da, um euch zu helfen. Ihr sollt verstehen, was es wirklich bedeutet, ein Herold zu sein. Weder die Heldenlegenden noch die Horrorgeschichten noch die wilden Gerüchte über betrunkene Ausschweifungen ...« Er zog die Augenbrauen hoch und die Zwillinge kicherten. »Sondern worum es bei unserer Aufgabe wirklich geht. Davan ist unter euch wahrscheinlich der einzige, der weiß oder zu wissen glaubt, was es bedeutet, ein Herold zu sein, weil seine Eltern selbst Herolde sind. So werde ich Davan zuerst die Frage stellen, die ich an euch alle richten werde. Davan, was genau tut ein Herold?«

Davans Stirn runzelte sich nachdenklich. Schließlich sagte er: »Sie sprechen im Namen der Königin Recht.«

»Die Antwort ist richtig. Aber wie tun sie das?«

»Oh, sie reiten in den ihnen zugeteilten Gebieten von einer Siedlung zur nächsten und erzählen den Menschen von den neuen Gesetzen, die für das Königreich erlassen werden, und von dem, was die Königin und der Rat tun. Sie sorgen dafür, daß die Menschen die Gesetze verstehen. Sie sind als Richter tätig und manchmal auch als Gesetzgeber, wenn ein Problem auftaucht, das weder durch das Recht des Königreiches noch durch örtliche Bräuche geregelt ist.«

»Meine Güte! Willst du damit sagen, daß die armen Leute ein Jahr oder sogar noch länger auf die Rechtssprechung warten müssen?« fragte Teren mit geheucheltem Entsetzen.

»Nein, es gibt natürlich auch die dort ansässigen Richter.«

»Und warum gehen die Menschen dann nicht gleich zu ihnen?«

Davan fiel anscheinend keine gute Antwort ein, aber einer der beiden Zwillinge hob die Hand: »Herold Teren?«

»Wer von euch beiden bist du denn? Egal, sprich!«

»Ich bin Drake. Unser Dorf war viel zu klein, um einen eigenen Richter zu haben.«

»Das ist ein guter Grund. Aber es gibt noch einen anderen: Manchmal sind die Leute – und auch der Richter – zu sehr in einen Fall verstrickt, um zu einem gerechten Urteil zu kommen. Davan, kennst du noch einen Grund?«

»Ein Herold kann den Wahrspruch anwenden, gewöhnliche Richter haben keine Möglichkeit zu erkennen, wer lügt und wer die Wahrheit spricht.«

»Gut! Du weißt aber, daß das *nur* möglich ist, wenn einer der Beteiligten an einem Fall die Wahrheit kennt. Vergiß das nicht! Nun gut, Herolde sind Richter und Gesetzgeber. Was noch, Drake?«

»Sie berichten der Königin und dem Rat über das, was sie auf ihren Rundreisen gesehen und gehört haben.«

»Und warum tun sie das?«

»Damit die Königin über die tatsächlichen Bedingungen in ihrem Land Bescheid weiß. Manchmal sagen die Bürgermeister und Vorsteher in ihren Jahresberichten nicht die ganze Wahrheit. Die Herolde kennen diese Berichte und halten nach Dingen Ausschau, die nicht dazu passen.«

»Ganz richtig. Edric, du bist dran.«

»Sie werden auch als Botschafter in anderen Königreichen eingesetzt. Während sie dort sind, können sie erkennen, ob irgend etwas im Gange ist, von dem die Königin wissen sollte, wie zum Beispiel eine viel zu große Armee in einem Land, das angeblich den Frieden will. Und nachdem die Herolde unbestechlich sind, kann sie dem, was sie sagen, immer vertrauen.«

»Auch das ist richtig«, sagte Herold Teren. »Und noch etwas. Die Art der Ausbildung, die ein Herold hier erhält, befähigt ihn dazu, Kleinigkeiten zu erkennen, die ein anderer übersehen würde. Dinge, die ihm verraten, daß viel mehr im Gange ist, als man ihm freiwillig sagen will. Griffon?«

»Die Herolde sind die Boten der Königin. Es gibt keine schnellere und sichere Möglichkeit, eine Botschaft von einem Ende des Königreiches ans andere zu senden, als sie einem Herold zu übergeben. Die Gefährten laufen schneller und viel länger als jedes Pferd, das jemals geboren wurde. Darum nennt man die Herolde auch ›die Pfeile der Königin‹. Und in einem Notfall können sie auch die Kriegsführung so lange leiten, bis die reguläre Armee eintrifft. Auch deswegen nennt man sie ›Pfeile‹.«

»Sehr gut. Talia, du bist an der Reihe.«

Während die anderen antworteten, hatte sie gründlich nachgedacht. »Sie – sie machen das Königreich sicher«, sagte sie leise. »Manchmal sind sie genau das, was die anderen gesagt haben, manchmal haben sie andere Aufgaben: als Spione, als Kundschafter und manchmal sogar als Diebe. Sie tun, was auch immer getan werden muß, damit die Königin erfährt, was sie wissen muß, um uns beschützen zu können. Und dafür gehen sie jedes Risiko ein, für die Sicherheit des Königreiches und für die Königin.«

Teren sah jeden einzelnen durchdringend an und sagte ganz langsam: »Das ist der Grund, warum nur die Hälfte von uns ein hohes Alter erreicht. Es ist wichtig, daß es die Herolde gibt – die Königin hat einmal gesagt, daß wir der ›Leim‹ sind, der alles zusammenhält. In den meisten Teilen unseres Landes bringt man den Herolden Verehrung entgegen, aber ein Herold zu sein kann auch eine tödliche Aufgabe sein. Kinder, vergeßt die Heldenlegenden, sie helfen euch überhaupt nicht, wenn ihr dem Tod ins Angesicht seht und ganz alleine seid. Und Einsamkeit ist noch etwas, das zum Herold gehört. Es gibt nie genügend von uns, und daher sind wir oft sehr weit voneinander entfernt. Wenn ihr in der vordersten Linie steht, dann bringt euch das in viele gefährliche Situationen.«

Einen Moment lang verschleierte sich sein Blick. »Die

Gefahr wächst mit der Wichtigkeit der Aufgabe, die ihr zu lösen habt. Es ist eine traurige Tatsache, daß, je besser ein Herold ist, die Königin ihm um so gefährlichere Aufgaben anvertrauen muß. Ich bin ganz sicher, daß jeder von euch einmal einen Anfall von Faulheit gehabt hat, sich um seine Arbeit gedrückt hat, aber zu dem Zeitpunkt, an dem ihr euch das Heroldsweiß verdient habt, wird es euch völlig unmöglich sein, weniger als euer Bestes zur Lösung der Aufgabe, die man euch gestellt hat, zu geben. Ich sage das euch allen deswegen jetzt, weil das eure letzte Möglichkeit ist, das Collegium wieder zu verlassen. Und niemand wird von euch deswegen geringer denken. Also, will irgend jemand aussteigen?«

Talia räusperte sich.

»Ja, Talia?«

»Ich bin nie dazugekommen, die Erzählungen von Herold Vanyel fertig zu lesen, Sir. Die Geschichte besagte, daß er zu Anfang beinahe kein Herold geworden wäre, weil er zu viel Angst hatte. Aber dann hat er sich entschieden, daß er es trotzdem tun mußte, daß diese Aufgabe erfüllt werden mußte, und er erwählt worden war, das zu tun. Das letzte, das ich gelesen habe, war, wie er in die Falle der Dunklen Diener geraten war, wie er es Jahre zuvor in einer Vision gesehen hatte. Was ist mit ihm geschehen?«

»Er starb. Die Dunklen Diener hieben ihn in Stücke, bevor die Hilfe ihn erreichen konnte. Aber er hatte sie lange genug aufgehalten, so daß sein König genügend Zeit hatte, um eine Armee aufzustellen, die die Invasion zurückschlagen konnte. Aber trotzdem starb er einsam und allein, und alle Lieder dieser Welt, die über ihn gesungen worden sind, können das nicht ändern. Ich möchte, daß ihr jetzt alle darüber nachdenkt. Macht euch das Angst? Jeder von euch könnte dazu aufgerufen werden, Vanyels Preis zu bezahlen. Die Königin würde viele Tränen vergießen, daß sie euch aussenden müßte, aber sie müßte und würde es trotzdem tun. Möchtest du gehen?«

»Nein, Sir«, sagte Talia mit sehr leiser Stimme. Ihre Augen waren riesengroß.

»Macht dir dieser Gedanke keine Angst?«

»Doch, Sir«, sagte sie noch leiser und biß sich auf die Lippen. »Nur ein schrecklicher Dummkopf hätte keine. ..« sie schwieg und suchte nach den richtigen Worten.

Griffon ergiff das Wort. »Wir alle haben die Geschichten gehört, Sir. Die mit den schlimmen traurigen Enden genauso wie die, die mit der Heimkehr des Helden und einem großen Fest schließen. Und ich bin unmittelbar nach dem Begräbnis von Herold Talamir hierhergekommen; glaubt Ihr, daß wir die Gerüchte über einen Gifttod nicht gehört haben? Mein eigener Bruder hält mich für übergeschnappt, weil ich ein Herold werden will. Wenn wir die schlimmen Geschichten erzählt bekommen, dann könnt Ihr wetten, daß wir uns fürchten! Aber trotzdem, es ist etwas, das wir tun *müssen*. Vielleicht kann man wirklich nicht zum Herold gemacht werden, vielleicht muß man wirklich als solcher auf die Welt kommen. Und all dieser Unterricht soll uns nur beibringen, wie wir unsere Aufgaben besser und leichter erledigen können. Es ist, als wäre man von einer Droge abhängig. Man muß es trotzdem tun, man hat überhaupt keine Wahl, man kann nicht aufhören und man will es auch gar nicht.« Ermattet ließ er sich auf seinen Sessel fallen. Da erst fiel ihm auf, daß er während seiner Rede aufgestanden war.

Der angespannte Gesichtsausdruck des Herolds Teren ließ ein wenig nach. »Ich nehme an, ihr alle stimmt mit Griffon überein?«

Sie nickten. Sie waren alle sehr ernst geworden.

»Dann kann ich nur sagen, wie ich es immer tue, daß die Gefährten anscheinend die Richtigen erwählt haben. Griffon besitzt ein ganz unerwartetes Redetalent. Ich denke, du solltest ernsthaft überlegen, die Kurse über die Redekunst und die Logik zu besuchen. Du könntest einmal als Diplomat sehr nützlich sein.«

Griffon errötete und blickte auf seine Hände.

»Nun, nachdem wir das Thema zuvor schon kurz gestreift haben – ihr alle wißt, daß es die Gefährten sind, welche die zukünftigen Herolde erwählen, aber weiß einer von euch auch, *wie* sie das tun?«

Sie sahen einander in verwirrter Stille an, Herold Teren lächelte. »Ich weiß es auch nicht. Niemand weiß es. Ein paar – diejenigen, die das Band, das sich zwischen einem Herold und seinem Gefährten knüpft, am stärksten fühlen – haben ihr erstes Zusammentreffen so beschrieben: ein Gefühl, als würde ich gemessen und gewogen werden. Aber was das ist, das die Gefährten abwiegen, das weiß keiner. Wir wissen lediglich, daß sich nach der Wahl durch die Gefährten ein geistiges Band zwischen ihnen und ihren Reitern bildet. Es soll dem Band ähneln, das zwischen Zwillingen existiert.« Er und die Zwillinge grinsten wissend. »Ihr werdet über dieses Band später mehr lernen, auch wie ihr es benutzen könnt. Für jetzt genügt es, daß ihr von seiner Existenz wißt, so daß ihr nicht glaubt, ihr bildet euch etwas ein oder werdet verrückt, wenn irgend etwas zwischen euch und eurem Gefährten geschieht. Wenn ihr älter werdet, dann entwickelt ihr möglicherweise eine der Gaben, die Außenstehende die ›Magie der Herolde‹ nennen. Darüber lernt ihr später auch mehr. Aber wenn ihr glaubt, daß euer Gefährte zu euch gesprochen hat, als er euch erwählte, dann habt ihr recht. Er hat es getan. Es macht nichts, wenn ihr niemals mehr als nur den Hauch einer Gabe besitzen werdet, euer Gefährte hat in diesem Moment zu euren Herzen gesprochen. Auch wenn er es vielleicht nie mehr tun wird. Ihr habt das nicht einfach geträumt. Und wenn ihr die richtige Gabe besitzt, dann lernt ihr eines Tages auch, wie *ihr* mit ihm sprechen könnt.«

Talia seufzte voller Erleichterung. Es fiel ihr nicht auf, daß alle anderen außer Davan ebenfalls erleichtert wirkten.

»Und es gibt noch etwas, das ihr über sie wissen solltet«, fuhr Teren fort. »Ihr dürft niemals, auch nicht einen Moment lang daran zweifeln, daß sie wesentlich mehr sind als nur einfache Tiere. Jede Geschichte, die ihr jemals gehört habt, ist nur ein blasser Abglanz ihrer wirklichen Möglichkeiten. Weiß einer von euch, woher die Gefährten stammen?«

Davan nickte. »Meine Eltern haben es mir gesagt, Sir.«

»Dann erzähle es den anderen.«

»Das geschah noch bevor dieses Königreich gegründet wurde«, begann Davan. »Es geschah, daß ein guter Mann in einem Land lebte, das von einem schlechten König regiert wurde. Irgendwo im Osten, hinter allen unseren Nachbarn, muß dieses Land gelegen haben. Sein Name war Baron Valdemar, er lebte an der westlichen Grenze seines heimatlichen Königreiches. Sein König war einer der Art, der sich nimmt, was er will, und sich nicht um die Leiden des Volkes und des Landes kümmert. Und die meisten seiner Adeligen dachten genauso. Eine Zeitlang gelang es Baron Valdemar, zumindest seine Gefolgsleute vor dem König zu beschützen, weil er nicht nur ein Baron, sondern auch ein Magier war. Ebenso seine Frau, die eine große Zauberin war. Sie beherrschte die Kunst der Alten Magie, jene, die jetzt verloren ist, nicht die Magie der Herolde. Aber es kam endlich der Tag, da er sich außer durch offene Rebellion vor dem König nicht mehr schützen konnte. Aber Baron Vadelmar wußte auch, daß Rebellion keine Antwort auf seine Schwierigkeiten war, denn er konnte gegen die Macht, die der König gegen ihn ins Feld geführt hätte, nicht lange durchhalten. Viele seiner Nachbarn hätten mit Freuden den König unterstützt und sich dadurch einen Anteil an seinen Gütern und Ländereien gesichert, wenn die Beute verteilt wurde. So tat er das einzige, was ihm noch zu tun verblieben war: Er floh in den Westen und nahm jeden einzelnen seiner Gefolgsleute, die ihn begleiten wollten, mit sich. Er führte sie weiter und weiter, bis er sicher sein konnte, daß ihnen niemand mehr folgte. Genau hier an dieser Stelle, wo wir jetzt sind, blieb er stehen und gründete ein neues Königreich. Und die, die ihm gefolgt waren, erwählten ihn zu ihrem König.« Davan unterbrach sich, um einen Moment nachzudenken. »Da war noch eine ganze Menge über all die Schwierigkeiten, die sie durchmachen mußten. An den Teil kann ich mich aber nicht so gut erinnern.«

»Du hast das sehr schön erzählt, Davan. Die genauen Einzelheiten erfahrt ihr alle später im Geschichtsunterricht. Mach einfach mit dem weiter, woran du dich erinnerst.«

»Nun, irgendwann erbauten sie diese Stadt, und als König Valdemar ein alter Mann war, führten seine Untertanen ein gutes Leben. Genau damals fiel dem König auf, wie alt er schon geworden war und daß er sich nie die Zeit genommen hatte, an die Zukunft zu denken. Wenn ihr meine Meinung hören wollt, dann hatte er vorher auch keine Zeit, an so etwas zu denken, weil es viel zu viel zu tun gab. Egal, er dachte sich folgendes: ›Ich weiß, daß ich ein guter Herrscher und ein guter Mann bin, ich bin ziemlich sicher, meine Söhne sind mir ähnlich genug, aber was wird mit meinen Enkelkindern und deren Kindern sein? Wie kann ich mich versichern, daß jeder, der diesen Thron besteigt, gut ist für das Land und die Leute, die den Thron unterstützen?«

»Eine gute Frage. Was hat er also getan?«

»Nun, er wartete bis zum Mittsommertag. Er ging hinaus in den Hain, der im Zentrum des Feldes, das wir heute die Wiese der Gefährten nennen, steht und bat jeden Gott, von dem er jemals gehört hatte, ihm zu helfen. Und meine Mutter hat mir gesagt, daß er, in der Version, die sie gelesen hat, auch einen mächtigen Zauberspruch angewendet hat, weil er ja auch ein mächtiger Magier war. Sie sagte, daß dort, wo er herkam, eine Menge richtiger Magier gelebt haben, aber daß Vanyel der letzte der Herold-Magier war.«

»So heißt es in der Sage, fahr weiter fort.«

»Nun, er hatte in der Morgendämmerung begonnen, und es dauerte bis zum Sonnenuntergang, bis er eine Antwort erhielt. Plötzlich wurde alles blendend hell, ungefähr so, wie wenn die Sonne zu stark auf den Schnee scheint, und alles, was er noch hören konnte, war das Geräusch von Hufschlägen – Hufschlage, die wie helle Glocken klangen. Als das Licht erloschen war, standen drei Pferde vor ihm. Pferde mit einem Fell von der Farbe des Mondlichts und Augen wie

Stücke vom Himmel. Der alte Valdemar hatte in seinem ganzen Leben nichts gesehen, was ihnen glich. Und als er sich schließlich näher heranwagte, sah einer von ihnen ihm in die Augen – das ist alles, was man darüber sagen kann. Ardatha sprach in seinem Geist zu ihm, und nannte ihm ihren Namen. Und sie formte das Band, das Herold und Gefährten verbindet ...«

»Und der erste Gefährte hatte erwählt.«

»Genau, dann kam sein Herold und suchte seinen Herrn. Die zweite Gefährtin, Kyrith, erwählte *ihn*. Der Sohn des Königs, der sein designierter Erbe war, kam auch hinzu, und Steladar erwählte ihn. Als sich alle soweit erholt hatten, daß sie wieder denken konnten, entschied der König, daß der Titel Herold in Hinkunft mehr bedeuten sollte als bisher, weil nur einer König oder Erbe sein, es aber viele Herolde geben kann.«

»Und König Valdemar, Prinz Restil und Herold Beltran begannen mit der Aufgabe, die Herolde zu dem zu machen, was sie heute sind. Sie legten als erstes fest, daß der Erbe auch immer ein Herold sein muß. Die Aufgabe war nicht leicht, und es bedurfte der lebenslangen Arbeit einiger Könige und Königinnen, aber es waren diese drei, mit denen alles begonnen hat. Als Valdemar starb, gab es mit ihm, seinem Erben und dessen zweitem Sohn einundzwanzig Herolde. Du hast wirklich ein gutes Gedächtnis. Ich danke dir, Davan«, beendete Herold Teren die Erzählung.

»Und wo kamen all die anderen Gefährten her?« wollte Edric wissen.

»Zu Anfang kamen sie alle aus dem Hain in der Mitte des Feldes, das wir heute die Wiese der Gefährten nennen. Nach einiger Zeit begannen die Stuten Fohlen zu werfen, und nun werden bis auf eine einzige Ausnahme alle Gefährten hier im Collegium geboren. Diese Ausnahme ist der Gefährte des Herolds des Monarchen.« Sein Blick huschte zwischen Edric und Talia hin und her, so schnell, daß Talia bezweifelte, ob er seine Augen überhaupt bewegt hatte. »*Dieser* Gefährte erscheint noch immer aus dem Hain. Er ist ein

Hengst, und er scheint nicht zu altern. Immer nennt er seinem Herold seinen Namen. Die anderen tun es oder sie tun es nicht und gestatten ihren Herolden, für sie einen Namen zu wählen. Wenn er getötet wird – und viele sind getötet worden –, dann erscheint aus dem Hain ein anderer, um seinen Platz einzunehmen. Wenn der Herold des Monarchen noch am Leben ist, dann erwählt er ihn. Wenn nicht, dann bleibt er nur so lange, bis er ausgestattet ist, und geht, um den nächsten in der Linie zu suchen. Für gewöhnlich wählt er jemanden, der bereits ein Herold ist, aber das ist nicht immer der Fall.«

»Talamir war der Herold der Königin, oder nicht, Sir?«

»Ja, das war er. Sein Gefährte war Rolan«, antwortete Teren und nickte dazu.

»Das macht Talia zum Herold der Königin, oder nicht?«

»Ja, es ist eine sehr wichtige Aufgabe. Beneidet denn irgendwer von euch sie darum?«

Drake schüttelte vehement den Kopf. »Ha!« sagte er dann. »Wir haben das B ..., ich meine, die Prinzessin gesehen. Ich würde diese Aufgabe ganz bestimmt nicht übernehmen wollen!« Die anderen nickten ebenfalls.

Teren lächelte halbherzig. »Paßt auf eure Zungen auf, Kinder. Wir können unter uns Elspeth das Biest nennen, tatsächlich nennt die Königin sie selbst so, aber ihr dürft das niemals sagen, wenn jemand vom Hof euch hören kann. Einige Leute würden das nur zu gerne benutzen, um Schwierigkeiten zu machen. Du hast recht, Talia hat eine sehr schwere Aufgabe zu lösen. Sie wird unsere Hilfe brauchen, weil es am Hof genug Leute gibt, die nur darauf warten, daß sie versagt. Und wir werden ihr auch helfen. Habe ich recht, meine Herren?«

Die Jungen nickten. Aber Talia war entschlossen, keine Last für das Collegium oder seine Bewohner zu sein, und schwor sich im stillen, daß sie es allein schaffen mußte. Sie war immer noch nicht bereit, an die Vertrauenswürdigkeit von Fremden zu glauben, gleichgültig, wie sehr sie sich ihr auch anboten.

Draußen auf dem Korridor läutete eine Glocke zweimal. »Wer von euch ist heute Küchenhilfe?« fragte Teren.

Talia hob ihre Hand.

»Merkt es euch: Das ist das Signal für die Küchenhelfer, die Servierer sind bei drei Glockenschlägen gemeint, und bei vier Glockenschlägen wird dann das Essen aufgetragen. Geh nur los, Kind! Und was die Herren betrifft, falls ihr heute früh eure Zimmer in Unordnung hinterlassen habt, dann solltet ihr das jetzt besser ändern. Nach dem Mittagsmahl kommt die Inspektion. Ich sehe euch morgen früh wieder hier.«

Teren wies Talia an, die Tür und Stiege zu benutzen, die neben der Tür, die in den Hof hinausführte, lagen. Statt in das Büro der Haushälterin führte diese Treppe in eine riesige Küche. Sehr zu ihrer Überraschung war der Koch ein mondgesichtiger Mann, dessen Kopf langsam kahl wurde. Sie war zu überrascht, einen Mann als Chef der Küche vorzufinden, als daß sie daran denken konnte, ängstlich zu sein. Seine freundliche, nette Art ließ auch keine Angst in ihr aufkommen.

Er ignorierte das Chaos, das um ihn herum herrschte, und fragte sie aus, was sie alles konnte. Mit jeder ihrer Antworten wurde sein Lächeln breiter.

»Na endlich!« rief er. »Endlich jemand, der weiß, was man mit Lebensmitteln alles tun kann, außer sie zu essen!« Er ließ sie die Aufsicht über die Gemüsezubereitung übernehmen.

Während sie das Gemüse schälte und schnitt, blickte sie sich neugierig um. Die Küche schien sich nicht sehr von der in einem Siedlerhaushalt zu unterscheiden, aber dann fielen ihr all die kleinen Dinge auf: Pumpen, die das Wasser in die großen Spülbecken leiteten, ein weiterer Kupferkessel, in dem das Wasser erhitzt werden konnte, Rohre, die das Abwaschwasser von den Spülen leiteten. Die Töpfe, Pfannen und Werkzeuge waren mit einer fanatisch wirkenden Präzision aufgestellt, und die Küche war sauber bis in den letzten Winkel. Keldar wäre davon sicher begeistert gewesen. Zu Talias Überraschung wurden alle Öfen benutzt, aber sie strahlten nur sehr wenig Hitze ab. Sie mußten mit wesentlich besserer Sorgfalt isoliert worden sein als die Öfen in der Siedlung.

Bald erkannte Talia, daß das vermeintliche Chaos genauso sorgfältig geplant war, wie die taktischen Manöver eines Generals. Niemand stand mehr als einen Moment lang unbeschäftigt herum. Doch der Koch hatte die Fähigkeiten und das Durchhaltevermögen seiner Helfer genauestens eingeschätzt. Sie wurden gerade dann müde, wenn ihre Aufgabe erledigt war, und wurden einer nach dem anderen zum Ausruhen zu einem kleinen Tisch geschickt. Und dann, als die müden Hände sich erholt hatten und die müden Füße wieder bereit waren aufzustehen, kamen die Schüsseln aus den Wandschränken und die Töpfe aus den Öfen. Sie trugen die gefüllten Schüsseln zum Aufzug. Als die letzte Schüssel nach oben verschwunden war und sie sich umwandten, sahen sie, daß ihr kleiner Tisch bereits mit Geschirr und Speisen gedeckt war.

Talia ließ sich auf einen Sitz an der Ecke gleiten und sah, daß Jeri neben ihr saß. »Ich *liebe* diese Arbeit«, sagte Jeri und füllt ihre und Talias Schüssel mit Eintopf. »Mero hebt das Beste immer für uns auf.«

Der Koch grinste breit. Sogar seine Augen lachten. »Wie soll ich denn sonst sicher gehen, daß ihr arbeitet und euch nicht drückt?« fragte er und reichte warmes Brot und Butter herum. »Außerdem steht nicht im Buch des Einen geschrieben: ›Hindere den Ochsen, der dein Getreide drischt, nicht daran, sich während der Arbeit den Bauch zu füllen‹?«

»Was ist das ›Buch des Einen‹?« flüsterte Talia fragend, so daß nur Jeri sie hören konnte.

»Mero stammt aus Dreiflüsse. Dort lebt eine Gruppe von Menschen, die glauben, daß es nur einen Gott gibt«, antwortete Jeri. »Ich weiß, das klingt seltsam, aber die Leute dort müssen schon in Ordnung sein. Mero ist unheimlich nett.«

Es klang für Talia sogar mehr als seltsam. Aber man konnte die Wärme und Freundlichkeit dieses Mannes sofort spüren. Als Mero sah, daß Talia zu schüchtern war, um sich so beim Essen zu bedienen wie die anderen, nötigte er ihr noch eine Portion auf. Was Nerrissa letzte Nacht zu ihr gesagt hatte, gewann für Talia langsam an Bedeutung.

Aber bevor sie darüber noch länger nachdenken konnte, nahm der Koch prahlend wie ein Zauberer auf der Bühne aus einem der Öfen einen heißen Beerenkuchen, und alle anderen Gedanken verschwanden plötzlich. Talia lief das Wasser im Mund zusammen.

Sie hatten gerade aufgegessen, als die Mannschaft zum Geschirrabwaschen erschien und der Koch sie alle schnell aus der Küche verbannte. Talia erinnerte sich, was Teren über die Inspektion der Zimmer gesagt hatte und beeilte sich, ihr Zimmer aufzuräumen, bevor irgend jemand die Unordnung sehen konnte, die sie heute morgen zurückgelassen hatte. Schnell zog sie sich auch noch ein etwas älter und abgetragener wirkendes Gewand an und lief dann zu ihrem Treffen mit dem Waffenmeister in den Übungshof.

Die Sonne stand im Zenit. Die Bäume, die den Übungsplatz säumten, warfen einen sehr willkommenen Schatten. Der ›Hof‹ selbst war nicht mehr als ein Rechteck aus vergilbtem Gras. An zwei Seiten standen Holzbänke. Hinter den Bänken lag ein kleiner Brunnen. Jenseits der Bäume war ein weiterer Platz. An einem Ende standen Schießscheiben, am anderen Gestelle, an denen Pfeile und Bögen hingen. Talia sah zu, während zwei Studenten einen Bogen nach dem anderen ausprobierten, bis sie einen fanden, der ihnen zusagte. Offensichtlich hatte niemand seine eigene Waffe. Zögernd betrat das Mädchen den Übungsplatz, wo der Waffenmeister sich befand. Er schien seine Zeit zwischen den Bogenschützen und denen, die sich im Nahkampf übten, aufzuteilen.

Talia hatte ziemliche Angst gehabt bei dem Gedanken, den finsteren Alberich wiedersehen zu müssen. Aber an diesem Nachmittag entdeckte sie, daß es auch sein Gutes gehabt hatte, daß ihr älterer Bruder Justus seine Grausamkeit an ihr ausgelassen hatte. Tatsächlich schaute Alberich ein wenig zufriedener aus, als sie ihm zeigte, daß sie es verstand, sich fallenzulassen ohne sich zu verletzen. Sie konnte auch beweisen, daß sie mit einem Bogen umgehen konnte, ohne dabei ihre Finger oder die Federn der Pfeile kaputtzumachen. Talia sah, saß sie mit dem Bogen nicht schlechter war als die meisten anderen Studenten ihres Alters, und sie begann sich ein wenig sicherer zu fühlen. Es waren viel mehr Studenten da, als sie gedacht hatte. Unter die grauen Uniformen ihres eigenen Collegiums mischte sich das Blaßgrün der Heiler und das Rotbraun der Barden. Trotzdem schien es ihr ein wenig seltsam zu sein, daß sie die jüngste war, die bereits eine scharfe Waffe in die Hand bekam. Die meisten ihrer Altersklasse übten mit Stäben oder hackten mit hölzernen Übungsschwertern, die eher Holzkeulen ähnelten, auf Strohpuppen ein.

Zu ihrer Freude entdeckte sie unter den Anwesenden Jeri. Talia setzte sich neben sie, als ihre Runde an den Schießscheiben vorbei war. Sie fragte neugierig: »Warum sind hier eigentlich keine Blauen?«

»Die Blauen?« Jeri gab ein sehr undamenhaftes Schnauben von sich. »Die meisten von denen haben ihren eigenen privaten Waffenlehrer, zumindest diejenigen, die nicht als Gelehrte oder als Künstler ausgebildet werden. Die Gelehrten müssen nicht wissen, wie man mit Waffen umgeht. Die Hofleute wollen sich nicht mit uns gewöhnlichem Volk abgeben. Außerdem würde Alberich sie genauso behandeln wie alle anderen auch, und das wissen sie natürlich. König oder Bettler, wenn du dich nicht richtig bewegst, dann mußt du dich auf einen schmerzhaften Treffer gefaßt machen. Oh – oh!« stöhnte sie, als Alberich den Jungen entließ, mit dem er gerade gearbeitet hatte, und ihr zunickte. »Sieht so aus, als wäre ich jetzt dran für meine Tracht Prügel.«

Jeri sprang auf und stellte sich mit ihrem Übungsmesser in der Hand gegenüber von Alberich auf. Neidvoll sah Talia ihr zu und wünschte, *sie* könnte sich so bewegen.

»Laß dich von Jeri nicht auf den Arm nehmen, Kleines«, grinste einer der älteren Jungen. Talia dachte, daß er ungefähr sechzehn Jahre alt sein mußte. »Ihr Blut ist genauso blau wie das der Königin. Wäre sie nicht erwählt worden, dann wäre sie jetzt eine Gräfin. Sie hatte eine ganze Menge Unterricht durch einen jener privaten Waffenlehrer, die sie gerade so heruntergemacht hat. Das ist der Grund, warum sie in ihrem Alter so unglaublich gut ist.«

»Und warum Alberich sie noch rauher als den Rest von uns behandelt«, warf ein anderer Junge ein. Er war klein und schlank und nur wenig älter als Talia. Er hatte dunkelbraunes Haar, buschige Augenbrauen und fast schwarze Augen in einem schmalen, koboldhaften Gesicht. Er hatte soeben eine Trainingsrunde mit einem anderen Studenten beendet, ließ sich neben Talia auf die Bank fallen und wischte sich mit einem Handtuch den Schweiß aus dem Gesicht. Er zuckte zusammen, als Alberich Jeris Fußarbeit mit einem Schlag mit der Klinge auf das falsch gestellte Bein korrigierte.

»Er hält nichts von privaten Lehreren?« versuchte Talia zu raten. »Er mag die Adeligen nicht?«

»Sternensucher! Nein!« rief der zweite Junge aus. »Er erwartet einfach mehr von ihr und arbeitet daher viel härter mit ihr. Ich glaube, er denkt daran, sie zur Waffenmeisterin zu machen, wenn er aufhört. Wenn sie sein Training und ihre eineinhalb Jahre Hilfsdienst lebendig übersteht!«

»Glaube mir, so gut, wie sie mit dem Schwert umgehen kann, würdest du eine Armee brauchen, um Jeri auszuschalten, wenn sie sich das Heroldsweiß erst einmal verdient hat«, antwortete der andere.

»Nun, Coroc, wenn es jemand weiß, dann du«, gab der zweite Junge ihm recht. Sie sahen zu, als er vorwärtstrat, um Jeris Platz einzunehmen. »Sein Vater ist der Lord Marschall, und er hat den besten Schwertkämpfer im ganzen Königreich seit seiner Geburt beobachten können«, sagte er dann zu Talia.

Talias Augen wurden größer. »Der Sohn des Lord Marschalls? Wirklich?«

Ihr Mitschüler grinste und hängte sich das Handtuch um den Hals. »Hier tut sich eine ganz neue Welt auf, nicht wahr? An deiner rechten Seite der Sohn des Lord Marschalls, zu deiner linken eine Gräfin, und da sitzen wir beide, ein früherer Dieb und Bettler ...« Spöttisch verbeugte er sich und sagte: »Das bin natürlich ich. Und woher kommst du?«

»Von den Siedlerfamilien.«

»Ein Bauernmädchen also. Schwer zu glauben, das alles! Wie eine dieser verrückten Geschichten, denen wir immer zugehört haben. Du bist Talia, stimmt's?«

Sie nickte und wunderte sich, woher er das wußte.

»Ich bin Skif. Du warst beim Dekan, als der Generalprofos ihn aufgesucht hat und hast wahrscheinlich eine ganze Menge über mich gehört! Ich weiß, das ist nicht fair. Wir alle wissen, wer du bist, weil du das einzige weibliche Wesen bist, das wir nicht erkennen, und du mußt dir zweiundfünfzig Namen und Gesichter merken.« Zu schnell, als daß sie zurückzucken hätte können, streckte er eine Hand aus und fuhr ihr liebevoll durch ihr zerzaustes Haar. Mitfühlend grinste er sie an. »Wir sind froh, daß du zu uns gekommen bist. Und wir alle wünschen dir viel Glück mit dem Königlichen Biest. Jetzt bin ich dran, mich von Meister Alberich durchprügeln zu lassen. Mit einigem Glück bekomme ich ein paar neue blaue Flecken, die genau zu den letzten passen, die er mir verpaßt hat. Bleib mutig«, sagte er noch und stand auf. »Du bist nach mir an der Reihe.«

Trotz seiner Worte schien Skif sich im Übungskampf mit Meister Alberich tapfer zu schlagen. Obwohl Talia keine Erfahrung mit Waffen hatte, sah sie, daß Alberich Skif in einem ganz anderen Stil ausbildete als zuvor Jeri und Coroc. Skifs Waffe war eine kurze und schwere Klinge, während Jeri ein leichtes Rapier geführt hatte und Coroc mit einem Langschwert dem Waffenmeister gegenüber gestanden hatte. Seine Runde schien aus genausoviel Gymnastik wie Arbeit mit der Klinge zu bestehen, und er schien sich darauf zu verlassen, der Waffe seines Gegners eher auszuweichen als einen Konterangriff zu wagen. Er sprang mit der Leichtigkeit eines Eichhörnchens herum, aber trotzdem ›tötete‹ ihn Alberich irgendwann doch.

Skif ›starb‹ sehr theatralisch, und das Publikum applaudierte seiner Schauspielkunst. Dann stand er auf, grinste und hielt Alberich dessen Handschuhe hin, die er ihm während des Kampfes unbemerkt aus dem Gürtel entwendet hatte. Alberich nahm sie mit einem Seufzer entgegen, der bewies, daß dies nicht das erste Mal war, daß Skif ihm so einen Streich gespielt hatte, und wandte sich dann um, um Talia an Skifs Stelle zu rufen. Talia trat mit einem flauen Gefühl im Bauch vor.

»Hast du Skif genau beobachtet?« fragte Alberich sie. »Gut. Das ist der Stil, den ich dir beibringen möchte. Er ist nicht sehr graziös, aber dafür sehr schlau, und ich glaube, du hast mehr davon, wenn du weißt, wie du der Klinge eines Mörders im Dunkel ausweichen kannst, anstatt zu lernen, wie man sich auf dem Feld der Ehre richtig duelliert. So. Wir fangen an.«

Er unterrichtete sie mit viel mehr Geduld, als sie von ihm erwartet hatte, nachdem sie seine Temperamentsausbrüche bei den Fehlern anderer Schüler mitangesehen hatte. Er tat auch keinen seiner sarkastischen Aussprüche, mit denen er die anderen überhäuft hatte, und schlug sie auch nicht mit der flachen Klinge seiner Übungswaffe, wenn sie einen Fehler gemacht hatte. Vielleicht war es nur Einbildung, aber er schien sie beinahe mit einer Art rauher Sympathie zu behandeln. Ganz sicher achtete er mehr auf ihren Kampfgeist, als er es bei irgend jemand anderem getan hatte. Genau dann, als sie vollkommen sicher war, daß sie ihre schmutzigen Knie nicht mehr daran hindern konnte, vor Erschöpfung nachzugeben, lächelte er sie ganz kurz an. Dieser Anblick versetzte sie in Staunen. Er sagte: »Es ist genug. Du hast es gut gemacht, viel besser als ich erwartet habe. Ruh dich einen Moment aus, und wenn du nicht mehr so erhitzt bist, dann geh und arbeite mit deinem Gefährten.«

Talia ruhte sich lange genug aus, um ein wenig abzukühlen und rannte dann zur Wiese der Gefährten.

Als sie auf den Zaun zulief, sah sie, daß Rolan sie schon erwartete. Talia kletterte die rauhen Holzbretter hinauf und schwang sich von der Spitze des Zauns auf seinen Rücken, ohne daran zu denken, ihn zu satteln. Im vollen Galopp preschten sie über das Feld. Es war unglaublich berauschend. Obwohl sie die Bauernpferde mitunter zu einem unerlaubten Galopp angetrieben hatte, war es doch mit Rolans Geschwindigkeit und Gang nicht zu vergleichen.

Die Wiese war viel größer, als sie geglaubt hatte. Eigentlich war sie ein Park, voller Bäume und Hügel und mit Bächen, die sie durchquerten. Das Gelände war so groß, daß von der anderen Seite aus die Menschen, die am Zaun vor dem Collegium standen, kaum größer als Insekten wirkten. Am anderen Ende der Wiese angekommen, wandten sie sich um und kehrten mit vollem Tempo zum Zaun zurück. Sie lehnte sich vorwärts an seinen Hals und fühlte sich so eins mit ihm, daß es schien, als wären es ihre eigenen Füße, die mit ihm dahineilten. Sie klammerte sich an seine Mähne, die ihr über das Gesicht schlug, und flüsterte: »Bleib nicht stehen, Liebling! Wir schaffen das! Spring!«

Sie fühlte, wie sich sein Körper unter ihr zusammenzog, als der Zaun vor ihnen auftauchte. Ohne zu denken, verlagerte sie ihr Gewicht. Und schon waren sie hoch in der Luft und der Zaun sauste unter seinen Hufen vorbei. Er landete so leicht wie ein Vogel, und seine Hufe klangen wie Glocken, als sie auf den Pflastersteinen des Hofes auftrafen.

Mit den Fingern kämmte sie sich das Haar aus den Augen und hörte ein herzliches Lachen. »Und ich habe schon gedacht, ich muß dich mit einer Leiter in den Sattel schaffen!« sagte eine rauhe Stimme hinter ihr. »Sieht so aus, als könntest du mir noch ein oder zwei Tricks beibringen, du kleiner Pferdemensch!«

Rolan wandte sich auf den Hinterhufen um, ohne daß Talia ihn dazu auffordern mußte, und sie sahen eine große schlanke Frau vor sich stehen. Die Frau hatte kurze, grau werdende Haare und intelligente graue Augen. Sie war ganz in weißes Leder gekleidet und lachte.

Die Frau trat auf die beiden zu und umkreiste sie einmal mit auf dem Rücken gefalteten Händen. »Gar kein Zweifel, junge Talia, du hast einen sehr guten Sitz. Du bist ein Naturtalent! Nun, jetzt hast du mir gezeigt, was du ohne Sattel kannst, und ich möchte sehen, wie du mit Sattel reitest. Wollen wir?«

Herold Keren, die Terens Zwillingsschwester war, zeigte ganz offen ihre Freude, eine so begabte Schülerin zu haben. Schon nach der ersten Stunde sagte sie Talia, daß sie beabsichtigte, das Mädchen alles lernen zu lassen, was sie selbst konnte. Und was Keren mit einem gewöhnlichen Pferd anstellen konnte, war schon unglaublich genug und was sie erst mit ihrem Gefährten fertigbrachte, war einfach phänomenal.

»Noch bevor du dein Heroldsweiß erhältst, meine Liebe«, sagte sie zu Talia, als sie sich verabschiedeten, »wirst du in der Lage sein, alles, was du zu Fuß tun kannst, auch auf dem Rücken deines Gefährten zu tun. Du wirst dir und mir sehr viel Lob einbringen, das spüre ich. Wenn ich mit dir fertig bin, wird es nur mehr eine Möglichkeit geben, dich aus Rolans Sattel zu werfen, wenn du dich dagegen wehrst: Man muß dich töten.«

Talia war sehr überrascht, daß sie Keren genau dieselbe Sympathie entgegenbrachte wie ihrem Zwillingsbruder. Es störte sie und ängstigte sie fast. Ihr Instinkt riet ihr dazu, diesen Menschen zu vertrauen. Aber alles, was sie jemals gelernt hatte, zwang sie, auf Distanz zu bleiben, bis sie sich ihrer wirklich *sicher* war. Schließlich war sie wieder und wieder von ihren eigenen Verwandten verletzt und verraten worden. Wie sollte sie von Fremden eine bessere Behandlung erwarten? Und trotzdem – irgend etwas tief in ihr sagte ihr immer wieder, daß ihre Ängste unnötig waren. Sie wünschte, sie würde wissen, welcher ihrer inneren Stimmen sie vertrauen sollte.

Keren beendete ihre Übungen, als die Sonne sich dem westlichen Horizont zuneigte. Sie bestand darauf, daß Talia und Rolan müde waren. »Geht einfach gemeinsam hinaus auf die Wiese. Reite, wenn du willst, oder gehe zu Fuß, wenn dir das lieber ist, aber seid zusammen. Das Band, das sich zwischen euch bilden soll, hat schon einen guten

Anfang gehabt, aber es muß auch gepflegt werden. Ihr sollt gar nichts tun, nur die Gesellschaft des anderen genießen. Das genügt.«

Glücklich gehorchte Talia. Sie kletterte über den Zaun und ging träumend neben Rolan her. Ihre Gedanken wanderten. Sie konnte nicht erklären warum, aber in diesem Augenblick fühlte sie nichts von den Spannungen und Ängsten, die ein Teil von ihr gewesen waren, solange sie sich erinnern konnte. Jetzt war sie sicher und geschützt an einem Ort, an den sie *gehörte*. Talia kam erst wieder richtig zu sich, als sie den doppelten Glockenschlag hörte, der die Küchenhelfer zur Arbeit rief.

Sie schwang sich auf Rolans bloßen Rücken, und sie trotteten zu dem großen Schuppen in der Mitte der Wiese, wo die Ausrüstung der Gefährten aufbewahrt wurde. Keren hatte ihr gezeigt, wo sich Rolans Sachen befanden. Sie striegelte ihn schnell, aber sorgfältig. Dann rannte sie zurück in ihr Zimmer und hatte kaum noch Zeit sich zu waschen und umzuziehen, bevor sie sich in einen leeren Sessel an einem der großen Eßtische gleiten ließ.

Talia dachte, daß sie viel zu aufgeregt war, um schlafen zu können, aber sie nickte beinahe schon während des Essens ein. Sie hatte fast nicht mehr genug Kraft, um sich in den Baderaum zu schleppen. Danach schlief sie tief und ruhig in ihrem Zimmer.

Sechs

Die ganze nächste Woche folgte Talia dem gleichen Stundenplan. Sie wachte kurz nach Sonnenaufgang auf, wenn die Weckglocke ertönte. Entweder schlüpfte sie dann schnell in ihre Uniform und rannte die Treppen hinunter, um in der Küche bei der Vorbereitung des Frühstücks zu helfen, oder sie hatte eine gemütliche Stunde lang Zeit, sich und ihr Zimmer vor dem Essen in Ordnung zu bringen. Nach dem Frühstück begann der Unterricht. Jeden Tag kamen andere Lektionen hinzu, während die Zeit, die sie bei Herold Teren verbrachten, immer kürzer wurde. An den Nachmittagen ging sie zu Meister Alberich oder zur Heroldin Keren. Natürlich war Talia auch oft bei Rolan, um ihr geistiges Band zu festigen. An den Tagen, an denen sie nicht bei der Vorbereitung von Frühstück oder Mittagessen half, saß sie lange Stunden mit mehreren anderen zusammen und flickte einen scheinbar endlosen Stapel grauer Uniformen.

Am Ende der Woche entließ Herold Teren sie zum letzten Mal aus dem Einführungsunterricht, aber er bat Talia noch dazubleiben, wähend die anderen hinausgingen. Ohne daß sie es bemerkte, verspannte Talia sich. Sie wollte den Grund hören, warum er sie zu sprechen wünschte.

Sie beobachtete ihn unter gesenkten Augenlidern, während er sich auf seinen Schreibtisch stützte, und versuchte, so gut es eben ging, seinem offenen Blick auszuweichen. Er sah besorgt und ein wenig unglücklich aus.

Teren fühlte sich in der Situation, in der er sich jetzt befand, sehr unwohl; dieses arme, verwirrte Kind hatte es so schon schwer genug, mit dem Collegium und ihrer neuen Rolle zurechtzukommen, ohne daß auch noch Schwierigkeiten mit ihrer Familie dazukamen.

»Talia ...«, begann er und unterbrach sich gleich wieder, als er sah, wie sie vor Aufregung zusammenzuckte. »Kind, es ist nichts, wovor du dich fürchten müßtest. Ich habe nur eine eher unangenehme Nachricht für dich, wobei ich dachte, daß du sie lieber alleine hören würdest. Sie kommt von deiner Familie.«

»Meiner Familie?« wiederholte Talia mit verwirrtem Gesichtsausdruck.

»Wir haben einen Boten zu ihnen gesandt, so wie wir es bei jedem erwählten Kind tun, und ließen ihnen ausrichten, was mit dir geschehen ist. Nun, für gewöhnlich ist es ganz egal, wie zornig sie waren; die Ehre, erwählt worden zu sein, läßt die Eltern jeden Ungehorsam, der vielleicht vorgefallen war, vergeben. Und wir dachten, daß das bei deiner Familie auch der Fall sein würde.«

Endlich sah sie ihn wenigstens offen an, anstatt unter gesenkten Augenlidern hervorzublinzeln. Er fühlte sich ganz unwohl unter ihrem starren Blick und wußte nicht, wie er die richtigen Worte finden sollte: »Talia, ich wünschte, es wäre alles so gekommen, wie wir es erwartet haben. Ich kann dir gar nicht sagen, wie leid es mir tut. Das ist die ganze Antwort, die sie uns gegeben haben.«

Er fingerte in der Tasche seiner Tunika herum und zog ein mehrfach gefaltetes Stück Papier heraus. Dann gab er es ihr.

Sie öffnete es und glättete die Falten, während Teren in gespannter Aufmerksamkeit auf ihre Reaktion wartete.

Sensholding hat keine Tochter namens Talia, stand auf dem Papier zu lesen. Die nur schlecht lesbare Schrift gehörte Talias Vater.

Es fiel Talia nicht auf, daß sie weinte, bis eine Träne auf das Papier fiel und die Tinte verwischte. Sofort hatte sie sich wieder unter Kontrolle und schluckte ihre Tränen hinunter. Es war ihr bis zu diesem Augenblick nicht klar gewesen, wie sehr sie darauf gehofft hatte, daß ihre Familie sie wegen ihres neuen Status akzeptieren würde. Sie hatte aber nicht bedacht, daß die Herolde die Familie benachrichtigen würden. Sie hatte sich vorgestellt, daß sie selbst ihnen die Nachricht überbringen würde, angetan mit der formalen weißen Uniform eines Herolds.

Die Siedler verdammten nicht *alles,* was die Herolde taten und wofür sie standen. Die meisten gaben sogar zu, daß die Herolde eine bedeutende Funktion hatten. Und ganz sicher waren die Siedler froh über ihr Eindringen, wenn die Banditen kamen oder eine Fehde geschlichtet werden mußte! Talia hatte gehofft, daß ihre Verwandten dann vielleicht verstehen würden, warum sie ein paar Dinge getan hatte, die unschicklich waren. Das mußten sie doch einfach verstehen!

Seltsam, als sie davongelaufen war, war die sichere Verbannung ihr nur als ein geringer Preis für ihre Freiheit erschienen, aber jetzt, nachdem all ihre Hoffnungen auf Vergebung sich nur erhoben hatten, um durch diese eine Nachricht zerstört zu werden ...

Es machte nichts: Sie war eben wieder einmal auf sich allein gestellt. Und es konnte Herold Teren nicht gefallen, wenn sie jetzt wegen ihrer Lage schluchzte. »Es ist in Ordnung«, sagte sie und reichte dem Herold das Papier zurück. »Ich hätte das erwarten sollen.« Sie war stolz, daß ihre Stimme kaum bebte und sie dem Herold in die Augen schauen konnte.

Teren war erstaunt und beunruhigt. Nicht ihre Reaktion auf die Nachricht, sondern der eiserne Wille, mit dem sie diese Reaktion sofort unterdrückt hatte, störten ihn. Das war keine gesunde Antwort. Sie hätte sich selbst die Schwäche von Tränen erlauben sollen, jedes Kind in ihrem Alter hätte das getan. Statt dessen unterdrückte sie alles und zog sich noch mehr in sich selbst zurück.

»Ich wünschte, es gäbe irgend etwas, das ich für dich tun könnte.« Teren war außerordentlich traurig. »Ich kann einfach nicht verstehen, wieso sie uns eine solche Antwort senden konnten. Vielleicht sollten wir noch einen Boten zu ihnen senden, später einmal ...«, bot er an und versuchte, ihr dabei in die Augen zu sehen.

Talia schlug die Augen nieder und schüttelte den Kopf. Es gab keine Rückkehr für sie, zumindest nicht als triumphierender Herold der Siedler. Sogar für ihre engsten Verwandten war sie jetzt eine völlig Fremde. Talia hatte die Heilige Schrift verletzt, die forderte, daß ein weibliches Kind in allen Dingen vollkommen gehorsam sein mußte; sie war jetzt eine Ausgestoßene, und *niemals* würden sie ihre Meinung ändern.

»Aber ...«

»Ich komme noch zu spät!« Talia zuckte vor seiner ausgestreckten Hand zurück und lief davon. Sie wünschte, Herold Teren hätte etwas weniger Mitgefühl gezeigt. Er hatte sie beinahe zum Weinen gebracht, dabei wollte sie vor allem anderen keine Schwäche zeigen.

Zum Glück gab es in der nächsten Stunde Geschichtsunterricht. Für Talia war Geschichte nichts anderes als eine niemals endende Erzählung, so daß sie in der Lage war, sich zu konzentrieren und ihr Unglück zu vergessen. Wie viele der verschiedenen Unterrichtsklassen war auch diese zyklisch aufgebaut, so daß man an jedem beliebigen Punkt einsteigen konnte und sie eben dann beendete, wenn man wieder an seinem Anfang angelangt war. Eine ältere Frau, die Heroldin Werda, hielt den Unterricht ab.

Geographie war beinahe genauso interessant. Alle Herolde, die sich für länger als nur ein paar Tage am Collegium aufhielten, unterrichteten abwechselnd über ihre heimatlichen Gebiete. Teren hatte seinen Einführungsunterricht beendet. Er sprach über das Gebiet um den See Evendim.

Als die Studenten entlassen wurden, machte Teren eine zögernde Geste in ihre Richtung. Doch Talia gab vor, sie nicht zu bemerken und lief mit den anderen hinaus.

Es folgte der Mathematikunterricht. Talia war von Zahlen nie besonders angetan gewesen, aber Heroldin Sylvan war von der Präzision und den Feinheiten ihres Themas so sehr begeistert, daß ihr Enthusiasmus ansteckend wirkte.

Die letzte Lektion vor dem Mittagessen beschäftigte sich dann mit etwas, das sich ›das Benehmen am Hof‹ nannte. Bei dem Gedanken daran fühlte sich Talia nicht sehr wohl. Sie wußte, sie wäre am Hof genauso unpassend anzusehen wie eine Ziege. Sie wollte eigentlich auch den neuen Lehrer gar nicht sehen. Sie erwartete einen steifen, hochnäsigen Aristokraten und hatte Angst, sich lächerlich zu machen.

Talia schlich sich in den Raum und versteckte sich hinter ein paar ihrer größeren Klassenkameraden, bevor die Lehrerin die Klasse betrat.

»Ist Talia denn nicht hier? Ich dachte, sie würde heute zu uns stoßen.« Die erstaunt klingende Stimme klang sehr vertraut. Vorsichtig hob Talia den Kopf.

»Meine Güte, Kind.« Haushälterin Gaytha lächelte. »Wir sollten an deinen Schuhen wirklich Stelzen befestigen! Du bist fast zu klein, als daß man dich sieht!«

»Ihr seid aber ...«, platzte Talia heraus und errötete.

»Ich bin keine Angehörige des Hofes, wenn du das meinst. Und ich bin auch keine Heroldin. Aber bevor ich diese Anstellung hier angenommen habe, war ich Gouvernante des Hauses Ravenscroft. Deswegen unterrichte ich diese Klasse«, erklärte Gaytha geduldig. »Eine Gouvernante kann den Hof von einem einzigartigen Standpunkt aus betrachten. Aus diesem Grund kann ich euch allen die Manieren beibringen, die euch den Weg ebnen, und die Möglichkeiten, die Giftzähne hinter den Samtzungen zu erkennen. Mache bloß keinen Fehler! Wenn du die Angewohnheit, herauszuplatzen, bevor du noch nachdenkst, beibehältst, dann wirst du die Giftzähne sehr schnell zu spüren bekommen!«

Aber ihr Vorwurf wurde durch ein kleines, liebevolles Lächeln gemildert.

Vielleicht war ›das Benehmen am Hofe‹ doch nicht so schrecklich, wie Talia es befürchtet hatte.

Nach dem Mittagessen folgte eine freie Stunde zum Lesen in der Bibliothek. Man hätte schon gezückte Dolche gebraucht, um Talia aus diesem wunderbaren Raum fernzuhalten. Sie erinnerte sich an Davans Bericht über die Anfänge des Königreiches Valdemar und wählte daher ein Buch aus der geschichtlichen Abteilung der Bibliothek aus.

Heute hatte sie keinen Küchendienst, also verbrachte sie die nächste Stunde im Nähraum, einem vollgestopften, aber gut erleuchteten Zimmer, in dem unendlich viele Körbe standen. Etliche Uniformen mußten ausgebessert werden. Hier, als ihre Gedanken nichts zu tun hatten, fand sie heraus, daß sie ihre Einsamkeit nicht länger vor sich verbergen konnte. Vor allem, weil die anderen Studenten über Dinge und Personen sprachen, von denen sie überhaupt keine Ahnung hatte. Talia entdeckte eine Ecke des Zimmers, die halb im Schatten lag, und trug ihren Arbeitskorb dorthin, um sich zurückzuziehen.

Wenigstens mußte sie heute nicht dem dämonischen Alberich gegenübertreten. Er hatte den ehemaligen Dieb Skif zu ihrem Lehrer bestimmt. Langsam und scheu hatte sie zu dem Jungen in der letzten Woche ein wenig Vertrauen gefaßt. Er nahm ihr ihre Ungeschicklichkeit nicht übel und hatte endlose Geduld mit ihr. Ohne einen Vorwurf half er ihr, ihre widerspenstigen Gliedmaßen in die richtigen Stellungen zu bringen, und verlangsamte seine eigenen Bewegungen, so daß sie genau mitverfolgen konnte, was sie dann selbst tun sollte. Wenn sie ganz niedergedrückt war, dann unterhielt er sie mit seinen schrecklichen Geschichten, aus seiner Zeit als Straßenkind, Bettler und Taschendieb. Zögernd antwortete sie auf seine offenherzige Freundlichkeit, und er schien immer zu wissen, wann er sie sich selbst überlassen mußte.

Von dieser Trainingsstunde ging sie zum Bogenschießen und danach zu Rolan.

In der Gegenwart ihres Gefährten verschwand der Schmerz der Einsamkeit. Sie arbeiteten auf dem Hinderniskurs, bis sie beide müde waren, und gingen dann in eine einsame Ecke der Wiese, um sich gemeinsam auszuruhen und einfach beieinander zu sein. Wieder einmal vollbrachte das bloße Zusammensein mit Rolan ein Wunder. Talias Laune hob sich. Als sie daran dachte, wie einsam sie selbst mit ihren beiden engsten Verwandten gewesen war und wie erfüllt sie sich fühlte, wenn sie bei Rolan war, schien ihr der Preis, den sie hatte zahlen müssen, um hierher zu kommen, nicht mehr so hoch zu sein. Als Rolan gebürstet und gestriegelt war, hatte sie beinahe ihre gute Laune wiedergefunden.

Entweder gewöhnte sie sich langsam an ihr neues Leben, oder ihre Ausdauer war gewachsen. Sie war nach dem Abendessen nicht müde genug, um drinnen zu bleiben. Daher beschloß sie, die Gärten zu erforschen, die sich an das Collegium anschlossen.

Dort mußte sie dann erfahren, warum Sherrill sie gewarnt hatte, den unverbundenen Studenten nicht alleine gegenüberzutreten.

Talia ging auf den Kiespfaden zwischen den geometrisch angeordneten Blumenbeeten dahin. Die Sonne sank langsam hinter den Horizont, und die Dämmerung schien die Luft bläulich zu färben. Der Duft der Rosen mischte sich mit jenen Blüten, die nur in der Nacht blühen und ihre Kelche allmählich öffneten. Träumend folgte sie dem Weg und bemerkte nicht, daß da noch jemand war, bis er sprach.

»Rieche ich Pferdemist?« Eine männliche Person hinter ihr schnüffelte auffällig. »Ich glaube wirklich, es ist Pferdemist!«

»Vielleicht haben die Gärtner die Blumenbeete mit Pferdemist gedüngt?« Dieses Mal war es die Stimme eines Mädchens. Sie hatte einen bösartigen Unterton.

»Nein, das glaube ich nicht«, antwortete der erste. »Dieser Geruch ist ganz frisch und ziemlich eindeutig eher von einer Ziege.«

Talia wandte sich überrascht um. Vier oder fünf Jugendliche in blauen Uniformen hatten sich im Schatten einer Hecke verborgen gehalten.

»Ja, was haben wir denn da?« gab sich der erste Sprecher überrascht. »Ich glaube, wir haben gerade die Quelle dieses Geruchs gefunden!«

»Das bezweifle ich nicht«, antwortete das Mädchen an seiner Seite. »Das ist doch dieser Bauerntrampel von der Grenze. Was für eine Schande – sie lassen jetzt schon wirklich *jeden* ans Collegium. Aber man sollte annehmen, daß sie sie zumindest baden, bevor sie in zivilisierter Umgebung herumlaufen dürfen.«

Sie beobachteten Talia mit einem Ausdruck schlauer Erwartung. Talia hatte sich zuerst überlegt, es ihnen Wort für Wort heimzuzahlen, aber das wäre keine gute Idee gewesen. Sie waren zu fünft, und Talia war allein. Und so wie Sherrill sich ausgedrückt hatte, war es nicht sehr wahrscheinlich, daß sie es nur bei Beleidigungen beließen oder fair kämpfen würden.

»Meine Dame, diese Kreaturen sind so sehr mit Schmutz besudelt, daß auch hundert Bäder den Geruch nicht abwaschen könnten«, fuhr der Junge bösartig fort. »Was gar nicht so überraschend ist, wenn man bedenkt, daß sie auch mit

Ignoranz besudelt sind. Man hat mir erzählt, daß dieses Mädchen da versucht hat, ihren Gefährten dem Collegium zurückzugeben, ohne zu wissen, was es bedeutet, wenn man erwählt wird.«

Talias Wangen brannten vor Scham und Zorn.

»Ist sie genau so dumm, wie sie stinkt?« fragte der dritte von ihnen.

»Das muß wohl so sein, nachdem sie nicht einmal begreift, daß wir über sie sprechen.«

Tränen stiegen ihr in die Augen und wurden rasch wieder unterdrückt. Auf keinen Fall würde sie diese Bande wissen lassen, wie sehr ihre Beleidigungen sie schmerzten. Talia schloß ihre brennenden Augen und wandte sich langsam ab. Doch sie stürzten sich so schnell auf sie, daß sie nicht begriff, daß sie sie umzingelt hatten, bis ein gezielter Stoß sie kopfüber in einem Blumenbeet landen ließ. Sie war auf den Sturz nicht vorbereitet und schlug hart auf. Ihr Gesicht war voller Dreck und welker Blätter.

Als das Lachen langsam in der Ferne verklang, richtete Talia sich mühevoll auf. Es hatte ihr den Atem verschlagen. Das Beet war mit Heckenrosen bepflanzt und keiner der Dornen konnte weniger als einen Zoll lang sein. Bis sie sich endlich befreit hatte, war ihre Uniform völlig ruiniert; Talia war nicht nur dreckig, sondern auch noch blutig und zerkratzt auf den Händen und im Gesicht.

Heiße, zornige Tränen rannen ihre Wangen hinunter. Sie wischte sie mit einem schmutzigen Handrücken ab und lief zurück in die Sicherheit des Collegiums. Sie war dankbar, daß es schon dunkel wurde.

Es war früh genug am Abend, so daß sich im Baderaum niemand befand. Hastig stopfte Talia ihr ruiniertes Gewand in die Wäscherutsche. Das Geräusch des rinnenden Wassers übertönte ihre Schluchzer, als sie leise vor sich hinweinte.

Sie hatte trotz allem nicht die Absicht, Sherrill um Hilfe zu bitten. Talia konnte sich schließlich nicht die ganze Zeit in der Gesellschaft der jungen Frau aufhalten. Und jeder Augenblick, den sie alleine war, würde sie wieder ein Ziel für die Angriffe der Blauen sein. Doch Talia hatte schon viel Erfahrung mit Angriffen dieser Art gehabt, sie wußte, was sie zu erwarten hatte. Nachdem sie einmal angefangen hatten, würden sie erst wieder aufhören, wenn sie des Spieles müde geworden waren.

Das Mädchen schob sich das nasse Haar aus den Augen und betrachtete die Narbe auf der Innenseite ihrer linken Hand. Wie alt war sie gewesen, als Justus diese Narbe mit einem glühend roten Schürhaken in ihre Hand gebrannt hatte? Neun Jahre? Zehn? Egal. Als das damals passiert war, hatten die Erwachsenen ihm geglaubt und nicht ihr, als er behauptet hatte, sie habe sich das selbst angetan.

Also warum sollte irgend jemand hier ihr glauben? Sie war neu hier. Niemand kannte sie, und die anderen waren offensichtlich die Kinder von hochrangigen Hofleuten gewesen. Wen würde man unter diesen Umständen wohl für einen Lügner halten? Es war besser, nichts zu sagen. Sie hatten ihren Spaß gehabt. Wenn sie einfach nicht reagierte, wurde es ihnen vielleicht bald langweilig, und sie würden sie dann in Ruhe lassen.

Ihre Hoffnung sollte sich nicht erfüllen.

Gleich am nächsten Tag mußte sie feststellen, daß irgend jemand ihre Aufzeichnungen aus dem Geschichtsunterricht gestohlen hatte. Am Tag darauf bekam sie einen Stoß in den Rücken. Sie schlug sich sowohl die Knie als auch die Ellenbogen auf dem Boden des Korridors blau. Als sie ihre Bücher wieder beieinander hatte, war niemand mehr zu sehen, der sie gestoßen haben konnte. Nur ein leises Gelächter war zu hören.

Zwei Tage später wurde sie mit Steinen beworfen, als sie alleine zum Waffentraining lief. Und am Tag darauf mußte sie entdecken, daß irgend jemand eine volle Flasche Tinte über ihren Büchern ausgeschüttet hatte. Aber es gab kein Anzeichen dafür, daß außer ihr ein anderer auch nur in der Nähe gewesen war. Das war beinahe die unerträglichste Demütigung, daß man jetzt von ihr glauben mußte, sie sei unvorsichtig im Umgang mit *Büchern*.

Mit der Zeit hatte sie einen bestimmten Ruf bekommen. Man hielt sie für ungeschickt. Mindestens einmal pro Woche wurde sie entweder gestoßen, oder man stellte ihr ein Bein. Es geschah noch viel öfter, wenn sie sich nach draußen, außerhalb des Collegiums wagte.

Und gleichzeitig spielten sie ihr auch Streiche, die nichts mit körperlichen Angriffen zu tun hatten.

Sie erhielt anonyme Briefe; Briefchen, die auf mysteriöse Weise in ihren Büchern oder in ihren Taschen aufzutauchen begannen. Es kam so weit, daß der bloße Anblick eines dieser Zettel sie fast zum Weinen brachte. Und sie konnte sie auch niemandem zeigen, weil die Worte ein paar Momente, nachdem sie sie gelesen hatte, wieder verblaßten und nichts übrigblieb, außer einem unschuldigen weißen Stück Papier.

Und sie wagte es auch nicht, sich jemand anderem anzuvertrauen. Es gab keine Sicherheit dafür, daß die Gruppe ihrer Verfolger wirklich nur aus Blauen bestand. Zugegeben, wenn alles wirklich so war, wie es zu sein schien, dann war es höchst unwahrscheinlich, daß irgendeiner ihrer Mitstudenten zu denen gehörte, die sie quälten. Aber auch Justus hatte seinen Sadismus hinter einem engelsgleichen Lächeln und einem schönen Gesicht verborgen. Nein, es war besser, alles allein zu ertragen. Wenigstens gab es immer noch Rolan.

Aber Heroldin Keren hatte bereits erkannt, daß irgend etwas nicht stimmen konnte. Ihr Zwillingsbruder hatte ihr von der Nachricht erzählt, die Talia von zu Hause bekommen hatte. Ein Gespräch mit Elcarth hatte sie davon überzeugt, daß möglicherweise *sie* die Person war, der es gelingen konnte, das Kind aus seiner Einsamkeit herauszulokken. *Sie* hatte an Talia keinerlei Ungeschicklichkeit bemerkt, wenn sie mit ihr arbeitete. Die Berichte von ihren ständigen kleinen Unfällen paßten überhaupt nicht zu dem, was sie selbst täglich sehen konnte. Irgend etwas war hier falsch.

Als sie noch ein Kind war, hatte Keren sich selbst eine fast unendliche Geduld beigebracht. Sie war Stunden um Stunden mit einer Handvoll Brotkrumen dagesessen, ohne auch nur zu blinzeln, bis die Vögel die Krumen aus ihrer Hand aufpickten. Diese Art Geduld benutzte sie jetzt bei Talia. Sie ließ hier ein Wort fallen, gab dort eine leichte Ermutigung. Wenn irgend jemand das Kind verfolgte, dann würde Keren es herausfinden.

Es gab Zeiten, da verfluchte sie die strengen Regeln derer, die mit der Gabe des Gedankenfühlens begabt waren. Wären sie nicht gewesen, hätte sie ganz einfach lesen können, was das Kind so verstörte. Oder wenn sie es nicht konnte, dann gab es andere, die durch *jeden* Schild hindurchsehen konnen. Aber diese Regeln gab es, um die Menschen zu beschützen. Man eignete sich nicht einfach die innersten Gedanken eines anderen Menschen an, ganz egal, wie gut die Absicht dahinter auch war. Hätte Talia unabsichtlich irgendein Wort fallengelassen, dann wäre das eine ganz andere Sache gewesen. Aber unglücklicherweise war sie viel zu kontrolliert. Es war auch nicht sehr wahrscheinlich, daß ein anderer als Keren zufällig etwas auffing. Talias Zurückgezogenheit wurde allgemein als Wunsch nach einem eigenen Bereich angesehen und daher auch respektiert.

Obwohl Talia Kerens Feundlichkeit nicht bewußt aufgefallen war, spürte sie deren Aufmerksamkeit doch. Sie war kurz davor, ihrer Reitlehrerin über die anonymen Briefe zu berichten, als sie ein paar weitere erhielt ...

Geh nur und erzähle jemandem von diesen Briefen, stand da zu lesen. *Es wird sehr unterhaltsam sein, Dich zu beobachten, während Du versuchst zu erklären, warum Du nur blanke Zettel in der Hand hast. Sie werden denken, daß Du verrückt geworden bist. Und wer weiß, vielleicht haben sie damit sogar recht ...*

Das machte Talia angst. Das Gespenst des Irrsinns verfolgte sie, seit sie den ersten dieser Breife erhalten hatte. Denn wie konnten Buchstaben vom Papier verschwinden, nachdem man sie gelesen hatte? Und wenn sie nur *dachten*, sie sei verrückt geworden, so würden sie sie aus dem Collegium hinauswerfen. Wohin hätte sie dann gehen sollen? Es war das Risiko nicht wert. Talia vertraute sich daher niemandem an und weinte still in ihrem Zimmer.

Dann begannen die drei Monate der Mittwinterfestlichkeiten am Hof, und Talias geheimnisvolle Verfolger hörten schlagartig auf mit ihrem Treiben.

Nachdem einige Tage vergangen waren, ohne daß auch nur ein Zettel aufgetaucht wäre, begann Talia wieder zu hoffen. Als eine Woche ohne Störungen verging, ließ auch ihre Wachsamkeit ein wenig nach. Am Ende des ersten Monats, den sie frei von Angriffen aus dem Dunkel verbracht hatte, glaubte sie schließlich, daß ihre Untätigkeit die Verfolger gelangweilt hatte und sie sich daher ein anderes Ziel gesucht hatten.

Talia warf sich mit solch rückhaltlosem Enthusiasmus in das Leben am Collegium, daß sie kurz vor Beginn der Mittwinterferien dachte, sie gehöre wirklich hierher. Die Zurückweisung durch ihre Familie tat nicht mehr so weh.

Der Unterricht am Collegium wurde für zwei Wochen unterbrochen. Die Studenten fuhren entweder nach Hause, um ihre Familien zu besuchen, oder sie gingen zu Verwandten oder Bekannten, die in der Nähe der Hauptstadt lebten, um den Mittwinter dort zu feiern. Es war nur Talia, die nirgendwo hingehen konnte. Sie war so zürckhaltend gewesen, daß dies im Trubel der Vorbereitungen niemandem auffiel.

Am ersten Tag der Ferien wanderte sie durch die leeren Gänge und lauschte auf das Echo ihrer Schritte. Sie fühlte sich sehr klein und alleingelassen und fragte sich, ob selbst die Bibliothek in der Lage war, die langen Stunden auszufüllen.

Während sie auf ihr eigenes Echo hörte, das gespenstisch durch das leere Gebäude klang, vernahm sie einen anderen, schwächeren Klang. Irgend jemand spielte auf der Harfe hinter den Türen, die die Privatquartiere der Herolde vom Rest des Collegiums abschirmten.

Neugier und Einsamkeit ließen Talia der Musik folgen. Eine der Doppeltüren reagierte mit leisem Quietschen, als Talia sie aufstieß. Die Harfenklänge führten sie die ganzen langen Gänge bis ans Ende des Flügels der Herolde. Hier oberhalb des Palasttempels war es ganz still. Die meisten der Räume waren Einzelzimmer, und ihre Besitzer waren draußen im Land unterwegs. Die Harfe klang süß und ein wenig einsam in all der Leere. Talia blieb so stehen, daß sie von der halboffenen Tür aus nicht gesehen werden konnte. Sie verlor jedes Zeitgefühl, während sie der zauberhaften Musik lauschte.

Sie seufzte, als der Spieler endete.

»Komm herein, wer auch immer da draußen steht!« rief eine leise, vom Alter ganz rauh gewordene Stimme in dem Zimmer. »Es gibt keinen Grund, warum du in dem trostlosen Gang stehen solltest, wenn ich ein wenig Gesellschaft gut gebrauchen könnte.«

Die Einladung klang, als wäre sie wirklich so gemeint. Talia vergaß ihre Zurückhaltung und stieß die Tür ein wenig weiter auf.

Das Sonnenlicht strömte durch die Fenster auf der anderen Seite des kleinen Raumes. Es wurde von den getäfelten Wänden, die die Farbe von Honig hatten, und ein paar Holzmöbeln zurückgeworfen. Ein hell brennendes Feuer im Kamin roch leicht nach Apfelholz und ließ den Raum noch lichter und wärmer erscheinen. Neben dem Feuer saß ein Mann. Er war älter als jeder andere Mensch, den Talia bisher gesehen hatte. Sein silbernes Haar war fast genauso weiß wie seine Tunika. Aber sein sanftes, immer noch schönes Gesicht und seine grauen Augen enthielten nur ein Willkommen. Seine ganze Ausstrahlung war freundlich. Er hielt seine Harfe und stützte sie gegen ein Bein ab. Talias Augen wurden größer, als sie sah, daß das zweite Bein vom Knie an fehlte.

Der Mann erkannte, wohin sich ihr Blick richtete, und lächelte.

»Ich habe eben mehr Glück gehabt, als die meisten anderen«, sagte er. »Denn ich habe an die Söldner von Tedrel und im Dienst für meinen König nur ein Bein verloren und nicht mein Leben. Was hält ein Mädchen wie dich in der Festzeit in diesen düsteren Hallen zurück?«

Vielleicht war es seine Ähnlichkeit mit ihrer Großmutter, vielleicht war es auch nur seine offenherzige Freundlichkeit; er brachte Talia jedenfalls dazu, daß sie ihm mit ihrem ganzen Herzen vertraute.

»Ich habe nichts und niemanden, wo ich hingehen könnte, Sir«, flüsterte sie ganz leise.

»Hast du denn keine Freunde, die die Ferien und ihr Zuhause mit dir geteilt hätten?« Seine Stirn furchte sich. »Das ist eigentlich nicht die Art der Herolde.«

»Ich – ich habe niemandem gesagt, daß ich hierbleibe. Ich kenne niemanden wirklich gut genug, und meine Familie will mich nicht mehr und – und ...«

»Und du wolltest nicht, daß das irgend jemand erfährt und dich vielleicht fragt, ob du mitkommen willst, weil du ihm leid tust und nicht, weil er dich mitnehmen möchte?« Der alte Mann hatte ihre Gedanken erraten.

Sie nickte zögernd.

»Du siehst aus, als wärest du ungefähr dreizehn Jahre alt. Und das muß dein erster Mittwinter am Collegium sein, sonst hätten alle gewußt, daß du während der Feiertage nirgendwo hingehen kannst. Es gibt nur eine neu Erwählte, auf die diese Beschreibung zutreffen kann. Du bist Talia. Stimmts?«

Scheu nickte sie.

»Nun, es gibt keinen Verlust, wo nicht auch ein kleiner Gewinn herausschaut«, sprach er weiter. »Auch ich habe niemanden, bei dem ich den Mittwinter verbringen könnte. Ich könnte am Hof sein, aber die vielen Menschen dort sind nicht nach meinem Geschmack. Meine Verwandtschaft ist schon lange im Strom der Zeit verschwunden, und meine Freunde sind entweder tot oder woanders beschäftigt. Sollen wir die Ferien zusammen verbringen? Mein Name ist Jadus.«

»Das – das würde ich sehr gerne tun, Sir.« Talia hob den Blick und lächelte ihn an.

»Wunderbar! Dann komm her, und mach es dir bequem.

Hier am Kamin ist noch Platz. Nimm dir einen Sessel oder ein Polster, ganz wie du willst.«

Seine Empfindsamkeit ließ ihn die Tiefe von Talias Schüchternheit erkennen. Es schien sich ganz darauf zu konzentrieren, seine Harfe zu stimmen, während sie zögernd ein dikkes Polster aus bernsteinfarbenem Samt neben den Kamin legte und sich darauf wie ein Kätzchen zusammenrollte. Seine Gabe war das Gedankenfühlen. Es wäre ihm nie eingefallen, unerlaubt in ihre Gedanken einzudringen, aber ihr ganzes Benehmen und der Schatten, der um ihre Gedanken war, sagte ihm, daß er mit ihr ganz behutsam umgehen mußte. Es war von Natur aus ein sanfter Mann, aber er spürte, daß er mit Talia noch sanfter sein mußte, denn das kleinste Anzeichen eines schlechten Charakters würde sie über alle Maßen erschrecken.

»Ich bin froh, daß mein Spiel dich hierhergelockt hat, Talia.«

»Es war so wunderschön«, sagte sie sehnsüchtig. »Ich habe solche Musik noch nie zuvor gehört.«

Er lachte. »Mein überschäumender Stolz bedankt sich bei dir, Kindchen. Aber die traurige Wahrheit ist, daß jeder Meisterbarde mich als genau den Unkundigen bloßstellen würde, der ich auch bin. Aber ich muß auch ehrlich zugeben, daß ich etwas von der Begabung der Barden habe, sonst hätten sie mich nicht zuerst am Collegium der Barden zugelassen, als ich hierher kam.«

»Am Collegium der *Barden*?« fragte Talia ganz verwirrt.

»Ja, du bist überrascht. *Jetzt* bin ich ein Herold mit einer Gefährtin, die gerade eben ihre alten Knochen von der Sonne wärmen läßt und den dummen Fohlen bei ihren Spielen im Schnee zusieht. Aber als ich hierher kam, war es, um ins Collegium der Barden aufgenommen zu werden. Ich blieb drei Jahre dort und hatte noch zwei weitere vor mir. Ich saß gerade im Garten und versuchte ein Stück für einen Auftraggeber zu komponieren, als irgend etwas mich auf die Wiese der Gefährten lockte. Und dann kam *sie* und verdrehte einfach mein ganzes Leben. Ich war eine Zeit sogar sehr widerspenstig, aber jetzt würde ich nicht einen Augenblick meines Lebens gegen den Kranz des Barden Laureatus tauschen.«

Talia betrachtete die starken geschmeidigen Finger, die das seidige Holz der Harfe geistesabwesend streichelten.

»Ihr habt die Musik aber nicht aufgegeben.«

»O nein! Diese süße Herrin gibt man nicht so leicht auf, nachdem man von ihrer Schönheit gekostet hat.« Er lächelte. »Vielleicht hat mir die Glücksgöttin sogar einen Gefallen getan. Ich war nie gezwungen, einer Menge zu gefallen oder für einen undankbaren Herren zu spielen. Ich habe nur für mich und meine Freunde zur Unterhaltung gesungen und gespielt. Und die Musik hat mir sehr oft auch als Verkleidung gedient, denn Barden sind fast überall willkommen. Und selbst jetzt kann ich aus My Lady noch eine Melodie hervorlocken, um mir Gesellschaft zu leisten. Oder Gesellschaft hierher an meine Tür zu locken.«

Er lächelte ihr zu, und sie gab sein Lächeln mit wachsendem Vertrauen zurück.

Er sah sie liebevoll an. Plötzlich kam ihm ein Gedanke. »Talia, Kind, kannst *du* singen?«

»Das weiß ich nicht, Sir«, gestand sie. »Ich bin – ich war ein Kind der Siedler. Sie halten nicht sehr viel von Musik. Sie kennen nur Hymnen. Und selbst die singen nur die Priester und die Dienerinnen der Göttin.«

»Siedler ...«, murmelte er vor sich hin und versuchte anscheinend, sich an etwas zu erinnern. »Ah! Ganz sicher kennst du das kleine beruhigende Schäferlied, wo es heißt ›Kleines Schaf, schlaf nur, schlaf‹?«

Er zupfte eine ganz einfache Melodie.

Sie nickte. »Aber das ist doch keine Musik, Sir, oder doch?«

»Selbst eine einfache Rede kann bei dem richtigen Menschen zu Musik werden. Würdest du es für mich singen? Bitte?«

Sie begann sehr zögernd mit der Melodie. Sie sang so leise, daß man sie über dem Klang der Harfe kaum vernehmen konnte. Aber nach kurzer Zeit gewann ihre Stimme an Selbstvertrauen. Die Harfe, die den Kontrapunkt zu ihrer Melodie spielte, faszinierte sie. Bald war sie so sehr auf die Muster, die die Musik formte, konzentriert, daß sie gar nicht mehr an ihre eigene Stimme dachte.

»Das habe ich mir gedacht«, sagte Jadus zufrieden, als sie zu singen aufhörte. »Ich dachte mir schon, daß du einen Hauch der Begabung hast, als ich dich sprechen hörte. Du wirst niemals eine Gegnerin für einen guten Barden sein, Kleines, aber du wirst einmal eine sehr gute Singstimme haben. Würdest eu einem alten Mann eine Freude machen und weitere Lektionen über dich ergehen lassen?«

»Ihr meint *Musik*unterricht? *Mich* unterrichten? Aber ...«

»Es wäre eine Schande, deine Begabung zu verschwenden, die du wirklich hast, Kind.« Er lächelte ein sehnsüchtiges Lächeln. »Das wäre wirklich etwas, das ich nur zu gerne mit dir teilen würde.«

»Wenn ihr wirklich glaubt, daß es sich auszahlt, Eure Zeit an mich zu verschwenden ...«

Er legte einen Finger unter ihr Kinn und hob ihren Kopf an, so daß ihr nichts anderes übrig blieb, als ihm gerade in seine freundlichen, aber ernsten Augen zu sehen. »Zeit, die man mit dir verbringt, mein liebes Kind, ist niemals verschwendet. Glaube mir.«

Sie wurde fast scharlachrot bei diesem Kompliment.

»Würdest du jetzt gleich anfangen wollen?« fuhr er fort und erlaubte ihr durch seinen sachlichen Ton, ihre Fassung wiederzufinden. »Wir haben noch den ganzen Nachmittag vor uns, und wir könnten mit dem Lied beginnen, das du gerade gesungen hast.«

»Wenn es Euch wirklich nichts ausmacht. Ich habe gar nichts zu tun.«

»Ausmachen? Kind, wenn du wüßtest, wie lange mir manches Mal die Zeit wird, dann hättest du das eben sicher nicht gesagt.«

Jadus fühlte, wie sich zwischen ihm und Talia langsam eine Verbindung entwickelte. Er spürte, ohne wirklich darüber nachzudenken, daß sein eigener ›hilfloser‹ Zustand Talia gestattete, ihn nicht als Bedrohung zu sehen. Er hatte sich selbst erlaubt, seit einigen Jahren das träumerische Leben eines Einsiedlers zu führen, und ließ das Leben außerhalb seines Zimmers seinen Gang gehen. Doch mit Talia war das Leben zurückgekehrt. Und als er das Kind zu seinen Füßen ansah, da wußte er, daß er der Welt um Talias willen auch nicht mehr erlauben würde, wieder hinweg zu treiben.

Talia lernte sehr schnell. Die Musik war eine völlig unbekannte, neue Welt für sie. Das war nur von Vorteil, weil sie bislang nichts Falsches gelernt hatte. Sie war so fasziniert, daß ihr gar nicht auffiel, wie spät es geworden war, bis ein Dienstbote das Zimmer betrat, um die Kerzen anzuzünden und Jadus zu fragen, ob er das Abendessen im Zimmer serviert haben wollte.

Als Talia sich verabschieden wollte, bestand der alte Herold darauf, daß sie das Abendessen mit ihm teilte, weil er schon viel zu viele einsame Mahlzeiten hinter sich gebracht hatte, wie er sagte. Als der Diener zurückkam, bat Jadus ihn, nach ein paar Liederbüchern zu suchen, die er vor Jahren schon weggeräumt hatte. Diese Bücher schenkte er Talia.

»Ich habe sie in all der Zeit, die sie im Speicher waren, nicht vermißt«, sagte er fest. »Die Musik und die Erinnerungen sind hier oben gut genug gespeichert«, er tippte sich auf die Stirn, »so daß ich die Bücher gar nicht mehr brauche. Sie sind ein Mittwintergeschenk, wenn es dir so lieber ist, damit du schnell genug lernen kannst, um deinem tyrannischen Lehrer zu gefallen.«

Talia ging erst, als ihr Gesang immer wieder von Gähnen unterbrochen wurde. Sie fühlte sich, als hätte sie den alten Herold fast ihr ganzes Leben lang gekannt. Sie fühlte sich in seiner Gegenwart geborgen und konnte es kaum ertragen, auf den nächsten Morgen und einen weiteren Tag mit ihm zu warten.

Das Mädchen stand fast gemeinsam mit der Sonne auf. Aber sie befürchtete, zu früh zu kommen und den betagten Herold zu stören, also schlang sie in der Küche ein hastiges

Frühstück von Milch und Brot aus den Vorratslagern des Collegiums herunter und lief dann zu Rolan.

Sie und er spielten wie die kleinen Kinder. Sie warf Schneebälle nach ihm, und er wich ihnen geschickt aus oder versuchte sie mit den Zähnen zu fangen. Sie fühlte sich ganz leicht vor lauter Glück, sie war glücklicher, als sie es jemals zuvor gewesen war. Schließlich kam Rolan bittend auf sie zu. Das war eine eindeutige Einladung aufzusteigen und zu reiten. Sie galoppierten zusammen, bis die Sonne schon hoch am Himmel stand, und flogen beinahe über das Feld. Es tat ihr gut, weil sich ihre angespannten Nerven lockerten und sie ein wenig ihrer angestauten Energie loswurde, ohne ihren Enthusiasmus zu verlieren. Um die Mitte des Vormittags herum klopfte sie mit funkelnden Augen und geröteten Wangen an Jadus' Türe.

Am Ende dieses zweiten Tages ihrer Musikstunden hatten die Dienstboten Wind davon bekommen, was da vor sich ging, und hielten sich ständig in der Umgebung von Jadus' Zimmer auf. Talia hatte eine schöne Stimme, obwohl sie untrainiert war. Die Dienstboten fanden, daß diese Musikstunden eine für sie seltene Unterhaltung waren. Jetzt, da sich das Mittwinterfestival auf seinem Höhepunkt befand, war am Hof kaum noch Platz für die vielen Adeligen, die gekommen waren. Aber hier in dieser stillen Ecke des Gebäudes der Herolde gab es Unterhaltung genug. Wäre irgend jemand vorbeigekommen, hätte er nach einiger Zeit in jeder Ecke und jedem Winkel still die Leute sitzen sehen können. Talia ahnte nicht, daß sie da waren, sie hatte nur Augen und Ohren für ihren Unterricht. Jadus jedoch wußte es, seine Ohren waren fein genug, um jedes ungewöhnliche Geräusch in seinem abgelegenen Gang zu vernehmen. Er hatte genug einsame Feiertage verbracht, um zu wissen, wie sehr ein wenig Musik aufheitern konnte.

Der Mittwinterabend kam schneller, als Talia damit gerechnet hatte.

An diesem Nachmittag hatte Jadus ihr Geschichten über

seine Erfahrungen als junger Herold erzählt. Plötzlich war ein zögerndes Klopfen an der Tür zu hören.

»Komm herein«, antwortete Jadus und zog eine Augenbraue fragend in die Höhe.

Der junge Diener, der sich gewöhnlich um Jadus' Bedürfnisse kümmerte, trat ein. »Entschuldigt bitte, Herold«, sagt er höflich. »Wir konnten nicht anders, als Euch und der jungen Talia während der letzten Woche zuzuhören. Und wir haben uns gefragt ... Nun, Ihr habt niemanden, bei dem Ihr den Mittwinterabend verbringen könntet. Und Ihr wollt ihn anscheinend auch nicht am Hof verbringen. Würdet Ihr vielleicht an *unserer* Feier teilnehmen? Dürften wir Euch bitten, ein wenig für uns zu spielen und zu singen? Wir wären sehr geehrt. Wir vergnügen uns selbst, wißt Ihr, es ist nicht besonders großartig, aber es macht Spaß und es erinnert uns an zu Hause.«

Jadus mußte unwillkürlich lachen. »Medren, ich glaube, das ist eines der schönsten Angebote, die ich bekommen habe, seit ich erwählt wurde. Talia, was denkst du denn?«

Das Mädchen nickte nur sprachlos und war erstaunt, daß irgend jemand gekommen war, um sie um ihre Gesellschaft zu bitten.

»Gerne nehmen wir deine Einladung an und werden versuchen, euch zu unterhalten.«

Medrens dunkles, einfaches Gesicht zeigte ein heiteres Lächeln. »*Vielen* Dank, mein Lord Jadus. Wir hätten Euch schon früher gefragt, aber wir dachten, Ihr wünscht alleine zu sein. Aber als Ihr begonnen habt, das Kind zu unterrichten, da dachten wir uns, daß wir uns vielleicht geirrt haben.«

Liebevoll legte Jadus seine Hand auf Talias Scheitel. »Ich habe zu sehr in meinen Erinnerungen gelebt, denke ich. Es war an der Zeit, daß mich jemand in die Gegenwart zurückgeholt hat. Nun gut, wirst du jemanden schicken, der uns abholen kommt, wenn es an der Zeit ist?«

Medren nickte. »Zur zweiten Stunde nach Sonnenuntergang, Herold, und ich werde selbst kommen. Wollt Ihr, daß ich Euren Sessel mitnehme?«

»Nein. Ich werde es mit meiner Krücke und der Hilfe meiner Freunde bequem genug haben«, antwortete Jadus und lachte Talia voll Freundlichkeit an.

Medren war pünktlich. Enthusiastische Rufe der Begrüßung wurden bei ihrem Eintritt in den Gemeinschaftsraum der Dienstboten laut. Der Raum war ungefähr dreimal so groß wie der Gemeinschaftsraum des Collegiums. An jedem Ende war ein offener Kamin, und Öllampen waren entlang der Wände aufgehängt und angezündet worden. Der Raum hatte nur zwei Ausgänge. Einer führte auf den Gang, von wo sie gerade gekommen waren, der zweite in die Palastküche. Viele einfache Holztische und Bänke waren aufgestellt worden, und an ihnen saßen alle Dienstboten. Jadus trat langsam vom Korridor durch die Tür. Er stützte sich auf seine Krücke und hatte die andere Hand leicht auf Talias Schulter gelegt, um das Gleichgewicht halten zu können. Das Mädchen hielt seine Harfe vorsichtig in beiden Armen und fühlte sich geehrt, daß er sie ihr anvertraut hatte. In ihrem Gürtel stak die kleine Hirtenpfeife, die er ihr ein paar Tage zuvor gegeben hatte. Jadus' Augen wurden größer, als sie so freundlich begrüßt wurden. Er schien sogar ein wenig aufrechter dazustehen.

Zuerst gab es ein Festmahl. Jeder bediente eine Zeitlang die anderen an den Tischen. Und nach dem Essen kam die Unterhaltung. Wie Medren gesagt hatte, war sie nicht sehr ›großartig‹, aber dafür genossen die Leute sie um so mehr. Während einige Musiker einfache Volkstänze spielten, tanzten die anderen zu den uralten Rhythmen. Oft genug wurde die zarte Talia von ihren energiegeladenen Tanzpartnern einfach durch die Luft gewirbelt, ohne daß ihre Füße den Boden berührten. Dananch versuchten sich einige beim Jonglieren und kleinen Zaubertricks, die nur um so lustiger waren, weil es völlig unsicher war, was dabei passieren würde.

Schließlich fingen Talia und Jadus an zu spielen.

Jadus begann zuerst alleine. Seine geschickten Finger

woben einen Zauber des Schweigens über der Versammlung. Nur das Prasseln des Feuers war zu hören, während er spielte. Daß die Stille noch einige Augenblicke nach dem Ende seines Spieles anhielt, war ein bezeichnender Tribut an seine Kunst.

Bevor die Stille enden konnte, stieß Jadus seine junge Schülerin leicht an, und Talia fiel in sein Spiel ein und blies auf ihrer Flöte all die Melodien, die sie in den langen kalten Nächten gelernt hatte, in denen die Mutterschafe ihre Jungen zur Welt brachten. Die Melodien selbst waren einfach genug, aber mit Jadus' Harfe bekamen sie einen völlig neuen Klang, voller Einsamkeit und Sehnsucht. Eine weitere lange und sehr beredte Stille folgte, als Harfe und Flöte verstummten, und danach erscholl donnernder Applaus. Talias Herz strömte über vor Freude, als sie sah, wie sehr Jadus' Augen glänzten. Sie war sehr froh, daß sie zu der Feier gekommen waren.

Dann spielte Jadus allein weiter, während Talia ein Lied sang, das er aus einem alten Buch herausgesucht hatte. Es war eine komische Ballade mit dem Titel ›Die Gräfin, der Graf und die Laute‹, an die er sich aus alten Zeiten erinnert hatte. Das spontane Gelächter nach der letzten Strophe, die von dem seltsamen Ende der Gräfin erzählte, war so herzlich, daß Talia bald vor Freude errötete. Nun wußte sie, wie schön es sein konnte, wenn man Beifall erhielt.

Die beiden spielten alles, was sich die Menschen wünschten und was sie kannten, bis es so spät geworden war, daß Talia schon fast im Sitzen einschlief. Jadus mußte zugeben, daß seine Finger allmählich langsamer wurden. Talia brachte ihn in sein Quartier zurück und schleppte sich dann in ihr eigenes Zimmer.

Bevor der Schlaf sie überwältigte, dachte sie, daß diese Feier der schönste Mittwinterabend war, den sie je erlebt hatte.

Sieben

Nach jenem Mittwinterabend konnte es im ganzen Collegium und im Kreis keine besseren Freunde geben als Talia und den alten Herold Jadus. Selbst als der Unterricht wieder begonnen hatte, fanden sie noch jeden Abend die Zeit, mit ihrem Musikunterricht fortzufahren. Er schien ihre Gesellschaft mit genausoviel Freude zu genießen wie sie die seine. Nicht einmal die Tatsache, daß mit dem Ende der Ferien ihre unbekannten Verfolger wieder begonnen hatten, sie zu quälen, konnte jetzt noch das Glück aus ihrem Herzen verbannen. Manchmal kam ihr der Gedanke, daß sie schon mehr als einmal soweit gewesen war, alles aufzugeben und einfach davonzulaufen, wenn es Rolan und Jadus nicht gegeben hätte. Obwohl sie natürlich nicht die geringste Ahnung hatte, wohin sie hätte gehen sollen. Ohne ihre beiden treuen Freunde wäre ihr Elend schlimmer gewesen als in den schlimmsten Zeiten damals in der Siedlung.

Plötzlich dann tauchte ein weiterer der anonymen Briefe auf. Er lag in einem ihrer Bücher, als sie wieder zu ihrem Musikunterricht gehen wollte. Es dauerte eine Weile, bis sie nach den Tränen, die sie vergossen hatte, wieder so aussah, daß sie zu Jadus gehen konnte.

Es wäre unmöglich gewesen, vor ihm zu verheimlichen, daß sie Schwierigkeiten hatte und aufgeregt war. Ihre rotgeränderten Augen verrieten sie sofort. Und er bestand darauf, daß sie ihm erzählen mußte, was denn geschehen war.

»Du weißt, Kleine, daß ich niemals etwas gegen deinen Willen sagen oder tun würde.« Sein Tonfall war sanft, aber bestimmt. »Aber du bist nicht glücklich, und wenn du es nicht bist, dann kann ich es auch nicht sein. Ich wünschte, du würdest mir sagen, warum und wer und was der Grund dafür ist. Du weißt doch inzwischen, daß du mir vertrauen kannst, oder etwa nicht?«

Langsam nickte sie. Ihre Hände lagen verkrampft und zu Fäusten geballt in ihrem Schoß.

»Dann sage mir, welches Problem du hast. Es ist ja möglich, daß ich dir helfen kann.«

Talia war eigentlich nicht gewillt, ihm alles zu erzählen, aber sie konnte der Freundlichkeit in seinen Augen nicht widerstehen. »Ihr ... ihr müßt mir zuerst etwas versprechen, bitte? Ihr werdet es niemandem weitererzählen?«

Er versprach, daß er es nicht tun würde. »Wenn das die einzige Möglichkeit ist, daß du es mir erzählst, dann ja. Ich verspreche es.«

»Es ist folgendes«, fing sie an und erzählte ihm von den bösen Streichen. Die Briefe ließ sie unerwähnt. Sie fürchtete, daß das so unglaublich war, daß selbst Jadus ihr nicht glauben würde.

Er konnte fühlen, daß mehr hinter diesen Streichen steckte, als sie ihm sagen wollte, und das machte ihm doch Sorgen.

Aber durch sein Versprechen gebunden, gab es nicht viel, was er tun konnte, außer ihr ein paar gute Ratschläge zu geben. Er hoffte, daß das genügen würde.

»Du solltest nirgendwo alleine hingehen. Versuche, immer mit Leuten zusammenzusein, die du kennst. Zum Beispiel Sherrill, Skif oder Jeri. Keiner von diesen dreien würde dir jemals weh tun. Und bleib immer in Sichtweite von einem deiner Lehrer. Und, kleiner Liebling«, er strich ihr mit sanfter Hand über die Wange und wurde mit einem schwachen Lächeln belohnt, »*ich* bin immer für dich da. Niemand würde es wagen, etwas gegen dich zu unternehmen, wenn du hier bist. Und wenn du nur jemanden brauchst, bei dem du dich ausweinen kannst, ich habe eine ganze Menge Taschentücher!«

Der letzte Satz brachte Talia wirklich zum Lachen, und Jadus war sehr zufrieden mit sich, als sie mit dem Unterricht begannen.

»Suche dir Freunde, mein Kind«, bat er sie noch dringend, bevor sie wieder ging. »Die anderen Herold-Studenten werden ganz sicher nicht versuchen, dich zu verletzen. Und je mehr Freunde du hast, desto besser geschützt wirst du sein.

Denk einmal nach. Hast Du irgendwann einen von *ihnen* etwas sagen oder tun hören, das absichtlich grausam gewesen wäre?«

»Nein«, mußte sie zugeben.

»Ich weiß, daß dein Leben in der Siedlung nicht einfach gewesen ist. Ich weiß, daß dir Leute oft absichtlich weh getan haben. Aber hier im Collegium ist das anders. Du vertraust mir, und ich sage dir jetzt, daß du ihnen auch vertrauen sollst. Wenn schon nichts anderes, aber wenn du Teil einer Gruppe bist, dann bist du ein viel schwierigeres Ziel für jeden Angreifer.«

Jadus sollte recht behalten. Sie *war* ein weniger auffälliges Ziel. Die Anzahl der bösen Streiche begann sofort zurückzugehen.

Es gab noch etwas. Obwohl Jadus durch sein Versprechen zu schweigen gebunden war, half ihm die Tatsache, daß einige der älteren Studenten und der Lehrer, unter ihnen Keren, Teren und Sherrill, festgestellt hatten, daß irgend etwas Seltsames und Unerfreuliches im Gange war. Sie begannen ein wachsames Auge auf Talia zu haben. Vor allem Keren hatte schon vor längerer Zeit diese Entscheidung getroffen. Sie hatte angefangen, sich in der Nähe des Kindes aufzuhalten und dabei so auffallend wie möglich zu wirken. Talias Quälgeistern wurde es so beinahe unmöglich gemacht, ihr auch nur einen dieser mysteriösen Briefe zwischen ihre Sachen zu stecken, ohne daß sie dabei beobachtet worden wären. Bevor noch ein Monat vorbei war, sah es so aus, als hätten die Verfolger aufgegeben, und Talias Fröhlichkeit kehrte zurück.

Niemand kam auf den Gedanken, daß noch mehr als dumme Quälereien passieren könnte.

Sowohl das Collegium als auch der Kreis waren zu dem unrichtigen Schluß gekommen, daß das allgemeine Mißtrauen nach dem Tode des Herolds Talamir die Anti-Herold-Fraktion von ernstgemeinten Versuchen, das Königreich vom neuen Herold der Königin zu ›befreien‹, abgeschreckt hatte. Die Sache war ganz anders. Die Quälereien waren auf

Anstiftungen einiger Eltern von unverbundenen Studenten nobler Herkunft zurückzuführen, von Hofleuten, die alles zu verlieren hatten, wenn Elspeths Umerziehung gelang und sie zur tatsächlichen Erbin wurde.

Diese älteren Verschwörer hatten schon vor längerer Zeit eine Entscheidung getroffen. Wenn man Talia nicht dazu bringen konnte, das Collegium zu verlassen, dann mußte man sie endgültig loswerden, gleichgültig, welcher Mittel es dazu bedurfte.

Jetzt hatte es sich erwiesen, daß es unmöglich war, sie zu vertreiben, also war der nächste Schritt, es mit einer endgültigen Maßnahme zu versuchen.

Sie warteten nur darauf, daß Talia den Fehler beging, irgendwo alleine aufzutauchen. Ihre Gelegenheit kam am kältesten Tag des Jahres.

Der Himmel war wolkenverhangen und hatte die Farbe von bleiernem Grau. Der Schnee knirschte unter ihren Schritten, und die Kälte kroch trotz gefütterter Stiefel ihre Beine hinauf. Der Wind blies stark und bitterkalt, daher hatte sich Talia entschieden, den längeren Weg vom Klassenzimmer in die Übungshalle zu nehmen, der hinter den Ställen vorbeiführte und ein wenig Schutz vor dem Wind bot.

Als sie völlig in Gedanken versunken um eine Ecke bog, fand sie sich plötzlich von einigen Blauen umgeben. Deren Gesichter waren alles andere als freundlich.

Bevor sie nur daran denken konnte zu fliehen, griffen sie schon nach ihr und versuchten, ihre Arme und Beine festzuhalten.

Sie war nur einen kurzen Augenblick lang bestürzt, dann machte sich Alberichs hartes Training bezahlt. Sie wehrte sich mit all der Geschicklichkeit, die sie inzwischen erworben hatte. Der Waffenmeister hatte ihr einen erbarmungslosen Kampfstil beigebracht. Sie trat um sich, riß an Haaren und biß ohne jede Zurückhaltung. Erstickte Schmerzensschreie bestätigten, daß sie ihre Gegner auch erwischte. Seltsam genug, aber es schien, als hätten ihre Angreifer gar nicht die Absicht, sie zu verletzen.

Talia nutzte den Vorteil, den ihr diese seltsame Zurückhaltung bot, und brach durch eine Lücke zwischen zweien ihrer Angreifer durch. Ihr Mantel blieb in den Händen eines dritten zurück.

Sie hätte es beinahe geschafft zu entkommen, aber jemand sprang sie von hinten an, und sie flog kopfüber durch die Luft, mitten in die Abfallgrube der Ställe.

»Oh, das arme kleine Bauerntölpelchen, es hat sich ganz schmutzig gemacht«, gurrte eines der Mädchen mit zuckersüßer Stimme. »Das ist doch furchtbar!«

»Vielleicht hat es gedacht, es befindet sich zu Hause«, antwortete eine Jungenstimme, während Talia versuchte, den Dreck von ihrem Gesicht und aus ihren Augen zu wischen. »Wir machen es besser sauber. Ganz sicher weiß es nicht, wie man das selbst macht.«

Sie zogen sie heraus und hielten sie fest. Bevor Talia sich losreißen konnte, schlugen sie sie nieder und stopften ein Stück von einem Tuch in ihren Mund, damit sie nicht um Hilfe schreien konnte. Sie rieben ihr abwechselnd Dreck und nassen Schnee in die Haare und ins Gesicht, als wollten sie sich für die Verletzungen rächen, die sie ihnen zugefügt hatte. Dann packten ein paar sie an Armen und Beinen und trugen sie hinaus, wo das Zeug im eisigen Wind sofort gefror und sie ihre Augen nicht mehr öffnen konnte. Talia versuchte immer noch Atem zu holen nach dem Schlag, der sie niedergestreckt hatte; sie schien aber einfach keine Luft in die Lungen zu bekommen.

Talia wurde halb getragen, halb geschleift. Die Pflastersteine verursachten Kratzer und blaue Flecken. Sie hatte beinahe das Gefühl, als wollten sie sie bis zur Grenze schleppen!

Dann, als sie spürte, daß die Straße leicht anzusteigen begann, hatte sie eine vage Vorstellung, was ihre Angreifer mit ihr vorhatten.

»Du kommst jetzt ins Bad, du Ziegenmädchen!« sagte eine haßerfüllte männliche Stimme.

Das Mädchen trat so hart sie konnte um sich, aber es half

nichts. Sie waren größer und stärker und viel zu viele. Sie schaffte es nur, daß sich ihr Griff lockerte und sie daher mit dem Kopf auf den Pflastersteinen aufschlug. Talia war für einen Moment betäubt. Das gab ihnen die Möglichkeit, die sie brauchten, sie fühlte, wie sie durch die Luft geschleudert wurde, und landete mit einem Aufprall, der ihr das letzte bißchen Atem aus den Lungen trieb, im eisigen Wasser des Flusses.

Das Wasser schloß sich über ihrem Kopf. Sie kämpfte sich an die Oberfläche und riß sich dabei den Knebel aus dem Mund. Aber ihr Mund füllte sich mit Wasser, weil sie ein paar Zoll zu früh zu atmen versuchte. Als sie auftauchte und im eisigen Wind nach Luft schnappte, hörte sie jemanden rufen, dessen Stimme in der Entfernung verklang. »Lebe wohl, Bauerntölpel. Richte Herold Talamir unsere Grüße aus.«

Eine Woche zuvor war an dieser Stelle ein sorgloser, waghalsiger Draufgänger verunglückt, der versucht hatte, den Fluß statt über die Brücke übers Eis zu überqueren. Talia erinnerte sich daran, daß er in dem eisigen Wasser nur ein paar Augenblicke überlebt hatte, und schlug hysterisch um sich. Aber das Eis, das sie erreichen konnte, brach entweder unter ihrem Griff, oder sie fand keinen Halt für ihre steifen Finger. Sie konnte sich nirgendwo festhalten und hinauf auf das Eis ziehen. Ihre Kleidung wurde schwer vom Wasser und zog sie hinunter; die Strömung riß sie immer weiter vom Ufer weg, und Talia spürte, wie ihre Gliedmaßen taub wurden und ihr nicht mehr gehorchten.

Sie konnte den Kopf nicht mehr lange über Wasser halten, sie bekam nicht genug Luft, um nach Hilfe zu schreien. Ihr Geist kreischte in fassungsloser Angst.

Und dann, wie ein Geschenk der Götter, schallte ein Wiehern durch die Luft. Starke Zähne packten sie am Kragen und zogen sie in Richtung eines warmen weißen Rückens, der wie durch Zauber neben ihr im Wasser schwamm.

»Rolan!« keuchte sie und versuchte ihre Finger zu bewegen, um die Mähne oder den Schwanz zu fassen und sich hinaufzuziehen.

Einen Augenblick lang sah es aus, als könnten sie es auch schaffen.

Dann verloren ihre steifgefrorenen Finger den Halt, und sie wurde durch das grausame Gewicht des nassen Gewandes und die starke Strömung weggerissen. Ihr Geist wurde so kalt wie das Wasser. Sie verlor den letzten Halt auf seinem Rücken, und Dunkelheit schloß sich über ihrem Bewußtsein, so wie sich das Wasser wieder über ihrem Kopf schloß. Ihre Lungen füllten sich wieder mit Wasser, aber sie war schon jenseits allen Empfindens.

Dann riß erneut etwas an ihrem Kragen, ihr Kopf brach durch die Wasseroberfläche, und ein Funken Leben in ihr brachte sie dazu, wieder zu husten und in der schmerzhaft eisigen Luft nach Atem zu ringen.

Rauh wurde sie über das Eis geschleppt und viele Hände streckten sich nach ihr aus, um sie ans Ufer zu ziehen. Man schlug und klopfte sie so lange, bis sie alles Wasser aus ihren Lungen gehustet hatte. Ein Durcheinander von zornigen, angsterfüllten Stimmen drang an ihre Ohren, während sie in etwas Schweres eingehüllt wurde und eine feurige Flüssigkeit eingeflößt bekam, die sie keuchen ließ. Die tanzenden Sterne vor ihren Augen, die sie statt der Dunkelheit gesehen hatte, verschwanden, und ihr Blick klärte sich. Sie sah, daß sie von den besorgten Gesichtern ihrer Lehrer und Mitstudenten umgeben war.

Gerettet. Sie fiel in Ohnmacht.

Sie kam wieder zu Bewußtsein, als jemand sie hochhob und in die Arme eines Reiters legte, der mit ihr bis vor das Eingangstor des Collegiums galoppierte. Der Reiter sprang mit ihr im Arm aus dem Sattel und rannte mühelos die Treppen zu den Schlafräumen hinauf.

Andere Hände nahmen sie auf der anderen Seite eines dampferfüllten Eingangs in Empfang. Diese Hände zogen ihr auch schnell und geschickt das nasse und verschmutzte

Gewand aus. Wieder fand sie sich bis zum Hals im Wasser liegend. Aber dieses Mal war es glücklicherweise heiß.

»Was ...« Talia mußte husten; ihr Hals war ganz rauh. »Was ist passiert?«

»Genau das wüßten *wir* auch gerne«, sagte Jeri und seifte ihr gründlich die Haare ein. »Dein Haar ist ganz voll von diesem Dreck! Rolan hat deinen Aufschrei nach Hilfe gehört. Er alarmierte die anderen Gefährten, die dann ihre Herolde aufscheuchten. Dann sprang er selbst in den Fluß, um dich zu retten. Herr der Sterne! Du hättest das Collegium in diesen Augenblicken erleben sollen, hier sah es aus, als hätte man in ein Nest voll zorniger Wespen gestochen! Von überall her kamen Leute angelaufen! Die meisten von uns waren rechtzeitig am Flußufer, um zu sehen, wie du von Rolans Rücken gerutscht und untergegangen bist. Keren war uns allen eine Nasenlänge voraus; sie sprang hinter dir her, direkt aus dem Sattel. Sherrill war dicht hinter ihr. Gemeinsam haben sie es geschafft, dich herauszuziehen. Und als ich sah, daß du am Leben warst, bin ich hierher zurückgekommen, um die Haushälterin zu holen und alles vorzubereiten, was wir brauchen, um dich wieder aufzuwärmen. Sobald sie das Wasser aus dir herausgepumt hatten, hat Teren dich hierher gebracht. Diese Wanne ist völlig dreckig. Wir müssen sie wechseln. Nein!« warnte sie, als Talia sich bewegen wollte. »Du tust gar nichts! Laß uns das alles machen. Du hast eine ganz schreckliche Beule am Kopf. Du könntest schwindlig werden und hinfallen.«

Sie hoben sie hoch und legten sie in eine zweite Wanne. Talia fror immer noch.

»Geht es ihnen allen gut?« brachte Talia mit viel Mühe heraus.

»Wem? Sherrill und Keren? Denen geht es gut. Erinnerst du dich nicht? Sie sind am See Evendim geboren. Das ist nicht ihre erste Rettung aus dem Eis gewesen. Und zwei weitere Reiter haben darauf gewartet, sie hierher zu bringen. Sie liegen beide in heißen Badewannen, so wie du.«

»Aber wo denn?« Talia hob ihren Kopf. Aber als sie versuchte sich umzublicken, drehte sich der Raum um sie. Der Baderaum kam ihr seltsam vor, irgendwie, als sei er spiegelverkehrt.

»W-w-was haben sie m-m-mit d-d-dem Raum gemacht?« Ihre Zunge wollte ihr den Gehorsam verweigern.

»Wir sind auf der Seite der Jungen, Dummerchen.« Jeri kicherte. »Es ist näher zur Treppe. Sieh dich nur gut um, du bekommst wahrscheinlich nie eine zweite Gelegenheit.«

»Sei doch still!« schimpfte die Haushälterin Gaytha liebevoll. »Talia, ich glaube, wir haben dich von dem ganzen Schmutz gesäubert. Wie fühlst du dich?«

»M-mir ist immer noch k-kalt.« Sie ließen einiges von dem Wasser ablaufen und füllten neues nach, das noch heißer als zuvor war. Endlich hörte Talia auf zu zittern und entspannte sich ein wenig. Ein plötzlicher Gedanke riß sie in die Höhe. Sie versuchte sich aufzusetzen.

»Rolan!«

»Deinem Gefährten geht es ganz ausgezeichnet.« Jeri und Haushälterin Gaytha hielten sie eisern fest. »Ein kleines kaltes Bad kann ihm nicht schaden!«

»Das Schlimmste war, ihm wieder auf das Ufer zu helfen. Er war nicht einmal unterkühlt. Und er ist wahnsinnig stolz auf sich«, sagte das dritte Mitglied der Gruppe, die bis jetzt nicht gesprochen hatte. »Ich nehme an, er hat auch jedes Recht dazu, denn eigentlich dürfte euer Band in dieser Phase deiner Ausbildung noch nicht stark genug sein, als daß ihr einander dadurch rufen könntet, nicht einmal in Todesangst. Glück für dich, daß es nicht so ist.«

Talia sah nur sehr verschwommene Konturen, aber als die Frau näher an sie herantrat, um mit ihr zu sprechen, konnte Talia sie erkennen. Die Frau war aschblond und hatte ein willensstarkes Kinn. Sie trug das weiße Leder der aktiven Herolde und einen kleinen silbernen Pfeil, das Zeichen der Sonderboten.

»Es tut mir leid, daß wir uns nicht ordnungsgemäß vorgestellt wurden.« Sie lächelte. »Ich bin Herold Ylsa. Keren hat mich vielleicht erwähnt?«

Talia nickte; sofort tat es ihr leid. Ihr Kopf begann zu dröhnen, und ihre Sicht verschwamm noch mehr. »Keren ... sie wollte ... sie wollte auf Euch warten«, sagte sie unter großen Schwierigkeiten.

Ylsa sah den glasigen Blick und die starren Pupillen in Talias Augen und sagte streng: »Probleme, Kleines?«

»Ich kann nicht gut sehen. Und der Kopf tut so weh.«

»Könnt Ihr feststellen, was ihr fehlt?« fragte Gaytha die Heroldin leise.

Die Frau runzelte die Brauen. »Nun, ich bin kein Heiler, aber ich kenne die Technik. Halte still, Kleines«, sprach sie dann zu Talia. »Das wird ganz sicher nicht weh tun, aber es könnte sein, daß du dich ein bißchen seltsam fühlst.« Sie fixierte Talias verschwommenen Blick und sah ihr tief in die Augen – und Talia fühlte so etwas wie eine leichte Berührung *in* ihrem Kopf. Es *war* ein sehr seltsames Gefühl.

Ylsa legte ihre Hand mit einer Berührung, die leichter war als eine Feder, auf Talias Stirn und begann, nachdem sie Talias Aufmerksamkeit hatte, mit ihrer Sondierung. Sie fuhr fort in ganz ruhigem Tonfall zu sprechen, denn sie wußte, daß das Talia beruhigen konnte. »Ich bin gerade durch das Tor im Wall gekommen, als der Alarm losging. Keren hat die engste Verbindung mit ihrem Hengst, die ich je miterlebt hatte. Die beiden waren schon Richtung Fluß unterwegs, bevor meine Felara mir auch nur sagen konnte, daß es Schwierigkeiten gibt. Wir folgten ihnen sofort, aber wir schafften es nicht einmal, sie einzuholen. Kerens Verbindung mit ihrem Bruder ist fast genauso stark. Sie muß ihm mitgeteilt haben, was benötigt wird, denn er kam in vollem Galopp mit Decken und Seilen am Flußufer an, gleich nachdem sie hineingesprungen war. Ich wußte, daß sie und Dantris wundervoll harmonieren, aber ich habe *niemals* jemanden gesehen, der sich so bewegen kann wie die beiden. Ich habe nicht einmal gewußt, daß man vom Rücken eines Gefährten in vollem Galopp einen Kopfsprung machen kann!«

Während sie sprach, ›las‹ sie das Kind wie die Heiler es

taten, mit denen sie gearbeitet hatte. Und nachdem sie nicht offiziell als Heiler ausgebildet war, brauchte sie dafür auch länger und stellte unbeabsichtigt einen engeren Kontakt her, als sie gewollt hatte.

Talias Kopf fühlte sich nicht mehr seltsam an, aber das Gefühl einer innerlichen Berührung war stärker als zuvor; sie sah die seltsamsten Dinge. Bilder huschten vorüber, verwirrten sie und nahmen ihr die Orientierung. Als ob sie Dinge durch die Augen eines anderen sehen würde. Und was sie sah, das betraf Keren und diese Fremde – ganz privat. Sehr starke emotionelle Obertöne schwangen da mit ...

Beschämt errötete Talia. Ylsa und Keren – konnten sie seit langer Zeit Liebende sein? Sie *kannte* diese Frau doch überhaupt nicht. Wie kam ihr Geist nur dazu, eine solche Vorstellung zu schaffen? Erschreckt und verwirrt sah sie zu der Heroldin Ylsa auf.

Hastig unterbrach Ylsa den Kontakt zwischen ihnen, als sie erkannte, was das Kind alles fühlen konnte. Voll Respekt und mit großen Augen starrte sie Talia an. Erst der geistige Hilferuf an ihren Gefährten und dann das! Ylsa *wußte*, daß sie einen der stärksten Schilde des ganzen Kreises hatte, und dieses untrainierte Kind hatte Dinge gelesen, wo es eigentlich einen Meister gebraucht hätte, um sie aufzufangen. Zugegeben, ihre Schilde waren vielleicht ein bißchen durchlässiger, weil sie Talia ›las‹, aber es hätte trotzdem jemanden vollständig Ausgebildeten gebraucht, der daraus einen Vorteil hätte ziehen können. An diesem Kind war ganz sicher mehr dran, als man ihrem Aussehen nach vermuten sollte.

»Gehirnerschütterung«, sagte sie zu den anderen. »Und falls sie schon verkühlt war, bevor sie ins Wasser geworfen wurde, dann wird das von Augenblick zu Augenblick schlimmer. Ich glaube, am besten sollten wir sie in ein warmes Bett stecken und einen richtigen Heiler rufen.«

Und ich sollte besser mit Keren reden, sobald es möglich ist, dachte sie. *Wenn dieses arme Kind auch noch Fieber bekommen sollte, kann kein Mensch sagen, was sie noch alles auffangen wird.*

Jeder, der bei ihr Wache hält, sollte am besten über starke Schilde verfügen – ihretwegen.

Vorsichtig halfen die drei Talia aus der Wanne und trockneten sie sorgfältig ab. Sie zogen ihr ihr wärmstes Nachtgewand über. Sie gestatteten ihr auch nicht, zu Fuß zu gehen. Teren wurde hereingerufen, nahm sie wieder auf seine Arme, trug sie in ihr Zimmer und steckte sie ins Bett. Es war vorgewärmt worden. Talia war froh darüber, denn als sie den dampfenden Baderaum verlassen hatte, war die Luft sofort sehr kalt gewesen, und als sie endlich ihr Zimmer erreicht hatten, zitterte sie schon wieder am ganzen Körper.

Es schien ihr, als hätte Teren die Decken rund um sie gewickelt, als ein Fremder schon neben ihrem Bett stand, der aus dem Nichts gekommen sein mußte, wie wenn man ihn herbeigezaubert hätte. Er war ein Mann mit einem Engelsgesicht, das ihn unglaublich jung erscheinen ließ. Er trug das Grün der Heiler. Seine Hand schwebte nicht einmal einen Zoll vor ihren Augen. Seine Stirn runzelte sich vor Konzentration.

Talias Kopf begann jetzt wirklich weh zu tun. Es fühlte sich an, als würden sich glühende Nadeln hinter ihren Augen in den Schädel bohren. Auch ihr restlicher Körper fing an zu schmerzen. In ihrer Brust rasselte es, wenn sie Atem holte. Und eigentlich wollte sie husten, aber sie wagte es nicht, weil es nur eine Schmerzexplosion in ihrem Kopf ausgelöst hätte.

Der junge Heiler nahm seine Hand weg und sagte zu jemandem, der auf der anderen Seite der Tür stand: »Ganz sicher ist es eine Gehirnerschütterung, aber der Schädel ist nicht angebrochen. Sicherlich habt Ihr das Fieber bemerkt. Sie bekommt wahrscheinlich eine Lungenentzündung.«

Ein Murmeln antwortete seiner Rede. Der Heiler beugte sich hinunter, so daß sich sein Gesicht auf Talias Augenhöhe befand. »Du wirst eine ganze Weile eine ziemlich kranke junge Dame sein«, sagte er ruhig zu ihr. »Es ist nichts, was wir mit genügend Zeit und Geduld nicht heilen können, aber es wird für dich sicher nicht sehr angenehm werden.

Kann ich mich darauf verlassen, daß du meine Anordnungen befolgen wirst?«

Sie verzog das Gesicht und flüsterte: »Ihr wollt, daß ich irgendwelche Heiltränke trinke? Weidenrindentee?«

Der Heiler lächelte. »Ich fürchte, Weidenrindentee wird noch der angenehmste Trank sein, den wir dir verabreichen müssen. Kannst du jetzt die erste Dosis schlucken?«

Sie nickte nur ganz leicht und vorsichtig, damit ihr Kopf nicht wieder zu dröhnen begann. Der Heiler war einige lange Augenblicke an der Feuerstelle ihres Zimmers beschäftigt und kam dann mit einem grünlichen Getränk zurück.

Mit seiner Hilfe trank Talia das Zeug so schnell es eben ging und versuchte, dabei nicht auf den Geschmack zu achten. Was immer es auch war, es war viel, viel stärker als Keldars Weidenrindentee, denn der Schmerz in ihrem Kopf ließ schnell nach. Talia konnte sich nicht länger wachhalten. Einige Augenblicke später schlief sie tief und fest.

Sie wachte auf und sah, daß ein Feuer und einige Kerzen brannten. Jemand saß in den Schatten neben ihrem Bett. Leise Harfentöne sagten ihr, wer es war.

»Herold Jadus?« flüsterte sie. Ihr Hals war zu rauh und geschwollen, um einen lauten Ton von sich zu geben.

»So formell, meine kleine Freundin?« fragte er. Er legte seine Harfe beiseite und beugte sich hinunter, um eine Hand auf ihre heiße Stirn zu legen. »Wie fühlst du dich?«

»Müde. Mir ist kalt. Der Kopf tut mir weh. Alles tut mir weh.«

»Bist du hungrig?«

»Durstig«, flüsterte sie rauh. »Warum seid Ihr hier?«

»Deinem Durst kann ich abhelfen, wenn du gewillt bist, vorher noch etwas von Devans üblem Gebräu zu trinken. Und warum ich hier bin, das ist doch einfach genug. Während du krank bist, brauchst du jemanden, der dir hilft. Und ich habe viel Zeit für meine Freundin Talia.« Er gab ihr einen Krug mit demselben grünen Trank, den sie schon einmal getrunken hatte, und nickte zustimmend, als sie ihn so schnell es ging leerte. Dann gab er ihr einen anderen Krug voll Brühe. »Wir wechseln uns ab, um bei dir Wache zu halten, also mach dir keine Sorgen um mich, und sei auch nicht überrascht, wenn du beim Aufwachen Ylsa oder Keren siehst. Ah, Devan – wie Ihr vorhergesagt habt, ist sie jetzt aufgewacht.«

Der Heiler, an den sich Talia dunkel erinnerte, kam mit leisen Schritten an ihr Bett und lächelte auf sie hinunter. »Du bist ein zähes, kleines Ding, weißt du das?«

Talia blinzelte ihn wie eine Eule über den Rand ihres Kruges an. »Wie lange werde ich krank sein?« krächzte sie.

»Ein paar Wochen, vielleicht länger. Und du wirst dich noch schlechter fühlen, bevor es dir wieder besser geht. Ich bin wirklich aufbauend, was?«

Sie brachte ein schwaches Lächeln zustande. »Die Wahrheit ist besser.«

»Ich dachte mir schon, daß dir das lieber ist. Es kann sein, daß du höheres Fieber und Halluzinationen bekommst. Aber es wird immer jemand hier bei dir sein, also mach dir keine Sorgen. Fühlst du dich schon schläfrig?«

»Ja«, stimmte sie zu.

»Trink das aus und schlafe dann weiter. Ich überlasse dich den kompetenten Händen von Herold Jadus.« Er ging genauso leise, wie er gekommen war.

»Gibt es noch etwas, das du möchtest, Mädchen?« fragte Jadus. Seine Erleichterung war ihm anzuhören.

Talia schloß daraus, daß die Zuversicht des Heilers irgendeine Befürchtung des alten Herolds gestillt hatte. Er nahm den inzwischen geleerten Krug aus Talias gefühllosen Händen.

»Spielt für mich«, flüsterte sie.

»Du mußt mich nur danach fragen«, antwortete er. Er war über ihre Bitte erstaunt und sehr erfreut. Das Spiel der Harfe ließ sie sanft in den Schlaf gleiten.

Schlechte Träume und Schmerzen rissen sie aus dem Schlaf. Irgend jemand, vielleicht war es Herold Ylsa, beruhigte sie und flößte ihr noch mehr Medizin und Brühe ein.

Unzählige Male noch wachte sie auf, trank gehorsam

alles, was man ihr vor den Mund hielt, und ließ sich in den Baderaum und auf die Toilette führen. Aber sie nahm ihre Umgebung nicht richtig war. Abwechselnd erfror sie fast und verbrannte beinahe. Sie lebte in einem Traum, in dem sich die Menschen ihrer alten Siedlung und des Collegiums vermischten und die verrücktesten Dinge taten.

Aber wenn ihre Träume zu Alpträumen wurden, wurden sie jedes Mal von Harfenspiel oder freundlichen Händen wieder verjagt.

Endlich wurde Talia ganz wach und sah, daß das Sonnenlicht durch die Fenster ihres Zimmers hereinströmte. Ihr Kopf schmerzte entsetzlich. Sie tastete ihren Hinterkopf ab und zuckte zusammen, als ihre Finger eine Schwellung berührten.

»Es tut weh, oder?« fragte eine rauhe Stimme mitfühlend. Keren saß neben Talias Bett. Talia wandte ganz vorsichtig den Kopf. Keren saß ganz bequem in Talias Sessel und hatte die Füße auf den Schreibtisch gelegt.

Aber ihr Schwert lag ohne Scheide quer über ihrem Schoß.

»Es geht Euch gut!« krächzte Talia voller Erleichterung.

Keren zog eine Augenbraue in die Höhe. »Du vergißt, kleiner Pferdemensch, daß ich aus freiem Willen in den Fluß gesprungen bin. Du hast verdammtes Glück, daß du noch hier bist, weißt du das? Als du deinen Halt auf Rolans Rükken verloren hast, bist du unter das Eis geglitten. Ich hätte dich beinahe nicht mehr erwischt. Eine Fingerlänge mehr und wir hätten dich nicht vor der Schneeschmelze im Frühling gefunden.«

Und wieder einmal sah Talia Bilder durch die Augen eines anderen und fühlte auch die Gefühle eines anderen. Sie verspürte entsetzliche Angst, die nicht ihre eigene war, und sah, wie sie selbst unter eine dicke Eisdecke gezogen wurde. Und sie sah auch, was danach passiert war. Sie sprach, ohne nachzudenken. »Ihr seid mir unter das Eis nachgetaucht«, sagte sie ganz erschrocken, »Ihr hättet sterben können!«

Keren erstickte beinahe. »Bei den Netzen der Herrin, Ylsa hatte also recht! Ich sollte besser aufpassen, was ich in deiner

Gegenwart denke, Mädchen. Wir können sonst mehr Gedanken teilen, als einem von uns beiden recht ist! Nun, nachdem du es ohnehin schon weißt, es war eine sehr knappe Sache. Es war nur gut für uns beide, daß die nächste hinter mir Sherrill war. Sobald ich dich erwischt hatte, war sie in der Lage, uns beide unter dem Eis hervorzuziehen, weil ich geistesgegenwärtig genug war, vor meinem Ritt zum Fluß Ylsas Seil von ihrem Sattel zu reißen und mitzunehmen. Ich hatte es an meinem Gürtel festgemacht. Und als Sherrill das lose Ende sah, hat sie es gepackt. Nur gut, daß sie schon mehrmals solche Rettungen aus dem Eis mitgemacht hat.«

»Geht es ihr auch gut?«

»Ach, sie ist nicht so eine zähe alte Schlange, wie ich es bin. Sie hat sich eine Erklältung geholt. Aber sie braucht dir gar nicht leid zu tun. Nachdem wir dich von den anderen Studenten verlegt hatten, haben sie sich eben auf Sherrill gestürzt. Sie ist ihre Heldin, sie haben sie ins Bett gesteckt und hinten und vorne bedient, bis sie nicht einmal mehr einen Schnupfen hatte.«

»Warum habt Ihr mich ›verlegt‹? Und warum habt Ihr Euer Schwert gezogen? Was verschweigt Ihr mir eigentlich?«

Beschämt schüttelte Keren den Kopf. »Du siehst so naiv, unschuldig und hilflos aus, aber selbst als Schwerkranke entgeht dir nicht viel, was? Ach, Kleine, es hat einfach keinen Sinn, vor dir etwas verbergen zu wollen. Wir bewachen dich. Die, die dich in den Fluß geworfen haben, haben wir erwischt. Du hast Freunde unter der Dienerschaft, die gesehen haben, wie sie völlig verdreckt ins Haus geschlüpft sind. Sie beschworen, daß es nur ein Scherz gewesen war. Was für ein Scherz! Alles, was die Königin dem Gesetz nach tun konnte, war, sie vom Hof und aus dem Collegium zu verbannen. Nun, ich hätte ihnen lieber die Köpfe abgeschlagen.« Talia konnte den Zorn fühlen, den Kerens ausdruckslose Miene verbarg. »Oder noch besser, ich hätte ihnen die Haut abgezogen, aber ich bin nicht die Königin. Und mehr konnte sie nicht tun, ohne die Gesetze zu verletzen. Und nachdem du ihren ›kleinen Scherz‹ überlebt hast, konnte sie sie nicht einmal dem Wahrspruch unterziehen.«

»Einer von ihnen hat noch zu mir gesagt, ich sollte Talamir Grüße bestellen. Das war noch, bevor Rolan kam«, sagte Talia leise.

Keren pfiff, und Talia spürte, wie die Wut der Frau noch größer wurde. »Verdammt! Ich wünschte, wir hätten *das* dem Rat mitteilen können, als sie vor ihm angeklagt waren! Na ja, niemand will ihre Geschichte so recht glauben, und daher wechseln Ylsa, Jadus und ich uns als Wache an deinem Bett ab. Mero kocht alle deine Mahlzeiten selbst, und Teren nimmt sie in der Küche in Empfang und bringt sie herauf.«

»Jadus?« Zweifelnd blickte Talia auf Kerens gezogenes Schwert.

»Mach nicht den Fehler zu glauben, daß er hilflos ist, nur weil ihm ein Bein fehlt, Liebes. Eine geladene Armbrust war immer in seiner Nähe, solange er hier war, und in seiner Krücke verbirgt sich eine Schwertklinge. Jeder, der versucht hätte ihn anzugreifen, hätte eine höllische Überraschung erlebt.«

»Ist das denn alles wirklich notwendig?« fragte Talia. Langsam bekam sie es mit der Angst zu tun.

»Die Gefahr ist real genug, um ein paar einfache Vorsichtsmaßnahmen zu rechtfertigen. Wir verlieren so schon genügend Mitglieder aus dem Kreis. Und wir wollen dich nicht durch Sorglosigkeit auch noch verlieren.« Keren schwieg eine Weile und fügte dann hinzu: »Mädchen, das nächste Mal *erzähle* es irgend jemandem, wenn etwas nicht stimmt! Wir hätten das alles vermeiden können. Vielleicht hätten wir deine Verfolger sogar erwischt! Herolde halten *immer* zusammen! Hast du vielleicht gedacht, wir würden dir nicht glauben?«

»Ich ... ja ...« Wieder einmal wurde Talia von ihrer flinken Zunge verraten. Und um alles noch schlimmer zu machen, rannen ihr auch noch die Tränen über die Wangen.

Mit einer einzigen Bewegung war Keren an ihrer Seite. Sie drückte Talia an ihre starke Schulter. Kerens Zorn verwandelte sich sofort in Besorgnis. »Liebes, ich wollte dich nicht aufregen. Wir brauchen dich. Es würde uns umbringen, dich zu verlieren. Du mußt lernen, uns zu vertrauen. Wir sind deine Familie. Und wir werden dich niemals verlassen. Ganz egal, was auch geschieht.«

»Es – es tut mir leid«, schluchzte Talia und versuchte, sich zu beruhigen und von Kerens Schulter zu lösen.

»O nein. Es ist höchste Zeit, daß du ein bißchen von deinen Gefühlen herausläßt«, befahl Keren. »Weine soviel du willst.«

Keren hielt sie fest, als wäre Talia ihr eigenes Kind, und ließ sie weinen, bis das Mädchen völlig erschöpft war.

»Geht es dir jetzt besser?« fragte Keren, als die letzten Tränen getrocknet waren.

Talia lächelte schwach. »Scheinbar.«

»Außer, daß dir jetzt der Kopf wieder weh tut und deine Augen ganz rot sind. Das nächste Mal laß nicht zu, daß sich der Kummer so lange in dir aufstaut. Dafür hat man unter anderem schließlich Freunde: um dir zu helfen, wenn du in Schwierigkeiten bist. Aber jetzt muß ich mit dir über deine ›neue‹ Fähigkeit, Gedanken fühlen zu können, reden ...«

»Ist das wirklich wahr? Dann fühle ich wirklich, was andere fühlen. Und Ihr und Ylsa ...« Verwirrt schwieg Talia. »Aber woher kommt das? Das konnte ich doch vorher nicht!«

»Du kannst mich immer noch empfangen? Meine Güte!« Keren runzelte die Stirn und konzentrierte sich. Plötzlich wurde Talia nicht mehr von verwirrenden Gefühlen überschwemmt. »Ist es so besser? Gut. Das Gedankenfühlen ist vollkommen wirklich und beruhigend genau. Nur der Kreis weiß von Ylsa und mir. Wir hätten es vor all den Begabten auch nicht verheimlichen können, selbst wenn wir das gewollt hätten. Wir sind fürs ganze Leben verbunden. Ich glaube nicht, daß du darüber schon etwas gehört hast, oder?«

»So wie Vanyel und Stefen? Oder Sonnensänger und Schattentänzer?« Kerens erstaunter Blick huschte wie ein

Schauer aus kaltem Wasser über Talia hinweg. Aber bei Talias Vorliebe für Erzählungen war es eigentlich nicht erstaunlich, daß sie schon vom lebenslangen Bund gehört hatte. Er kam selten unter den Herolden vor und noch seltener unter der gewöhnlichen Bevölkerung. Ein lebenslanger Bund war eine ganz besondere Verbindung, die sich weit über das Körperliche hinaus erstreckte.

»Es ist bei uns nicht ganz so dramatisch, aber so ähnlich wie bei Vanyel und Stefen. Nun gut, ich glaube, daß entweder der Schlag auf den Kopf oder deine überwältigende Angst deine Gabe frühzeitig geweckt hat. Wenn du nicht die Heroldin der Königin wärest, dann würden wir noch viele Jahre nicht daran denken, dich in ihrem Gebrauch zu unterrichten, aber du bist eben ein ganz besonderer Fall. Willst *du* eine Ausbildung?«

»Bitte – nicht noch weitere Unterrichtsstunden«, bat Talia mit flehender Stimme.

Keren lachte. »Ist schon gut, Liebes. Dann lassen wir eben die Dinge, wie sie sind. Wenn dein Kopf ganz geheilt ist, wird die Gabe vielleicht wieder verschwinden. Das ist schon früher passiert. Aber wenn sie anfängt, lästig zu werden, dann sagst du es einem von uns. Versprochen?« Sie schwieg und sah Talia nachdenklich an. »Stört es dich überhaupt nicht – ich meine – Ylsa und ich?«

»Nein«, antwortete Talia ein wenig überrascht. »Sollte es das? Ich meine – es gibt sehr viele ...« Jetzt errötete sie doch. »Ich meine, es gibt sehr viele enge Freundinnen in den Siedlungen.«

»Wirklich?« Keren zog die Augenbrauen in die Höhe. »Das hätte ich nie gedacht. Aber es ergibt einen Sinn, denke ich. Die wenigsten dieser Nebenfrauen haben aus Liebe geheiratet.« Sie entspannte sich sichtlich. »Ich bin froh, daß du mir das gesagt hast. Du bist in sehr vielen Dingen sehr altmodisch, Liebes. Aber eigentlich bist du für mich nicht nur meine Schülerin, sondern auch meine Freundin. Und es würde mich traurig machen, wenn da irgend etwas dazwischentritt.«

»Ich? Eure Freundin?« Talia war sehr erstaunt.

»Bist du etwa überrascht? Jadus hält dich auch für seine Freundin; er hat seit vielen Jahren mit niemandem so engen Kontakt gehabt. Du hast irgend etwas an dir, das ich aber nicht genau erklären kann. Vielleicht, weil du so viel älter bist, als deine dreizehn Jahre es vermuten lassen. Vielleicht kommt es daher, daß du die Heroldin der Königin bist. Die Göttin weiß, daß ich noch nicht alt genug bin, um Talamir als jungen Mann gekannt zu haben. Aber du – ich habe das Gefühl, ich kenne dich und vertraue dir seit Jahren. Du stehst mir fast so nahe wie mein Zwillingsbruder, was eigentlich sehr seltsam ist, wenn man bedenkt, daß ich eine Nichte und einen Neffen habe, die fast so alt sind wie du. Ich bin nicht die einzige, die dir solche Gefühle entgegenbringt.«

Talia brauchte eine Weile um darüber nachzudenken.

Keren schüttelte den Kopf. »Reden wir nicht mehr davon – wie geht es deinen Kopfschmerzen?«

»Grauenhaft.«

Keren stand auf und untersuchte mit sanften und geschickten Fingern die Schwellung.

»Liebes, du hast verdammt großes Glück gehabt. Einen Zoll tiefer und du wärest bewußtlos oder bewegungsunfähig gewesen, als du ins Wasser gestoßen wurdest. Du wärest untergegangen, und wir hätten niemals erfahren, was mit dir geschehen ist. Glaubst du, daß du noch ein wenig von dieser Medizin vertragen kannst? Es wird auf jeden Fall den Schmerz lindern.«

Talia nickte langsam, und Keren brachte ihr einen Krug voll grünlichem Gebräu. Dann setzte sie sich wieder auf ihren Platz in Talias Sessel, legte die Füße auf den Tisch und hielt das gezogene Schwert in der Hand.

»Wie viel habe ich von meinem Unterricht versäumt?«

»Nichts, was man nicht schnell wieder aufholen könnte, vor allem, weil du vom Hausdienst und Alberichs Training befreit bist, bis du wieder ganz gesund bist. Wir werden dir vorlesen, wenn deine Augen zu schnell müde werden. Und jeder Student im Collegium will dir seine Mitschriften borgen. Fair genug, oder?«

Talia wollte gerade antworten, als eine tiefe, sehr traurige Glocke zu läuten begann, eine, die Talia noch nie zuvor gehört hatte.

Keren versteifte sich, und ihr Kopf ruckte beim ersten Glockenschlag in die Höhe. »Verdammt«, sagte sie leise, aber voller Zorn, »*verdammt*!«

»Was ist denn los?« Die Bitterkeit auf Kerens Gesicht gefiel Talia ganz und gar nicht. »Was ist denn jetzt geschehen?«

»Das ist die Totenglocke.« Ohne etwas zu sehen starrte Keren aus dem Fenster. Von ihr unbemerkt rannen Tränen über ihre Wangen. »Sie läutet, wenn ein Herold stirbt. Es bedeutet, daß diese Bastarde noch einen von uns erwischt haben. Und einen der Besten. Ihr Götter, warum mußte es ausgerechnet Beltren sein?«

Acht

Ein paar Minuten nachdem das traurige Glockengeläut begonnen hatte, klopfte jemand an Talias Zimmertür. Bevor Keren noch darauf antworten konnte, steckte Skif schon seinen Kopf ins Zimmer.

Keren hatte ihre Waffe sofort aufgenommen und senkte nun das Schwert.

»Keren«, sagte Skif zögernd. »Euer Bruder hat mich gesandt. Er dachte, Ihr wäret jetzt lieber bei den anderen Herolden. Ich kann inzwischen auf Talia aufpassen.«

Keren riß sich mit offensichtlicher Anstrengung zusammen. »Bist du sicher? Ich weiß, daß du *glaubst*, daß du gut bist, aber ...«

Talia hatte nicht einmal bemerkt, daß Skif seine Hand bewegte, aber plötzlich zitterte nicht einmal einen Zoll von

Kerens Nase entfernt ein Messer in der Wand. Keren und Talia starrten es überrascht an.

»Wäre auf Eurer Nase eine Fliege gesessen, hätte ich sie herunterholen können, ohne Euch auch nur zu berühren«, sagte Skif ernst. Dieses Mal ließ er seine übliche Prahlerei ganz beiseite. »Ich weiß, daß ich auf allen anderen Gebieten noch sehr, sehr viel lernen muß, aber nicht einmal Meister Alberich kann mich mit den Wurfmessern schlagen.«

Er hob seine rechte Hand, die einen weiteren Dolch hielt. »Jeder, der versucht mit Gewalt hier hereinzukommen, wird zuerst sechs Zoll Stahl in seiner Kehle stecken haben.«

»Ich nehme dich beim Wort.« Keren stand auf und schob ihr Schwert in die Scheide zurück. »Könnte sein, daß du das bedauerst, denn vielleicht werde ich dich auch weiterhin zur Wache bei Talia einteilen.«

»Na und? Ich habe mich freiwillig gemeldet, aber Herold Ylsa hat mich einfach nicht ernst genommen.«

»Nun, ich nehme dich ernst.« Sie ging an ihm vorbei und bedeutete ihm, ins Zimmer zu treten. »Weißt du was, Junge? Vielen Dank. Du hast ein gutes Herz.«

Skif zuckte nur mit den Achseln und zog sein Messer aus der Wand.

»Was ist denn los?« flüsterte Talia heiser. »Was bedeutet die Totenglocke?«

Skif ließ sich mit gekreuzten Beinen auf ihrem Schreibtisch nieder. Sein Gesichtsausdruck war ungewöhnlich ernst. »Welche Antwort möchtet du denn zuerst?«

»Die Glocke.«

»Na gut, nachdem ich nicht weiß, was du alles schon darüber weißt, erzähle ich dir die Geschichte von Anfang an. Es stand einmal ein kleiner Tempel im Hain auf der Wiese der Gefährten. König Valdemar hatte ihn errichten lassen. Der Tempel hatte einen Glockenturm, aber in dem Turm gab es sehr lange Zeit keine Glocke. Sie wurde erst einen Tag vor König Valdemars Tod aufgehängt, aber das Glockenseil fehlte noch. Du kannst dir vorstellen, wie erschrocken die Leute waren, als am nächsten Morgen, knapp vor Sonnenaufgang, ein bislang noch nie gehörtes Glockengeläut ertönte. Und als sie hinausgingen, um nachzusehen, da sahen sie genau das, was du jetzt sehen könntest, wenn du hinausgehen dürftest. Alle Gefährten waren um den Glokkenturm versammelt und starrten ihn an. Als sie dann in den Palast zurückgekehrt waren, erfuhren sie, was die Herolde bereits wußten – König Valdemar war tot. Den Tempel gibt es schon lange nicht mehr, aber der Turm steht noch. Und jedes Mal, wenn ein Herold stirbt, dann läutet die Totenglocke.«

»Und Keren?«

»Jeder Herold weiß es sofort, wenn ein anderer Herold stirbt. Und er weiß auch, ob der Tod natürliche Ursachen hatte oder nicht. Du beginnst es irgendwann im dritten Jahr deiner Ausbildung zu spüren. Vielleicht früher, wenn du eine starke Gabe hast. Ich kann es noch nicht. Sie haben mir erzählt, daß es weh tut, so als wäre ein Stück von dir selbst gestorben. Wenn du ein fertiger Herold bist, dann weißt du immer, wer gestorben ist und warum, sobald die Glocke zu läuten beginnt. Für die meisten Herolde ist es leichter, wenn sie in Gesellschaft der anderen bleiben, vor allem, wenn es irgend jemand war, den sie gut gekannt haben. Deswegen hat Herold Teren mich geschickt – Beltren war einer aus Kerens Klasse.«

Es gab nicht viel, was Talia darauf hätte antworten können. Sie und Skif sahen eine Weile betrübt aus dem Fenster und lauschten der Glocke, die klang, als würde das kalte Eisen weinen.

Erst einige Tage später erreichte die Nachricht vom Schicksal Beltrens das Collegium. Jemand hatte Beltren aufgelauert und ihn samt seinem Gefährten über eine Klippe hinuntergestürzt. Es gab keine Hinweise darauf, wer die Mörder gewesen waren. Und falls die Königin wußte, warum es geschehen war, so sprach sie darüber zu niemandem.

Die Stimmung wurde mit jedem Tag verzweifelter und bedrückender. Talias erholte sich langsam, aber sie war noch sehr schwach, und es fiel ihr nicht leicht, diesen Ansturm der Gefühle zu ertragen.

Skif, der getreu Kerens Drohung die Wache mit den drei Erwachsenen teilte, tat sein Bestes, um sie mit dem Klatsch des Collegiums aufzuheitern. Aber selbst er war machtlos gegen die Trauer, die rund um sie herrschte.

Endlich erteilte die Königin neue Befehle – und die Herolde flogen gehorsam wie die Pfeile, nach denen sie benannt wurden. Talia erfuhr niemals die Einzelheiten, aber der Mörder wurde gefaßt. Dennoch – nicht einmal die Nachricht, daß er gefunden und von Königin und Rat verurteilt worden war, konnte den Schmerz lindern, den viele empfanden, denn Beltren hatte bei den Mitgliedern des Kreises das höchste Ansehen genossen.

Die gesamten Angehörigen des Collegiums und des Kreises am Hof versammelten sich einige Wochen später zur Trauerfeier. Es gab keinen Körper, den man hätte begraben können. Das geschah nur allzu oft. Daher fand die Feier bei jener Säule statt, auf der die Namen aller jener Herolde, die ihr Leben dem Dienst an Herrscher und Königreich geopfert hatten, in Stein graviert waren.

Es war Talia gerade erst gestattet worden, das Bett zu verlassen, aber irgend etwas zwang sie dazu, den Heiler Devan um die Erlaubnis zur Teilnahme an der Gedächtnisfeier zu bitten. Ihre Eindringlichkeit beeindruckte ihn, und wider besseres Wissen gestattete er ihr die Teilnahme. Talia hatte bis jetzt niemandem anvertraut, wie stark sie die Trauer der anderen spürte. Sie hatte gehofft, daß Keren recht behalten und ihre Gabe wieder verstummen würde. Zu oft schon hatte man sie beschuldigt, zu große Einbildungskraft zu besitzen. Daher war sie sich nicht sicher, wie viel von diesen Gefühlen sie aus ihrem eigenen Geist heraufbeschworen hatte.

Doch sie bekam von der Zeremonie so gut wie gar nichts mit. Eine Flut aus Trauer und Qualen ließ alles verschwimmen. Sie hielt in einem Schmerz aus Nebel durch. Jetzt konnte sie sicher sein, daß sie sich das nicht selbst angetan hatte. Als sich die Versammlung langsam aufzulösen begann, wurde deutlich, wer den Schmerz am stärksten empfunden hatte.

Es war die Königin.

Talia war Selenay seit jenem ersten Tag im Collegium nicht mehr so nahe gewesen. Sie hätte es auch weiterhin nicht gewagt, sie zu stören. Aber der Aufruhr der Gefühle zog sie wie ein Magnet zu dieser Frau. Scheu trat sie zu Selenay und verhielt sich so leise wie möglich.

»Eure Majestät?« fragte sie zögernd. »Ich bin's, Talia.«

»*Ich* habe ihn in seinen Tod geschickt«, antwortete Selenay, wie auf eine Frage, die sie sich selbst gestellt hatte. »Ich wußte, in was ich ihn da hineinsandte, und ich habe es trotzdem getan. Ich habe ihn umgebracht, so, als wäre es meine Hand gewesen, die ihn über die Klippen gestürzt hat.«

Der Schmerz der Königin brachte irgend etwas in Talia zum Klingen, etwas, das sie zwang zu antworten. »Warum versucht Ihr, Euch selbst davon zu überzeugen, daß er nicht wußte, in welche Gefahr er sich begab?« sagte sie und wußte dabei, daß ihre Worte die reine Wahrheit waren. »Er war sich dessen vollständig bewußt, und er ging trotz dieses Wissens. Er hat nicht *erwartet* zu sterben, aber er wußte, daß es möglich war. Majestät, wir *alle* wissen, daß es jederzeit passieren kann. Ihr hattet doch keine andere Wahl – war es nicht absolut notwendig, jemanden zu schicken?«

»Ja«, kam eine zögernde Antwort.

»Und war er nicht der einzige Herold, der diese Aufgabe erfüllen konnte?«

»Er war der einzige Herold, der eine geringe Chance hatte, die Leute dieser Gegend dazu zu überreden, das Wissen, das ich brauchte, preiszugeben. Er hat seit drei Jahren dort für mich gearbeitet, und die Menschen kannten ihn und vertrauten ihm auch.«

»Und hat er nicht auch geschafft, Euch seine Erkenntnisse

zu übermitteln? Hätte es denn dafür irgendeinen Ersatz gegeben?«

»Was er mir mitteilen ließ, wird uns einen Krieg ersparen.« Selenay seufzte. »Sogar zwischen Herrschern wirkt Erpressung manchmal Wunder. Und ich würde Relnethar mit ruhigem Gewissen erpressen, wenn ihn das von unseren Grenzen und innerhalb seiner eigenen hält. Die Göttin weiß, daß ich alles andere schon versucht habe ...«

»Dann hattet Ihr also überhaupt keine Wahl. Ihr habt zum Wohl *aller* Eurer Untertanen gehandelt. Es ist eine dieser Entscheidungen, die Ihr und nur Ihr allein treffen könnt. Majestät, im Einführungsunterricht hat man mir erklärt, daß es möglich ist, daß ein Herold vielleicht grausam umkommt. Sie sagen das jedem, aber es hat nie jemanden davon abgehalten, trotzdem ein Herold zu werden. Hinter all dem steckt, daß wir alle tun müssen, was wir für richtig halten, Ihr als unsere Königin, wir als Eure Herolde. Ich *weiß*, daß Beltren, könnte er in diesem Augenblick hier vor Euch stehen, Euch sagen würde, daß Eure Entscheidung die einzige war, die Ihr treffen konntet.«

Die Königin starrte Talia an. »Kind«, sagte Selenay sehr langsam, »du selbst wärest beinahe durch das, was ich getan oder nicht getan habe, gestorben. Kannst du hier vor mir stehen und mir sagen, daß du freudig in den Tod gegangen wärest?«

»Nein«, sagte Talia offen. »Ich hatte furchtbare Angst. Ich wollte nicht sterben, und ich will es immer noch nicht, aber wenn es geschieht, dann geschieht es eben. Ich habe meine Wahl getroffen, ich will ein Herold werden. Selbst wenn ich wüßte, daß ich morgen sterben muß, würde das an meiner Entscheidung nichts ändern.«

»Talia ... mein Kind ...« Plötzlich ließ sich die Königin auf die Bank neben dem Mahnmal sinken. Zögernd berührte Talia sie und setzte sich dann neben sie. Sie legte Selenay einen Arm um die Schultern und fühlte sich dabei ein wenig unbeholfen. Trotzdem tat sie es, und es schien das

Richtige zu sein, denn Selenay entspannte sich lange genug, um ein paar bittere Tränen zu vergießen.

»Wie bist du so weise geworden, obwohl du noch so jung bist?« fragte Selenay, nachdem sie ihre Fassung wiedergewonnen hatte. »Du bist noch nicht einmal ein Jahr hier am Collegium und bist schon eine echte Heroldin der Königin. Ich glaube, Talamir wäre sehr stolz auf dich gewesen ...« Sie erhob sich voll Grazie und wirkte wieder völlig ruhig. »Aber es geht dir immer noch nicht besonders gut, Kleine – und ich sehe, daß deine Aufpasser sich schon Sorgen um dich machen. Und ich muß dem Botschafter von Karse gegenübertreten und ihn so lange hinhalten, bis er ganz sicher weiß, daß ich das Doppelspiel seines Herrn beweisen kann. Ich danke dir, Herold der Königin.«

Die Königin wandte sich ab und kehrte mit schnellen Schritten in den Palast zurück. Keren und Teren kamen auf Talia zu.

»Als du nicht mit den anderen zurückgekommen bist, haben wir uns Sorgen gemacht«, sagte Teren mit leisem Vorwurf. »Der Heiler Devan möchte, daß du ins Bett zurückgehst.«

»Du siehst aus wie jemand, den sie durch ein Sieb gedrückt haben, Liebes«, stellte Keren fest. »Was ist denn los?«

»Die Königin – sie fühlte sich so schuldig, sie war so unglücklich. Ich konnte es spüren, und ich *mußte* einfach etwas dagegen tun.«

»So bist du geradewegs hingegangen und hast mit ihr gesprochen.« Befriedigt nickte Keren ihrem Zwillingsbruder zu. »Und die richtigen Worte sind einfach aus dir herausgeflossen. Stimmt's?«

»Wie habt Ihr das erraten?«

»Liebes, das ist es, was dich zum Herold der Königin macht und uns andere zu ganz gewöhnlichen Herolden. Großvater hat immer behauptet, daß er vorher nie wußte, was er dem König sagen sollte, aber es war immer genau das Richtige. Vertraue diesem Instinkt.«

»Großvater?« fragte Talia, nun vollends verwirrt.

»Talamir war unser Großvater«, erklärte Teren. »Ich glaube, daß er insgeheim hoffte, einer von uns beiden würde ihm nachfolgen.«

»Na, ich habe das bestimmt nicht gehofft«, gab Keren fest zur Antwort. »Nachdem ich erlebt habe, durch welche Hölle er manches Mal gehen mußte, hätte ich diese Aufgabe unter keinen Umständen mehr gewollt. Ich beneide dich nicht, Talia.«

»Da stimme ich zu.« Teren nickte. »Talia, du siehst immer noch ein wenig mitgenommen aus. Geht es dir auch nicht allzu schlecht?«

»Ich ... glaube nicht«, antwortete sie langsam. Sie fühlte sich ein wenig besser, nachdem die überwältigende Bürde aus Schmerz, den die versammelten Herolde empfunden hatten, nun nachgelassen hatte.

»Dann sollten wir dich jetzt in dein Zimmer zurückbringen, und ich sollte ein kurzes Gespräch mit Dekan Elcarth führen. Wenn schon sonst nichts anderes, so sollten wir dir zumindest zeigen, wie du dich abschirmen kannst, damit du nicht wieder mehr von den Gefühlen anderer Leute empfängst, als du vertragen kannst. Wenn deine Gabe bis jetzt nicht wieder verschwunden ist, dann wird sie das auch nicht mehr tun«, sagte Keren, und ihr Zwillingsbruder nickte zu ihren Worten.

Keren blieb bei Talia, bis Dekan Elcarth eintraf, und ließ die beiden dann alleine. Talia saß vorsichtig am Rand ihres Sessels und konzentrierte sich auf das, was Elcarth ihr zu sagen hatte. Der Trick, sich ›abzuschirmen‹, war zum Glück leicht zu erlernen.

»Denk an eine Mauer«, sagte Elcarth zu ihr. »Eine Mauer, die dich ganz umgibt und zwischen dir und allen anderen Leuten steht. Du mußt sie sehen und *fühlen* – und daran glauben, daß nichts und niemand sie durchdringen kann.«

Talia konzentrierte sich mit aller Kraft, und zum ersten Mal seit vielen Tagen empfand sie ein gesegnetes Gefühl der Erleichterung von dem Druck aller bewußen Gedanken um sie herum. Mit dem Nachlassen dieses Drucks wuchs ihr Vertrauen in den ›Schirm‹ – und der Schirm wurde daraufhin noch stärker. Schließlich war Elcarth überzeugt, daß nichts ihr gedankliches Gebäude durchdringen würde, und überließ Talia wieder sich selbst.

»Du solltest aber nie zögern, den Schirm aufzumachen«, riet der Dekan ihr eindringlich. »Vor allem dann, wenn du eine Gefahr vermutest. Deine Gabe wird dir wahrscheinlich die beste Warnung vermitteln, die du bekommen kannst.«

Talia nickte nachdenklich und dachte, wenn sie in der Lage gewesen wäre, die Bösartigkeit ihrer Verfolger zu entdecken, hätte sie Hilfe gesucht, bevor es zu ihrem beinahe tödlichen Abenteuer gekommen wäre.

Ein paar Tage später erklärte der Heiler sie wieder für gesund, und Talia kehrte zu ihrem normalen Stundenplan zurück. Da aber widerfuhr ihr etwas, das ihr noch nicht widerfahren war.

Sie saß in einer stillen Ecke der Bibliothek und las ihr Buch zu Ende. Sie hatte nicht mehr genug Zeit, um vor der nächsten Unterrichtsstunde mit einem neuen Buch zu beginnen, also blieb sie einfach sitzen und schloß die Augen. Sie ließ ihre Gedanken wandern, wohin sie wollten. Unausweichlich beschäftigten sie sich mit Rolan.

Plötzlich sah sie eine Ecke der Wiese der Gefährten, aber ihre Sicht war seltsam flach und verzerrt. Genau vor ihr schien eine Art blinder Fleck zu sein, die periphere Sicht hatte sich verdoppelt. Ein Gefühl leichter Desorientierung, das sie mit dem Blick durch die Augen und in die Erinnerungen anderer verband …

Dann ein Gefühl der Überraschung, dem ein Schwall von Willkommen und Liebe folgte. Jetzt begriff sie, daß sie Rolans Gedanken teilte.

Von diesem Augenblick an mußte sie nur kurz an ihn denken, um genau zu wissen, wo er war und was er gerade tat. Und wenn sie ihre Augen schloß, dann konnte sie sogar sehen, was er gerade sah. Gedanken und Bilder – aber niemals Worte – flossen ständig zwischen den beiden hin und her. Ein Gefühl, das so tief war, daß es alles übertraf, was Talia jemals in Zusammenhang mit dem Begriff ›Liebe‹ gebracht hatte, band sie nun aneinander. Talia verstand nun, wieso Herolde und ihre Gefährten einander nur sehr selten überlebten, wenn der Tod das Band, das sie zusammenhielt, zerbrach.

Und nur kurz nach diesem Ereignis wandelte sich auch ihre Beziehung zur Königin.

Selenay hatte die Einsamkeit der kahlen Gärten gesucht, wo es nicht sehr wahrscheinlich war, daß irgend jemand sie stören würde. Der Winter hatte das Land noch fest in seinem Griff. Talia fühlte den unstillbaren Drang, in diese traurigen Gärten zu gehen. Als sie die Königin auf den Pfaden sah, wußte sie warum.

»Majestät?« rief sie leise. Selenay beschattete ihre Augen gegen das schwache Licht der Nachmittagssonne und lächelte, als sie sah, wer sie da gerufen hatte.

»Noch ein Liebhaber der Einsamkeit? Ich dachte, *ich* wäre der einzige Mensch, der die toten Gärten anziehend findet.«

»Aber man sieht hier so viele Möglichkeiten. Man muß nur voraussehen können, wie es im Frühling wieder sein wird«, sagte Talia zur Königin und paßte ihren Schritt dem der älteren Frau an. »Hier ist nicht alles zerstört und tot, sondern der Garten schläft nur. Es ist alles nur eine Sache der Möglichkeiten.«

»Man muß die Möglichkeiten sehen – auf lange Sicht und nicht unmittelbar.« Selenay wurde mit einem Mal sehr nachdenklich, doch dann hellte sich ihr Gesicht plötzlich auf. »Ja! *Genau* das ist es! Kleine, du hast es schon wieder fertiggebracht – und ich muß schnell zum Rat zurück. Ich danke dir!«

Sie ging eilig fort; Talia blieb zurück und wunderte sich, was sie wohl gerade getan hatte.

Aber während die Zeit verging, geschahen solche Vorfälle immer häufiger. Und als der Winter zum Frühling wurde, da war es nicht Talia, die die Gesellschaft der Königin suchte, sondern Selenay kam zu ihr. Sie besuchte Talia in unregelmäßigen Abständen, und die beiden unterhielten sich, manchmal stundenlang, manchmal nur ein paar Augenblicke. Talia fand stets die Worte, um das auszudrücken, von dem sie wußte, daß die Königin es hören sollte, und Selenay verabschiedete sich stets entweder getröstet oder mit neuer Kraft. Talia betrachtete sich oft selbst, als wohnten zwei verschiedene Menschen in ihr; der eine war die gewöhnliche alltägliche Talia, die um nichts klüger war als der nächstbeste Halbwüchsige. Und der andere war ein unglaublich weises und altes Wesen, das nur zum Vorschein kam, wenn Selenay zugegen war.

Nun, da Talia ihren Dienst als Heroldin der Königin angetreten hatte, wurde sie an eine andere Pflicht erinnert. Rolan hatte sie offenbar deswegen erwählt, weil er sie für die einzige Person hielt, die das Biest erziehen konnte. Aber in all diesen Monaten hatte Talia Elspeth nur ein einziges Mal gesehen, und zwar am Tag, als sie im Collegium angekommen war. Es war die reine Wahrheit, daß sie bislang zu sehr damit beschäftigt gewesen war, sich an das Leben im Collegium anzupassen, und weder die Zeit noch die innere Kraft gehabt hatte, sich um das Kind zu kümmern. Aber das war jetzt nicht mehr der Fall. Es war höchste Zeit, etwas wegen der Erbin Valdemars zu unternehmen.

»Meine Güte! Was machst du denn für ein langes Gesicht!« rief Skif laut und ließ sich in den Sessel neben Talia fallen. Sie befanden sich in der Bibliothek, und seine Ruhestörung brachte ihm ein paar böse Blicke von anderen Studenten ein, die sich gerade mit ihren Büchern beschäftigten. »Was ist denn los? Oder sollte ich besser nicht fragen?« fuhr er mit gesenkter Stimme fort.

»Es geht um das Biest. Es wird von mir erwartet, daß ich ihretwegen etwas unternehme, aber ich komme ja nicht einmal in ihre Nähe«, antwortete Talia voller Bitterkeit.

»Ist das so? Und was hält dich auf?«

»Ihr Kindermädchen – glaube ich zumindest. Die Fremde, Hulda – ich habe die andere, ältere Frau nicht ein einziges Mal gesehen. Ich kann aber nichts beweisen. Sie scheint sehr pflichtbewußt zu sein, aber immer wenn ich versuche, näher an das Kind heranzukommen, dann ist *sie* auch in der Nähe und hat irgend etwas, das Elspeth genau in diesem Augenblick unbedingt tun muß. Und es ist alles sehr logisch, völlig in Ordnung. Es ist nur, daß es mir ein paar Mal zu oft passiert ist.«

»Einmal ist Zufall, zweimal ist schon böse Absicht«, zitierte Skif ein altes Sprichwort. »Aber drei Mal bedeutet eine Verschwörung! Ist es schon so weit?«

»Schon seit langem. Aber mir fällt einfach nichts ein, womit ich es beweisen könnte oder wie das alles zusammenpassen könnte ...«

Er sprang auf und tippte ihr mit der Fingerspitze auf die Nase. »Das überläßt du am besten dem ›schlauen Skif‹. Und ich glaube, daß Herold Jadus derjenige sein könnte, der alle Einzelteile zusammensetzen kann. Er sitzt hier im Collegium fest, seit die Tedrel-Kriege vorbei sind. Die Dienstboten erzählen ihm einfach *alles*, und seine Gabe des Gedankenfühlens ist sehr, sehr stark. Wenn irgend jemand die Zusammenhänge in diesem Rätsel kennt, die viele Jahre zurückreichen müssen, dann könnte er es sein. Frag ihn doch einfach – du siehst ihn ja jeden Abend.«

»An Jadus hätte ich nie gedacht«, antwortete Talia nachdenklich und begann zu lächeln. »Aber, Skif – wird dich das nicht in Schwierigkeiten bringen?«

»Nur wenn man mich erwischt. Und in diesem Fall habe ich eine gute Geschichte parat. Und du solltest darauf vorbereitet sein, mich zu decken!«

»Aber ...«

»Kein Aber! Das Leben war ohnehin viel zu ruhig für mich in letzter Zeit. Nichts, was mein Blut ein wenig in Wallung gebracht hätte. Aber du sollst wissen, ich tue das nicht umsonst. Du bist mir dann etwas schuldig, meine Dame.«

»Skif«, antwortete sie, ohne nachzudenken. »Wenn du mir beweisen kannst, was ich vermute, dann kannst du deine Belohnung nennen!«

»Danke schön!« Er grinste und wackelte mit seinen buschigen Augenbrauen auf eine Art, von der er offensichtlich *dachte*, daß sie lasziv wirkte. Aber es sah eigentlich viel eher lächerlich aus. »Genau das werde ich auch tun!«

Talia gelang es, seine Gefühle zu schonen, indem sie das Lachen, das ihr aufstieg, erstickte, während er mit beschwingten Schritten zur Tür hinauseilte.

»Elspeths Kindermädchen?« Jadus war von dieser Frage so überrascht, daß er doch tatsächlich My Lady abstellte. »Talia, warum im Namen der Neun sollte die alte Melidy dich von Elspeth fernhalten wollen?«

»Es ist nicht Melidy, die das tut, sondern die andere, Hulda«, gab Talia zurück. »Melidy scheint eigentlich nicht mehr sehr viel zu tun; die meiste Zeit sitzt sie da und strickt oder macht ein Nickerchen. Es sieht so aus, als wäre Hulda diejenige, die die Anweisungen gibt.«

»Das läßt die Dinge natürlich in einem ganz anderen Licht erscheinen«, sagte Jadus nachdenklich. »Mädchen, wieviel weißt du eigentlich über die Hintergründe?«

»Fast gar nichts. Selenay hat mir erzählt, daß ihre Ehe mit Elspeths Vater keine gute war, und sie ist davon überzeugt, daß Elspeths biestige Art daran schuld ist, weil man sie vernachlässigt hat. Und nachdem niemand ihren Gatten erwähnt, habe ich angenommen, daß er entweder tot oder verschwunden ist – oder verbannt wurde. Das ist schon alles.«

»Wenn das so ist, dann erzähle ich dir die Geschichte am besten von den Tedrel-Kriegen an. Selenays Vater wurde während dieser Kämpfe getötet.«

»Das ist doch mindestens fünfzehn Jahre her, nicht wahr?«

»Ja. Karse beabsichtigte, uns damals zu überrennen, ohne

offiziell den Krieg zu erklären. Sie bezahlten die ganze Nation der Tedrel-Söldner, um die schmutzige Arbeit für sie zu erledigen. Der König wurde getötet, gerade als wir die letzte Schlacht gewonnen hatten – und wenn ich nur noch ein wenig flinker gewesen wäre, dann könnte er heute noch leben.« Er seufzte, und alte Schuldgefühle huschten kurz über sein Gesicht. »Nun, Selenay hatte gerade ihre Trainingszeit beendet, als der Krieg ausbrach. Sie wurde dem Gesetz folgend gekrönt, verfolgte und vernichtete die letzten Tedrel-Söldner und bereitete sich darauf vor zu herrschen. Es war zu erwarten, daß jeder Mann von Rang, der einen jüngeren Sohn hatte, ihn an unseren Hof schickte. Einer dieser Söhne, die zu Besuch kamen, war Prinz Karathanelan.«

»Mit so einem Namen kann er nur aus Rethwellan gekommen sein.«

Jadus lächelte. »Sie haben eine Vorliebe für Zungenbrecher, was? Du hast recht. Er war außerdem fast unglaublich hübsch, intelligent und kultiviert. Selenay verliebte sich vom ersten Augenblick an in ihn. Und nichts und niemand war noch in der Lage, ihre Meinung über ihn zu ändern. Sie heirateten nicht einmal einen Monat, nachdem er hier angekommen war. Und die Schwierigkeiten begannen schon kurze Zeit später.«

»Warum hätte es Schwierigkeiten geben sollen?«

»Weil er etwas wollte, daß Selenay ihm niemals geben konnte, ohne die Gesetze zu verletzen, nämlich den Thron. Wäre er erwählt worden, hätte er als gleichberechtigter Prinzgemahl regieren können, aber kein Gefährte wollte etwas mit ihm zu tun haben. Ich erinnere mich daran, daß Selenays Caryo ihn sogar einmal getreten hat. Er hatte eine Anzahl landloser adeliger Freunde mit sich gebracht. Der Gott weiß, wir haben genug Land, auf das niemand Anspruch erhebt. Also verlieh Selenay ihnen Besitztümer. Und er sah nicht ein, warum sie ihm nicht genauso einen Rang, der ihrem gleichkam, einräumen konnte.«

»Aber warum konnte er das nicht verstehen? Ich meine, es weiß doch jeder, daß das Gesetz für alle gleich ist.«

»Weil außerhalb unseres Königreiches das Wort des Herrschers für gewöhnlich das Gesetz ist. Er wollte oder konnte nicht akzeptieren, daß das bei uns hier anders ist. Und als er das, was er wollte, nicht geschenkt bekam, entwickelte er einen Plan, es sich mit Gewalt zu nehmen. Er war der irregeleiteten Überzeugung, daß er dazu das Recht hatte.«

Talia schüttelte ungläubig den Kopf.

»Er und seine Freunde und sogar einige unserer eigenen Leute suchten und fanden einen Weg, um Selenay absetzen und ihn in ihre Stelle setzen zu können. Und um alles Mißtrauen einzuschläfern, versöhnte er sich sogar mit Selenay und ließ sein eigenes Kindermädchen kommen, um Melidy mit Elspeths Erziehung zu helfen. Ich glaube nicht, daß es *seine* Absicht war, Selenay zu töten – ich bin ziemlich sicher, daß er sie nur so lange gefangenhalten wollte, bis sie zugestimmt hatte, zu seinen oder Elspeths Gunsten, mit ihm als Regenten, abzudanken. Aber ich weiß ganz sicher, daß seine Freunde viel skrupelloser waren. Ihre Absicht war Selenays Ermordung. Sie planten, ihre Tat auszuführen, wenn Selenay allein war und mit Caryo ausritt. Es hätte auch passieren können, wenn da nicht Alberichs Gabe gewesen wäre ...«

»Alberich hat eine Gabe? Darauf wäre ich nie gekommen!«

Jadus nickte. »Es fällt einem schwer, sich daran zu erinnern, daß Alberich ein Herold ist.«

»Das stimmt«, gestand Talia. »Er trägt nie das Heroldsweiß. Und Kantor sehe ich so gut wie gar nicht, weder mit Alberich noch ohne ihn. Und sein Akzent und die Art, wie er sich benimmt – woher kommt er eigentlich? Niemand hat es mir je gesagt.«

»Karse.« Jadus Antwort war eine echte Überraschung für Talia. »Deswegen wirst du auch niemals einen Herold das alte Sprichwort: ›Aus Karse kommt nichts außer Banditen und schlechtem Wetter!‹ gebrauchen hören. Er war Hauptmann in ihrer Armee – der jüngste Mann, der es bis dahin gebracht hatte, so hat man mir jedenfalls erzählt. Wenn seine Gabe arbeitet, ist sie – unglücklicherweise für ihn, Glück für uns – sehr stark. Sie hat ihn dazu gebracht, ein paar Mal viel mehr zu wissen, vor allem über die Zukunft, als eigentlich möglich sein dürfte. Seine eigenen Leute jagten ihn deswegen als Hexer. Sie hatten ihn in einer brennenden Scheune eingeschlossen. Aber Kantor galoppierte durch die Flammen und rettete ihn. Das ist eine andere Geschichte, und du solltest ihn einmal bitten, sie dir zu erzählen. Das Wichtigste an unserer Geschichte ist, daß Alberich die Gabe Voraussicht hat. Er sagte Selenay nicht warum, aber er bestand darauf, sie zu begleiten, und nahm ein Dutzend seiner besten Schüler mit. Jeder der hinterhältigen Angreifer wurde getötet, unter ihnen war auch der Prinz. Die offizielle Version lautet, daß er gemeinsam mit seinen Freunden bei einem Jagdunfall getötet wurde.«

»Nun, das ist doch zumindest randmäßig wahr. Sie *jagten* ja Selenay.«

Jadus schnitt eine Grimasse. »Kind, du hast einen sehr makabren Sinn für Humor.«

»Aber haben seine Verwandten eine solch durchsichtige Geschichte geglaubt?«

»Wahrscheinlich nicht, aber die Umstände hatten sich geändert. Ihr König war inzwischen verstorben, und der Bruder des Prinzen war an die Regierung gekommen. Die beiden hatten sich nicht ausstehen können. Der neue König wußte, wie sein machthungriger Bruder gewesen war, und war sehr froh, daß der Skandal so sauber unter den Teppich gekehrt wurde. Nun, nach diesen Ereignissen war Selenay sehr damit beschäftigt, diejenigen unter den Verschwörern, die nicht bei dem Überfall dabeigewesen waren, zu finden. Um dir die Wahrheit zu sagen, ich glaube immer noch nicht, daß sie alle entlarven konnte. Ich werde dir jetzt sagen, welchen Verdacht ich schon längere Zeit hege – Talamir wurde *umgebracht*, weil er dem Rat vorschlagen wollte, Elspeth als Pflegekind zu entfernten Verwandten von ihm zu schicken. Sie leben ziemlich isoliert und gehören der unteren Adelsklasse an. Sie hätten sich von einem Kind sicherlich keinerlei Unsinn gefallen lassen und leben weit genug weg, daß Elspeth auch nicht davonlaufen könnte. Aber sie sind ein ziemlich sturer Menschenschlag, und Talamir war der einzige, der sie hätte überreden können, das Biest zu nehmen. Als er starb, wurde der Plan aufgegeben. Aber das war alles erst später, nachdem Selenay lange Zeit so beschäftigt gewesen war, daß sie sich kaum um ihre Tochter kümmern konnte. Bis vor zwei Jahren hatte keiner von uns auch nur eine Ahnung, daß es Schwierigkeiten geben könnte. Aber eines Tages drehten wir uns um und aus dem süßen, folgsamen Kind war das königliche Biest geworden.«

»Was hat das alles mit Hulda zu tun?«

»Das kann ich dir leider nicht sagen. Ich hatte die ganze Zeit den Eindruck, daß immer noch Melidy die Aufsicht über die Kinderstube hat. Aber nachdem was du mir erzählt hast, scheint das nicht mehr der Fall zu sein. Das stört mich ziemlich, weil ich jede Summe Geld gewettet hätte, daß Melidy mit jedem, sogar Alberich, fertig werden kann! Ich kann mir nicht vorstellen, daß sie einfach alles einer Fremden übergeben hat.«

»Dann hat sich irgend etwas drastisch verändert.« Talia war nachdenklich geworden. »Und es sieht so aus, als wäre ich diejenige, die herausfinden muß, was es ist.«

»Ich fürchte, das ist richtig, Mädchen.« Jadus seufzte, als er die Entschlossenheit in Talias Augen sah. »Das fürchte ich auch.«

Eine weitere Veränderung in Talias Leben hatte sich durch die Art und Weise ergeben, wie ihre Mitstudenten sie auf einmal behandelten. Bis dahin hatten sie angenommen, daß Talias Zurückhaltung den Wunsch nach Ungestörtheit ausdrücken wollte, und hatten diesen Wunsch auch respektiert. Jetzt, da sie wußten, daß es lediglich Schüchternheit war, bemühten sie sich sehr, sie in ihre Spiele und Streiche mit einzubeziehen.

Die Stunden im Nähraum waren für Talia nicht länger eine Zeit, in der sie sich hinter Bergen von kaputten Kleidungsstücken versteckte.

Zur Zeit war Nerrissa das Ziel scherzhafter Spötteleien über ihre letzte amouröse Eroberung. Sie ließ es sich eine Zeitlang gutmütig gefallen, aber dann begannen sie die Witze zu ermüden. Also sah sie sich nach einem potentiellen Opfer um, auf das sie die allgemeine Aufmerksamkeit lenken konnte, und ihr Blick blieb an Talia hängen.

»Das ist doch alles lächerlich! Und außerdem ist es schon nicht mehr neu«, antwortete sie auf den letzten Scherz. »Aber hier ist jemand, der es geschafft hat, die Aufmerksamkeit eines Jungen zu erregen, der *viel* schwerer zu fangen ist als Baern.«

Ein Chor von Stimmen, die alle ›Wer denn?‹ fragten, antwortete ihr auf diese Eröffnung.

»Was?« Aus Nerrissas Augen leuchtete der Schalk. »Wollt ihr damit sagen, daß keine von euch *etwas* bemerkt hat? Meine Güte, ihr müßt ja alle viel dümmer sein, als ich dachte! Ich habe geglaubt, daß *noch jemand* bemerkt hat, daß Skifs Aufmerksamkeit gegenüber Talia in letzter Zeit viel mehr zu bedeuten hat als nur brüderliche Zuneigung.«

»Was, wirklich?« Sherri wandte sich um und blickte Talia an, die mit einem Mal ganz rot geworden war. »Ich dachte, du bist meine Freundin, Talia! *Mir* hättest du es doch sagen können!«

Talia wurde noch röter und stammelte einen hastigen Widerspruch.

»O je«, neckte Sherri sie weiter. »So leidenschaftlich! Das klingt mir ein bißchen zu leidenschaftlich.«

Nach einer Weile gelang es Talia ihre Empörung zu überwinden, und sie teilte genausoviel aus, wie sie einstecken mußte. Von dem Augenblick an war ihre Beziehung zu ihren Mitstudenten um einiges unbeschwerter.

Wenn sie Küchendienst hatte, vergaß Talia zumeist die Probleme, die sich ihr Elspeths wegen stellten. Mero achtete zwar darauf, daß die Hände seiner Helfer zu beschäftigt waren, um Unsinn anstellen zu können, aber das half nichts gegen ihr Mundwerk. Mero selbst war ein beliebtes Ziel der Scherze, und Talia wurde wegen ihres unschuldigen Gesichtes immer öfter ausgewählt, zu versuchen, ob sie ihn zum Narren halten konnten.

»Hast du denn nicht etwas vergessen, Mero?«

»*Ich?* Du mußt dich irren, Talia.«

»Ich weiß nicht, Mero«, fiel ein anderer der Küchenhelfer ein. »Es sieht so aus, als wäre das Salzfäßchen verschwunden.«

»Tatsächlich!? Was habe ich mit dem verflixten Ding nur gemacht?« Mit vorgetäuschter Panik suchte Mero danach und beobachtete sie aus dem Augenwinkel, wie sie es unter breitem Grinsen von Hand zu Hand weitergaben. Zum Schluß kam es wieder zu Talia, und sie stellte das Fäßchen auf den Tisch, während er ihnen gerade den Rücken zuwandte.

»Ha!« rief er und stürzte sich darauf. »Aber ich *weiß* doch, daß ich hier schon gesucht habe ...« Er starrte Talia an, aber sie zuckte nur unschuldig mit den Achseln.

»Kobolde«, murmelte er und sie alle unterdrückten ein Auflachen. »In meiner Küche müssen Kobolde sein. Was soll denn nur aus diesem Ort werden?«

Fünf Minuten später bekam er seine Rache.

»Junge Talia, würdest du sagen, daß du dich in der Küche gut auskennst?« fragte er. Das Salzfäßchen fuhr soeben mit dem Aufzug in den Speisesaal hinauf.

»Ich – denke schon.«

»Und würdest du behaupten, daß du eigentlich jedes gewöhnliche Gericht der Siedlerfamilien zubereiten kannst?«

»Ganz bestimmt«, lautete ihre unvorsichtige Antwort.

»Das ist gut! Dann kannst du mir ganz sicher sagen, was

man *hiermit* tun muß.« Er legte eine riesige, knorrige Wurzel vor sie hin.

Talia, die so ein Ding noch nie in ihrem Leben gesehen hatte, hüstelte und versuchte Zeit zu schinden. Meros Grinsen wurde immer breiter, und die anderen Küchenhelfer kicherten.

Offensichtlich hatte er nicht die Absicht, sie essen zu lassen, bevor sie ihre Unwissenheit zugab oder ihm sagte, was man damit tun mußte. Also gestand sie schließlich, daß sie geschlagen war.

Mero lachte laut und herzlich, nahm die Wurzel weg und stellte ihr Essen auf den Tisch. Griffon fragte: »Was ist das denn nun wirklich?«

»Die Wurzel eines Dornenstrauchs.« Mero lachte immer noch. »Ich bezweifle, daß Talia damit irgend etwas hätte tun können, um es für einen menschlichen Gaumen genießbar zu machen – aber sie hätte vielleicht ein Festessen für Termiten zustande gebracht!«

Die Mahlzeiten selbst waren die Höhepunkte des Tages. Talia saß jetzt ständig am zweiten Tisch, zwischen Sherrill und Jeri, gegenüber von Skif, Griffon und Keren. Skif und Griffon bestanden beide darauf, Talia zu verwöhnen, und die Mädchen und ihre Lehrerin belustigte das jedes Mal aufs neue. Griffon benahm sich, als sei er Talias großer Bruder. Skif hatte eindeutig andere Absichten, obwohl er versuchte, Griffons Benehmen zu imitieren. Griffon ließ sich von seiner Art aber überhaupt nicht täuschen.

»Paß bloß auf ...«, knurrte er. »Entweder behandelst du meine Talia anständig, oder ich werfe dich samt deinen besten Kleidern in den Fluß.«

Sherrill und die anderen konnten diese ›subtile‹ Drohung nicht überhören und hatten die größte Mühe, nicht laut herauszulachen.

Skif wehrte sich, indem er Griffons Taschen bis aufs Futter

ausräumte, ohne daß der größer gewachsene Junge etwas bemerkte.

»Möchtest du noch Gemüse, mein Freund?« fragte er dann unschuldig und schob Griffon eine Platte hin, auf der seine sämtlichen Besitztümer lagen.

Talias Nachbarinnen mußten sie vor dem Ersticken bewahren, als sie versuchte, über Griffons verblüfften Gesichtsausdruck nicht zu lachen.

An diesem Abend war aber Talia das Opfer der erbarmungslosen Neckereien. Alle waren im Baderaum versammelt.

Jeri steckte sich das Haar auf und sah sie mit einem Ausdruck an, der Skifs bis aufs Haar glich. »O Talia – möchtest du noch einen Pilz? Nimm doch zwei! Nimm gleich alle!«

»Oh, nein danke, mein lieber, *lieber* Skif ...« Mit einem koketten Augenaufschlag zwinkerte Sherrill den falschen Skif an. »Ich hätte viel lieber eine – eingelegte Gurke.«

»Ich wette, daß dir das lieber wäre, was?« antwortete der vermeintliche Skif mit einem boshaften Seitenblick.

Jetzt war Talia wirklich hin und hergerissen zwischen Heiterkeit und Empörung. »Ich weiß einfach nicht, woher ihr eure schmutzigen Gedanken habt«, sagte sie und ging auf die beiden mit einem Stück Seife und einem nassen Schwamm los.

Die Unterhaltung artete dann in eine Wasserschlacht aus, die den heftigen Zorn der Haushälterin Gaytha auf die drei Mädchen herabrief.

»Pst!« Aus den Büschen neben dem Eingang zu den Gärten zischte jemand Talia zu. Sie machte einen kleinen Sprung, weil sie sich nur allzu gut an das Elend der vergangenen Monate erinnerte, in denen sie verfolgt worden war. Aber als Talia erkannte, daß es Skif war, entspannte sie sich wieder.

»Was, um alles in der Welt, machst du da drinnen?« fragte

sie. Sie ließ sich auf die Knie nieder und sah, daß er sich zwischen zwei sorgfältig beschnittenen Hecken aufhielt.

»Das, was ich dir versprochen habe – ich spioniere dem Biest nach. Es gibt da etwas, das ich dir zeigen will. Mach dich klein und komme hinter mir her!«

Sie sah ihn zweifelnd an, aber er war vollkommen ernst, und sie tat, was er von ihr verlangte. Sie krochen eine Weile zwischen den Hecken weiter, bis Skif plötzlich liegenblieb und Talia beinahe mit ihm zusammengestoßen wäre. Er bedeutete ihr, ruhig zu sein, und bog an einer Stelle die Zweige so weit auseinander, daß sie hindurchsehen konnten.

Elspeth und ihre beiden Kinderfrauen Hulda und Melidy waren nur ein paar Fuß von ihnen entfernt. Talia und Skif konnten jedes einzelne Wort verstehen.

»Aber nein, meine Liebe«, sagte Hulda gerade sanft. »Das kommt überhaupt nicht in Frage. Du stehst im Rang viel zu hoch über Lord Delphors Kindern, als daß du dich mit ihnen abgeben düftest. Du *bist* schließlich die Thronerbin.«

Talia biß sich zornig auf die Lippe, als sie sah, wie traurig Elspeths Gesicht wurde. Die alte Melidy schien ein wenig aus ihrem Halbschlaf aufzuwachen. Ihr faltiges Gesicht verzog sich, als sie sich krampfhaft an etwas zu erinnern versuchte.

»Hulda, das ...«, fing sie langsam zu sprechen an, »... das kann irgendwie nicht stimmen ...«

»Was kann irgendwie nicht stimmen, meine Liebe?« fragte Hulda mit falscher Freundlichkeit.

»Elspeth ist nicht ... sie kann nicht ...«

»Sie kann diese Dinge einfach noch nicht wissen, das weiß ich schon. Mach dir bitte keine Sorgen deswegen. Nimm deine Medizin, und ich werde mich schon um alles kümmern.« Hulda füllte ein kleines Glas mit einer roten Flüssigkeit und zwang Melidy, das Glas in die Hand zu nehmen. Die alte Frau gab es auf, sich erinnern zu wollen, und trank die Flüssigkeit gehorsam aus. Nicht lange danach schlief sie wieder ein.

Skif stieß Talia an und deutete, daß sie wieder verschwinden sollten. Sie krochen auf allen vieren aus der Hecke heraus.

»Das ist es, was ich dir zeigen wollte«, sagte er, als sie den Schutz der Hecke an einer weiter entfernten Stelle des Gartens verließen. »Halt still, du hast Zweige in deinen Haaren.« Er zog sie vorsichtig heraus.

»Sie verabreicht Melidy Drogen und hält sie die meiste Zeit betäubt. So eine Hexe! Aber wie ist die alte Frau in die Lage gekommen, daß sie Hulda *erlaubte*, ihr das erste Mal eine Medizin zu verabreichen?«

»Ich habe keine Ahnung, ich kann es nicht einmal erraten. Frag Jadus, vielleicht weiß er es. Soll ich weiterhin aufpassen?«

»Wenn es dir nichts ausmacht. Ich muß wissen, ob Hulda das von sich aus tut oder ob sie jemand dazu angestiftet hat. Und ich muß wissen, welchen Unsinn sie dem Kind sonst noch erzählt.«

»Mir macht das gar nichts aus, es macht sogar Spaß. Es ist fast so, als wäre ich wieder auf der Straße, außer daß ich jetzt nicht Gefahr laufe, eine Hand abgehackt zu bekommen oder die ganze Zeit hungrig zu sein.« Er grinste.

»Ach, Skif ...« Sie unterbrach sich und wußte nicht, was sie noch sagen sollte. Dann überwand sie ihre Scheu und küßte ihn schnell ganz leicht auf die Wange. Sie wurde sofort rot und stürzte davon.

Überrascht starrte Skif ihr nach und hob eine Hand an die Stelle, auf die sie ihn geküßt hatte.

Jadus wußte überhaupt nichts über Melidys Gesundheitszustand, aber er verwies Talia an eine Heilerin, die es genau wissen mußte.

»Vor ungefähr zwei Jahren *war* Melidy krank«, sagte die Heilerin nachdenklich. »Weißt du, welche Krankheit ein Gehirnschlag ist?«

»Ist es das, wenn ein älterer Mensch sich plötzlich nicht

mehr bewegen und nicht mehr sprechen kann? Und dem es dann sehr, sehr langsam wieder besser geht?«

Die Heilerin nickte. »Genau das ist Melidy passiert. Sie *schien* sich vollkommen erholt zu haben, zumindest hatte ich diesen Eindruck. Ich könnte mich aber auch geirrt haben. Die Göttin weiß, daß wir nicht unfehlbar sind.«

»Vielleicht habt Ihr Euch nicht geirrt – oder vielleicht war sie in einer Weise davon betroffen, die Ihr nicht entdecken konntet«, antwortete Talia. Sie klang so viel erwachsener, als sie es ihrer Größe nach sein konnte, und die Augen der Heilerin weiteten sich vor Überraschung. »Keldars Mutter hatte einen Gehirnschlag, bald nachdem sie in unsere Siedlung gekommen war, um bei uns zu leben. Sie schien nachher wieder völlig in Ordnung zu sein, außer daß man sehr aufpassen mußte, was man ihr erzählte, weil sie alles für bare Münze nahm, egal welcher Unsinn es auch war. Vielleicht ist es Melidy genauso ergangen.«

Und wenn das stimmte, dachte Talia wütend, *dann war sie für Hulda eine leichte Beute*.

»Was nun die Medizin betrifft, die Hulda ihr gegeben hat, als du sie beobachtet hast, so habe ich Melidy nichts in der Art verschrieben. Vielleicht ist es ein allgemeines Heilmittel, oder einer der anderen Heiler hat es angeordnet. Ich kann das überprüfen, wenn du das willst ...«

Fast zu spät erkannte Talia, daß das vielleicht keine so gute Idee war. Sie wollte nicht, daß Hulda gewarnt wurde, wenn sie etwas Böses vorhaben sollte. Und sie wollte sie auch nicht in Verlegenheit bringen, falls sie unschuldig war.

»Nein, ich denke, das ist schon in Ordnung. Ich danke Euch, aber ich kann mich jetzt daran erinnern, daß die Medizin wie der Sirup aussah, den Keldar ihrer Mutter immer für ihre schmerzenden Gelenke gegeben hat.«

Voll Erleichterung lächelte die Heilerin. »Melidy hat Arthritis. Unglücklicherweise können wir nicht viel mehr dagegen tun, als zu versuchen ihre Schmerzen zu lindern. Ich bin froh, daß die andere Kinderfrau sich so liebevoll um Melidy kümmert. Kann ich sonst noch etwas für dich tun?«

»Nein, ich danke Euch. Ihr habt alle meine Fragen beantworten können«, erwiderte Talia.

Aber, dachte sie, als sie langsam zurück in ihr Zimmer ging, *Ihr habt viel mehr Fragen aufgeworfen, als Ihr beantwortet habt.*

Neun

»Wenn ich nur eine Reise zurück in die Vergangenheit machen könnte ...«

»Wenn du nur *was* könntest?« fragte Skif und sah von dem Buch auf, das er gerade gelesen hatte. Talia saß auf dem Fensterbrett in seinem Zimmer und starrte auf die vom Mondlicht beschienenen Bäume hinaus. Ihre Gedanken waren ganz sicher nicht bei ihrem Lernstoff.

»Ich sagte: ›Wenn ich nur eine Reise zurück in die Vergangenheit machen könnte‹«, wiederholte sie. »Ich würde meine rechte Hand dafür geben, wenn ich wüßte, ob es außer Elspeths Vater noch jemanden gab, der in die Berufung Huldas hierher an den Hof verwickelt war. Sie kam ja erst an, nachdem Selenays Mann tot war. Aber die einzige Möglichkeit, wie ich das herausfinden könnte, ist, in die Vergangenheit zu sehen.«

»Nicht – ganz ...«

Talia sah Skifs nachdenklichen Gesichtsausdruck und wartete, daß er seinen Gedankengang beendete.

»Da gibt es die Aufzeichnungen über Einwanderer – über jeden, der von außerhalb des Königreiches kommt. Wenn Hulda andere Gönner gehabt hat, dann müßten sie dort aufgelistet sein. Und ich kann mich dunkel erinnern, daß es ein Gesetz gibt, das besagt, daß Einwanderer drei Fürsprecher haben müssen, wenn sie sich auf Dauer in Valdemar niederlassen wollen. Einer war wahrscheinlich der Prinz, der zweite könnte Selenay selbst gewesen sein – aber den

Namen des Dritten zu erfahren, könnte sich als sehr interessant herausstellen ...«

»Wo werden diese Aufzeichnungen aufbewahrt? Kann man an sie herankommen?« fragte Talia voller Begeisterung.

»Sie werden hier im Palast aufbewahrt, in den Amtsräumen des Generalprofos. Es ist eine seiner Pflichten, sich um diese Aufzeichnungen zu kümmern. Aber ob wir an sie herankommen können ...« Skif verzog das Gesicht. »Ich glaube nicht, daß das geht, zumindest nicht in aller Öffentlichkeit. Das heißt, *du* könntest es, aber du müßtest deine Autorität als Heroldin der Königin dazu benützen, und Hulda würde sicher Wind davon bekommen.«

»Das ist keine gute Idee«, mußte Talia ihm zustimmen. »So kommen wir auf dem legalen Weg nicht an sie heran, aber du kennst einen anderen Weg?«

»Ich könnte es schaffen. Es ist keine große Sache für mich, aber ...«

»Aber *das Buch* wird dort auch aufbewahrt«, beendete Talia den Satz für ihn. »Du hast dir fast ein ganzes Jahr doch nichts zuschulden kommen lassen, was im Buch eingetragen worden wäre, oder?«

»Hölle, nein! Du hast mich viel zu sehr beschäftigt gehalten.« Er grinste, aber sein Grinsen erlosch rasch wieder. »Trotzdem, wenn sie mich erwischen, dann wird jeder glauben, daß ich dort war, um die Eintragungen in *dem Buch* zu ändern. Orthallen kann mich einfach nicht leiden. Ich erweise ihm nicht den notwendigen Respekt, ich benehme mich nicht wie ein anständiger Heroldslehrling. Er wäre nur zu glücklich, wenn er eine Gelegenheit geboten bekäme, um mir wirklich etwas anzuhängen.« Er sah Talias besorgten Ausdruck und grinste wieder. »Aber, zum Teufel, was könnte er mir schon antun? Mir verbieten, den Bereich des Collegiums zu verlassen? Das habe ich, seit ich dich getroffen habe, ohnehin kaum mehr getan! Bei den Göttern, ich versuche es einfach!«

Irgend etwas war falsch. Skif war noch nicht überfällig – noch nicht, aber Talia hatte plötzlich das Gefühl, daß er in großen Schwierigkeiten war und damit nicht alleine fertigwerden konnte. Und diese Nacht hatte er versuchen wollen, an die Aufzeichnungen über die Einwanderer heranzukommen ...

Obwohl sie eigentlich nicht genau wußte, was sie tun würde, rannte Talia durch die Gänge des Collegiums und danach durch die Flure des Palastes. Erst als sie sich Selenays Zimmerflucht näherte, unterbrach sie ihren schnellen Lauf und wartete, bis sie wieder zu Atem gekommen war. Scheu ging sie auf die Tür zu, die zu den Privatquartieren der Königin führte. Die Wache kannte sie gut; der Mann zwinkerte ihr zu und ging dann hinein, um sie anzukündigen. Sie konnte das leise Gemurmel von Stimmen hören, dann öffnete sich die Tür wieder, und der Wachmann bedeutete ihr, hineinzugehen.

Talia holte zitternd Atem und betete, daß *irgend etwas* ihr helfen würde, die richtigen Worte zu finden. Sie ging hinein, und die Tür schloß sich leise hinter ihr.

Selenay saß an ihrem Schreibtisch, sie sah aufgeregt und verstört aus. Elcarth, Keren und der Herold des Seneschalls, Kyril, standen zwischen Talia und jemandem, der hinter ihnen verborgen war, wie eine Wand. Zwischen Selenay und den Herolden hielt sich Lord Orthallen auf. Talias Herz rutschte in ihre Hose. Also war es *wirklich* Skif, um den es hier ging. Sie mußte ihm helfen. Er war anscheinend erwischt worden, und das schien viel schlimmere Folgen zu haben, als er erwartet hatte. Aber wie sollte sie es nur schaffen, ihn da herauszubekommen?

»Majestät ...«, hörte sie sich selbst sagen. »Ich – ich habe etwas zu gestehen.«

Selenay sah sie verwirrt an, und Talia fuhr fort. »Ich habe Skif gebeten, etwas für mich zu tun. Es war – nicht ganz legal.«

Selenay hörte ihr anscheinend zu, und ein Wortschwall

brach aus Talia heraus. »Ich wollte, daß er für mich die Aufzeichnungen über die Siedlerfamilien überprüft.«

»Die Aufzeichnungen über die Siedlerfamilien?« wiederholte Selenay erstaunt. »Warum?«

Talia hatte keine Ahnung, woher die Geschichte kam, die sie gerade erzählte, aber offensichtlich war sie gut genug. Sie *haßte* es, lügen zu müssen, aber sie wagte auch nicht, die Wahrheit zu sagen. »Ich – ich wollte sicher gehen, daß ich nicht mehr in ihnen geführt werde.« Zu ihrer eigenen Überraschung konnte sie fühlen, wie heiße, zornige Tränen ihre Augen füllten. »Sie haben mich nicht gewollt – na gut, dann will ich sie auch nicht mehr, nicht einen von ihnen, nie mehr! Skif hat mir erzählt, daß Sensholding bei der Besteuerung bevorzugt werden wird, wenn ich mir das Heroldsweiß verdient habe, und das will ich einfach nicht!«

Nun weinte sie wirklich vor Zorn, war aufgeregt und glaubte selbst jedes Wort, das sie der Königin gerade erzählt hatte. Selenay lächelte ein erleichtertes Lächeln, Elcarth sah nachdenklich aus. Keren war anscheinend überzeugt, Kyril unterdrückte ein Lächeln und Orthallen – Talia war über seinen Ausdruck entsetzt. Für einen kurzen Augenblick sah Orthallen aus wie ein Mann, dem eine sichere Beute durch die Finger geschlüpft war. Dann zeigte sein Gesicht wieder seinen normalen Ausdruck – eine kalte, gleichgültige Maske –, und so sehr Talia es auch versuchte, sie konnte sie nicht mehr durchschauen.

»Seht, Orthallen, ich habe Euch gesagt, daß es eine ganz einfache Erklärung geben muß«, sagte Elcarth dann. Die Herolde traten auseinander, und Talia sah, was sie vor ihrem Blick verdeckt hatten. Sie war nicht sehr überrascht, daß dort Skif mit bleichem und angespanntem Gesicht saß, als hätte man ihn an seinen Sessel festgebunden.

»Und warum hat der Junge uns das nicht selbst gesagt?« fragte Orthallen kalt.

»Weil ich nicht wollte, daß Talia auch noch Schwierigkeiten bekommt«, sagte Skif. »Ich *habe* aber gesagt, daß ich nicht hinter *dem Buch* her war. Was ging es Euch dann eigentlich noch an, was ich wollte? *Ihr* seid nicht der Generalprofos!«

»Skif«, sagte Kyril freundlich. »Er ist vielleicht nicht der Generalprofos, aber Lord Orthallen hat immer noch das Recht, von dir mit einem gewissen Respekt behandelt zu werden.«

»Ja, Sir«, murmelte Skif und starrte auf seine Füße.

»Nun, nachdem sich die Angelegenheit ja aufgeklärt hat, könnten wir die Missetäter eigentlich gehen lassen, oder?« Selenay lächelte ganz leicht. »Talia, das nächste Mal, wenn du etwas aus den Aufzeichnungen wissen willst, dann frage einfach Kyril oder mich. Und wir werden dafür sorgen, daß du in den Aufzeichnungen nicht mehr bei den Siedlerfamilien geführt wirst, wenn es das ist, was du willst. Aber – ich verstehe immer noch nicht, warum du nicht gleich zu mir gekommen bist.«

Talia fühlte, wie sich ihre Gesichtshaut spannte, und wußte, daß sie nicht mehr rot, sondern bleich geworden war. »Ich – es war selbstsüchtig. Nicht, wie ein Herold handeln würde. Ich wollte nicht, daß es sonst jemand erfährt ...«

Elcarth trat die paar Schritte vor und legte ihr den Arm um die Schultern. »Du bist auch nur ein Mensch, Kleines – und deine Verwandtschaft verdient auch keine Freundlichkeit mehr von dir, so, wie sie dich verleugnet haben. Skif ...« Er streckte seine Hand nach dem Jungen aus, der langsam aufstand und neben Talia trat. Skif nahm eine von Talias Händen und starrte Orthallen herausfordernd an.

Elcarth fuhr fort. »Du und Talia, ihr geht jetzt in eure Zimmer. Es ist schon sehr spät. Tut bitte so etwas nie wieder, Kinder. Aber dieses Mal können wir es verstehen. Nun verschwindet schon.«

Skif zog Talia einfach hinter sich her, als er den Raum verließ.

»Ihr Götter – wie, zum Teufel, bist du nur auf diese Idee gekommen? Du warst einfach großartig! *Ich* habe begonnen, dir zu glauben! Und woher hast du gewußt, daß ich bis über beide Ohren in Schwierigkeiten bin?«

»Ich weiß es nicht – ich hatte einfach plötzlich das Gefühl«, antwortete Talia. »Und ich wußte ja, was du heute abend vorhattest. Was ist geschehen? Wieso haben sie dich erwischt?«

»Es war einfach Pech«, sagte Skif zerknirscht. Er verlangsamte seine Schritte. »Selenay brauchte irgendwelche Aufzeichnungen aus den Steuerlisten, und Orthallen kam und wollte sie holen. Er bemerkte den Schein meiner Kerze im Amtsraum des Generalprofos' und erwischte mich über den Büchern. Was war ich dumm! Das wäre alles nicht passiert, wenn ich auf die Geräusche aus dem Gang gelauscht hätte.«

»Was hatte er denn mit dir vor?«

»Er hat versucht, meine Suspendierung zu erreichen. Er kann mich nicht hinauswerfen, solange Cymry mich nicht verstößt, aber – nun, er wollte mich zur Armee schicken, um mich dort die nächsten vier Jahre die Ställe ausmisten zu lassen. ›Bis ich gelernt habe, was ehrliche Arbeit ist!‹ wie er sich ausgedrückt hat.«

»Hätte – hätte er das wirklich tun können?«

»Unglücklicherweise ja. Ich habe viel zu viele Eintragungen in *dem Buch*. Es gibt eine halbvergessene Regel im Collegium, die eine solche Strafe vorsieht, und er hat sie irgendwie entdeckt. Wenn ich es nicht besser wüßte, ich könnte beschwören, daß er nach einem Weg gesucht hat, um mich loszuwerden.«

»Dann solltest du besser aufhören, mir zu helfen ...«

Sie waren jetzt vor Talias Zimmertür angelangt.

»Ich will verdammt sein, wenn ich das tue! Es ist so ärgerlich – ich hatte gerade die Eintragungen über Hulda gefunden. Na gut, das können wir vergessen. Wir müssen es weiter mit unseren alten Taktik versuchen. Aber ich lasse mich auf keinen Fall abschrecken!«

Er blieb stehen, umarmte sie kurz und schob sie dann zu ihrer Tür. »Na los, geh schon schlafen. Du siehst aus, als ob du es brauchen könntest, und ich fühle mich, als hätte jemand mich als Fußabstreifer benutzt.«

Eines Nachts war Talia allein in ihrem Zimmer und saß über ihren Büchern, als es an ihrer Tür klopfte. Sie öffnete – und sah ein schwarzes, dämonisch aussehendes Lebewesen vor sich stehen.

Bevor sie aufschreien konnte, legte sich eine Hand fest über ihren Mund. Das Wesen schleifte sie in ihr Zimmer zurück und schloß hinter sich die Tür mit einem Tritt.

»Pst! Schrei nicht – ich bin's, Skif!« warnte sie das schwarze Wesen mit heiserem Flüstern.

Er nahm vorsichtig die Hand aus ihrem Gesicht, war aber bereit, sie jederzeit wieder auf ihren Mund zu legen, falls sie doch versuchen sollte zu schreien.

Sie tat es aber nicht, sie starrte ihn nur mit weitgeöffneten Augen an. »Skif – was hast du denn *vor*?« brachte sie schließlich heraus. »Ich bin vor Schreck beinahe gestorben! Warum hast du dich denn so seltsam ausstaffiert?«

»Was glaubst du denn? Man kann eben nicht in der grauen Studentenuniform in den gesperrten Teilen des Palastes herumklettern. Und ich sehe noch ein wenig zu jung aus, als daß eine weiße Uniform überzeugend sein könnte. Hol tief Luft und beruhige dich wieder, denn heute nacht wirst du mich begleiten.«

»Ich? Aber ...«

»Frag mich nicht, zieh dir einfach diese Sachen an.« Er gab ihr ein eng anliegendes schwarzes Gewand. »Es ist nur gut, daß du so groß bist wie ich. Und frage mich nicht, woher ich das Gewand habe, oder warum ich es habe, denn ich kann es dir nicht sagen.« Er wartete geduldig, während sie sich anzog, und drückte ihr dann noch eine Schachtel, gefüllt mit einer fettigen, schwarzen Creme, in die Hand. »Schmiere das überall hin, wo sich nur ein Stück von deiner Haut zeigt, laß keine Stelle aus.«

Er ging zu dem Fenster von Talias Raum, öffnete es und blickte hinaus. »Gut. Wir müssen nicht einmal hinunter auf den Boden.«

Er nahm aus irgendeiner verborgenen Tasche seines

Gewandes ein Seil und band es um Talias Hüften fest. »Folge mir und tue genau das, was ich tue.«

Die Kletterei, die jetzt folgte, war etwas, woran sich Talia auch noch Jahre später nicht mehr erinnern wollte. Skif stieg einfach von Fenster zu Fenster und zog Talia hinter sich her, die ganze Länge des Collegium-Flügels und einen guten Teil der Außenwand des Palastes entlang. Endlich blieb Skif vor einem abgedunkelten Fenster stehen. Talia klammerte sich mit aller Kraft an die Mauer und versuchte nicht an den Abgrund unter ihren Füßen zu denken, während er vorsichtig durch die Risse in den Fensterläden spähte.

Er schien mit dem, was er gesehen hatte, zufrieden zu sein, denn er nahm irgend etwas aus einer anderen Tasche an seinem Gürtel und begann, damit das Schloß zwischen den beiden Fensterläden zu bearbeiten. Nach kurzer Zeit hatte er es geöffnet. Skif kletterte hinein, und Talia folgte ihm dicht auf.

Der Raum, den sie auf solch ungewöhnlichem Weg betreten hatten, enthielt keinerlei Einrichtung und wurde anscheinend nicht benutzt. Skif führte sie zu einem Wandschrank, der in einer der Wände eingebaut war, öffnete ihn und tastete die Rückwand des Schranks ab. Talia hörte das Kratzen von Holz auf Holz, und zwei Gucklöcher waren zu sehen.

Von der anderen Seite fiel Licht hindurch. Schnell preßte Talia ihre Augen an eines der Löcher. Skif drückte ihr ein gewöhnliches Trinkglas in die Hand. Er bedeutete ihr, es mit der Öffnung an die Schrankwand zu halten und das Ohr daran zu legen. Sie tat das und erkannte, daß sie jedes Wort, das im anderen Raum gesprochen wurde, schwach, aber deutlich verstehen konnte.

»... so, wie es jetzt ist, ist es sehr unwahrscheinlich, daß das Kind jemals erwählt wird und zur Erbin ernannt wird. Du machst das sehr gut«, sagte ein salbungsvoller Bariton voll Befriedigung. »Unnötig zu sagen, daß wir sehr zufrieden mit dir sind.«

»Mein Lord ist sehr großzügig.« Talia konnte die zweite

Sprecherin sehen. Es war Hulda. Den anderen sah sie nicht, und seine Stimme war durch das Glas zu sehr verzerrt, als daß sie sie erkannt hätte. »Soll ich so weitermachen wie bisher?«

»Hat die neue Heroldin weitere Versuche unternommen, um an Elspeth heranzukommen?«

»Nein, mein Lord. Sie scheint entmutigt worden zu sein«, antwortete Hulda.

»Trotzdem«, fuhr der unbekannte Sprecher fort, »wir können uns nicht darauf verlassen. Ich schlage vor, daß du ihr weiterhin ›Geschichten‹ erzählst ... du weißt schon, welche ich meine.«

»Wenn mein Lord sich auf jene Geschichten bezieht, in denen die Gefährten unachtsame Kinder in ein schreckliches Schicksal entführen, dann kann mein Lord sich darauf verlassen, daß ich das tun werde.«

»Ausgezeichnet. Ich gebe dir einen weiteren Vorrat von der Droge für die alte Kinderfrau und deinen üblichen Lohn.«

Talia hörte das Klimpern von Münzen in einem der beiden Beutel, die Hulda entgegenahm.

»Du wirst am Ende dieser Angelegenheit eine reiche Frau sein, Hulda«, sagte der Sprecher. Schritte zeigten an, daß er sich zurückzog.

»Oh, das habe ich auch vor, mein Lord«, sagte Hulda giftig zu der sich schließenden Tür. Dann wandte auch sie sich um und verließ den Raum durch einen anderen Ausgang.

Talia war zu sehr damit beschäftigt, über das, was sie gehört und gesehen hatte, nachzudenken, als daß sie sich Sorgen über den langen Weg zurück in ihr Zimmer gemacht hätte.

Sie erreichten Talias Zimmer, und das Mädchen nahm ein Handtuch und begann, sich die schwarze Schminke aus dem Gesicht zu wischen. »Hast du so eine Begegnung zum ersten Mal beobachtet?« fragte sie, während sie sich säuberte.

»Das war die dritte. Das erste Mal ist es durch Zufall passiert. Ich war der Hexe gefolgt und mußte in den anderen Raum verschwinden, um von ihr nicht entdeckt zu werden. Da fand ich die Löcher hinter einem Holzbrett in dem Wandschrank. Beim zweiten Mal hatte ich geraten, daß diese Treffen in regelmäßigen Abständen stattfinden. Ich hatte recht. Weißt du was? Nein, das ist doch zu abwegig.«

»Was denn?«

»Nun, ein paar Mal wollte Melidy sich weigern, die Droge zu nehmen, die diese Hexe ihr verabreicht, und – nun, dann *tat* Hulda etwas, ich weiß nicht, was, aber sie brachte Melidy dazu, den Trank zu schlucken. Wenn ich es nicht besser wüßte, ich hätte geschworen, daß sie *richtige* Magie benutzt hat. Du weißt schon, die alte Magie aus den Legenden, mit der du Macht über den Geist eines anderen bekommst.«

»Vielleicht hat sie den Hauch irgendeiner Gabe.«

»Ja – ja, ich denke, du könntest recht haben.«

»Hier, zieh dir das an. Es müßte dir eigentlich passen.« Talia reichte Skif eine ihrer grauen Uniformen.

»Warum?« fragte er erstaunt.

»Weil wir, sobald du angezogen bist, zu Herold Jadus gehen werden.«

Jadus schlief schon, als sie vor seinem Zimmer ankamen. Unter gewöhnlichen Umständen hätte Talia es niemals gewagt, ihn zu stören, aber sie dachte, daß der Anlaß Grund genug war, ihn zu wecken. Skif öffnete ganz leise die Tür, und die beiden schlüpften hinein.

Jadus erwachte noch, bevor Skif und Talia an sein Bett getreten waren. Er starrte sie an, und seine Hand hielt einen Dolch, der wie aus dem Nichts plötzlich aufgetaucht war.

Der alte Herold hatte seit einigen Nächten keine Ruhe mehr finden können und begonnen, wie in seinen jungen Tagen mit einem Messer unter seinem Kopfpolster zu schlafen. Er war schlagartig munter und hatte den Dolch in der Hand, bevor sie noch die halbe Zimmerlänge hinter sich gebracht hatten. Er blinzelte die beiden schwarzverschmierten Lehrlinge, die wie festgefroren in der Mitte des Zimmers standen, überrascht an.

»Talia!« Jadus war entsetzt. Von Skif mit seinem Hang zu Streichen mochte man so etwas erwarten. »Warum?«

»Bitte, Sir, es tut mir leid, aber es handelt sich um einen Notfall.«

Jadus schüttelte den Kopf, um die letzte Schläfrigkeit zu vertreiben, setzte sich auf und legte sich die Decke um seine Schultern. »Dann ist es gut – ich kenne dich zu gut, um zu glauben, daß du übertreiben könntest. Fache das Feuer wieder an, entzünde ein paar Kerzen und dann erzählt mir, was los ist.«

Er hörte sie an. Talia bat Skif, seinen Teil der Geschichte zu erzählen. Nach ein paar Sätzen war Jadus bereits davon überzeugt, daß es sich wirklich um einen Notfall handelte. Als sie ihren Bericht beendet hatten, war ihm eiskalt geworden.

»Wenn ich euch beide nicht so gut kennen würde, ich hätte geschworen, ihr würdet irgendwelche Geschichten erfinden«, sagte er schließlich. »Und ich wünsche mir fast, daß es so wäre.«

»Sir?«, fragte Talia, nachdem alle drei eine Zeitlang geschwiegen hatten. Ihr Gesicht spiegelte ihre Erschöpfung wider. »Was muß ich jetzt tun?«

»Du, Mädchen? Gar nichts.« Er streckte den beiden die Arme entgegen und zog sie an sich. Seine Umarmung zeigte seine Dankbarkeit für ihren Mut. »Talia, Skif, ihr beide habt viel mehr zustande gebracht als irgendeiner der Erwachsenen. Ich bin sehr stolz auf Euch. Aber nun müßt ihr mir vertrauen, daß ich mich um alles kümmern werde. Die, denen diese Geschichte erzählt werden sollte, werden einem Erwachsenen wohl zuhören, aber ein Kind, das ihnen so schlimme Dinge zu berichten hat, nicht ernstnehmen. Ich hoffe, daß ihr mich für euch sprechen laßt?«

Skif seufzte sehr laut. »Euch *lassen*? Heilige Sterne, ich hatte Angst, daß Ihr mir befehlen würdet, die ganze Geschichte Kyril oder Selenay selbst zu erzählen! Und nachdem man mich über diesen Aufzeichnungen erwischt hat, befürchte ich, daß mein Ruf bei ihnen im Augenblick nicht der beste ist. O nein, Herold, es ist mir wesentlich lieber, wenn ich *nicht* der Überbringer schlechter Nachrichten sein muß. Wenn es Euch recht ist, dann gehe ich lieber zuerst ins Bad und dann in mein Bett.«

»Und du, Talia? Was ist mit dir?«

»Bitte – wenn ihr das für mich tun wollt.« Sie sah ihn erschöpft an. »Ich wüßte ja doch nicht, was ich sagen sollte. Es gibt viel zu viele Fragen, die wir nicht beantworten können. Erstens wissen wir nicht, wer ›mein Lord‹ in Wahrheit ist, und zweitens ... wenn ich daran denke, daß Lord Orthallen mich anbrüllen könnte, ich ... ich glaube, ich würde zusammenbrechen.«

»Dann geht, alle beide. Ihr könnt alles getrost mir überlassen.«

Die beiden standen auf und gingen langsam und müde hinaus. Jadus blieb einen Augenblick tief in Gedanken versunken auf seinem Bett sitzen und läutete dann nach seinem Bediensteten.

»Medren, ich möchte, daß du Selenay aufwecken läßt. Bitte sie, in mein Zimmer zu kommen, und sage ihr auch, daß es wirklich dringend ist. Dann tue dasselbe beim Seneschall, Herold Kyril und Herold Elcarth. Lege noch einmal ordentlich Holz nach und bringe auch etwas zu essen und zu trinken.« Er starrte einen Augenblick lang nachdenklich in die Dunkelheit vor dem Fenster. »Ich habe das Gefühl, daß dies noch eine sehr lange Nacht wird.«

Am nächsten Tag hörte Talia nichts von Hulda. Sie war damit zufrieden, die Angelegenheit in den Händen der Erwachsenen zu lassen. Der süße Geruch der ersten Frühlingsblüten zog sie in der Abenddämmerung unwiderstehlich in den Garten hinaus. Seit der Verbannung ihrer Verfolger war es vollkommen gefahrlos geworden, zu jeder beliebigen Stunde alleine draußen spazierenzugehen. Tief atmete sie den berauschenden Duft der Hicanth-Blüten ein. Dann hörte sie erstickte Schluchzer aus einer der Gartenlauben, in denen sich nach Einbruch der Dunkelheit die Liebespaare trafen.

Zuerst dachte Talia, daß hier wohl ein sitzengelassener Liebhaber weinen würde, aber als die Schluchzer lauter wurden, klangen sie doch eher wie die eines Kindes. Und sie begann denselben Zwang zu verspüren, der sie damals bei der Gedächtnisfeier im Winter an Selenays Seite geführt hatte.

Sie erinnerte sich daran, was man ihr gesagt hatte: ihrem Instinkt zu vertrauen und ihren Impulsen zu folgen. Talia ging so leise sie konnte auf die Laube zu und warf einen Blick hinein. Mit dem Gesicht nach unten im Moosboden vergraben und weinend, als würde ihr gerade das Herz brechen, lag die Erbin von Valdemar.

Talia ging hinein und setzte sich neben das Kind. »Jetzt siehst du einem Fisch nicht mehr sehr ähnlich«, sagte sie freundlich und legte ihr ganzes Mitgefühl in die Worte. »Was ist denn geschehen?«

Das Kind weinte noch mehr. »S-sie h-h-haben H-h-hulda fortgeschickt.«

»Wer sind ›sie‹ und warum haben sie Hulda fortgeschickt?« fragte Talia, die ja noch nicht wußte, was sich bei der nächtlichen Besprechung in Jadus' Zimmer ergeben hatte.

»M-m-meine Mutter und dieser böse Kyril, und ich weiß nicht, warum ... sie war meine einzige, einzige Freundin, und niemand außer ihr mag mich!«

»Du tust mir leid – es ist schrecklich, wenn man einsam und alleine ist. Ich weiß das; als ich so alt war wie du, haben sie meine beste Freundin fortgeschickt und an einen widerlichen alten Mann verheiratet, und ich habe sie nie mehr wiedergesehen.«

Die Schluchzer hörten auf. »Hast du sehr geweint?« fragte das Kind voll Interesse.

»Ja, wenn ich alleine war, aber vor anderen Leuten habe ich es nicht gewagt. Die Erwachsenen haben mir gesagt, daß es eine Sünde sei, über so etwas Unwichtiges zu weinen. Ich glaube, daß sie furchtbar unrecht hatten, denn manchmal helfen einem die Tränen, sich danach besser zu fühlen. Fühlst du dich jetzt schon ein bißchen besser?«

»Ein wenig«, gab das Kind zu. »Wie heißt du?«

»Talia. Und du?«

Arrogant hob das Mädchen den Kopf. »Du solltest mich ›Hoheit‹ nennen.«

»Nein, das sollte ich noch nicht tun. Du bist nicht *wirklich* die Erbin, bevor du nicht zuerst einen Gefährten gewonnen und bewiesen hast, daß du ein Herold sein kannst.«

»Was? Hulda hat mir aber etwas ganz anderes gesagt.«

»Es stimmt trotzdem, du kannst fragen, wen du willst. Vielleicht hat sie das nicht gewußt oder – sie hat dich vielleicht angelogen.«

»Warum hätte sie mich anlügen sollen?« fragte das Kind ganz verwirrt.

»Nein, ich kann mir zumindest einen Grund vorstellen. Weil sie nicht wollte, daß du dich mit anderen Kindern anfreundest, so daß sie die einzige Freundin sein konnte, die du hast. Sie machte dich glauben, daß du wichtiger bist, als du es in Wahrheit bist. Und du hast alle anderen Leute so sehr verärgert, daß sie mit dir nichts mehr zu tun haben wollten.«

»Woher soll ich wissen, daß *du* nicht lügst?« fragte das Kind feindselig.

»Ich bin ein Herold, das heißt, ich werde in ein paar Jahren einer sein, und Herolden ist es nicht erlaubt, zu lügen.«

Das Kind dachte darüber nach. »Vielleicht hat sie mich die ganze Zeit angelogen. Vielleicht hat sie mich auch angelogen, wenn sie gesagt hat, daß sie meine Freundin ist!« Ihre Lippen zitterten, und es sah so aus, als würde sie gleich wieder zu weinen beginnen. »Das heißt, daß ich vielleicht überhaupt *keinen* Freund habe!«

Jetzt kamen die drohenden Tränen doch, und ohne nachzudenken zog Talia das Kind, das keinen Widerstand leistete, an sich. Sie streichelte das Mädchen beruhigend, während es bis zur Erschöpfung weinte.

»Du hast jetzt vielleicht keine Freunde, aber das bedeutet nicht, daß du dir keine suchen kannst«, sagte Talia zu ihr. »Ich wäre gerne deine Freundin, wenn du willst, aber du mußt mir etwas versprechen.«

»Sag mir zuerst, was ich dir versprechen soll.« Ein Hauch von Mißtrauen in der Stimme des Kindes sagte Talia mehr über die Behandlung, die Hulda ihr hatte zuteil werden lassen, als tausend Berichte es gekonnt hätten.

»Das Versprechen ist sehr einfach, aber es wird sehr schwer werden, es auch zu halten. Ich bin nicht sicher, ob du das überhaupt kannst.« Talia gestattete sich, ihrem Tonfall eine Andeutung von Zweifel zu geben.

»Ich kann es. Ich weiß, daß ich es kann! Sag mir einfach, was es ist!«

»Zunächst einmal mußt du mir versprechen, daß du niemals auf mich böse sein wirst, ohne darüber nachzudenken, was ich dir sage. Und du wirst auch nur dann auf mich böse sein, wenn das, was ich dir gesagt habe, wirklich nicht stimmt.«

»Ich verspreche es!« sagte Elspeth sofort.

»Nachdem du nun meine Freundin bist, willst du mir nicht endlich deinen Namen sagen?«

Das Kind errötete vor Verlegenheit. »Versprichst du mir, daß du nicht lachen wirst?«

»Ich verspreche es – aber ich hätte auch so sicher nicht gelacht.«

»Hulda hat gelacht. Sie sagte, es sei ein dummer Name.« Das Kind starrte auf seine gefalteten Hände. »Ich heiße Elspeth.«

»Hulda hatte überhaupt keinen Grund, deswegen zu lachen. Das ist ein sehr schöner Name, viel hübscher als Talia.«

»Hulda sagte, daß nur die Bauernkinder Elspeth genannt werden.«

In Talia machte sich langsam der Verdacht breit, daß die Worte ›Hulda hat gesagt‹ sie ganz schön ermüden würden. »Das stimmt nicht. Dieses Königreich hatte schon drei Herrscherinnen, die Elspeth hießen, Elspeth die Friedensstifterin, Elspeth die Weise und Elspeth die Geschickte. Du wirst dich sehr anstrengen müssen, wenn du dem Namen Elspeth Ehre machen willst. Vor allem, wenn du die Art von Mensch werden willst, die einen Gefährten gewinnen und die Erbin Valdemars werden kann.«

Elspeth sah plötzlich ganz verängstigt aus. »Ich ... ich weiß nicht, wie ich das machen soll«, sagte sie ganz leise. »Und die Gefährten ... sie ... ich habe schreckliche Angst vor ihnen. Kannst du mir helfen? Bitte?«

»Nun, du könntest damit beginnen, die Menschen freundlich zu behandeln, freundlicher, als du es jetzt tust, und zwar unabhängig von ihrer Stellung, ob sie adlig sind oder Dienstboten. Wenn du das tust, dann wirst du auch viel mehr Freunde haben, und das werden dann richtige Freunde sein, die mit dir zusammensein mögen, und nicht nur deswegen bei dir sind, weil sie glauben, daß du einmal etwas für sie tun wirst.«

Elspeth widersprach. »Ich behandle die Leute doch nett.«

»Ach, wirklich?« Talia verzog ihr Gesicht zu einer gespielten Grimasse und schaffte es, so auszusehen wie das Biest in seinen schlimmsten Augenblicken. »Wenn das bedeutet, Leute freundlich zu behandeln, dann würde ich es gar nicht mögen, wenn du erst böse auf mich wärst! Glaubst du wirklich, daß irgend jemand der Freund von so jemandem sein will?«

»N-nein«, sagte Elspeth beschämt.

»Wenn du dich ändern willst, dann mußt du damit anfangen, über alles, was du sagst oder tust, nachzudenken, bevor du es sagst oder tust. Denk darüber nach, wie du dich fühlen würdest, wenn dich jemand so behandeln würde, wie du andere behandelst.« Talia streckte die Arme aus und zog das unglückliche Kind an sich. »Ich kann sehen, daß hier eine sehr nette Person namens Elspeth sitzt, aber es gibt sehr viele Leute, die nur das Biest erkennen können. Weißt du, so nennen sie dich nämlich.«

»Kann mich meine Mutter nicht einfach zur Erbin *machen*? Hulda sagte, sie könnte es.«

»Das Gesetz besagt, daß der Erbe auch ein Herold sein muß, und nicht einmal die Königin steht über dem Gesetz. Wenn du nicht vorsichtig bist, dann könnte Jeri ernannt werden. Sie entstammt demselben Blut wie du, und sie ist bereits erwählt worden.«

Das verletzliche Kind, das in Elspeths Augen zu erkennen war, gewann Talias Herz völlig. »Du wirst mir wirklich helfen?«

»Ich habe dir schon versprochen, daß ich es tun werde. Ich bin deine Freundin, erinnerst du dich?«

O Herr des Lichts, worauf habe ich mich da bloß eingelassen? In den nächsten Wochen stellte sich Talia diese Frage sehr oft. Mindestens dreimal am Tag rannte sie von ihrem Unterricht oder der Hausarbeit in die Königliche Kinderstube und wieder zurück. Sie frühstückte jetzt mit Elspeth anstatt mit ihren Mitstudenten im Collegium. Nach dem Abendessen, das im Collegium sehr viel früher serviert wurde als am Hof, kam sie wieder. Am Abend nach dem Essen verbrachte sie ihre Zeit bei Jadus, bis Elspeth vom Hof in ihr Zimmer zurückkehrte. Wenn Elspeth wieder da war, gingen sie im Garten spazieren, bis es für das Kind Zeit wurde, ins Bett zu gehen.

Hulda war aus ihrem Zimmer verschwunden, bevor Selenay sie in Gewahrsam hatte nehmen lassen können, um sie zu befragen. Irgend jemand hatte sie rechtzeitig gewarnt, so daß sie hatte fliehen können. Talia hatte keine Zeit, sich damit zu beschäftigen, was aus der Frau geworden war, sie hatte zuviel damit zu tun, das Biest endgültig ›verschwinden‹ zu lassen.

Und es war ein sehr anstrengender Kampf.

Elspeth bekam wegen der geringsten Kleinigkeiten Wutausbrüche; ihre Milch war zu kalt, ihr Bad war zu heiß, das Polster war zu weich, sie mochte die Farbe des Gewandes nicht, das man für sie ausgesucht hatte. Talia ließ die ersten beiden

Anfälle dieser Art still über sich ergehen. Sie hoffte, daß, wenn sie sich nichts anmerken ließ, Elspeth damit aufhören würde. Leider funktionierte der Trick nicht.

Der dritte Wutausbruch Elspeths brachte Talia das erste Mal dazu, ihr Verhalten ›handgreiflich‹ zu verbessern. Es begann damit, daß eines der Dienstmädchen sie beim Bürsten an den Haaren riß. Das Kind nahm die Bürste und schlug die Dienerin damit, ohne nachzudenken.

Talia nahm ihr die Bürste weg und gab sie dem erstaunten Dienstmädchen. »Schlag zurück«, befahl sie.

»Aber ... Fräulein ... das kann ich nicht ...«, stotterte die Frau.

»Ich übernehme dafür die Verantwortung. Schlag zurück, genauso hart, wie sie dich geschlagen hat.«

Zu Elspeths grenzenlosem Staunen gab ihr die Bedienstete mit der Haarbürste einen ordentlichen Schlag aufs Hinterteil.

Elspeth öffnete den Mund und fing an zu schreien. Dieser Ausbruch war der schlimmste, den Talia bis jetzt erlebt hatte, und früher hatte ein solches Benehmen alle dazu gebracht, das zu tun, was Elspeth wollte.

Ganz ruhig nahm Talia ein volles Glas Wasser und schüttete es dem Mädchen ins Gesicht.

Dann, während das Kind spuckte und nach Luft schnappte, sagte sie: »Jetzt erkläre ich dir die *neuen* Regeln, die ab sofort hier gelten. Was immer du jemand anderem antust, bekommst du genauso zurück. Wenn du nicht lernen kannst, nachzudenken, bevor du handelst, dann wirst du eben hinnehmen müssen, was mit dir passiert. Sie hat dich schließlich nicht absichtlich an den Haaren gezogen.« Talia wandte sich an das Dienstmädchen. »Ich bin sicher, du hast andere Dinge zu tun, als ein unbeherrschtes kleines Biest zu bedienen.«

Das Mädchen machte sich mit einer schnellen Verbeugung davon; ihre Augen glänzten vor Vergnügen, sie konnte es kaum erwarten, die Neuigkeit den anderen Dienstboten zu erzählen! »Ja, Milady«, sagte sie und verschwand.

»Nachdem man dir nicht vertrauen kann, daß du das Vorrecht, Dienstboten zu haben, nicht ausnützt, wirst du dir das Haar eben selber bürsten müssen – und dich auch um alles andere selbst kümmern.« Talia gab Elspeth die Bürste zurück. Das Kind starrte ihr mit offenem Mund nach, als sie das Zimmer verließ.

Und Elspeth mußte sehen, wie sie ohne die Hilfe der Dienstboten zurechtkam.

Sie sah aus wie eine Strohpuppe, sie wußte es, und sie haßte es. Auf Befehl der Königin gab sich die Dienerschaft nicht die geringste Mühe, ihre Belustigung über den neuen Stand der Dinge zu verbergen. Und sie ließen auch ganz offen erkennen, daß Elspeth ihrer Meinung nach nur bekam, was sie verdient hatte. Die Höflinge waren schlimmer, sie lächelten und verhielten sich, als wäre alles in Ordnung, aber Elspeth wußte nur zu gut, daß sie sie insgeheim auslachten. Talia verbrachte weiterhin ein wenig Zeit mit ihr und half ihr auch mit ihrem Haar oder ihrer Kleidung, aber nur wenn Elspeth höflich darum bat. Für das verwöhnte Kind war das eine sehr ungewohnte und sehr unbefriedigende Anglegenheit.

Ihre Reaktion darauf sollte wohl beweisen, daß sie sich nichts daraus mache. Sie verbrachte einen Vormittag damit, die Möbel umzuwerfen, das Bettzeug vom Bett zu reißen und ihre Spielsachen zu zerbrechen und durch die Gegend zu werfen. Als Talia kam, saß sie, atemlos und sehr zufrieden mit sich selbst, mitten in dem Desaster.

Talia sah sich das Durcheinander ganz ruhig an. »Ich hoffe, dir ist klar, daß das Zimmer solange so aussehen wird, bis du anfängst, es aufzuräumen.«

Elspeth starrte Talia nur an, sie hatte erwartet, daß Talia sehr zornig sein würde. Dann begriff sie langsam, was Talia zu ihr gesagt hatte. »A-a-aber wo soll ich denn schlafen?«

»Entweder auf dem Boden oder auf der nackten Matratze, das bleibt dir überlassen. Beide Möglichkeiten sind viel besser als die Schlafgelegenheiten, die Skif hatte, als er noch ein

Straßenkind war, oder ich, wenn ich früher bei den Schafen Wache halten mußte.«

Elspeth fing an zu weinen; mitleidslos beobachtete Talia sie. Als sie mit ihren Tränen nichts erreichte, nahm Elspeth ein Holzstück und warf es zornig nach Talias Kopf.

Das brachte ihr eine Antwort, die sie sich mit Sicherheit nicht gewünscht hatte. Talia wich dem Wurfgeschoß ohne Schwierigkeiten aus und kam mit zusammengepreßten Lippen heran. Bevor Elspeth noch verstand, was mit ihr geschah, hatte Talia ihr drei Hiebe versetzt.

»Das nächste Mal«, warnte Talia sie, »werden es sechs Schläge sein.«

Dann verließ sie den Raum. Elspeth konnte nicht wissen, daß Talia in der Nähe der Tür blieb, nachdem sie sie hinter sich geschlossen hatte. Elspeth heulte und weinte, bis sie sich ganz krank fühlte; sie kam nicht zum Abendessen und fiel schließlich am Boden in den Schlaf.

Talia wußte ganz genau, daß eine versäumte Mahlzeit dem Kind nicht schaden konnte. Trotzdem erschien sie am nächsten Morgen mit einem besonders herzhaften Frühstück und benahm sich, als sei alles in Ordnung. Sie half dem ziemlich bedrückten Kind beim Ankleiden und entwirrte zum ersten Mal nach drei Tagen ihre Haare. Alles war in Ordnung – bis zum Mittagessen, als Elspeth wissen wollte, wann denn endlich jemand ihr Zimmer aufräumen würde.

»Es wird aufgeräumt werden, wenn du es tust – nicht vorher«, war Talias Antwort.

Das hatte einen weiteren Wutausbruch und die versprochenen sechs Schläge zur Folge. Talia ging zu ihrem Nachmittagsunterricht und ließ Elspeth heulend in ihrer Ecke sitzen.

Nachdem es drei Tage so gegangen war, kam Talia nach dem Abendessen in Elspeths Zimmer und fand, daß sie sich damit abmühte, die schweren Decken zu entwirren. Sie hatte bereits alle Möbelstücke, die sie heben konnte, wieder aufgestellt und an ihren Platz gerückt. Ohne ein Wort half

Talia ihr, sammelte das zerbrochene Spielzeug ein und legte es zurück in seine Fächer. An diesem Abend schlief Elspeth zum ersten Mal nach einer Woche wieder in ihrem Bett ein, während Talia ihre Hand hielt und ihr leise etwas vorsang.

Den nächsten Kampf gab es wegen der zerbrochenen Spielsachen.

Als die Spielsachen, die sie mutwillig zerbrochen hatte, nicht wie sonst wieder ersetzt wurden, wollte Elspeth den Grund wissen.

»Du hast dir offensichtlich nichts aus ihnen gemacht, deswegen wirst du keine mehr bekommen«, sagte Talia zu ihr. »Wenn du Sachen zum Spielen haben willst, dann wirst du die zerbrochenen selbst reparieren müssen.«

Daraufhin weinte Elspeth solange, bis ihr schlecht wurde. Nach dem fünften Tag war Talia dieses Geschrei leid. So beschloß sie, das Spiel zu beenden, hob das Mädchen auf, steckte sie in die Wanne in ihrem Baderaum und schüttete kaltes Wasser über sie.

»Du warst dabei, dich selbst krank zu machen«, sagte sie, so sanft sie konnte, während Elspeth spuckte und schluckte. »Du wolltest einfach nicht damit aufhören, also habe ich dafür gesorgt, daß du aufhörst.«

Elspeth achtete jetzt genau darauf, rechtzeitig mit dem Weinen aufzuhören, bevor ihr schlecht wurde, obwohl sie ihr Benehmen dieses Mal weitere zwei Wochen lang durchhielt. Aber nach Ende dieser zwei Wochen fand Talia sie eines Abends mit einem Pinsel in der einen und einem zerbrochenen Wagen in der anderen Hand. Kleine Papierschnitzel klebten an ihrem Haar, und sie war völlig mit Leim beschmiert. Ihr Gesichtsausdruck hätte einen Stein erweichen können.

Eine einzige, traurige Träne rann ihr langsam über die Wange, als sie zu Talia aufsah. »Ich weiß nicht, w-w-was ich tun soll«, sagte Elspeth leise. »Ich habe es versucht, wirklich versucht, aber es bleibt einfach kaputt!«

Talia nahm ihr das Spielzeug und den Pinsel aus der Hand, umarmte sie und küßte sie, ohne auf den Leim zu achten. »Dann werde ich dir helfen. Alles, was du hättest tun müssen, war, mich darum zu bitten.«

Es dauerte fast einen Monat lang, die zerbrochenen Sachen zu reparieren. Langsam, aber sicher begriff Elspeth, daß Talia eine viel bessere Gesellschafterin war, wenn sie sich ordentlich benahm. Dann war Talia der Meinung, daß es Zeit für Elspeth war, mit dem Unterricht zu beginnen.

Nach dem ersten Tag mit Wutausbrüchen, die aber recht glimpflich abgingen, bat Talia darum, eine Woche lang den Vormittagsunterricht auslassen zu dürfen. Nach dem Ende dieser Woche fühlte sich Talia, als hätte sie die ganze Zeit Pferde zugeritten, aber Elspeth hatte sich der Notwendigkeit des Lernens gebeugt und fing widerstrebend an, es zu mögen.

Langsam begannen Elspeths gute Tage die schlechten zu überwiegen, und weil das so war, kehrten mehr und mehr Annehmlichkeiten in ihr Leben zurück. Ihre Dienstboten waren wieder da; Elspeth behandelte sie, als seien sie aus Glas – offensichtlich hatte sie Angst, daß sie wieder verschwinden würden, wenn sie nur einmal lauter sprach. Dann wurden die Spielsachen, die völlig zerstört worden waren, eines nach dem anderen ersetzt, ohne daß darüber auch nur ein Wort gesprochen wurde. Schließlich waren auch die Spielsachen an der Reihe, die von ihr ungeschickt repariert worden waren. Alle bis auf eine Puppe – Elspeth hatte sie Stück für Stück auseinandergerissen, und Talia hatte sie wieder zusammengesetzt. Als das Kind sah, daß die alten Spielsachen ersetzt wurden, nahm sie diese Puppe an sich und behielt sie auch während der Nacht in ihrem Bett. Talia lächelte gerührt – und die Puppe blieb.

Die Zähmung des Biestes machte eindeutige Fortschritte.

Aber es gab noch ein weiteres Problem, um das Talia sich kümmern mußte. Das Kind hatte schreckliche Angst vor den Gefährten, sie hatte sogar Alpträume, und man konnte sie unmöglich dazu überreden, auch nur in die Nähe der Wiese der Gefährten zu gehen.

Talia versuchte, den Auswirkungen von Huldas Horrorgeschichten mit Klatsch aus dem Collegium zu begegnen. Bald nahm sie Elspeth wieder auf Abendspaziergänge mit, und diese Spaziergänge führten immer näher an die Wiese der Gefährten heran. Endlich nahm sie Elspeth mit hinein, und Rolan folgte ihnen in einiger Entfernung. Als die Tage vergingen und das Kind sich an seine Gegenwart gewöhnt hatte, ließ Talia ihn langsam näher kommen. Dann kam der Tag ihres Triumphs, als Elspeth sich von ihr auf Rolans Rükken heben ließ. Der kurze Ritt, den sie miteinander machten, heilte Elspeth von ihren Ängsten und Alpträumen und bot Talia die Möglichkeit, ihr eine besondere Belohnung zu versprechen. Denn Elspeth war genausosehr in die Gefährten verliebt, wie sie sich zuvor vor ihnen gefürchtet hatte.

Danach kamen wundervolle Tage, an denen Elspeth lieb und freundlich war, und es ein Vergnügen war, sich in ihrer Gesellschaft aufzuhalten. Aber es gab auch noch schlimme Tage, an denen sie sich wieder in das Biest verwandelte.

An diesen Tagen hatte sie wieder Wutausbrüche, beleidigte die Dienstboten, beschimpfte Talia und wütete wieder in ihrem Zimmer aus lauter Befriedigung, irgendwelche Dinge zerstören zu können. Talia behielt bis zu einem gewissen Punkt die Geduld, dann warnte sie Elspeth dreimal. Wenn das nichts half, dann erhielt das Königliche Biest eine Tracht königlicher Prügel und blieb sich selbst überlassen, bis sie von sich aus zu Talia kam und sie um Verzeihung bat.

Allmählich überwogen die guten Tage die schlechten, und bald gelang es Talia, Elspeth zur Ordnung zu rufen, indem sie sie darauf aufmerksam machte, daß sie sich wieder ›biestig‹ benahm.

Talia war erschöpft, aber sie fühlte sich reich belohnt. Weil sie so unglaublich viel Zeit mit dem Kind verbrachte, wurde sie zuerst von der Hausarbeit und danach auch noch von der Fohlenwache entschuldigt. Als aus dem ›Biest‹ immer mehr Elspeth wurde, nahm sie diese Pflichten wieder auf. Und weil Elspeth sich immer mehr für die Gefährten begeisterte und immer weniger Angst vor ihnen hatte, begann sie sich für die Fohlenwache zu interessieren. Diese war im Sommer auch eine sehr angenehme Pflicht, gleichwohl sie im Winter das reine Elend sein konnte.

Die Gefährtinnen bekamen ihre Fohlen nicht mit der Leichtigkeit von Pferden. Jene, die jemanden erwählt hatten, konnten sich natürlich darauf verlassen, daß ihr Herold oder Lehrling bei ihnen sein würde, wenn ihre Zeit gekommen war. Aber jene, die niemanden erwählt hatten, hatten auch niemanden. Wenn es jedoch Schwierigkeiten gab, dann entschieden Momente über das Leben von Stute oder Fohlen. Keren tat, was immer sie konnte, aber sie konnte nicht überall gleichzeitig sein; ein gewisses Maß an Schlaf benötigte selbst sie. So war es eine der Pflichten der Lehrlinge, wenn eine Stute ohne Erwählten der Niederkunft nahe war, die ganze Nacht an ihrer Seite zu bleiben. Gleich nach Mittsommer war Talia wieder einmal an der Reihe, Fohlenwache zu halten, und Elspeth bettelte so sehr darum, Talia begleiten zu dürfen, daß Talia einfach nachgeben mußte und sie mitnahm.

Sie hatte nicht erwartet, daß sich irgend etwas ereignen würde. Noch erwartete die Stute selbst die Geburt vor Ablauf einer weiteren Woche, soweit Talia Rolans Mitteilungen verstanden hatte. Aber zur Überraschung aller weckte die Stute Talia und Elspeth kurz vor Mitternacht mit Nasenstübern. Die Wehen hatten bereits eingesetzt.

Es war Elspeth, die loslief und Keren verständigte, als die erfahrene Talia erkannte, daß das Fohlen falsch herum lag. Es war Elspeth, die die Stute streichelte und beruhigend auf sie einsprach, während Keren und Talia das Fohlen im Mutterleib umdrehten. Und es war Elspeth, die dem zitternden kleinen Hengst nach der Geburt auf die Füße half und ihn mit Tüchern abtrocknen half. Die Stute sandte Keren eine Botschaft, als das Kleine zum ersten Mal bei ihr zu trinken begann. Keren lächelte, zupfte ihr ein paar Schweifhaare aus, und eine schläfrige, aber überglückliche Elspeth erhielt ein Armband und einen Ring, die Keren schnell aus den Haaren flocht, als ›ein Dankeschön von der glücklichen Mutter‹. Elspeth legte den Ring und das Armband sofort an und weigerte sich von da an, sie wieder abzunehmen. Danach, wenn Talia oft einen Temperamentsausbruch des Kindes befürchtete, konnte sie sehen, wie Elspeth das Armband streichelte, hart schluckte und sich zusammennahm. Diese Nacht war der eigentliche Wendepunkt in Elspeths Verhalten.

Einige Wochen nach dem Mittsommertag ging Elspeth schließlich zu ihrer Mutter und bat um die Erlaubnis (so höflich, daß Selenay vor Überraschung der Mund offenblieb), Talia bei deren Nachmittagsunterricht begleiten zu dürfen.

»Hast du Talia gefragt, ob ihr deine Gesellschaft recht ist?« fragte die Königin ihr verwandeltes Kind.

»Ja, Mutter. Sie hat gesagt, ich dürfe sie auch am Vormittag begleiten, aber da habe ich andere Unterrichtsstunden als Talia, und daher glaube ich nicht, daß das eine gute Idee wäre. Aber am Nachmittag soll ich doch beim Waffentraining und beim Reitunterricht zusehen. Das kann ich genausogut zusammen mit den Studenten des Collegiums tun, nicht wahr? Ich bin es leid, alleine zu sein.«

Die Königin gab ihr die Erlaubnis und wandte sich an Talia, nachdem das Kind den Raum verlassen hatte. Die Heroldin hatte Elspeth zwar begleitet, aber während der Unterhaltung kein Wort geäußert.

»Ich traue meinen Augen und Ohren nicht!« rief die Königin. »Ist das dasselbe Kind, das noch im Winter seine Dienstboten terrorisiert hat? Du hast ein Wunder vollbracht!«

»*Elspeth* hat ein Wunder vollbracht«, verbesserte Talia. »Ich mußte ihr nur einen Grund geben, sich zu ändern. Ich glaube, wir hatten großes Glück, daß diese Kreatur Hulda

Elspeth nur zwei Jahre betreuen konnte. Wäre sie früher für ihre Erziehung verantwortlich gewesen, hätte es wahrscheinlich für niemanden mehr eine Möglichkeit gegeben, Elspeth zum Besseren zu verändern.«

»Dann muß ich allen Göttern danken, daß du herausgefunden hast, wer hinter Elspeths schlimmer Veränderung gesteckt hat. Alles, was ich mit Sicherheit wußte, war, daß Elspeth immer mehr zu einem Problem wurde. Ich konnte sie nicht einmal mehr bei meinen Ausritten mitnehmen. Sie bekam hysterische Anfälle, wenn Caryo ihr zu nahe kam. Anfälle, bei denen nur Hulda sie beruhigen konnte.« Selenay war nachdenklich geworden. »Ich kann einfach nicht glauben, wie schlau Hulda sich bei diesen Dingen verhalten hat. Wir dachten, das Schlimmste, was sie tun konnte, war dem Kind übertriebene Ansichten über seine eigene Wichtigkeit einzureden. Und Hulda hat behauptet, das sei nur eine Phase, die Elspeth durchmachen müßte. Ich hatte meine persönlichen Probleme, mit dem Kind zurechtzukommen. Sie sah ihrem Vater von Tag zu Tag ähnlicher, und manches Mal war ihr Anblick deswegen für mich sehr schwer zu ertragen. Ich konnte nie sicher sein, ob ich ihr Verhalten vernünftig beurteilte oder ob meine Abneigung gegen den Mann, dem sie gleicht, mein Urteil getrübt hatte. Talamir schlug vor, sie Pflegeeltern anzuvertrauen. Das ist eine so oft geübte Praxis, daß es niemanden erstaunt hätte. Der arme alte Mann hatte einfach das Gefühl, daß er mit einem so jungen Kind nicht richtig umgehen konnte. Und dann, als wir dachten, daß wir eine Lösung gefunden hatten, wurde er umgebracht.«

Talia biß sich auf die Lippen. »So habt Ihr jetzt keine Zweifel mehr daran?«

»Wir haben ein Fläschchen mit einer sehr starken Medizin für das Herz unter den Dingen gefunden, die Hulda zurückgelassen hat. Ein wenig davon ist äußerst wohltuend, aber ein Tropfen zuviel von dieser Medizin, und das Herz hält der Belastung nicht stand, so wie es Talamir ergangen ist. Der arme Talamir! Es schien immer so, als würden wir versuchen müssen, uns über den tiefen Abgrund des Altersunterschiedes hinweg zu verständigen und konnten uns dabei doch nie ganz begreifen. Ich *weiß*, daß er sein Bestes für mich gegeben hat, aber die Situation war ihm zu peinlich, als daß er sich wirklich dabei wohl fühlen konnte, mein Vertrauter zu sein. Und er war zu ritterlich, um mir eine tüchtige Abreibung zu verpassen, wenn ich sie verdient hatte.«

»Na, ich kann *Euch* aber ganz sicher auch nicht schlagen!« rief Talia voll Entrüstung über den selbstmitleidigen Ton, in den die Königin verfallen war.

»Ach nein?« Die Königin lachte. »Das war aber gerade ein sehr gezielter Schlag mit Worten, finde ich!«

Talia errötete. »Ich – ich entschuldige mich. Ich habe nicht das Recht, so zu Euch zu sprechen.«

»Ganz im Gegenteil. Du hast *jedes* Recht, das zu tun, das gleiche Recht, wie Talamir es hatte und nie ausnutzte.« Selenay betrachtete mit leicht zur Seite geneigtem Kopf das Mädchen. »Weißt du, alle Erzählungen behaupten, daß die Weisheit des Herolds der Königin keine Altersgrenzen kennt. Und ich fange an zu glauben, daß die Erzählungen auch nicht alles berichten. Du bist jetzt mein Herold, auch wenn du viel jünger bist. Und glaube mir, Kleine, ich habe nicht vor, jemals wieder ohne dich auszukommen!«

Zehn

Ein paar Tage später unterhielten sich Talia und die Königin, und dieselben Themen kamen wieder zur Sprache.

»Schlimm genug ist es, daß Hulda verschwunden ist«, sagte die Königin besorgt. Sie war wütend auf sich selbst, daß die Frau entkommen war. »Ich wollte sie eigentlich von jemandem unter Wahrspruch befragen lassen, wer ›mein Lord‹ ist, doch ich denke nicht, daß sie uns allzu viel hätte verraten können. Aber Kyril hat entdeckt, daß die Einwanderungsaufzeichnungen über sie ebenfalls verschwunden sind.«

»Mein Gott! Dann werden wir wohl *nie* herausfinden, mit wem sie zusammengearbeitet hat. Skif hat berichtet, daß der Mann, mit dem sie gesprochen hat, immer eine Kapuze und eine Maske trug.« Talia war besorgter, als sie zugeben wollte. »Ist es sehr wahrscheinlich, daß sie uns noch weitere Schwierigkeiten machen wird?«

»Ich bezweifle es. Was könnte sie denn noch tun? Sogar Melidy erholt sich – so gut es eben möglich ist.«

»Das höre ich *sehr* gerne.« Talia seufzte erleichtert. »Das heißt, daß die Droge, was immer es auch war, keinen bleibenden Schaden angerichtet hat?«

»Die Heiler sagen nein. Und ich kann dir gar nicht sagen, wie dankbar ich bin, daß es dir gelungen ist, Elspeth von ihrer Furcht vor den Gefährten zu heilen.«

Talia sagte trocken: »Ich finde es eher bemerkenswert, wie schnell diese Furcht verschwand, nachdem Hulda fort war. Es hat nicht mehr gebraucht als ein paar Besuche bei Rolan und den anderen. Jetzt bewundert Elspeth die Gefährten.«

»Ich habe es bemerkt«, sagte Selenay und verzog dabei den Mund. »Vor allem, weil Elspeth plötzlich entschieden hat, daß sie wieder bei meinen Nachmittagsritten mit Caryo mitgenommen werden will. Das läßt mich auf einen Gedanken kommen. Ich weiß, daß du sehr beschäftigt bist, mehr als je zuvor, aber könntest du trotzdem eine oder zwei Stunden pro Woche für mich erübrigen?«

Talia seufzte. »Ich werde es schon irgendwie schaffen. Warum?«

»Ich möchte, daß du Talamirs Platz im Rat einnimmst.«

Talia keuchte auf. »*Was*? Jetzt? Warum?«

»Warum nicht? Früher oder später wirst du es ja doch tun müssen. Ich möchte, daß du dich an die Intrigen gewöhnst, die im Rat ablaufen, und ich möchte, daß sich die Ratsherren daran gewöhnen, daß du da bist. Du brauchst während der Sitzungen überhaupt nichts zu sagen, aber vielleicht bemerkst du etwas, das ich übersehen habe, das aber für mich sehr nützlich zu wissen wäre.«

»Was könnte *ich* denn schon bemerken?«

»Vielleicht gar nichts – und vielleicht eine ganze Menge. Außerdem wird dir das ein gewisses Maß an Sicherheit bieten. Wenn du an meinem Ratstisch sitzt, wird das allen deutlich machen, daß ich weitere Anschläge auf dich nicht ignorieren werde, nur weil du noch kein ausgebildeter Herold bist.«

»Darf ich eine Bedingung stellen?«

»Sicher.«

»Ich möchte Elspeth mitnehmen. So wird sie sich nicht ausgeschlossen fühlen, und es wird ihr besser als alles, was ich ihr sagen kann, zeigen, daß ein Reich zu regieren *arbeiten* heißt.«

»Ich stimme dir zu – und ich wäre nie auf den Gedanken gekommen.«

Talia protestierte: »Das ist doch nicht wahr.«

»Doch, und du weißt es. Und nachdem du als Heroldin der Königin tätig bist, kannst du mich genausogut bei meinem Rufnamen nennen. Ich habe es satt, immer nur ›Hoheit‹ und ›Eure Majestät‹ genannt zu werden. Für dich bin ich einfach Selenay.«

»Ja ... Selenay«, antwortete Talia und gab das Lächeln der Königin zurück.

»Die nächste Ratssitzung findet in zwei Tagen statt. Wir sehen uns dann.«

Elspeth war pünktlich zu Talias Unterrichtsstunde bei Alberich erschienen und ließ danach nie mehr eine Lektion aus. Das Kind war anscheinend fasziniert von den verschiedenen Kampfstilen, in denen der Waffenmeister seine Schüler unterrichtete. Die anderen Schüler waren gewarnt worden, daß Elspeth kommen würde, und wirkten sehr förmlich und zurückhaltend. Nach einiger Zeit begannen sie, dem Kind zuzunicken oder ein freundliches Wort mit ihr zu wechseln, und versuchten sich zu benehmen, als wäre sie nur eine weitere Schülerin.

Bald genug mußten sie nicht mehr darauf achten. Es schien ganz selbstverständlich zu sein, Elspeth als eine von ihnen zu akzeptieren.

Ein oder zwei Wochen war Elspeth nur ein stiller Beobachter gewesen, als Alberich offenbar etwas an ihr ausprobieren wollte. Und in seiner Art, die so typisch für ihn war, tat er es, ohne Talia davon zu unterrichten.

Als er den Unterricht mit Talia beendet hatte, sah er auf einmal Elspeth an, scheinbar nur zufällig – aber Talia wußte ganz genau, daß es *keine* Zufälle bei Alberich gab, wenn etwas den Unterricht betraf. »Du, Kind«, rief er. »Komm her!«

Talia sah, wie Elspeth die Zähne zusammenbiß und ihre Nase in die Höhe reckte – deutliche Zeichen, daß sie drauf und dran war, wieder in ihr altes Benehmen zu verfallen. Sie fing den Blick des Mädchens auf und zog eine fürchterliche Grimasse. Elspeth kicherte und streichelte ihr Armband, alle Widerspenstigkeit verschwand, und sie gehorchte Alberichs Befehl mit lobenswertem Gehorsam.

»Schaut zu, ihr alle«, sagte er und gab ihr eine kurze Übungswaffe. »In diesem Alter hat sie noch keine schlechten Gewohnheiten lernen können, also gibt es nichts, das sie wieder verlernen müßte. Sie ist noch viel beweglicher als selbst ein Akrobat, und sie wird schneller begreifen als drei von euch zusammengenommen. Wie heißt du, Kind?«

»Elspeth, Sir.«

Er zeigte ihr eine der Grundübungen. »Kannst du das nachmachen?«

Elspeth runzelte leicht die Stirn und gab ihr Bestes, um seine Bewegungen nachzuahmen. Er nahm an ihrer Haltung ein paar kleinere Korrekturen vor, dann ließ er sie die Übung noch einige Male machen, das letzte Mal mit voller Geschwindigkeit.

»Da, seht ihr? Das ist es, was ihr versucht, wieder zu lernen – die schnelle geistige und körperliche Beweglichkeit eines kleinen Kindes. Paßt auf ...«

Plötzlich griff er sie in einer Weise an, daß die natürliche Antwort darauf jene Bewegung war, die er ihr soeben beigebracht hatte. Sie machte das so fehlerlos, daß die anderen Studenten ihr Beifall klatschten.

»In diesem Alter, wenn man einmal etwas gelernt hat, dann vergißt man es nicht mehr. Versucht, es ihr nachzumachen.«

Sie folgten Alberichs Befehl und begannen wieder mit ihren Übungskämpfen. Er gab Talia einen Wink. »Du bist für sie verantwortlich?« fragte er sie, als ob er keine Ahnung von Elspeths Identität hatte.

»Ja, Sir«, antwortete Talia respektvoll.

»Ich will sie in den Unterricht miteinbeziehen. Kann das arrangiert werden?«

»Sehr leicht, Sir. Würdest du lieber Waffenunterricht haben, anstatt nur zuzusehen, Elspeth?«

»O ja!« antwortete das Kind eifrig. Seine Augen leuchteten. »Nur ...«

»Ja?« fragte Alberich.

»Ihr werdet mich nicht *zu* hart schlagen, Sir, bitte? Nicht so, wie Ihr es bei Griffon macht?«

Alberich lachte, etwas, das Talia bei ihm noch nicht sehr oft gesehen hatte. »Ich wäge meine Strafen nach der Statur meiner Schüler ab, mein Kind. Griffon hat einen *sehr* dicken Schädel.«

Griffon, der nahe genug stand, um jedes Wort mitanhören zu können, grinste und blinzelte dem Mädchen zu.

»Ich glaube«, fuhr Alberich fort, »daß du nicht so einen festen Kopf hast, also werde ich dich nur ganz leicht schlagen. Nun, wir können genausogut mit dem beginnen, was ich dir vorhin gezeigt habe.«

Während Talia die beiden beobachtete, erkannte sie, daß Alberich gerade mitgeholfen hatte, dem Biest den Todesstoß zu versetzen.

Jetzt gab es nur noch Elspeth.

Nach diesem Nachmittag war das Kind in der Lage, sein gutes Benehmen ohne größere Anstrengungen durchzuhalten, obwohl es hin und wieder noch kleinere Rückfälle hatte. Während der heißen Sommertage wurde Elspeth sehr schnell das Maskottchen des gesamten Collegiums. Aber trotzdem war sie nie in Gefahr, zu sehr verwöhnt zu werden, da sich alle noch gut erinnern konnten, wie schrecklich das Biest gewesen war.

Anstatt einfach nur zuzusehen, bot Elspeth immer öfter ihre Hilfe an. Wenn Talia mit den anderen Bogenschießen übte, brachte Elspeth Wasser und Pfeile, um die zerbrochenen zu ersetzen. Beim Waffentraining brachte sie die Kreide und frische Handtücher. Am liebsten half sie beim Striegeln der Gefährten und beim Reinigen ihrer Ausrüstung, nicht nur bei Rolan, sondern bei allen anderen Gefährten, deren menschliche Begleiter gerade an der Arbeit waren. Wenn Talia an ihren gemeinsamen Nachmittagen an der Reihe war, den Haushaltsdienst zu erledigen, bestand Elspeth sogar darauf, ihr auch dabei zu helfen. Mero, der Koch, freute sich bald darauf, wenn Elspeth wieder in die Küche kam, und hatte immer einen besonderen Leckerbissen für seine Helfer an jenen Tagen bereit, an denen Talia und Elspeth bei der Arbeit halfen. Elspeth gelang es sogar, sich für das Ausbessern der Kleidung zu interessieren. Sie war im Nähen niemals sehr gut, da sie für diese langweilige Arbeit nicht die Geduld aufbrachte. So sortierte sie die Gewänder nach drei Kriterien ›immer noch gut‹, ›nur für den Gebrauch beim Training‹ und ›völlig hoffnungslos‹. Es war ihre Idee gewesen, aber die anderen verwendeten schnell die gleichen Begriffe. ›Völlig hoffnungslos‹ war besonders beliebt, weil derjenige, der es gerade zum Reparieren übernommen hatte, eine Trauerszene für das ›arme Gewand‹ spielen konnte. Das wurde zur regelrechten Unterhaltung, die alle sehr genossen, weil sie Abwechslung in die Nähstunden brachte.

Zu der Zeit, als sich die Blätter zu verfärben begannen, konnte sich niemand mehr das Collegium ohne Elspeth, die den Studenten nachlief, vorstellen.

An einem eiskalten Nachmittag, als der Wind die letzten vertrockneten Blätter gegen Talias Fenster trieb, klopfte es auf einmal leise an ihre Tür. Talia öffnete und sah Sherrill vor sich stehen – ganz in Weiß.

Einen Augenblick lang war Talia sprachlos, dann umarmte sie ihre Freundin so fest sie konnte und rief atemlos: »Du hast es geschafft! Du hast es geschafft!«

Sherrill erwiderte die Umarmung. Aus ihren Augen rannen ein paar glückliche Tränen. »Ich glaube schon«, sagte sie, als Talia sie wieder losgelassen hatte. »Du bist die erste, die es erfährt, außer Elcarth natürlich.«

»Ich? O Sherri, ich weiß nicht, was ich sagen soll – es ist so wunderbar! Ich freue mich so sehr für dich! Wann wirst du abreisen, um dein Hilfsjahr anzutreten?«

»Nächste Woche«, sagte Sherill und schien sich plötzlich ein wenig unbehaglich zu fühlen. »Deswegen habe ich noch einen Grund, zu dir zu kommen. Ich bin so etwas wie eine ältere Schwester für dich geworden und – na ja, da ist etwas, das ich dir sagen möchte, bevor ich abreise.«

»Na mach schon«, antwortete Talia und wunderte sich, warum sich ihre Freundin so seltsam ausdrückte.

»Na gut – was denkst du über Jungens?«

»Eigentlich habe ich bis jetzt noch nicht sehr viel an sie gedacht.«

»Ich meine, magst du sie? Ich glaube, du hast Skif sehr gern.«

»Ich bin nicht wie Keren, falls du das meinst.«

»Nein, das meine ich nicht.« Sherill wand sich vor Verlegenheit. »Ich spreche von Babies und allem, was so dazugehört. Weißt du, was ich meine?«

»Das sollte ich wohl, nachdem sie mich verheiraten wollten, bevor ich von zu Hause fortgelaufen bin!« Talias Antwort klang belustigt. »Und ich glaube, ich habe in nur einem Jahr Fohlenwache Keren bei der Geburt von mehr Fohlen geholfen, als du jemals gesehen hast! Allmählich glaube ich, daß die auf mich warten!«

»Nun, weißt du auch, wie man *keine* Babies bekommt? Ich

denke, es muß dir aufgefallen sein, daß man nicht sehr oft einen schwangeren Herold sieht, und wir leben doch alle sicher nicht im Zölibat ...«

»Da kann ich nur zustimmen«, antwortete Talia und dachte dabei an die nächtlichen Aktivitäten ihrer Nachbarin Destria.

»Wir haben etwas, das die Heiler für uns herstellen.« Sherill war offensichtlich erleichtert, daß sie ihrer jungen Freundin nichts über gewisse Tatsachen zwischenmenschlicher Beziehungen erklären mußte. »Es ist ein Pulver. Du nimmst davon jeden Tag ein wenig, außer wenn du gerade deine monatlichen Tage hast. Es schmeckt nicht einmal schlecht, was beinahe ein Wunder ist, wenn man bedenkt, wie die Heiltränke sonst immer schmecken. Du kannst es auch dazu verwenden, deine Regel deinen Bedürfnissen anzupassen. Du hörst einfach früher mit der Einnahme auf oder nimmst das Pulver ein paar Tage länger. Ich dachte mir, es ist besser, wenn ich dir davon erzähle, sonst tut es vielleicht niemand. Ich weiß, daß du das bis jetzt noch nicht gebraucht hast, aber es könnte sein, daß du es bald brauchen wirst – wenn ich das Leuchten in Skifs Augen richtig verstanden habe.«

»Und du erinnerst dich ausgerechnet an dem Tag daran, an dem du das Heroldsweiß erhalten hast?« fragte Talia ungläubig und ignorierte die Bemerkung über Skif einfach. »O Sherri, was habe ich nur getan, daß ich eine Freundin wie dich verdient habe?«

Das Pulver funktionierte genausogut wie die kleinen Schwämme, deren Gebrauch anstatt Stoffbinden ihr Sherill gezeigt hatte. Talia war Sherill sehr dankbar. Es war sehr angenehm, sich aussuchen zu können, wann die Blutungen kamen – und das reichte Talia fürs erste, denn die zweite Wirkungsweise des Pulvers auszuprobieren war ihr noch nicht in den Sinn gekommen.

Sie und Skif wurden von allen anderen so oft als Pärchen betrachtet, daß Talia in seiner Gegenwart jede Zurückhaltung abgelegt hatte. Sie hatte ihn ohne weiteres Nachdenken schon lange in die Kategorie ›ungefährliches männliches Wesen‹ eingestuft, vor allem, weil er ihr bei der Affäre mit Hulda eine so große Hilfe gewesen war. Es half auch, daß sie beinahe gleich alt und daß der für gewöhnlich stürmische Skif in ihrer Gegenwart leise und vorsichtig war, als wüßte er, wie leicht sie von einem Mann erschreckt und verängstigt werden konnte. Sie waren inzwischen sehr gute Freunde geworden – aber jetzt fühlte er sich auf eine ganz andere Weise von ihr angezogen. So war das, was weiter mit ihnen geschah, eigentlich überhaupt keine Überraschung mehr.

Nachdem Talia beinahe in den eisigen Wassern des Flusses gestorben wäre, hatte Alberich Sherill beauftragt, ihr denselben Schwimmunterricht zu erteilen, den ein Kind am See Evendim erhielt. Bevor sie das Collegium für mindestens ein Jahr verließ, war Sherills letzte Tat, Talia auf der Brücke zu überraschen und sie an derselben Stelle ins Wasser zu werfen, die ihr beinahe zum Verhängnis geworden war. Das Wasser war fast genauso kalt wie damals, aber die Eisschicht war nicht dicker als eine dünne Haut zwischen den Wasserpflanzen. Sherri stand bereit, um Talia herauszuziehen, aber Talia bewältigte diese unangekündigte ›Prüfung‹ mit großer Bravour.

Als sie lachend und in eine Pferdedecke gewickelt in ihr Zimmer zurückgehen wollte, traf sie auf Skif.

»Großer Gott!« rief er schockiert. »Was ist denn mit dir passiert?«

»Sherri hat mich in den Fluß geworfen – nein warte!« rief sie und verhinderte, daß er davonrannte, um der unschuldigen Sherill das Gleiche anzutun. »Es geschah auf Alberichs Befehl. Sie hat mir das Schwimmen beigebracht, und sie wollte einen sicheren Beweis, ob ich es auch wirklich gelernt habe.«

»Das ist ja eine nette Art«, knurrte Skif. Dann, zu Talias Überraschung, hob er sie einfach hoch und trug sie den Rest des Weges in ihr Zimmer.

»Sie lassen dich wohl niemals in Ruhe, was?« beklagte er

sich und half ihr aus ihrem nassen Gewand. Dann schürte er das kleine Feuer in ihrem Zimmer. »Du leistest *doppelt* so viel Arbeit wie wir anderen und hast *niemals* eine Pause, und dann stellen sie mit dir auch noch solche Dinge an ...«

Unvermittelt wandte sie sich um und stolperte. Er fing sie auf, und plötzlich sah sie ihm in seine braunen Augen, die nicht einmal einen Zoll von ihren entfernt waren. Er erstarrte zuerst, dann nutzte er die Gelegenheit und küßte sie.

Einen langen Augenblick später ließen sie einander verwirrt los.

»Talia ...« murmelte er.

»Ich mag dich, Skif«, sagte sie leise, »ich mag dich sogar sehr.«

»Wirklich?« Er errötete. »Ich ... du weißt, daß ich dich mag.«

»Und du weißt, wer im nächsten Zimmer neben mir wohnt. Niemand würde es bemerken, wenn wir ... du weißt schon.«

»Du meinst ...« Skif traute beinahe seinen Ohren nicht. »Aber du hast doch gerade deine beste Uniform angezogen. Das heißt, du mußt irgendwo hingehen. Heute nacht vielleicht?«

»Ich muß zu einer Ratssitzung, aber danach ...«

Pech für den armen Skif – die Ratssitzung währte ziemlich lang, und Talia war durch die Nachwirkungen von Sherills ›Wasserprobe‹ viel mehr ermüdet, als sie selbst wußte. Als sie in ihr Zimmer zurückkam, war er noch nicht da, so ließ sie sich auf ihrem Bett nieder, um sich ein wenig auszuruhen. Als er dann endlich kam, schlief Talia zu Skifs großem Kummer tief und fest.

Verärgert biß er sich auf die Lippe, dann wurde sein Gesichtsausdruck wieder weicher. Sorgfältig deckte er sie mit einer warmen Decke zu und gab ihr dann einen keuschen Kuß auf die Wange. Sie war so müde, daß sie sich nicht einmal bewegte.

»Macht nichts, meine Liebe«, flüsterte er. »Wir können es ein anderes Mal versuchen.«

»Meine Güte, Kleines!« rief Jadus. Als Talia zu ihrem abendlichen Besuch kam, hatte ihr Gesicht einen sehr angestrengten Ausdruck. »Was hast du denn?«

»Ich ... ich bin mir nicht sicher«, antwortete sie zögernd. »Aber alle sind so *zornig*, ich habe gedacht, ich könnte mich davor abschirmen, aber nichts hilft.«

»Du hättest das früher sagen sollen.« Sanft rügte er sie und wandte seine eigene Gabe an, um ihre Schirme zu verstärken. »Elcarth hätte dir helfen können.«

»Elcarth war so beschäftigt, und alle anderen waren zu zornig, als daß ich in ihre Nähe hätte kommen mögen. Jadus, was ist denn nur mit ihnen los? Ich dachte immer, Herolde könnten nicht zornig werden – ich habe so starke Gefühle noch nie zuvor erlebt!«

»Weil du im letzten Winter nicht in der Lage warst, die Stimmung im Collegium zu fühlen, liebes Herz.«

»Ihr wechselt das Thema«, sagte Talia und war ein wenig böse. »Und wenn das alles mit Elspeth oder Selenay zu tun hat, dann muß ich es auch wissen.«

Jadus zögerte, dann seufzte er und gestand ein, daß sie recht hatte. »Es ist keine schöne Geschichte«, sagte er. »Es gibt einen jungen Herold namens Dirk, der sich in eine der Schönheiten am Hof verliebt hat. Das ist nichts Ungewöhnliches; es passiert häufiger, wenn ein junger Herold zum ersten Mal am Hof oder im Collegium seinen Dienst versieht. Aber offensichtlich hat sie nur mit ihm gespielt, hat ihn dazu gebracht, die Sache viel ernster zu nehmen, als sie in Wirklichkeit war. Sie hat ihn die ganze Zeit zum Narren gehalten, wollte sich seiner nur bedienen, um an einen seiner Freunde heranzukommen. Als es herauskam, sagte sie ein paar sehr grausame Dinge – sie hätte es beinahe wissentlich geschafft, seine empfindliche Persönlichkeit zu zerstören. Sie hat seine Selbstachtung völlig zerstört. Er ist für eine Weile nach Hause geschickt worden. In der Gesellschaft seiner Familie und seiner Freunde wird er sich hoffentlich erholen. Ich bete darum. Dirk ist ein guter Kerl und ein wertvoller Herold. Ich habe einst im Collegium der Barden seinen Vater kennengelernt, und der Junge kam mich manches Mal besuchen, um sich zu erkundigen, wie es mir geht. Der Zorn, den du spüren kannst, liegt darin begründet, daß wir nach Recht und Gesetz nicht in der Lage sind, diese Frau so zu bestrafen, wie sie es eigentlich verdient hätte. Und, mein Kind, wir werden *auch* böse, wir sind auch nur Menschen – und es tut weh, zu wissen, daß wir ein Unrecht nur deswegen nicht rächen können, weil *wir* sowohl dem Geist *als auch* den Buchstaben des Gesetzes gehorchen.«

Talia verließ Jadus sehr nachdenklich und wunderte sich, ob sie jemals diese Art des Mitgefühls wert sein würde.

Beim Frühstück steckte Skif ihr einen Zettel zu. »Heute nacht, in meinem Zimmer?« stand darauf.

Sie lächelte und nickte ganz leicht.

Er kam in sein Zimmer und hatte Talia und das versprochene Rendezvous ganz vergessen. Er fühlte sich zerschlagen, war voller blauer Flecken, und vom Kopf bis zu den Zehen tat ihm alles weh. Er dachte nur noch daran, wie er entweder Drake oder Edric überreden konnte, ihm aus der Küche etwas zu essen zu bringen, so daß er seine müden Knochen nicht mehr in den Gemeinschaftsraum schleppen mußte.

Überrascht blinzelte er und sah Essen und heißen Tee auf seinem Schreibtisch stehen. Er blinzelte noch einmal und sah, daß Talia am Rand seines Bettes saß.

»O Herr des Lichts – Talia, ich hab's ganz vergessen!«

»Ich hab's bemerkt«, sagte sie leise. »Aber ich dachte, du könntest etwas zu essen und einen Freund gebrauchen – und wir werden schon sehen, ob wir dich dann nicht für eine andere Art von Unterhaltung in Stimmung bringen können.«

»Dieser Alberich ist ein Sadist«, stöhnte Skif, als er sich vorsichtig in den Sessel niederließ. Er nahm den Tee. »›Es wird Zeit, daß du mehr Verantwortung übernimmst‹, sagte er. ›Du wirst in Zukunft mein Assistent sein‹, sagte er. ›Das wird dir in Zukunft weniger Zeit für das Leeren von Taschen und das Aufschnappen schlechter Angewohnheiten lassen.‹ Er hat allerdings nicht gesagt, daß er mir noch extra Unterrichtsstunden erteilen würde und daß ich der Trainingspartner für drei riesige Kerle, die bereits das Heroldsweiß tragen, sein sollte. Er hat mir auch *nicht* gesagt, daß ich drei Giganten unterrichten sollte, bei denen das Komplizierteste, was sie bisher in Händen hatten, eine Keule war. Heilige Sterne, Talia, du solltest die drei einmal sehen! Es waren Bauern. Talia, wenn du einen von den dreien auch nur nach dem Weg fragst, dann hebt er womöglich den Pflug und den Ochsen in die Höhe, um dir damit die Richtung zu zeigen!«

Talia äußerte ihr Bedauern und massierte seine Schultern.

»Mir tun Stellen weh, von denen ich nicht einmal wußte, daß ich sie habe«, beschwerte er sich und aß dabei sein Abendessen mit für ihn ungewöhnlicher Langsamkeit.

»Da könnte ich dir vielleicht helfen.« Talia lächelte und fuhr fort, über seine verspannten Muskeln zu streichen.

Es waren nur zwei kurze Schritte bis zu seinem Bett, sie hatte ihm die meisten Kleidungsstücke ausgezogen. Irgendwoher hatte sie Massageöl bekommen. Skif fühlte sich unter ihrer sanften Behandlung sogar wieder ein wenig belebt, aber dann beging er den Fehler, seine Augen zu schließen.

Als Talia sein leises Schnarchen hörte, wußte sie, daß es hoffnungslos war.

Sie seufzte, glitt leise aus seinem Bett und deckte ihn wie ein kleines Kind zu. Dann kehrte sie in ihr eigenes Zimmer zurück.

Während dieser Mittwinterferien blieb Talia gerne im Collegium. Endlich hatte sie Zeit, all die Bücher zu lesen, die sie sich vornehmen wollte, und konnte wieder Jadus' Gesellschaft genießen. Sie entdeckte, daß dieses Jahr auch Mero und Maytha während der Ferien dablieben, ebenso Keren und Ylsa. Und die sechs trafen sich sehr oft in Jadus'

Zimmer, um über heißem Apfelwein alles mögliche zu diskutieren.

Keren und Ylsa nahmen sie zu langen Ausritten in die Gegend rund um die Hauptstadt mit. Sie schafften es sogar, Jadus zu überreden, sie auf einigen dieser Ausflüge zu begleiten – es war das erste Mal seit Jahren, daß er das Collegium verließ. Die drei hatten einen Teich entdeckt, der von einer dicken Eisschicht, so glatt wie der feinste Spiegel, bedeckt war. Während Ylsa und Jadus das Feuer bewachten, das sie am Strand entzündet hatten, und auf den Hasen und die Wurzeln aufpaßten, die für ein Schneepicknick geröstet wurden, brachte Keren Talia das Eislaufen bei. Auf Kufen, die aus poliertem Stahl angefertigt und an Stiefeln befestigt worden waren, glitt Keren mit der Leichtigkeit eines Falken im Flug über den Teich.

Aber Talia fiel immer wieder hin – zumindest am Anfang.

»Ihr wollt mir nur alles heimzahlen«, beschuldigte sie Keren. »Mir hat das Hinterteil nach dem Reiten noch nie weh getan, also habt Ihr nach einer anderen Möglichkeit gesucht, wie mir das Sitzen schwerfallen könnte!«

Keren lachte nur in sich hinein, half ihr auf und zog sie wieder hinter sich her über das Eis.

Schließlich hatte Talia begriffen, wie man das Gleichgewicht halten mußte und sich dabei bewegen konnte. Als sie den Teich verließen, um nach Hause zurückzukehren, gefiel ihr dieser Sport ganz ausgezeichnet, obwohl Talia, wie sie selbst sagte ›mehr wie eine Gans denn wie ein Falke‹ aussah. Beinahe jeden Tag wiederholten sie diesen Ausflug.

Auch dieses Jahr nahmen Talia und Jadus an der Feier der Dienerschaft teil und brachten die anderen vier mit. Alles zusammen waren es wunderschöne Mittwinterferien gewesen.

Als der Unterricht wieder aufgenommen wurde, belegte Talia zwei weitere Klassen: eine über Recht und Rechtsprechung und eine andere über Sprachen. So verbrachte sie ihre freie Stunde in der Bibliothek. Es schien ihr oft genug, daß der Tag einfach nicht genug Stunden für alles hatte, was sie tun mußte und wollte.

Ihre Verbindung mit Rolan vertiefte sich weiter; sie fühlte beinahe ständig seine Anwesenheit im Hintergrund ihrer Gedanken. Sie wußte jetzt, daß *er* die Quelle von manchen weisen Dingen war, die urplötzlich in ihren Gedanken auftauchten, wenn die Königin ihres Rates bedurfte, und Rolan war es auch gewesen, der ihr geholfen hatte, Skif aus Orthallens Klauen zu befreien. Schließlich hatte Roland die Gelegenheit gehabt, die Gedanken eines Mannes mit großen Fähigkeiten mitzuerleben – des früheren Herolds der Königin, Talamir. Und er stellte seinem neuen Herold all diese Erfahrungen zur Verfügung.

Es fiel Talia gar nicht auf, wieviel Zeit vergangen war, als die Bäume bereits wieder zu blühen begannen. Eine neue Schar von Studenten war erwählt worden, und Talia stellte mit großem Erstaunen fest, wie *jung* diese Kinder aussahen. Mitunter war sie genauso überrascht, wenn sie in einen Spiegel blickte und sah, wie jung sie selbst noch aussah, denn sie fühlte sich, als müßte sie in der Zwischenzeit schon mindestens hundert Jahre alt sein.

Der Frühling brachte ihr eine Erleichterung; Keren hatte ihr alles beigebracht, was sie selbst wußte. Daher fiel der Reitunterricht weg. Von Zeit zu Zeit würde sie Keren bei den jüngeren Studenten helfen, aber das war nicht mehr dieselbe ständige und anstrengende Anforderung.

Jetzt, wo Keren nicht mehr Talias Lehrerin war, reifte ihre Beziehung zu einer unglaublich engen Freundschaft. Talia fühlte sich ihr mehr verbunden, als sie es selbst mit Vris gewesen war. Trotz des großen Altersunterschiedes fanden sie heraus, daß sie sich blendend verstanden, als sie miteinander zu reden begannen. Die enge Freundschaft, die zu Mittwinter ihren Anfang genommen hatte, vertiefte sich. Talia sah, daß Keren der einzige Mensch im gesamten Collegium war, bei dem sie sich völlig gehen lassen konnte, vielleicht weil Keren die Schwere der Verantwortung, die auf dem Herold des Monarchen lastete, so gut verstand. Sie hatte das ja in ihrer eigenen Familie miterlebt.

Und was Keren anging ... nun, Talia war einer der ganz wenigen Menschen, der sie und ihre Beziehung zu Ylsa ohne jedes Vorurteil akzeptierte. Die meisten Herolde mochten und bewunderten Keren, aber irgendwie vermieden sie, ihr zu nahe zu kommen, als ob ihre besondere Einstellung etwas wäre, das auf sie abfärben konnte. Talia war eine der wenigen, die ihr offen und ehrlich ihre Zuneigung geschenkt hatte und die sie für ihre beste Freundin hielt. Ylsa war sehr oft für längere Zeit weg, und Kerens Leben war sehr einsam gewesen. Aber allein durch ihre Anwesenheit tat Talia viel dazu, um diese Einsamkeit zu erleichtern.

Talia hatte etwas über ihre Freundin gelernt. Die äußerliche Stärke und Kompetenz der Reitlehrerin verbarg ein Wesen, das so zart war wie eine Schneeflocke. Kerens Gleichgewicht ruhte auf drei Bindungen – die eine an Teren, die zweite an Dantris, ihren Gefährten, und die dritte an Ylsa. Auch deswegen hatte der Kreis der Herolde beschlossen, daß Teren und Keren die ganze Zeit am Collegium unterrichten sollten, als sie in die Jahre kamen, um über einen Rückzug aus dem aktiven Dienst nachzudenken. Die eigentlichen Gründe waren jedoch gewesen, daß sie beide Experten in ihrem Fach waren – Keren mit ihrer hohen Reitkunst und Teren, der ein geborener Lehrer war. Es war also sehr unwahrscheinlich, daß ihrem Bruder oder Dantris hier etwas Unvorhergesehenes geschehen konnte. Ylsa hatte ihre Aufgabe als Sonderbote deswegen erhalten, weil ihre Felara außergewöhnlich ausdauernd war. Sie stand darin nur Rolan nach.

Die Nacht war warm, und es war Vollmond. Eine idyllische Szenerie. Sogar ein weiches Bett aus jungem Gras gab es schon, auf dem sie ihre Mäntel ausbreiten konnten. Talia hatte Skif durch Zufall getroffen, als sie von ihrem Spaziergang mit Elspeth auf der Wiese der Gefährten zurückgekommen war. Ohne ein Wort zu sagen, waren beide zurück in den Garten gegangen und hatten sich hier wiedergetroffen ...

»Hast du's bequem?«

»*Mm – hm*. Und die Sterne ...«

»Sie sind unglaublich schön. Ich könnte sie immerfort beobachten.«

»Ich dachte«, neckte Talia ihn, »daß du etwas ganz anderes im Kopf gehabt hast.«

»Ach, das habe ich auch ...«

Aber *er* hatte gerade den Nachmittag damit verbracht, Alberich auszuweichen, und *sie* war schon lange vor dem Sonnenaufgang aufgestanden.

Talia erwiderte seine zögernden, aber sanften Zärtlichkeiten. Sie war sowohl aufgeregt als auch ein wenig angespannt, aber so wie Skif auf sie reagierte, benahm sie sich anscheinend doch nicht *zu* unbeholfen. Zum ersten Mal, seit sie in der Morgendämmerung aufgestanden war, fühlte sie, wie die Spannung aus ihren Muskeln verschwand –

– und dann schliefen sie beide gleichzeitig ein.

Sie erwachten, weil der Tau ihre Gewänder benetzte. Die Vögel zwitscherten über ihnen, und die Sonne ging gerade auf.

»Ich hasse es, dir das sagen zu müssen ...«, begann Skif mit einem Seufzer.

»Ich weiß. Es soll einfach nicht sein, was?«

»Das glaube ich auch. Entweder sind das die Götter oder das Schicksal oder ein bösartiger Teufel.«

»Es sieht so aus, als würden wir nie mehr als gute Freunde sein. Na, zumindest kann man nicht behaupten, daß wir es nicht versucht haben!«

Zu Skifs Freude schienen ihre Mitstudenten nicht bemerkt zu haben, daß ihr Versuch einer Romanze danebengegangen war. Von Talia dachte man, daß sie nur sehr schwer zu erobern war. Skif war sehr erstaunt, als er herausfand, welchen Ruf ihm ihre Freundschaft eingebracht hatte. Und natürlich tat er alles, um die anderen in diesem Glauben zu belassen. Gleichzeitig damit entschied Alberich, daß doch nicht Skif sein Assistent werden sollte, sondern ernannte Jeri dazu. Skif hatte also nie mehr das Problem, das seine ›Romanze‹ Talia so sehr erschwert hatte. Talia, wenn man sie Skifs wegen neckte, lächelte einfach und schwieg. Ihr Geheimnis blieb also ihr Geheimnis.

Die Totenglocke läutete in diesem Jahr noch vier Mal. Talia fand sich in einer ganz neuen Rolle wieder, einer, die sie nie erwartet hätte.

Sie hatte am Begräbnis des ersten Opfers teilgenommen. Es war langsam Herbst geworden, die Tage waren noch sommerlich warm, aber die Nächte wurden wieder kälter. Sie war danach auf die Wiese der Gefährten gegangen und hatte Rolan bestiegen, ohne ihn vorher zu satteln. Sie waren nicht langsam durch die Gegend geritten, wie es sonst ihre Gewohnheit war, sondern hatten sich in eine ganz bestimmte Ecke der Wiese zurückgezogen.

Die Wiese der Gefährten war kein flaches Feld, sondern eine hügelige, stellenweise bewaldete Fläche, die einige Morgen Land umfaßte. Die einzigen Gebäude waren der Stall, den die Gefährten bei schlechtem Wetter aufsuchten, die Scheune, in der das Futter aufbewahrt wurde, und das Haus, in dem das Reitzeug gelagert wurde. Dieses Haus hatte zwei Feuerstellen. Das Herz der Wiese aber war der Hain, jener Ort, an dem die Gefährten ursprünglich erschienen waren und wo der Glockenturm mit der Totenglocke stand. Es gab auch einige kleine Bäche, die von Quellen gespeist wurden, und versteckte, schattige Niederungen.

Talias ›Gefühle‹ führten sie in eine dieser abgelegenen Ecken, zu einem kleinen Teich in einem winzigen Tal, das völlig von Weiden mit goldenen Blättern verdeckt wurde. Ein Herold saß dort und starrte, ohne etwas zu sehen, in das Wasser des kleinen Teichs. Sein Gefährte stand neben ihm und stubste ihn ängstlich an der Schulter.

Talia stieg ab und setzte sich neben ihn. »Würdet Ihr gerne darüber reden?« fragte sie nach einer Weile.

Er warf ein Rindenstück in den Teich. »Ich habe ihn gefunden – Gerick, meine ich.«

»War's schlimm?«

»Ich kann es dir gar nicht beschreiben. Was immer ihn auch erwischt hat, es kann nichts Menschliches gewesen sein. Und das Schlimmste ist ...«

»Redet weiter.«

»Es war *meine* Route, die er geritten ist. Wenn ich mir nicht das Bein gebrochen hätte, hätte es mich erwischt. Vielleicht.«

»Wieso glaubt Ihr das nicht?«

»Seit einiger Zeit gehen an der Westgrenze seltsame Dinge vor sich, vor allem in meinem Abschnitt. Ich habe versucht, ihn zu warnen, aber er lachte nur und sagte, ich sei wohl zu lange da draußen gewesen. Vielleicht, wenn ich dort gewesen wäre ... ach, ich weiß nicht.«

Talia blieb still, weil sie wußte, daß da noch etwas war, das er ihr nicht gesagt hatte.

Schließlich sprach der Herold weiter. »Ich kann nicht mehr schlafen.« Sein Gesicht sah wirklich abgehärmt aus. »Jedes Mal, wenn ich die Augen schließe, sehe ich sein Gesicht vor mir, so wie er ausgesehen hat, als ich ihn gefunden habe. Das Blut ... der ... der Schmerz ... Verdammt sollen sie sein in alle zwölf Höllen! Warum mußte es ausgerechnet Gerick sein? *Warum*? Ich habe niemand anderen gekannt, der so sehr in das Leben verliebt war – warum hat er *so* grausam sterben müssen?«

»Ich wünschte, ich hätte eine Antwort für Euch, aber ich habe keine«, antwortete Talia. »Ich glaube, daß wir den Grund erst dann erfahren, wenn wir unserem Schicksal gegenübertreten ...« Sie verstummte, während sie nach Worten suchte, die ihm irgendeinen Trost bringen mochten. »Aber wenn er das Leben wirklich so geliebt hat, dann hat Gerick doch sicher jeden Augenblick geliebt?«

»Du hast recht. Ich habe ihn deswegen oft aufgezogen.

Manches Mal hat er einfach nur gelacht und gesagt, daß er nicht weiß, was sich hinter der nächsten Ecke verbirgt und er daher das, was er in diesem Augenblick hatte, auch in vollen Zügen genießen wollte. Ich schwöre dir, manchmal hat es so ausgesehen, als wollte er das Leben von drei Männern gleichzeitig leben. Ich erinnere mich an eine Zeit, wo ...«

Die Erinnerungen stiegen in ihm auf, und der Herold hatte Talias Anwesenheit beinahe vergessen. Er hörte erst auf, als er einen trockenen Hals bekam und erkannte erstaunt, daß er ein paar Stunden gesprochen haben mußte.

»Herr der Berge, was habe ich dir denn alles erzählt?« rief er, als er zum ersten Mal begriff, daß seine Zuhörerin ein heranwachsendes Mädchen war. »Es tut mir leid. Wie heißt du eigentlich?«

»Talia.« Sie lächelte, als sie sah, daß ihm dieser Name etwas sagte, und seine Augen sich vor Überraschung weiteten. »Ihr müßt Euch für gar nichts entschuldigen. Alles, was ich getan habe, war zuzuhören. Aber jetzt erinnert Ihr Euch an Euren Freund, so wie er gelebt hat, anstatt an die Art seines Todes. Ist das nicht ein besseres Gedenken?«

»Ja«, sagte er nachdenklich. »Ja.« Die Anspannung war aus seinem Gesicht gewichen, und Talia fühlte nicht länger diese herzzerreißende, zerstörerische Trauer, die sie hierher geführt hatte. Er trauerte noch immer, aber es war keine Trauer mehr, aus der er sich nicht irgendwann würde befreien können.

»Ich muß jetzt gehen, und Ihr solltet schauen, daß Ihr etwas Schlaf bekommt. Sonst werdet Ihr noch krank.« Sie schwang sich auf Rolans Rücken.

»Ich danke Euch, Herold der Königin«, war alles, was der Mann sagte, aber der Tonfall seiner Stimme drückte viel, viel mehr aus.

Der zweite Herold, der in diesem Jahr starb, wurde das Opfer einer Lawine. Aber seine Geliebte, die er zurückgelassen hatte, mußte davon überzeugt werden, daß er nicht irgendwelche verrückten Risiken eingegangen war, weil sie vor seiner Abreise gestritten hatten. Das Gespräch dauerte die ganze Nacht lang. Talia erschien zu ihrer ersten Unterrichtsstunde am nächsten Vormittag und war so erschöpft, daß Nerrissa, die in der Zwischenzeit ihr Heroldsweiß erlangt hatte und unterrichtete, sie zurück ins Bett schickte und ihr den ganzen Vormittag freigab.

Nach dem dritten Toten hatte Talia eine lange Unterredung mit Selenay. Die Königin litt unter schrecklichen Schuldgefühlen, weil sie einen jungen und unerfahrenen Herold in eine Situation gesandt hatte, mit der dieser niemals hätte zurecht kommen können. Zwei Adelsfamilien aus dem Osten hatten eine Fehde begonnen. Es war zum offenen Krieg zwischen ihnen gekommen, und als der Herold versuchte, die beiden Familien wieder zu versöhnen, hatte ein verirrter Pfeil sie getroffen. Hätte sie mehr Erfahrung gehabt, hätte sie sich einem solchen Risiko sicher nicht ausgesetzt.

Natürlich hatte Selenay nicht wissen können, daß aus der Fehde bereits Krieg geworden war, als sie Beryl losgeschickt hatte, aber nachdem etwas geschehen ist, weiß man es immer besser. Und dieses Wissen ließ sie glauben, daß sie es vorher hätte ahnen müssen.

Aber als der vierte Herold starb, gleich nach den Mittwinterferien, da war es Talia, die dringend Trost brauchte. Denn der Herold, der gestorben war, war Jadus.

Talia wachte eines Morgens noch vor der Dämmerung auf und wußte sofort, daß irgend etwas geschehen war, daß es mit Jadus zu tun hatte. Sie nahm sich gerade genug Zeit, um den Mantel über ihr Nachtgewand zu ziehen, und lief dann zu seinem Zimmer. Sie stieß beinahe mit einem Heiler zusammen, der Jadus' Zimmer verließ; dessen Augen verrieten ihr die Wahrheit.

Jadus war vollkommen friedlich gestorben. Er konnte es nicht einmal gespürt haben, er war ganz einfach nicht mehr aufgewacht. Seine Gefährtin war ebenfalls verschieden, vermutlich im gleichen Augenblick.

Nichts davon bot Talia den geringsten Trost.

Sie zog sich wieder in ihr Zimmer zurück und ließ sich auf ihr Bett sinken. Sie starrte den Sessel an, in dem er so viele Nächte gesessen hatte, als er sie während ihrer Krankheit bewacht hatte. Sie dachte an all die Dinge, von denen sie sich wünschte, daß sie sie ihm gesagt hätte – wieviel er ihr bedeutet hatte, wieviel sie von ihm gelernt hatte. Jetzt war es zu spät, ihm für alles zu danken.

»Liebes, ich habe gehört ...« Keren stand auf einmal neben ihr. Talia hatte nicht einmal gehört, daß die Tür aufgegangen war. Während sie einander nur ansahen, begann die Totenglocke zu läuten.

Plötzlich begann Talia lautlos zu weinen. Keren nahm sie in die Arme, und gemeinsam trauerten sie um ihren alten Freund und um alles, was er ihnen bedeutet hatte.

Keren war nicht die einzige, die an Talia gedacht hatte, als sich die Nachricht verbreitete. Sie vernahmen ein leises Geräusch und sahen auf. Dekan Elcarth hatte sich in dem Sessel, der neben Talias Bett stand, niedergelassen.

»Ich muß dir zwei Dinge sagen, meine Liebe«, sagte er leise. »Jadus und ich waren sehr lange befreundet. Er war der Herold, der mich während meiner Assistenzzeit betreut hat. Er hat mir aufgetragen, mich nach seinem Tod um alle seine Angelegenheiten zu kümmern. Er wußte, daß er nicht mehr allzu lange leben würde, und er trug mir auf, daß, wenn er ... er wollte, daß du ...« Er fand keine Worte mehr und hielt Talia statt dessen die Umhüllung hin, in der sich My Lady befand.

Talia nahm sie mit zitternden Händen entgegen und starrte darauf. Ihr war die Kehle wie zugeschnürt.

»Die zweite Sache ist die, daß er in den letzten beiden Jahren glücklicher war als in den Jahren zuvor, seit er sein Bein verloren hatte. Er war kein besonders guter Lehrer, wenn er nur Theorie unterrichten sollte. Sein Herz war nicht bei der Sache. Der Unterricht, den wir ihm übertragen hatten, diente nur dazu, ihn zu beschäftigen, und er wußte das auch. Bis du gekommen bist, hat er sich mehr und mehr in die Vergangenheit zurückgezogen, in einer Zeit gelebt, in der er anderen noch nützlich gewesen war. Aber wegen dir hat er sich wieder nützlich gefühlt. Und als du krank warst ... ich glaube nicht, daß du weißt, wie sehr ihn die Tatsache, daß du ihn gebraucht hast, wieder ins Leben zurückgeführt hat. Und daß er in der Lage war, dir Ratschläge zu geben und dir zu helfen, das hat ihm sehr viel bedeutet.«

»Er wußte es? Er wußte, wie sehr ich ihn gebraucht habe?«

»Natürlich wußte er das. Seine Gabe war ja das Gedankenfühlen. Ganz egal, wie gut du dich abzuschirmen glaubst, Mädchen, wenn du jemanden so sehr magst, wie du Jadus gemocht hast, dann dringt das durch den besten Schirm hindurch, ob du es willst oder nicht. Und als du angefangen hast, ihn um seine Ratschläge oder um seine Hilfe zu bitten, als *er* es war, zu dem du wegen der Sache mit Hulda gegangen bist ... Ich glaube nicht, daß er auf etwas anderes jemals in seinem Leben stolzer gewesen ist. Er hat mir oft gesagt, daß er es nicht länger vermißt, keine Familie zu haben, weil er jetzt dich als Familie hatte und die Freunde, die du zu ihm mitgebracht hast. Er war ein sehr einsamer Mensch, bis du an seine Türschwelle gekommen bist, Kleines. Aber er starb glücklich und zufrieden.«

Elcarth ließ den Kopf sinken und rieb seine Augen. Er konnte nicht mehr weitersprechen.

»Ich muß gehen«, sagte er schließlich und stand auf. Talia nahm seine Hand.

»Ich danke Euch«, flüsterte sie.

Er drückte ihre Hand ganz leicht, als Zeichen, daß er sie verstanden hatte, und ging.

Es dauerte einige Monate, bis Talia es über sich brachte, auf My Lady zu spielen, aber als sie es einmal getan hatte, vergaß sie nie, darauf zu üben, obwohl sie Jadus dabei schrecklich vermißte.

Und wenn sie übte, dann versuchte sie, sich an ihn zu erinnern, wie er in jener Nacht gewesen war, als er in dem Sessel neben ihrem Bett gesessen hatte, mit der Harfe auf dem Schoß, eine geladene Armbrust neben sich, und seine alte Krücke war gegen eine ausgetauscht worden, in der eine Schwertklinge verborgen war.

Und sie erinnerte sich an das ungläubige, aber glückliche Lächeln auf seinem Gesicht, als sie ihn gebeten hatte, für sie zu spielen.

Oder sie erinnerte sich daran, wie er sie angeschaut hatte, als er ihr und Skif gesagt hatte, daß sie das weitere Vorgehen in der Angelegenheit mit Hulda ruhig ihm überlassen sollten.

Manchmal halfen diese Erinnerungen ein wenig. Aber nur manchmal.

Elf

»Verdammt! Ich bin spät dran!« Talia fluchte leise vor sich hin, als sie die Uhrzeit von der Sonnenuhr im Garten unter ihrem Fenster abgelesen hatte. Sie raffte schnell die verstreuten Notizen zusammen, die rund um ihren Schreibtisch herumlagen, und schichtete sie zu einem halbwegs ordentlichen Haufen auf. Dann lief sie eilig aus ihrem Zimmer.

Sie traf ein paar Momente vor Herold Ylsa und dem Dekan in ihrem Klassenzimmer ein. Sie fuhr sich mit den Fingern durch ihre Locken und hoffte, daß ihre Haare einigermaßen gepflegt aussahen und nicht verrieten, in welchem Tempo sie durch die Korridore gerannt war.

Diese drei Jahre hatten ihr Aussehen sehr verändert. Obwohl sie niemals hochgewachsen sein würde, so hatten doch das Wachstum und Alberichs hartes Training sie zu einer schlanken, feingliedrigen und athletischen jungen Frau werden lassen. Das Benehmen, das Talia der Welt zeigte, war selbstbewußt, aber es verbarg immer noch eine gewisse Scheu und Unsicherheit. Die schmutzigbraune Farbe ihrer Haare hatte sich zu einem tiefen Rotbraun verändert. Sie trug sie so lang, daß sie gerade ihre Schultern berührten. Sehr zu ihrer Enttäuschung, denn eigentlich hätte sie gerne Sherrills glatte, mitternachtsschwarze Haare gehabt, war ihr Haar aber lockig geblieben. Jetzt hatten ihre Augen die gleiche Farbe wie ihre Haare, und obwohl sie niemals eine Schönheit sein würde, bezauberte sie doch alle, wenn sie lächelte. Und das tat sie mittlerweile sehr, sehr oft. Niemand im Collegium oder im Kreis der ausgebildeten Herolde, der sie näher kennengelernt hatte, war ihr gegenüber gleichgültig geblieben. Die älteren Studenten hatten die Blauen klar und deutlich wissen lassen, daß jeder, der vorhatte, Talia zu quälen, sich in einer sehr unangenehmen Situation wiederfinden würde. Ihre Lehrer versuchten weiterhin, ihre Lernfähigkeit herauszufordern, aber gleichzeitig hatten sie sich zusammengetan, um Talias Unterricht zu koordinieren und es ihr möglich zu machen, alle ihre Verpflichtungen zu erfüllen. Die jüngeren Studenten bewunderten sie ganz offen, denn sie hatte immer genug Zeit, einen Streit zu schlichten, den Mutlosen wieder Mut zu machen und den Heimwehkranken voll Sympathie zuzuhören. Ihre Klassenkameraden hatten eine Art Ehrengarde für Talia gebildet. Griffon war ihr Anführer, und sie waren immer zur Stelle, eine Hausarbeit oder eine andere Pflicht für Talia zu übernehmen, wenn sie wieder zu sehr in Anspruch genommen war.

Und Talia erwiderte alle diese Aufmerksamkeiten mit einer ungekünstelten Dankbarkeit und einer Zuneigung, die es ein Privileg erscheinen ließen, daß man ihr hatte helfen dürfen.

Dennoch fühlte sie sich immer noch ein wenig isoliert von allen außer ihren engsten Freunden, Skif, Keren, Sherri und Jeri. Es war beinahe so, als wäre sie bei den Menschen aus dem Collegium und dem Kreis, aber nicht wirklich eine von ihnen.

Dieses Gefühl war größtenteils dadurch entstanden, daß es ihr schien, als ob sie ständig die Zuneigung und Aufmerksamkeit erhielt, die sie sich so sehr wünschte, aber gleichzeitig nichts oder nur wenig getan hatte, um sie auch zu verdienen. Die Aufdeckung von Huldas Komplott war zu einem großen Teil Skifs Verdienst gewesen: zur Umerziehung Elspeths hatte Talia das biestige Mädchen nur dazu zwingen müssen, die Konsequenzen ihres Verhaltens zu tragen und sich daher in ihrem Benehmen wieder so zu verhalten, wie sie es früher getan hatte. Und Selenays Klagemauer zu sein bedurfte auch keiner größeren Anstrengung von *Talias* Seite. Wenn sie die Zeit hatte, darüber nachzudenken, dann kam ihr der Gedanke, daß sie niemals wirklich würde dazugehören können, bevor sie nicht etwas zum Wohle der Herolde getan hatte, das außer ihr niemandem möglich war.

Es kam ihr nicht in den Sinn, daß sie genau das bereits tat, wenn sie sich um die Probleme der anderen kümmerte. So weit es sie betraf, war das etwas, das jeder andere unter den gleichen Umständen auch tun wollte und würde. Nur Elcarth, Herold Kyril, der sich mit der Untersuchung der Gaben der Herolde beschäftigte, und Ylsa hatten erkannt, wie selten ihre Fähigkeiten und ihre Gabe eigentlich waren und wie sehr sie Talia vermissen würden, wenn sie nicht da wäre.

Nur Keren und Rolan waren Zeugen von Talias Anfällen von Selbstzweifel und Zorn geworden, von ihrem Selbstmitleid und ihren Depressionen. Keiner der beiden würde ihr Vertrauen mißbrauchen, so wie es Jadus vor ihnen gehalten hatte, da sie dieses Vertrauen so selten schenkte. Selbst nach drei Jahren war es für Talia immer noch nicht leicht, anderen zu vertrauen.

Dann erreichte Talia eine neue Phase ihrer Ausbildung. Sie stand am Anfang ihres Unterrichts in der ›Magie der Herolde‹.

Drei andere Studenten nahmen an diesem Unterricht teil: die Zwillinge Drake und Edric aus ihrem eigenen Jahrgang (Talia konnte die beiden immer noch nicht auseinanderhalten) und ein stiller Junge mit flammend roten Haaren aus dem Jahrgang, der Talias gefolgt war. Neaves Fähigkeiten hatten unter den Lehrlingen für eine Menge Aufregung gesorgt, bis es gelungen war, ihn als die Quelle der Störungen zu identifizieren. Er war ein ›Projektor‹, und ohne jede Absicht hatte er seine eigenen Alpträume in die Träume der anderen projiziert, die dafür empfänglich und überhaupt nicht abgeschirmt waren. Da sein Leben vor seiner Erwählung so schlimm gewesen war, daß es selbst ein Straßenkind wie Skif erbleichen ließ, hatte er viele Alpträume und Ängste. Seine Mitstudenten hatten etliche schlaflose und angsterfüllte Nächte hinter sich.

Als der Dekan und Herold Ylsa den Raum betraten, hatte sich Talia vollkommen verspannt. Es war ein völlig neues fremdes Gebiet, in das sie sich da hineinwagte. Sie hatte sich an die einfacheren Auswirkungen ihrer Gabe mehr oder weniger gut gewöhnt, aber sie mußte immer noch mit dem fertigwerden, was man ihr in ihrem alten Leben bei den Siedlern beigebracht hatte. Für die Siedlerfamilien waren solche Fähigkeiten im besten Fall ›unnatürlich‹ und im schlimmsten Fall ›von Dämonen gezeugt‹.

Talia war sehr dankbar, daß dieser Unterricht von zwei Menschen gehalten wurde, die sie so gut kannte. Sie versuchte sich zu entspannen – da war nichts, wovor sie sich fürchten mußte, *jeder* Herold mußte lernen, mit seiner Gabe umzugehen. Elcarth sah sie an und lächelte ein kurzes, ermutigendes Lächeln.

Dekan Elcarth sah alle vier an. Dann hielt er seine übliche Rede.

»Wir haben euch vier in einer Klasse zusammengefaßt, weil ihr alle Talente habt, die aus der gleichen ›Familie‹ von Begabungen stammen«, begann er und sah jeden einzelnen mit seinen strahlenden, runden Augen an. »Eure Gaben, die manche auch ›Magie‹ nennen, liegen alle in einem Bereich, der mit Kommunikation zu tun hat. Ich möchte, daß ihr alle eines wißt: Obwohl diese Gaben außerhalb dieser Mauern ›Magie‹ genannt werden, ist an ihnen *gar nichts* Unnatürliches. Ihr habt eben eine Begabung, so wie ein Barde, ein Künstler oder ein Kunsthandwerker. Ihr solltet vor diesen euren Begabungen niemals Angst haben, ihr sollt eher lernen, wie ihr diese Gaben zu eurem Wohl und dem anderer anwenden könnt.

Talia und Neave kennen Herold Ylsa bereits. Sie war diejenige, die entdeckt hat, daß eure Gaben viel zu früh erwacht sind. Denn sie ist eine der Besten im Kreis. Aus diesem Grund hat sie die Verantwortung für diese Klasse, ich bin nur hier, um ihr zu helfen. Habt keine Angst davor, ihr Fragen zu stellen ... Und wenn sie die Antwort auf eure Fragen nicht kennt, so weiß sie doch ganz sicher, wo sie nachlesen und wen sie fragen muß! Ich werde ihr deswegen helfen, weil ich nach Herold Kyril wahrscheinlich der zweite Experte hier am Collegium bin. Ylsa, jetzt bist du dran.«

»Gut«, sagte sie und lehnte sich an den Schreibtisch hinter ihr. »Wo soll ich anfangen? Habt ihr irgendwelche Fragen zu all dem?«

»Herold ...« Neaves Gesichtsausdruck war besorgt, »all diese Magie – sie ist doch nicht böse, oder?«

»Ist eine Armbrust böse?« fragte sie zurück.

»Das kommt darauf an, wer sie hält, Herold«, antwortete einer der Zwillinge mit einem Grinsen, »und auf wen sie gerichtet ist.«

»Genau. Eure Gaben können für üble Zwecke mißbraucht werden. Sie sind wie jede andere Waffe. Seid versichert, sie könnten Waffen sein, wenn ihr so veranlagt wärt. Aber keiner von euch würde hier sitzen, wenn er dem Bösen zugeneigt wäre. Wenn du deinem eigenen Urteil nicht vertraust, Neave, dann vertraue dem deines Gefährten. Sie erwählen nicht, wo Böses ist. Und in dem sehr seltenen Fall, wenn ein Herold jenseits aller Rettung korrumpiert ist – das letzte Mal ist das vor zweihundert Jahren gewesen –, dann verstößt sein Gefährte ihn. Da du dich mit Kyldathar immer noch gut verstehst, brauchst du dir also keine Sorgen darüber zu machen, ob du böse bist.«

»Herold, ich glaube, daß die Gefährten unsere Gaben irgendwie stärken können«, sagte der Zwilling, der bis jetzt noch nicht gesprochen hatte. »Edric und ich konnten schon immer ein wenig miteinander ›sprechen‹, aber seit wir erwählt wurden, ist es noch *viel* leichter und auch klarer zu verstehen.«

»Gut!« Ylsa nickte. »Ich habe mich schon gefragt, ob einer von euch diesen Zusammenhang erkennen wird. Ja, es scheint so, als würden die Gefährten unsere Gaben verstärken und denjenigen, welche nur latent vorhanden sind, zum Durchbruch verhelfen. Ihr werdet vielleicht entdecken, daß eure Gabe sich sehr verstärkt, wenn ihr zu eurem Gefährten Körperkontakt habt und wenn ihr unter dem Einfluß sehr starker Gefühle steht. Niemand weiß mit Sicherheit, ob es zwischen sehr starken Gefühlen und dem Band zu unseren Gefährten irgendeinen Zusammenhang gibt. Unsere Gaben sind leider nichts, was sich leicht messen oder wiegen ließe.«

»Herold Ylsa, wir haben alle schon vom ›Wahrspruch‹ gehört – werden wir auch noch andere ›Sprüche‹ lernen?« fragte Talia. »Meine Leute haben immer gesagt, daß Sprüche das Werk von Dämonen sind.«

»Ja, ihr werdet Sprüche lernen, wenn sie auch von ganz anderer Art sind, als das Siedlervolk wahrscheinlich gemeint hat. Was wir einen Spruch nennen, ist im wesentlichen eine Übung, die dich zwingt, dich zu konzentrieren. Wenn du dich konzentrierst, dann verstärkst du deine Fähigkeiten. Genaugenommen sind die meisten Sprüche eher Meditationsgesänge oder Gebete.«

»Hat denn dann jeder diese Art von … Gabe?« fragte Neave.

»Ja. Das Schwierige daran ist, daß die meisten Menschen einfach nicht genügend von der Fähigkeit haben, als daß sie sie nutzbringend einsetzen könnten. Es ist genau dasselbe wie Talias Gesang, der gut ist, aber sie wird trotzdem niemals ein Barde sein, und ich kann einen ausreichend hübschen Topf formen, aber ich werde nie eine *gute* Töpferin sein. Die Gabe ist bei einigen Herolden nicht wesentlich stärker als bei den gewöhnlichen Menschen. Auch unter den Herolden ist eine *wirklich* starke Begabung etwas ganz Seltenes, obwohl wir alle genug davon haben, um uns an unsere

Gefährten binden zu können und den Wahrspruch einzusetzen. Soweit wir bis jetzt wissen, scheinen die stärksten Begabungen eher jenen Menschen zuzufallen, die Heiler werden und nicht Herolde. Aber die Gaben im Bereich der Kommunikation sind den Gaben der Heilung eng verwandt. Es kann also sein, daß ihr im Notfall aufgefordert werdet, den Heilern zu helfen. Manchmal verstecken sich gerade die stärksten Begabungen unserer Art, ich habe einen oder zwei Fälle gekannt, wo offensichtliche *Unfähigkeit* eine sehr starke *Fähigkeit* verborgen hat. Meistens ist es jedoch so, daß der Kontakt mit euren Gefährten die Gabe hervorkommen läßt. Und je stärker das Band zwischen euch wird, desto stärker entwickelt sich die Gabe, bis zu dem Punkt, an dem ihr die bewußte Kontrolle über sie erreicht habt. Wenn ihr sie einmal kontrollieren könnt, dann kann man beginnen, euch auszubilden. Und ihr lernt auch die Grenzen eurer Fähigkeit kennen. Oh, ich glaube, ich sollte euch noch etwas über den Wahrspruch erzählen. *Der* ist wirklich ein Spruch, so wie die Barden ihn in den alten Erzählungen besingen. Man braucht eine Gabe, um ihn anwenden zu können; anscheinend ist es genau dieselbe Gabe, die das Band zwischen Herold und Gefährten möglich macht. Wenn du eine starke Gabe hast, dann kannst du sie wirklich benutzen, um jemanden zu zwingen, die Wahrheit zu sagen; wenn sie schwächer ist, dann bist du nur in der Lage zu erkennen, ob jemand die Wahrheit sagt oder lügt. Der Wahrspruch ist das letzte, was wir euch beibringen werden. Denn jetzt ist es an der Zeit, mit dem Reden aufzuhören und mit dem Tun zu beginnen.«

Zum ersten Mal fiel es Talia nicht leicht zu lernen. Ihre Gabe beherrschen zu lernen stellte sich als wesentlich komplizierter heraus, als sie sich hätte träumen lassen. Die anderen überholten sie sehr schnell bei ihren Versuchen, ihre Gaben unter Kontrolle zu bringen. Ihre Gabe aktiv einzusetzen schien wesentlich schwieriger zu sein, als sie nur zu blockieren oder sich passiv von ihr leiten zu lassen. Dazu brauchte sie eine Kombination aus Konzentration und Entspannung, vor der sie nicht glaubte, daß sie sie jemals erlernen konnte. Einige Wochen vergingen, und Talia besaß immer noch nicht mehr Kontrolle über ihre Gabe, als sie am ersten Tag gehabt hatte.

»Weißt du«, sprach Ylsa Talia eines Tages an. »Ich glaube, wir haben bei dir die falsche Gabe vermutet. Ich bin mir jetzt gar nicht mehr sicher, daß deine wichtigste Begabung im Gedankenfühlen liegt.«

»Was könnte es denn sonst sein?« rief Talia vollkommen verzweifelt aus.

»Alles, was du mir erzählt hast und was ich selbst miterlebt habe, weist nicht auf den Geist hin, sondern auf das Herz. Schau, dein eigener geistiger Ruf nach Rolan wurde durch Furcht ausgelöst, und bei Selenay und den anderen Herolden waren es auch Gefühle: Trauer, Schmerz und Verlust. Auch das, was du bei mir aufgefangen hast, war ein Gefühl: Liebe. Oder vielleicht Begehren.« Sie zwinkerte Talia zu. »Ich weiß nicht genau, was du von mir empfangen konntest, und ich war *lange* fortgewesen. Aber ernsthaft – du *kannst* Gedanken hören, wenn du darauf vorbereitet oder tief in Trance bist, aber was du als erstes und stärkstes empfängst, das sind *Emotionen*. Wenn keine Gefühle dabei mitspielen, fällt es dir viel schwerer, die Gedanken auch zu verstehen. Ich habe einfach nicht daran gedacht, weil die Gabe des Gefühle-Spürens – wir nennen sie ›Empathie‹ – so gut wie nie alleine oder in einem Erwählten zu finden ist. Ansonsten ist sie immer mit der echten Heilergabe verbunden, und die Gefährten erwählen niemals jemanden mit der Heilergabe, vielleicht weil diese Menschen als Heiler zu sehr gebraucht werden. Was habe ich dir die ganze Zeit gesagt, was du tun solltst?«

»Ich soll mich entspannen und meinen Geist von allem befreien ...«, sagte Talia, die langsam verstand, was Ylsa ihr sagen wollte, » ... und ich soll meinen Geist auch von allen

Emotionen befreien, *vor allem von denen, die von außen kommen.*«

»Und verständlicherweise versagst du dabei. Unsere Gaben sind seltsame Phänomene, weißt du. Sie hängen sehr stark davon ab, wie sehr man selbst an sie glaubt. Als du versagt hast, hast du etwas weniger daran geglaubt, und das nächste Mal war es dann nur um so schwerer. Höchste Zeit, daß wir diesen Versuch aufgeben und etwas anderes probieren.«

»Was denn?«

»Du wirst schon sehen. Laß einfach deine Schirme unten. Wenn meine Überlegungen nicht nur Unsinn sind, dann will ich nicht, daß du etwas Bestimmtes erwartest und deine Einbildungskraft es dann vielleicht auch geschehen läßt.« Ylsa wandte sich an Neave und flüsterte ihm etwas ins Ohr. Er nickte und verließ den Raum, während Talia verwirrt und gespannt darauf wartete, daß etwas geschah.

Plötzlich wurden sie von schierer Angst überflutet, und gleich nach der Angst kam ein Bild – und dann war es auf einmal mehr als nur ein Bild. Es war die Vision eines schmutzigen, verrauchten Schankraumes. Sie war ein Teil dieser Vision, denn das Zimmer, in dem sie sich mit ihren Kameraden befunden hatte, war verschwunden. Um sie herum waren nur mehr die Körper völlig betrunkener, halbverrückter Leute; die meisten waren Männer, aber auch ein paar Frauen hielten sich da auf. Sie waren alle viel größer als sie. Talia schien auf die Größe eines Zehnjährigen geschrumpft zu sein. Sie versuchte mit so wenig Bewegungen wie möglich zwischen ihnen hindurchzuschlüpfen und brachte ihnen den billigen Wein. Einer erwachte aus seinem Taumel und packte Talias Arm mit einem Griff, der schmerzhaft war. »Komm her, kleiner hübscher Junge«, lockte er und ignorierte ihre Versuche, sich zu befreien. »Ich möchte dir doch nur etwas geben ...«

Sie wollte schreien, denn sie wußte nur zu gut, was er wollte, aber die Angst hatte ihr die Kehle zugeschnürt. Es war wie ein Alptraum, aus dem es kein Erwachen geben konnte. Die Panik überkam sie vollständig – und dann brach irgend etwas den Bann, in dem sie gefangen war.

»Talia!« Ylsa schüttelte sie und schlug sie leicht ins Gesicht. »Talia, block es ab!«

»Göttin ...« Talia sank in ihrem Sessel zusammen und hielt sich mit den Händen den Kopf. »Was ist geschehen?«

»Ich habe Neave gesagt, er soll das am stärksten gefühlsbelastete Bild, das er hat, auf dich projizieren«, sagte Ylsa grimmig. »Wir haben mehr Erfolg gehabt, als ich erwartet hätte. Du hast das Bild nicht nur aufgefangen, du bist davon eingefangen worden. Nun, wenigstens beantwortet das *diese* Frage – deine Gabe ist die Empathie. Und jetzt, wo wir sicher wissen, welche deine Begabung ist, können wir auch daran gehen, sie richtig und ordentlich auszubilden.«

»Herrin des Lichts«, sagte Talia und vergrub ihr Gesicht in ihren Händen. »Armer, armer Neave. Wenn ihr gesehen hättet, was ich gesehen habe ... Wie kann solcher Abschaum existieren dürfen?«

»Nicht – nicht hier.« Neave kam selbst durch die Tür und sah wesentlich ruhiger aus, als Talia es von jemandem erwartet hätte, dessen Geist solche Erinnerungen enthielt. »Ich komme von außerhalb des Königreichs, erinnerst du dich? Wo ich herkomme, da ist ein verwaistes Kind armer Leute eine leichte Beute für jeden, der ihm etwas antun will. Solange die Priester und die Friedenswächter *offiziell* nicht damit belästigt werden und niemand da ist, der für das Kind sprechen würde, ist eigentlich fast alles erlaubt. Bist du in Ordnung? Ich habe gemerkt, daß irgend etwas nicht stimmt, auch wenn ich nicht wußte, was es ist. Ich habe aufgehört zu projizieren, aber du hattest den Kontakt schon unterbrochen, Talia, du hattest einen furchtbar starken Griff um mich; ich habe diese ganze dreckige Episode noch einmal erlebt ...«

»Neave, es tut mir so leid ...« Talia versuchte ihrem Abscheu darüber, was er erlitten hatte, Ausdruck zu verleihen, und konnte es nicht.

Zögernd berührte er ihren Arm, seine Augen zeigten Verständnis. »Talia, es ist lange her und war weit weg. Und dank Menschen wie Ylsa und dem Dekan tut es auch nicht mehr so weh. Ich weiß jetzt, daß ich es nicht *selbst* verschuldet habe.« Er leckte über seine Lippen, seine ruhige Maske schien Sprünge zu bekommen. »Die Zeit heilt viele Wunden, weißt du, die Zeit und die Liebe. Ich wünsche mir nur, ich könnte irgendwie dafür sorgen, daß so etwas keinem anderen Kind mehr passiert.«

»Genau das ist es, was wir hoffen, das die Herolde eines Tages erreichen werden«, sagte der Dekan ernst, »eines Tages, wenn es auf dieser Welt kein Königreich mehr gibt, in dem wir nicht willkommen sind. Aber jetzt – schau, Neave, wir retten jene, die wir retten können, und versuchen nicht zu viel an all die anderen zu denken, denen wir nicht helfen konnten. Wir können nicht überall sein ...«

Aber Elcarths traurige Augen sagten ihnen, wie wenig dieser Gedanke manchmal half und wie schwer es war, jene zu vergessen, die immer noch in ihrer eigenen kleinen Hölle gefangen waren.

Schließlich erklärte Ylsa den Unterricht für offiziell beendet und sagte, daß es nichts mehr gab, was sie ihnen noch hätte beibringen können. Jetzt hing ihr Erfolg nur mehr von ihren eigenen Grenzen ab und wie gut sie ihre Gabe verbessern konnten.

Das Ende des Unterrichts bedeutete, daß sie die einzige ›wahre‹ Magie lernen würden. Es war Zeit, den Wahrspruch zu lernen.

»Die Legende sagt, daß er von einem Zeitgenossen Vanyels entdeckt wurde, kurz bevor der Einfall der Dunklen Diener begann«, erzählte Ylsa ihnen. »Nachdem Vanyel der letzte derer war, die wir die ›Herold-Magier‹ nennen, ist das auch die letzte Magie, die in Valdemar geschaffen wurde und die uns geblieben ist, abgesehen von ein paar Dingen, die die Heiler und die Priester benutzen. Das meiste ging an die Dunklen Diener verloren, wurde aus Angst vor dem Bösen aufgegeben oder einfach vergessen. Eigentlich ist das schade – es wäre gut, immer noch solche Festungen wie den

Komplex von Palast und Collegium bauen zu können und die Straßen so zu pflastern, wie die Alten das konnten. Dieser Spruch jedenfalls beginnt mit einem kleinen Gesang, einem Reim, wie einige andere Sprüche, die ihr gelernt habt ...« Mit dem Reim lernten sie auch ein Bild, das sie dabei vor ihrem inneren Auge halten sollten, eines, das für Talia eigentlich keinen Sinn ergab: ein nebeliger Schleier mit blauen Augen. Während sie sich dieses Bild vorstellten, mußten sie den Reim im Geist neun Mal wiederholen. Bei der neunten Wiederholung mußten sie sich vorstellen, daß der Nebelschleier die Person einhüllte, die sie befragen wollten.

Ylsa führte es an Dekan Elcarth vor. Kurz schloß sie ihre Augen und fixierte ihn dann starr für einige Augenblicke. Nach ein paar Herzschlägen war Elcarth von einem schwachen, aber sichtbaren, glühend blauen Leuchten umgeben.

»Ich habe gerade die erste Stufe über ihn gelegt«, sagte Ylsa zu den Schülern. »Ich zwinge ihn nicht, die Wahrheit zu sagen, aber ich kann jetzt erkennen, ob er lügt oder nicht. Bitte lüg mich an, Elcarth.«

»Ich bin ganz schrecklich verliebt in dich, Ylsa.«

Das Leuchten verschwand. Ylsa und ihre Studenten lachten.

»Jetzt sag mir die Wahrheit.«

»Ich halte dich für eines der wertvollsten Mitglieder des Kreises, aber ich bin eigentlich froh, daß du nicht *meine* Lebensgefährtin bist. Du bist eine viel zu schwierige Frau, und du hast ein schlimmes Temperament.«

Das Leuchten erschien wieder, und Ylsa seufzte dramatisch. »Ach, Elcarth, und ich habe die ganze Zeit gehofft, daß du mich im geheimen liebst.«

»Elcarth, Sir, könnt *Ihr* sehen, was wir sehen?« fragte Neave neugierig.

»Nicht einmal ein Glimmern«, antwortete der Dekan. »Aber jeder außer der Person, gegen die sich der Spruch richtet, sieht das Leuchten, ob er nun eine Gabe hat oder nicht. Warum rufst du nicht die zweite Stufe herab, Ylsa?«

»Wenn du bereit bist.« Wieder starrte sie ihn an. Talia konnte keine Veränderung in dem Leuchten erkennen, das ihn umgab.

»Wie alt bist du, Elcarth? Versuche ›Zwanzig!‹ zu antworten.«

Sein Gesicht verzog sich vor Anstrengung, und Schweißtropfen erschienen auf seiner Stirn. »Z-z-z« stotterte er. »Z-Siebenundfünfzig.« Er seufzte schwer. »Ich habe ganz vergessen, wie es sich anfühlt, wenn man gegen den Wahrspruch kämpft, Ylsa. Löse ihn bitte wieder, bevor ich noch irgend etwas sage, das ich besser nicht sagen sollte.«

»Warum sollten wir dir so etwas antun wollen?« neckte sie ihn, schloß kurz ihre Augen, und das Leuchten war verschwunden. »Man löst den Spruch ganz leicht – ihr müßt euch nur vorstellen, daß die Wolke um die Person sich hebt, ihre Augen schließt und verschwindet.«

Einen Augenblick später fuhr sie fort. »Ihr habt alle Gaben, die stark genug sind, um beide Stufen des Spruchs zum Tragen zu bringen. Warum also fangen wir nicht an zu üben? Neave und Talia mit mir und die Zwillinge mit dem Dekan.«

Die zweite Stufe des Spruches auf sich zu spüren war ein eindeutig gespenstisches Gefühl. Gleichgültig, was Talia eigentlich sagen *wollte*, ihre Zunge wollte ihr einfach nicht gehorchen, nur die genaue Wahrheit kam heraus. Wenn sie die Antwort nicht wußte, dann konnte sie nicht einmal Zeit gewinnen, sie mußte auch das sofort eingestehen.

Schließlich erklärte Ylsa sie alle für ausreichend gut und hob die Klasse auf.

»Ihr kennt die Sprüche – aber sollten wir jemals herausfinden, daß ihr den Wahrspruch zu einem Streich benutzen wollt, dann setzt ihr euch gewaltig in die Nesseln. Überlegt es euch nicht einmal! Übt, wenn ihr wollt, aber nur unter Aufsicht eines ausgebildeten Herolds. Ihr wißt, wo eure Stärken und Schwächen liegen«, fuhr sie fort. »Genauso wie Übungskämpfe eure Fähigkeiten als Kämpfer steigern, wird auch das Üben eurer Gaben sie zu ihrer vollen Stärke entwikkeln. Wenn ihr Schwierigkeiten bekommt, die mit euren Gaben zu tun haben, dann gibt es drei von uns, die euch helfen können. Ihr könnt zu jedem kommen, tagsüber und auch nachts, wenn es sich um einen Notfall handelt. Zu mir, wenn ich gerade am Collegium bin, zum Dekan oder zu Herold Kyril, dem Herold des Seneschalls. In der Bibliothek gibt es Bücher, die euch vielleicht helfen können; ich schlage vor, ihr geht hinauf und vertraut eurem Instinkt. Ganz sicher werdet ihr aus ihnen mehr über die abstrakte Theorie unserer Begabungen lernen als jemals von mir, wenn es das ist, was ihr wollt. Ich war nie besonders begabt für die Theorie. Ich überlasse das Kyril! *Ihm* macht es Spaß, die Hintergründe unserer Gaben auszugraben. Ich bin zufrieden, wenn ich ihre Anwendung kenne, und es ist mir gleichgültig, wie es funktioniert.«

Ihre war die erste der drei Grupen, deren Training den formalen Abschluß erhalten hatte. Die anderen beiden waren viel kleiner, die ›Kommunikations‹-Gaben waren die weitaus häufigsten. In einer Gruppe waren Griffon und ein jüngeres Mädchen namens Christa, in der anderen Davan und einer aus Christas Jahrgang, ein Junge namens Wulf. Talia war unheimlich neugierig wegen dieser beiden anderen Gruppen und befragte Ylsa darüber, als sie die Klasse aufgehoben hatte.

»Die anderen beiden Gruppen haben etwas damit zu tun, Dinge nur mit der Kraft der Gedanken zu bewegen und Dinge über große Entfernungen hinweg sehen zu können«, sagte Ylsa. »Wir belegen das zumeist mit den Namen ›Herbeiholen‹ und ›Sicht‹. Seltsam genug, die beiden Herolde, welche die stärkste Begabung auf jedem Gebiet haben, arbeiten als Team zusammen: Dirk und Kris. Vielleicht ist es auch gar nicht so seltsam. Gaben, die gebraucht werden, tauchen meist auf, bevor sie gebraucht werden.«

Der Name Kris weckte in Talia eine schwache Erinnerung. Nach einem Augenblick des Nachdenkens erinnerte sich Talia an ihre erste Nacht im Collegium, als sie Kris in der

Bibliothek getroffen hatte. »Kris ist ein sehr hübscher Junge, nicht wahr?« fragte sie Ylsa mit einem halben Lächeln.

»Das ist er. Die Tatsache, daß Kris und Dirk Partner sind, ist ein Grund, warum wir diesen Unterricht zur gleichen Zeit abhalten und auch für mehrere Jahrgänge zusammen. Es hat mehr Sinn, auf eine Zeit zu warten, wenn Kris und Dirk mehrere Wochen hier sind und nicht wieder fort müssen«, antwortete Ylsa. »Warum fragst du?«

»Nur Neugier«, gestand Talia. »Ich ... ich frage mich, ob ihre Gaben meinen verwandt sind.«

»Die Sicht ähnelt deiner am ehesten. Emotionen haben eine starke Anziehungskraft für das geistige Auge. Du hast ja mehr als nur einen Hauch dieser Gabe, wie du selbst bemerkt hast. Du hast genug Gedankenfühlen und ›Sicht‹, um in einem Notfall nützlich zu sein, vielleicht auch ein wenig von der Heilergabe. Der Unterschied zwischen ihren Gaben und deiner bestand darin, daß du die Dinge durch die Augen eines Anwesenden ›sehen‹ mußt, außer eine stark emotionale Ausstrahlung hängt an ihnen, und dann wirst du sie nur sehr schwach erkennen können. Sie können Dinge ›sehen‹, als ob sie selbst dort anwesend wären. Es gibt aber nur in dieser Klasse nicht sehr viel zu sehen, die drei sitzen nur in Trance herum. Ziemlich langweilig, wenn du nicht mit ihrem Geist verbunden bist. Dirks Klasse ist etwas ganz anderes – *da* gibt's was zu sehen! Ich weiß, daß es ihn nicht stören wird, möchtest du sie dir ansehen?«

»Könnte ich das?« Talia versuchte gar nicht, ihren Eifer zu verbergen.

»Der Herold der Königin sollte vielleicht auch die anderen Gaben kennenlernen, vor allem weil dein Mitschüler Griffon eine der selteneren und möglicherweise gefährlichen Gaben aus dem Bereich ›Herbeiholen‹ hat.«

»Wirklich? Was kann er denn?« Talia fand es sehr schwierig, sich den gutmütigen Griffon als gefährlich vorzustellen.

Wegen Griffons Begabung hielt Herold Dirk seinen Unterricht im Freien ab, weit weg von allen Gebäuden und in der Nähe einer Quelle – für alle Fälle. Talia konnte einen Kübel voll Wasser, der auf dem Pflaster neben ihm stand, erkennen. Er und seine beiden Schüler saßen mit überkreuzten Beinen auf dem bloßen Pflaster. Augenscheinlich waren sie in das, was sie taten, zu sehr vertieft, um die Steine als unangenehm zu empfinden. Mit einem leichten Nicken gab er Ylsa und Talia seine Zustimmung. Eine weitere Bewegung seines Kopfes wies ihnen einen sicheren Platz, an dem sie stehen und zusehen konnten, dann wandte er seine Aufmerksamkeit sofort wieder seinen beiden Schülern zu.

Talia entdeckte zu ihrer Überraschung, daß sie in Herold Dirk jenen jungen Herold erkannte, den sie außerhalb der Hauptstadt getroffen hatte. Sie war viel zu verwirrt und voller Angst gewesen, als daß sie ihm mehr als nur einen flüchtigen Blick zugeworfen hatte.

Sein Gesicht sah aus wie ein Tonmodell, das von jemandem mit wenig oder keinem Talent geformt worden war. Seine Nase war viel zu lang für sein Gesicht, seine Ohren wirkten, als wären sie einfach irgendwie angeklebt worden. Sein Kinn war eckig und paßte nicht zu den hohen Backenknochen, seine Zähne sahen aus, als hätten sie eigentlich eher in das Maul seines Gefährten gehört als in seinen Mund. Seine Stirn war viel zu breit. Sein strohfarbenes Haar hatte Ähnlichkeit mit dem Strohdach eines kleinen Bauernhauses. Das einzige, was ihn davor rettete, abstoßend zu sein, war das freundliche Lächeln, das ständig um seine Mundwinkel zu spielen schien.

Das und seine Augen. Er hatte die schönsten Augen, die Talia jemals gesehen hatte, voller Freundlichkeit und Mitgefühl. Die einzigen Augen, die sie mit Dirks vergleichen konnte, waren Rolans Augen. Und die Augen des jungen Herolds hatten auch die gleiche Farbe, das lebhafte Saphirblau, das wie ein Stück vom Himmel aussah.

Wenn sie nicht so fasziniert von den Dingen, die geschahen, gewesen wäre, hätte Talia sich sicher gewundert, warum sie auf die Güte in seinen Augen so stark reagierte.

Aber Griffon war gerade dabei, seine Fähigkeit zu demonstrieren, und das vertrieb jeden anderen Gedanken aus Talias Kopf. Er schien sich langsam durch immer schlechter entzündbare Materialien in die Höhe zu arbeiten. Die Überbleibsel seiner Übungen bewiesen, daß er bereits genug Kontrolle hatte, um leichter brennbare Stoffe nach seinem Willen zu entzünden. Vor ihm lagen Reste von verbranntem Papier, angesengtem Stoff, ein angekohltes Stück Seil und ein geschwärztes Stück Feuerholz. Jetzt legte Dirk einen seltsamen schwarzen Stein genau vor ihn hin.

»Dieses Zeug *wird* brennen, wenn du es heiß genug machen kannst. Das verspreche ich dir«, sagte er zu Griffon. »Die Schmiede verwenden es manchmal, wenn sie ein wirklich heißes Feuer brauchen. Versuche es.«

Griffon starrte das Stück schwarzen Steins an, sein Gesicht drückte seine Konzentration aus. Nach einem Augenblick der Spannung seufzte er laut.

»Es hat keinen Sinn ...« fing er an.

»Du versuchst es schon wieder zu sehr«, rügte Dirk. »Entspanne dich. Es ist überhaupt kein Unterschied zu dem, was du mit dem Holz getan hast. Versuch's länger.«

Wieder starrte Griffon den schwarzen Klumpen an. Dann geschah etwas Außergewöhnliches. Seine Augen schienen sich plötzlich zu verschleiern, und Talias Magen drehte sich um. Einen Augenblick lang verlor sie die Orientierung. Diese Erfahrung war, als ob sie das Zusammentreffen zweier ungleicher Objekte erlebte, die zu einem Ding geformt wurden.

Der schwarze Klumpen entzündete sich mit explosiver Wucht.

»He!« rief Dirk und schüttelte den Kübel Wasser, den er bereitgehalten hatte, über die Flammen. Das Zeug hatte mit solcher Hitzeentwicklung gebrannt, daß die Pflastersteine unter ihm zischten und Sprünge bekamen, als das kalte

Wasser sie traf. Es stank nach geschwärztem Stein, und eine Wolke aus Dampf stieg in die Höhe.

Griffons starrte ungläubig auf die geschwärzte Stelle. »Habe ich das getan?«

»Natürlich. Ich gratuliere dir«, sagte Dirk fröhlich. »Jetzt wißt ihr, warum wir diesen Unterricht im Freien abhalten. Aber was wichtiger ist, kannst du es noch einmal tun, diesmal mit mehr Kontrolle?«

»Ich ... ich glaube schon ...« Wieder nahmen Griffons Augen den abwesenden Ausdruck an, den sie zuvor gehabt hatten, und die nassen Überreste des schwarzen Steins begannen zu zischen, dann flammten sie auf und verbrannten, ohne sich um die Wasserlache zu kümmern, in der sie lagen.

»Jetzt lösche es«, befahl Dirk.

Die Flammen erstarben sofort. Wenig später war der Rest des Steins so abgekühlt, daß Dirk ihn in die Hand nehmen konnte.

»Gut gemacht, mein Junge!« Dirk war begeistert. »Jetzt hast du den Trick begriffen! Mit etwas Übung wirst du in der Lage sein, das Feuer einfach aus der Luft herbeizurufen, wenn du willst – aber versuche das noch nicht. Es ist für heute genug. Du bekommst ganz sicher Kopfschmerzen.«

Auch Ylsa hatte Talias Klasse vor diesen Kopfschmerzen gewarnt. Sie waren das Ergebnis, wenn man seine Gabe überanstrengte. Manchmal war das unvermeidbar, aber meistens war es besser, es nicht so weit kommen zu lassen. Drake hatte eines Tages zeigen wollen, wie gut er war, und hatte prompt starke Schmerzen bekommen. Sein Beispiel hatte das Verbot nur bestärkt. Ylsa hatte jedem von ihnen ein Paket mit Kräutern gegeben, aus denen man einen Tee machen konnte, der die schlimmsten Schmerzen besänftigte.

»Nun, Christa, jetzt bist du an der Reihe.« Dirk widmete seine Aufmerksamkeit dem dünnen, ungelenken Mädchen zu seiner Linken. »Es gibt einen Behälter, der genaue Zwilling von diesem ...« Er legte einen der Behälter, welche die

Herolde für Botschaften verwendeten, vor das Mädchen hin. »Er liegt ganz oben auf dem ersten Bücherregal in der Bibliothek, genau auf dem Buch ›Das Netz der Schatten‹. Ich weiß, das Ding ist schwerer als alles, was du zuvor geübt hast, aber dafür ist die Entfernung etwas geringer als deine übliche Reichweite. Glaubst du, du kannst ihn visualisieren und hierher bringen?«

Das Mädchen nickte, ohne ein Wort zu sprechen, und nahm den Behälter in die Hand. Wieder war ein wachsendes Gefühl der Spannung zu spüren, Talia nahm es ganz deutlich wahr. Sie fühlte sich, als wäre sie in der Mitte zwischen zwei Menschen, die beide an ihrem Geist zogen – dann gab es ein knallendes Geräusch. Nicht mehr einer, sondern zwei Behälter lagen in Christas Händen.

Dirk nahm den neuen Behälter und öffnete ihn. Mit einem Grinsen zeigte er ihr seinen Inhalt. Es war ein kleines Stück Pergament, auf dem die Worte standen ›Übung Eins geschafft, gut gemacht!‹

»Keine besonders gute Poesie, aber ich meine es ernst. Gut, du hast das also geschafft. Jetzt wollen wir doch sehen, ob du noch mehr fertigbringst ...«

Ylsa gab Talia einen leichten Stoß. Talia nickte widerwillig, und die beiden verließen leise die Gruppe.

»Solche Gaben haben schon schreckliches Unheil angerichtet, wenn der Begabte nicht gelernt hat, sie zu kontrollieren«, sagte Ylsa ganz ernst, als sie außer Hörweite waren. »Es hat in der Vergangenheit Zwischenfälle gegeben, wenn der Lehrer mit Furcht reagiert hat, vielleicht, weil er auf eine Explosion nicht vorbereitet war. Und der Schüler hat auf diese Furcht reagiert. Manchmal genügt diese Furcht, daß der Schüler seine Gabe vollkommen blockiert, also kann er unmöglich die volle Kontrolle darüber lernen. Und dann, irgendwann zu einem späteren Zeitpunkt, in einem Augenblick der Angst oder der Krise flammt die Gabe mit einer Stärke wieder auf, die man gesehen haben muß, um sie sich vorstellen zu können. Wir haben sehr viel Glück gehabt, daß diese Stärke sich in der Vergangenheit immer gegen die Feinde des Königsreichs gerichtet hat.«

»Lavan Feuersturm!« Jetzt verstand Talia, was Ylsa meinte. »Ich erinnere mich, er hat in der Schlacht am Paß der weißen Fohlen fast alleine die Dunklen Diener zurückgeschlagen. Aber bei Brennende Bäume wurde sein Gefährte getötet, und der letzte Feuersturm, den er beschwor, hat nicht nur die Feinde, sondern auch ihn selbst getötet.«

»Bis zum heutigen Tag gibt es in Brennende Bäume nichts als blanke Felsen. Die Leute, die dort mit ihm waren, hatten Glück, daß er seinen Verstand lange genug behielt, um sie zu warnen, bevor er das Feuer rief. Und es gibt keine Garantie, daß sich ein Feuersturm nicht auch *gegen Freunde* richten kann – die Wut macht blind. Deswegen ist Dirk ein so guter Lehrer, er zeigt seinen Schülern nicht das leiseste Anzeichen von Furcht. Wir haben Glück, daß er im Kreis ist.« Ylsa nickte. »Nun ja, du mußt zum Waffentraining, und ich muß melden, daß ich für weitere Aufgaben wieder frei bin. Ich sehe dich beim Abendessen, Kleines.«

Talia fuhr fort, ihre Gabe jede Nacht zu üben. Sie wählte eine Zeit aus, zu der die oft überschäumenden Gefühle der Studenten am Collegium durch die Müdigkeit nach einem langen Tag gedämpft waren. Einige Wochen lang beobachtete sie einfach, zu welchen Dingen sie sich hingezogen fühlte. Ein oder zwei Mal entschloß sie sich schnell, sich ein anderes Objekt zu suchen, als ihr Kontakt sich als sehr intim und eher schockierend herausstellte. Als sie sich ihrer selbst sicherer wurde, war sie versucht, etwas gegen die Ängste in den Alpträumen eines der jüngsten Studenten am Collegium zu unternehmen.

Zu ihrer großen Freude war sie in der Lage, die Angst zu besänftigen. Und ohne diese Angst veränderte der Traum sich schnell in einen ganz harmlosen.

Ihr Erfolg verführte sie dazu, einige Male mehr in die Emotionen anderer einzugreifen, obwohl sie sich darauf beschränkte, negative Emotionen wie Zorn und Angst abzubauen und aufzulösen. Ihre Erfolge waren offen genug, um sie in ihrem Glauben zu bestärken, daß ein solches Eingreifen ›richtig‹ war.

Noch eine weitere Auswirkung hatte ihre Gabe; sie betraf Rolan. Schließlich war er ein Hengst, der Leithengst in der Herde der Gefährten. Und die Gefährten hatten, so wie ihre menschlichen Begleiter, keine bestimmte Brunftzeit. Und Rolans ›Gesellschaft‹ war nachts sehr gesucht.

Aber jetzt, wo Talias Gabe zu ihrer vollen Stärke erwacht war, war es ihr ganz unmölgich, sich vor ihm abzuschirmen.

Ihr erzwungenes Miterleben von Rolans amourösen Begegnungen verbesserte ihre Ausbildung auf ganz bestimmten Gebieten erheblich – obwohl es Gebiete waren, die sie selbst sich bestimmt nicht ausgesucht hätte.

Es waren sowohl die Neugier als auch ihre gesteigerte Sensibilität, die Talia zum Haus der Heilung und dem Collegium der Heiler führten. Die meisten dort Behandelten waren Herolde, die auf ihren Reisen verletzt worden waren. Wenn ihr Zustand es gestattete, wurden sie immer hierher gebracht, wo die gemeinsamen Anstrengungen und Erkenntnisse der besten Heiler des Königreiches zu ihrer Hilfe aufgeboten werden konnten. Es war nicht die nackte Not, welche Talia an anderen Orten und zu anderen Zeiten empfunden hatte, aber die Verzweiflung war trotzdem zu spüren; sie zog Talia an wie das Licht eine Motte. Das Mädchen wußte nicht, wie sie in das Haus der Heilung hineinkommen sollte, bis ihr die Idee kam, den einen Lehrer, den sie unter den Heilern kannte, aufzusuchen – Devan.

Ihre Wahl hätte nicht besser sein können. Ylsa hatte Devan über die Art von Talias Gabe informiert, und weil er selbst ein Empath war, verstand er den unwiderstehlichen Zwang, den das Haus der Heilung auf sie ausübte. Er gestattete es ihr ohne weiteres, daß sie ihn auf seinen Rundgängen bei seinen Patienten begleitete, und hoffte, daß sie vielleicht in der Lage war, etwas für deren schnellere Erholung zu tun.

Es war nicht leicht, aber wie sie zu Selenay gesagt hatte, wenn etwas getan werden mußte, dann fand sie irgendwie auch die Zeit dafür. Sie begann einfach, eine Stunde früher aufzustehen, in der Küche zu frühstücken und Devans ersten Rundgang am frühen Morgen mit ihm zu gehen. Während Elspeth am Nachmittag mit ihrer Mutter ausritt, kam sie wieder.

Talia lernte eine ganze Menge und nicht nur über die Heilergaben. Es war nicht notwendig, daß sie aktiv an seinen Behandlungen teilnahm, weil es viele Heiler und auch Lehrlinge gab, aber ihre Beobachtungen flößten ihr einen gesunden Respekt vor seinen Fähigkeiten ein. Seine Spezialität war die Wundheilung und die Behandlung von etwas, das er als ›Trauma‹ bezeichnete, Verletzungen, die plötzlich und gewaltsam geschahen und zumeist von einem Schock begleitet wurden.

Bis Talia anfing, das Haus der Heilung zu besuchen, hatte sie nie so richtig begriffen, wie gefährlich das Leben eines Herolds eigentlich sein konnte. Bis jetzt hatte sie nur die Todesfälle wahrgenommen. In Devans Begleitung sah sie, was Herolden für gewöhnlich zustieß, wenn sie auf ihren Rundreisen Pech hatten.

»Weißt du, die schlimmsten Fälle kommen von den Grenzbezirken«, erklärte Devan, als sie ihm sagte, daß mindestens drei seiner Patienten aus Gebieten gebracht wurden, die in oder in der Nähe ihrer alten Heimat lagen. »Nimm deinen heimatlichen Bezirk. Die normale Dauer einer Rundreise liegt bei eineinhalb Jahren. Rate mal, wie lange sie im Durchschnitt bei jenen ist, die im Bezirk der Siedlerfamilien ihre Pflicht tun!«

»Ein Jahr vielleicht?« schätzte Talia.

»Neun oder zehn Monde. Es geht solange gut, bis im Winter die Banditeneinfälle aus Karse beginnen. Früher oder später erwischt sie ein Pfeil oder eine Axt, und dann müssen sie zurückkommen, um sich hier zu erholen. Dieser Bezirk ist einer der schlimmsten, obwohl einige der Gebiete an der Nordgrenze fast ebenso gefährlich sind, weil dort die Barbaren über die Grenzen kommen, sobald ihnen die Nahrung ausgeht. Darum, mein Mädchen, haben wir Alberich, der euch Taktik und Strategie beibringen soll. Wenn du einem Bezirk wie dem der Siedlerfamilien zugeteilt wirst, dann bist du ebensooft Soldat wie Herold. Der zuständige Herold ist vielleicht der einzige ausgebildete Kämpfer in der Gegend, bis eine Kompanie Soldaten zu Hilfe kommen kann.«

Bei einer späteren Gelegenheit fragte Talia Devan, warum im Haus der Heilung kein einziger Patient aus der Gegend um den See Evendim stammte. Sie wußte ja von Sherrill und Keren, daß es dort immer wieder Schwierigkeiten mit Freibeutern gab.

»Am See Evendim gibt es keine Barbaren oder Banditen. Es sind Piraten oder Banden von Gesetzlosen. Es ist dort sehr leicht, sich in den Uferhöhlen zu verbergen. Und es kommen deswegen so wenig Verletzte von dort hierher, weil diese Gegner nicht auf einen Kampf aus sind, sondern nur aufs Stehlen. Deine Kameraden werden in den dortigen Tempeln der Heilung wieder zusammengeflickt. Wir haben auch aus den südlichen Grenzbezirken niemanden hier.«

»Warum?«

»Im Süden liegt Menmelith, und sie sind uns freundlich gesinnt. Das Wetter dort ist seltsam und schlecht vorhersagbar, vor allem im Sommer. Viele gebrochene Knochen durch Unfälle, aber auch um die kümmert man sich an Ort und Stelle.«

»Aber zwei hier sind von der Nordwestecke – und einer von ihnen ist der arme Vostel ...« Talia erschauerte ein wenig. Vostel hatte am ganzen Körper schlimme Verbrennungen. Wenn man ihn nicht unter Drogen setzte, dann hatte er ständig unerträgliche Schmerzen. Talia hatte begonnen, viel Zeit mit ihm zu verbringen, weil der ständige Schmerz seine Persönlichkeit schwächte. Ihr gegenüber wagte er es, das schwache Bollwerk an Mut fallen zu lassen, vor Schmerzen zu weinen, die Götter zu verfluchen und seine Furcht zuzugeben. Talia tat ihr Bestes, um ihn zu trösten und aufzurichten und ihm ein wenig von der inneren Kraft wiederzugeben, die ihm die Schmerzen ständig entzogen.

»Der Nordwesten ist unheimlich«, antwortete Devan. »Und das sage ich, der ich von dort stamme und daran gewöhnt sein sollte. Sehr seltsame Dinge kommen dort aus der Wildnis heraus und glaube nicht, daß ich übertreibe, denn ich habe einige von ihnen mit eigenen Augen gesehen. Von hundert Leuten werden dir neunundneunzig erzählen, daß es Greifen nur mehr in den Fieberphantasien eines Barden gibt. Der Hundertste kennt sie als die tödliche Realität, die sie darstellen. Ich habe sie gesehen – ich habe sie einmal gejagt; sie sind schwer umzubringen und unmöglich einzufangen und so gefährlich wie jedes andere wilde Tier, das dort in der Wildnis lebt. Man sagt, daß dort vor Zeiten Kriege mit Hilfe von Magie ausgefochten worden sind – Magie, wie es sie in den Liedern der Barden gibt –, und die Dinge, die dort leben, sind die Überreste der Waffen und Armeen, die gekämpft haben.«

»Was glaubt Ihr denn?« fragte Talia.

»Es ist eine genauso gute Erklärung wie alle anderen auch, nehme ich an.« Devan zuckte mit den Achseln. »Ich weiß nur, daß die meisten Menschen nicht einmal die Hälfte meiner Erzählungen glauben wollen. Außer den Herolden natürlich. Sie wissen es besser, wenn erst einmal ein Greif ein Stück aus ihnen herausgebissen hat oder ein Feuervogel sie verbrannt hat, weil sie ihrem Nest zu nahe gekommen sind, so wie Vostel. Wahrscheinlich ist das der Grund, warum ich hierbleibe – hier ist der einzige Ort, an dem man mir Glauben schenkt!«

Talia schüttelte den Kopf. »Ihr bleibt, weil Ihr müßt. Ihr werdet hier so dringend gebraucht. Ihr könntet nicht anders handeln – und Ihr wißt es.«

»Du bist viel zu weise, Mädchen«, antwortete er. »Viel zu weise für dein Alter. Vielleicht sollte ich froh darüber sein, du machst es für meine Patienten sicherlich leichter, wieder auf die Füße zu kommen. Ich weiß deine Bemühungen wirklich zu schätzen. Wir haben nicht genug Heiler, die dem Geist helfen können, damit wir uns um die schwächeren Traumata kümmern können. Die beiden, die wir haben, müssen ihre Kräfte für die wirklich schlimmen Fälle aufsparen. Schau nicht so unschuldig drein, ich weiß *ganz genau*, was du getan hast! Und soweit es mich betrifft, kannst du ruhig damit weitermachen.«

Hier unter den Verletzten hatte Talia eine weitere, wenn auch schwierigere Anwendungsmöglichkeit für ihre Gabe gefunden. Hier war es nicht diese selbstzerstörerische Trauer, die jene betraf, welche mit dem Tod eines Herolds konfrontiert wurden, um die Talia sich kümmern mußte, sondern es waren andere, viel verborgenere negative Emotionen, die verwandelt werden mußten.

Selbstzweifel, ein Gefühl, das Talia so vertraut war, war eine dieser Emotionen. Nicht ein Herold lag hier im Krankenbett, der nicht davon bedroht gewesen wäre. Oft genug suchten sie die Schuld für ihre Verwundung oder für den Tod derer, denen sie helfen wollten, bei sich. Und dieser Selbstzweifel wuchs, weil sie so viel Zeit alleine verbrachten, mit nichts als Schmerzen und Erinnerungen als Gesellschaft.

Es war nicht sehr überraschend, daß einige von ihnen auch Phobien entwickelten, vor allem wenn sie in eine Falle geraten waren oder zu lange hilflos dagelegen hatten, bis endlich Hilfe gekommen war.

Und Gefühle von Haß und Schuld mußten von ihnen bewältigt und verarbeitet werden. Sie haßten jene, die ihre Schmerzen verschuldet hatten, und gleichzeitig hatten sie schreckliche Schuldgefühle, weil es einem Herold eigentlich nicht erlaubt ist, *irgend jemanden* zu hassen. Ein Herold sollte verständnisvoll sein. Ein Herold sollte jene Art von Mensch sein, der Haßgefühle bekämpfte und nicht selbst ihre Beute wurde. Sie kamen gar nicht auf den Gedanken, daß es von einem Herold *nicht* verlangt wurde, eine Art übermenschlicher Halbgott zu sein. Und sie kamen auch nicht auf den

Gedanken, daß ein wenig ehrlicher und gerechtfertigter Haß für sie heilsam sein konnte.

Aber das gefährlichste Gefühl war die Verzweiflung. Verzweiflung war leicht zu verstehen, wenn der Körper zu schwer verletzt worden war, um jemals wieder richtig heilen zu können. Es geschah manchmal, daß eine Verwundung zu lange unversorgt geblieben war und sich infiziert hatte. Dann konnte der beste Heiler nicht mehr helfen. Deswegen hatte Jadus sein Bein im Krieg gegen Karse und die Tedrel-Söldner verloren. Wie sollte man die Schmerzen eines Menschen heilen, der auf seine verkrüppelten Gliedmaßen blickte und wußte, daß er niemals mehr der alte sein würde?

Und da war noch der ständige Druck auf Herz und Mut, der durch scheinbar endlose Schmerzen ausgeübt wurde – Schmerzen, wie der verbrannte Vostel sie ertragen mußte.

Alle diese Dinge riefen mit einer Stimme nach Talia, die zu laut war, um überhört werden zu können. Als die junge Heroldin in der Anwendung ihrer Gabe geschickter wurde, begann sie sowohl den Verwundeten als auch den Verzweifelten zu helfen. Es war schlimm, Zeugin der geistigen Qualen zu werden, die man nicht mit einer geistigen Berührung oder einer einmaligen Aussprache über die Ursachen heilen konnte. Aber nachdem sie einmal angefangen hatte, war es ihr unmöglich, wieder damit aufzuhören.

Zwölf

»Du mußt die Augenbinde ganz fest zuziehen«, sagte Elspeth zu Skif. »Sonst hat der Test überhaupt keinen Wert.«

Skif ersparte sich die Bemerkung, daß er das eigentlich wußte, und fragte nur: »Ist Keren schon fertig?«

»Ich schaue nach.« Elspeth rannte los.

»Kannst du ganz sicher nichts sehen? Ist die Augenbinde

auch nicht zu fest oder zu locker?« fragte er Talia und richtete das Ding noch einmal.

»So schwarz wie ein Mauseloch um Mitternacht«, versicherte sie ihm. »Ich glaube auch nicht, daß sie verrutschen kann, und zu fest ist sie auch nicht.«

»Keren sagt, sie ist so weit, wenn ihr fertig seid!« rief Elspeth, die hinter den Bäumen auf der Wiese der Gefährten stand, wo sich auch Keren aufhielt.

»Bist du bereit?«

»Jederzeit.«

Skif führte Talia vorsichtig um die Bäume herum, wo Keren stand, die Hände in die Hüften gestützt und mit einem Lächeln auf den Lippen.

»Ich habe dich beim Wort genommen, kleiner Pferdemensch; es ist gut und schwierig«, sagte sie, während Skif und Talia auf sie zu gingen. »Soweit ich weiß, hat noch nie jemand so etwas versucht, es könnte also interessant werden.«

»Es hat auch außer mir niemand ein so enges Band zu seinem Gefährten«, sagte Talia. »Und ich muß wissen, wie viel davon wirklich da ist und wie viel Einbildung.«

»Na, das sollte dir die gewünschte Antwort liefern. Wenn du wirklich durch Rolans Augen sehen kannst, dann wirst du keinen einzigen falschen Schritt machen. Wenn du dir das nur einbildest, kann kannst du niemals durch *dieses* Labyrinth hindurchgehen.«

In einem Umkreis von hundert Fuß rund um Kerens Standort waren die roten und goldenen Blätter der Bäume sorgfältig entfernt worden. Auf dem Gras war ein Labyrinth aufgezeichnet. Die Ränder seiner Gänge wurden durch farbige Linien im Gras markiert. Die Gänge waren maximal zwei Fuß breit; man mußte daher sorgfältig aufpassen, daß man nicht auf die gemalten Linien traf.

Rolan stand neben Keren auf einer kleinen Erhebung, die ein gutes Blickfeld auf das gesamte Labyrinth gestattete. Sollte es nach Talias Plan gehen, dann würden seine Augen sie hindurchführen. Wenn das Band zwischen ihnen wirklich so stark und tief war, wie sie dachte, dann war Talia in der Lage, das Labyrinth mit Leichtigkeit zu meistern.

Keren, Skif und Elspeth sahen fasziniert zu, als sie ihren Versuch begann.

»Sie wird gleich in einer Sackgasse stecken bleiben«, wisperte Skif Keren zu.

»Nein, das wird sie nicht, warte es nur ab. Es gibt mehr als nur einen Weg hindurch, und ich glaube, sie hat gerade eine kürzere Route gewählt.«

Schließlich blieb Talia stehen und drehte sich, immer noch mit verbundenen Augen, zu ihrem Publikum um.

»Nun?« fragte sie.

»Nimm die Augenbinde ab und sieh selbst!«

Sie hatte das Labyrinth so erfolgreich durchquert, daß nicht ein einziger Farbklecks an ihren Stiefeln klebte. »Es hat funktioniert ...« sagte sie ein wenig beeindruckt, »es hat wirklich funktioniert!«

»Ich muß zugeben, daß das eines der erstaunlichsten Dinge war, die ich je mitangesehen habe«, sagte Keren. Sie lief über das Gras auf Talia zu. Rolan und die beiden anderen folgten ihr. »Ich dachte, Dantris und ich hätten ein enges Band, aber ich glaube nicht, daß wir das geschafft hätten. Warum bist du auf halbem Weg stehen geblieben?«

»Rolan hat mit mir gestritten – ich wollte den Weg gehen, den ich schließlich genommen hatte, und er wollte, daß ich den Pfad nehme, der wie ein ›T‹ aussieht.«

»Du wärst auf beiden durchgekommen. Der, den du gewählt hast, war aber der kürzere. Bist du bereit für den zweiten Versuch?«

»Ich glaube schon.«

»Na gut, mach, daß du fortkommst, du Zerstörer der Gärten!« Keren schlug Rolan leicht auf den Rumpf, er schnaubte sie an und trottete davon. Skif folgte neben ihm.

Keren hatte einen einzigen Würfel, den sie zwanzig mal warf, und Talia schrieb sorgfältig die Anzahl der geworfenen Augen auf. Skif hatte ein Set von sechs Karten, eine für jede Seite des Würfels. Rolan sollte anzeigen, welche Würfelseite nach jedem von Kerens Würfen obenauf lag – dieses Mal würde *er* Talias Augen verwenden. Das dauerte nicht lange, und die beiden kamen bald zurück. Skifs und Talias Listen wurden verglichen.

»Unglaublich – nicht ein einziger Wurf ist falsch! Wir werden das Kyril erzählen müssen, er wird euch ohne Zweifel noch ein paar Testaufgaben stellen wollen.« Keren war ganz erstaunt.

»Gerne, wenn er es will«, antwortete Talia. »Ich wollte einfach sichergehen, daß ich wegen des Bandes keinem Irrtum unterlegen bin. Jetzt, wo wir fertig sind, kann ich dir auch sagen, was ich während der Versuche noch getan habe. Ich war die ganze Zeit fest abgeschirmt.«

»Du machst sicher einen Scherz!« Skif bekam den Mund vor Überraschung nicht mehr zu.

»Ich bin noch nie ernster gewesen. Du erkennst, was das bedeutet, oder nicht? Ich kann mich vor ihm nicht abschirmen, und niemand kann ihn vor mir blockieren.«

»Das könnte eines Tages sehr nützlich sein«, warf Keren ein. »Das bedeutet, selbst wenn du bewußtlos bist, kann Rolan dich erreichen. Das müssen wir Kyril auf jeden Fall erzählen.«

»Dann tue das. Es ist sicher nichts, was man geheimhalten müßte.«

»Talia, glaubst du, daß ich eines Tages einen Gefährten wie Rolan haben werde?« fragte Elspeth sehnsüchtig.

Talia zog das Kind an sich und drückte sie an ihr Herz. »Mein Liebes«, flüsterte sie. »Du darfst nicht einen Moment lang daran zweifeln. Dein Gefährte könnte sogar noch *besser* als Rolan sein, und das ist ein Versprechen.«

Rolan antwortete darauf nicht wie sonst mit seinem Schnauben, das menschlichem Spott so nahe kam. Statt dessen stubste er das Kind zärtlich mit seiner weichen Schnauze, als ob er Talias Versprechen bestätigen wollte.

Ein paar Abende später entschied Talia, daß es an der Zeit war, zu bestimmen, wo die physische Grenze der Reichweite ihrer Gabe lag.

Sie hielt sich nicht damit auf, in ihrem Zimmer eine Kerze anzuzünden, sondern entspannte sich einfach in der einsetzenden Dämmerung auf ihrem Bett. Sie isolierte und beruhigte jeden störenden Einfluß in sich selbst, bis sie ihres Körpers nicht mehr gewahr wurde. Er war nur noch der Anker, von dem aus sie sich nach draußen streckte. Langsam erweiterte sie den Empathie-Sinn, bis er zuerst aus ihrem Raum hinausreichte, dann über die Grenzen des Collegiums, und schließlich ließ sie auch den Palast und die Gärten hinter sich. Kleine vage Strömungen von Ehrgeiz und Unzufriedenheit strahlten aus dem Palast, aber nichts und niemand war stark genug, um sie anzuziehen und festzuhalten.

Leicht ging sie an diesen Ausstrahlungen vorbei und begab sich hinaus in die Stadt selbst. Die Emotionen erschienen ihr als lebhafte Farben; sie waren zumeist wie Nebel, durch den sie einfach hindurchgleiten konnte. Keine negativen Gefühle waren stark genug, um ihren Durchgang aufzuhalten. Ein- oder zweimal blieb sie lange genug an einem Ort, um einzugreifen, einmal wegen einer Streiterei in einer Taverne, das zweite Mal, um die Alpträume eines jungen Soldaten zu lösen. Dann glitt Talia weiter.

Immer weiter ging die junge Heroldin hinaus. Sie folgte der Nordstraße und bewegte sich von Kontakt zu Kontakt mit denen, die an ihr lebten oder gerade ihr Nachtlager aufgeschlagen hatten, als ob sie kleinen Leuchtfeuern an einem Weg folgte. Sie waren wie kleine Laternen, die entlang der verdunkelten Straße aufgestellt worden waren, um ihr als Anhaltspunkt zu dienen. Vielleicht konnte man sie auch mit kleinen Trittsteinen, die über einen Bach führten, vergleichen. Hier waren die Kontakte spärlicher als in jeder anderen Richtung, weil die Nordstraße durch einige der am wenigstens bevölkerten Gebiete des Königreichs führte. Während Talias Bewußtsein an der Straße entlangfloß, erinnerte sie sich, daß Ylsa auf dieser Route ein paar Tage früher ausgeschickt worden war.

Plötzlich, als ob die Erinnerung an Ylsas Existenz bereits genügte, fand sie sich selbst weiter und weiter nach Norden gezogen, von einer Kraft gefangen, die zu stark und zu eindringlich war, als daß sie ihr hätte widerstehen können.

Unbehagen und Spannung wuchsen, während sie fortgerissen wurde. Auch eine gewisse Furcht entstand. Das Mädchen entdeckte, daß es weder den Kontakt abbrechen noch seine Geschwindigkeit verlangsamen konnte, und war dadurch mehr beunruhigt. Sie war am Rande der Panik, als sie plötzlich in das hineingezogen wurde, was sie hierhergeführt hatte.

Sie war auf einmal *dort*. Und sah durch die Augen eines anderen. Ylsas Augen.

Ein Überfall!

Zu viele – es waren viel zu viele, um ihnen standhalten zu können. Felara schlug mit ihren tückischen Hufen um sich. Sie versuchte, einen Fluchtweg freizukämpfen, aber ihre Angreifer waren zu geschickt und schafften es, sie zu umringen. Ylsa klammerte sich mit ihren Beinen an Felaras Körper fest, um auf ihr sitzen zu bleiben. Sie wußte, sollte sie herunterfallen, dann war sie so gut wie tot.

Sie zog ihr Langschwert und schlug nach ihren Angreifern, aber für jeden, der zu Boden ging, tauchten zwei auf, um seinen Platz einzunehmen. Das Schwert war eigentlich nicht geeignet, um damit vom Rücken eines Pferdes aus zu kämpfen, und bevor Ylsa noch ein halbes Dutzend Schläge ausgeteilt hatte, wurde es ihr von einem niederstürzenden Feind aus der Hand gerissen, und sie war gezwungen, ihren Dolch zu ziehen. Dann, als der durchdringende Ton eines Waldhorns erklang, zogen sich die Angreifer zurück.

Ein furchtbarer Schmerz schoß durch ihren Oberkörper und ließ ihre Sicht verschwimmen. Ungläubig blickte Ylsa an sich herab und sah einen gefiederten Schaft aus ihrer Brust ragen.

Felara schrie in Agonie, als ein weiterer Pfeil in ihre Flanke eindrang. Der Mond sollte verdammt sein! Er beleuchtete sie deutlich – deutlich genug, daß sie ein gutes Ziel für die Bogenschützen abgaben, die unter den Bäumen verborgen waren. Die Angreifer zogen sich noch ein kleines Stück zurück – noch mehr Pfeile kamen aus der Dunkelheit geflogen ...

Felara schrie noch einmal auf und brach zusammen. Ylsa wurde unter dem Körper ihrer Gefährtin gefangen.

Da das Werk der Bogenschützen getan war, kamen die Fußkämpfer wieder heran. Ylsa sah die Klinge auf sich zukommen, einen Bogen beschreiben, und wußte, dieser Schwertstreich würde sie töten ...

:Kyril! Sage der Königin, im Schaft!:

Dutzende Bilder blitzten auf und verschwanden wieder. Eines blieb. Pfeile – mit schwarzen Ringen. Fünf Stück. Hohle Pfeile mit schwarzen Ringen.

Dann ein unerträglicher Schmerz, dem eine entsetzliche Stille und Dunkelheit folgte, entsetzlicher, als der Schmerz gewesen war – sie war in der Dunkelheit gefangen und konnte nicht entfliehen. Es gab nichts, wo sie sich anklammern, sich verankern hätte können – dann, auf einmal, war *etwas anderes* bei ihr in der Dunkelheit.

Es war Rolan ...

In panischer Angst klammerte sie sich an ihn und zog mit aller Kraft ...

Talia schrie, erfüllt von einem Todesschmerz, der nicht ihr eigener war – und erwachte. Einen Augenblick lang saß sie aufrecht und war keineswegs sicher, ob das nicht nur ein Alptraum gewesen war.

Dann begann die Totenglocke zu läuten.

»Nein ... nein, nein, nein ...« Talia begann, bitterlich zu

weinen. Und dann unterbrach ein Gedanke ihre Trauer so abrupt, als wäre sie plötzlich abgedreht worden.

Keren.

Keren, die Ylsa genauso stark verbunden war wie ihrem Gefährten oder ihrem Bruder, die, wie Talia wußte, die Gewohnheit hatte, jede Nacht mit ihrer Geliebten zu kommunizieren, solange sie sich noch in Reichweite aufhielt. Ylsas Tod *mußte* sie aufgewühlt haben.

Talia lieg in den Flügel, wo die Wohnquartiere der Herolde lagen. Sie war noch nie zuvor in Kerens Räumen gewesen, aber man konnte das brennende Signal aus Schmerz und Verlust, das Talia den Weg zeigte, nicht verwechseln. Talia folgte ihm, ohne zu zögern.

Die Tür stand bereits weit offen, als sie ankam. Kerens Zwillingsbruder war neben ihr zusammengesunken, seine Augen waren glasig, sein Ausdruck leer. Keren saß wie festgefroren in ihrem Sessel. Offensichtlich hatte sie versucht, Ylsa zu erreichen, als Ylsa getötet worden war. Keren war vollkommen in sich selbst gefangen. Ihr Gesicht zeigte eine ausdruckslose Maske. Nur die entsetzten Augen bewiesen, daß sie noch am Leben war. Der Ausdruck dieser Augen glich dem einer auf den Tod verwundeten Kreatur und hatte nicht mehr viel Menschliches.

Zögernd ergriff Talia Kerens Hand und versuchte, sie mit Ihrem Geist zu erreichen.

Die junge Heroldin wurde in einen wirbelnden Strudel aus Schmerz hineingerissen. Es gab nichts, woran man sich festhalten konnte. Es gab nur unerträgliche Einsamkeit und tiefsten Verlust. Kerens Zwillingsbruder war in diesem Mahlstrom gefangen – und jetzt auch Talia.

Wieder griff sie in blinder Angst nach irgendeinem Halt – und wieder war es Rolan, ein Fels in der Brandung, an den sie sich klammern konnte. Sie streckte sich nach ihm, er ergriff sie und hielt sie fest. Jetzt, wo sie nicht länger Angst hatte, wo sie dem Sturm aus Schmerz nicht mehr hilflos ausgeliefert war, konnte sie an andere denken.

Sie konnte Keren nicht erreichen, aber vielleicht ihren

Bruder befreien. Sie griff nach dem Funken, der Teren war, fing ihn ein und hielt ihn lange genug, um zu versuchen, sie beide herauszuziehen.

Mit einem schmerzlichen Riß brach Talia den Kontakt ab. Sie stand am anderen Ende des Zimmers, halb von Teren gestützt, der sich an sie klammerte.

»Was ist geschehen?« keuchte sie.

»Sie schrie – ich habe sie gehört und sie *so* gefunden. Als ich versucht habe, sie zu wecken, als ich sie berührte, da zog sie mich mit hinein ...« Teren schüttelte den Kopf, um seine Benommenheit loszuwerden. »Talia, ich kann sie nicht erreichen. Wir müssen etwas tun! Du kannst sie doch erreichen, oder?«

»Ich hab's versucht, ich komme nicht durch. Es – es ist zu stark, zu verschlossen. Ich kann sie nicht einfangen, und sie zerstört sich mit ihrer eigenen Trauer selbst. Irgendwie ...« Talia versuchte, den Kummer der anderen Frau abzuschütteln. »Irgendwie muß ich einen Weg finden, der sie dazu bringt, den Schmerz nach außen zu kehren, nicht nach innen ...«

Talias durcheinanderwirbelnde Gedanken beruhigten sich, fanden einen Ausweg und hielten sich daran fest. Mit einem dieser intuitiven Sprünge, zu denen anscheinend nur sie in der Lage war, dachte sie an Sherrill ...

Sherrill, die den Mut gehabt hatte, Keren in das eisige Wasser des Flusses zu folgen. Keren zu *folgen*, das war der Schlüssel. Jetzt konnte sich Talia auch daran erinnern, wie Sherrill immer am Rande des Ortes gestanden hatte, an dem Keren oder Ylsa oder beide sich aufhielten. Und wie aus ihren Augen immer ein unterdrücktes Verlangen gesprochen hatte. Sie erinnerte sich daran, wie Sherill es immer vermieden hatte, *zu* nahe bei den anderen zu sein, als ob sie fürchtete, daß ihre Anwesenheit stören könnte ...

Sherrill, die von denselben Leuten wie Keren und Teren abstammte, aus einem Volk, bei dem die Liebe zwischen zweien, die vom gleichen Geschlecht waren, nicht so tabuisiert wurde, wie das anderswo der Fall war.

Sherrill, die so viele Liebhaber haben konnte, wie sie nur wollte, aber bei keinem blieb.

»Teren, denk nach – ist Sherrill schon von ihrem Hilfsdienst zurückgekehrt?« fragte Talia ihn eindringlich.

»Ich weiß nicht – ich glaube schon ...« Er stand immer noch unter Schock.

»Dann hole sie her! Sie wird wissen, für wen die Glocke läutet – sag ihr, daß Keren sie braucht!«

Teren hielt sich nicht damit auf, eine Frage zu stellen; die Dringlichkeit in ihrer Stimme ließ ihn sich beeilen. Er kam wackelig auf die Beine und rannte aus der Tür. Talia kehrte an Kerens Seite zurück und versuchte, sie zu erreichen.

Endlich vernahm die junge Heroldin das Geräusch, auf das sie gehofft hatte. Zwei Paar Füße kamen den Gang herangelaufen.

Sherrill hatte Teren hinter sich gelassen, und sie hatte deutlich nur ein Ziel vor Augen: Keren.

Talia überließ ihr ihren Platz an Kerens Seite, während Sherrill Kerens Hände ergriff, sich vor sie hinkniete und unter herzzerreißenden Schluchzern immer wieder Kerens Namen rief.

Sherrills Weinen drang zu Keren durch. Ihre Stimme, vielleicht auch die endlich eingestandene Liebe in dieser Stimme und der Schmerz, der Kerens gleichkam, zerbrachen die Bande, mit der die Trauer Keren gefesselt hatte.

Kerens Gesicht bewegte sich, wurde wieder lebendig, und ihre Augen wandten sich der Frau zu, die vor ihr kniete.

»Sherrill ...?« flüsterte Keren heiser.

Noch etwas tauchte aus dem hintersten Winkel in Talias Geist auf; sie erinnerte sich an etwas, das Ylsa gesagt hatte: ›Manchmal kann offensichtliche Unfähigkeit sehr starke Fähigkeiten verbergen‹ und daran, daß Sherrill immer abgestritten hatte, mehr als nur rudimentäre Fähigkeiten des Gedankenfühlens zu besitzen.

Aber vor dem Ansturm ihres gemeinsamen Schmerzes und dem Willen, Trost zu geben und zu finden, brachen Sherrills geistige Barrieren zusammen.

Teren und Talia gingen leise aus dem Raum und schlossen die Tür, um ihnen zu gestatten, alleine mit ihrem Kummer fertigzuwerden. Alleine, aber nicht mehr einsam und ohne jede Unterstützung.

Talia lehnte sich gegen die Wand des Ganges und schien sich selbst in Tränen auflösen zu wollen.

»Talia?« Leicht berührte Teren sie am Ellenbogen.

»Göttin, o Teren, ich habe sie sterben gesehen! Ich habe Ylsa sterben gesehen! Es war entsetzlich ...« Die Tränen rannen ihr über die Wangen, aber dieses Mal brachten sie keine Erleichterung. Langsam versammelten sich andere Herolde um die beiden; sie hatte keine Zeit gehabt, ihre Schirme wieder zu errichten, und ihre starken Emotionen verschmolzen mit Talias Kummer. Sie fühlte sich, als ob sie ersticken müßte.

Herold Kyril, ein hochgewachsener Mann, der um einiges älter war als Teren, kam in Begleitung der Königin und schob die anderen beiseite, um zu Talia zu gelangen. Er ergriff eine ihrer Hände. Der physische Kontakt ermöglichte es ihm, sie vor den anderen abzuschirmen. Das verschaffte Talia ein wenig Erleichterung, aber keine Ruhe. Er konnte sie nicht vor ihren eigenen Erinnerungen abschirmen.

»Majestät!« rief er aus. »*Sie* ist die andere Präsenz, die ich gefühlt habe!«

Selenay übte ihre königlichen Vorrechte aus und befahl, daß der Gang geräumt werden mußte.

»Kyril«, sagte sie, als nur mehr Talia zurückgeblieben war, »es ist möglich, daß Talia die Antwort kennt. Ihre Gabe ist die Empathie, sie wird eins mit dem Menschen, den sie berührt.«

Talia nickte, um Selenays Worte zu bestätigen, ihr Gesicht war feucht von Tränen.

»Meine Dame!« Der Herold mit den eisengrauen Haaren hatte etwas an sich, daß Talias sofortige Aufmerksamkeit erzwang. »Ihr könntet der Schlüssel einer schrecklichen Verwirrung sein. Ich höre die Gedanken anderer, aber *nur* als Worte. Ylsa sandte mir mit ihrem letzten Atemzug eine Botschaft, aber ich verstehe sie *nicht*! Aber wenn Ihr Euch an ihre Gedanken erinnern könntet, Ihr, die Ihr ihren Geist geteilt habt, dann kennt Ihr allein die Bedeutung dieser Worte im Wind. Könnt Ihr uns sagen, was sie gemeint hat?«

Diese letzten Bilder kamen nur zu bereitwillig zurück und ließen sie die gesamte Erfahrung noch einmal durchleben.

»Die Pfeile!« keuchte sie und fühlte dabei Ylsas Todeskampf in jeder Zelle ihres Körpers. »Die Pfeile mit den schwarzen Ringen, die sie bei sich trug, sind aus Metall, sie sind hohl. Was Ihr sucht, ist in ihnen verborgen ...«

»›Im Schaft‹ – natürlich!« Selenay atmete schwer. »Sie meinte einen Pfeilschaft!«

Talia preßte ihre Hände an die schmerzenden Schläfen; sie wünschte sich verzweifelt, daß sie sich irgendwie in der Dunkelheit hinter ihren Augen verbergen könnte.

»Kyril, befinden sich Kris und Dirk hier im Palast oder Collegium?« fragte Selenay.

»Ja, Majestät.«

»Dann haben wir eine Chance, uns das zu holen, was Ylsa für uns gewonnen hat, bevor jemand anderer die Gelegenheit hat, es zu finden. Talia, ich muß noch mehr von dir verlangen. Komm mit mir. Kyril, findet Kris und Dirk und bringt sie mit Euch.«

Selenay rannte fast den Gang hinab. Talia war gezwungen, ihren dröhnenden Kopf zu ignorieren, um mithalten zu können. Sie verließen den Bereich des Collegiums und gelangten in jenen alten Teil des Palastes, der für die Königliche Familie reserviert war.

Die Königin öffnete die Tür zu einem Raum, der kaum größer als ein Kabinett war. Ein runder Tisch stand in seinem Zentrum. Er wurde von einer Laterne beleuchtet, die gut abgeschirmt genau über dem Tisch von der Decke hing. Unter der Lampe auf einer gepolsterten Basis lag eine Kugel aus Kristall. Der Tisch selbst war von gepolsterten Bänken mit Rückenlehnen umgeben. Als sich die Tür hinter Talia und der Königin schloß, zeigte das ›tote‹ Gefühl des Raumes an, daß er so gut isoliert gegen Geräusche von außen war, daß draußen ein mittlerer Aufstand hätte stattfinden können, ohne daß die Benutzer des Raumes es bemerkt hätten. Es war nicht einmal mehr möglich, das düstere Läuten der Totenglocke zu hören.

Talia ließ sich auf eine der Bänke sinken, hielt ihre grausam schmerzenden Schläfen und schloß vor dem Licht ihre Augen. Die Erholung währte nur kurze Zeit. Die Tür öffnete sich wieder. Talia hob die schmerzenden Augenlider und sah, daß Kyril zwei weitere Herolde mit sich gebracht hatte. Beide trugen Kleidung, deren Zustand bewies, daß sie sie in großer Eile übergezogen hatten.

Mit leisem Erschauern erkannte Talia Dirk. Sie hatte auch keine Schwierigkeiten, den engelsgleich schönen Kris zu identifizieren. Sie nahmen die Bank zu ihrer Rechten. Kris saß Talia am nächsten, Kyril dicht an ihrer linken Seite, und die Königin ließ sich neben Kyril nieder.

»Talia«, sagte Kyril, »ich möchte, daß Ihr dorthin zurückkehrt, wo Ihr heute nacht Euren Geist hingesendet habt. Ich denke, daß genug emotionelle Strahlung dort verblieben ist, die Euch das Auffinden erleichtern wird. Es wird nicht leicht für Euch werden; es wird Eure ganze Stärke erfordern, und ich fürchte, was Ihr dort vorfinden werdet, wird schlimmer sein als das, was Ihr bereits wißt. Ich werde versuchen, Euch vor den schlimmsten Effekten abzuschirmen, aber weil Eure Gabe an Emotionen und Gefühlsstärke gebunden ist, wird es wahrscheinlich sehr schmerzvoll sein. Kris wird Euch mit seiner ›Sicht‹ folgen. Legt Eure Hand in die seine und laßt sie nicht mehr los, bis wir es Euch gestatten. Dirk wird mit ihm verbunden sein, und die Königin wird uns alle vier von der Außenwelt und den Gedanken der anderen abschirmen und Störungen verhindern.« Während er sprach, hatte er Talias scheinbar willenlose rechte Hand ergriffen.

Das Mädchen hatte nicht die Kraft zu antworten, sie lehnte sich an die gepolsterte Rückenlehne der Bank und ließ sich in ihre Trance zurückgleiten. Jemand flüsterte, und einen kurzen Augenblick lang legte sich eine Hand auf Kris' und Talias verbundene Hände. Talias Geist erkannte Selenays Präsenz. Der Schmerz ließ nach. Sie wiederholte ihren Weg mit einer Art doppelter innerer Sicht. Sie sah die Wirbel aus Gefühlen, denen sie gefolgt war, und ›sah‹ auch durch Kris' Gabe die Landschaft, durch die sie sich bewegte. Die Dunkelheit schien seine ›Sicht‹ nicht im mindesten zu behindern, denn alles wirkte, als wäre es von innen heraus beleuchtet.

Die Zeit verlor ihre Bedeutung. Als Talia begann, Dinge, an denen sie vorbeigekommen war, wiederzuerkennen, stieg Furcht in ihr auf.

Dann sah sie den Ort des Überfalls vor sich.

Ylsas Körper war durchsucht worden. Talia verspürte Dankbarkeit, daß nicht Keren es war, die mit ihr verbunden diesen Anblick wahrnahm, daß die Freundin nicht sehen konnte, welche bestialischen Dinge man dem Körper ihrer Lebensgefährtin angetan hatte. Talia wollte sich übergeben, sie fühlte, wie ihr der Ort langsam wieder entglitt, dann spürte sie, wie die Kraft eines anderen sie stützte. Sie hielt ihre Aufgabe durch, bis sie begann sich selbst zu verlieren, als ihre Kraft endgültig nachließ. Sie konnte ihren eigenen Körper nicht mehr spüren. Ein leuchtender Nebel verschleierte ihre innere Sicht. Sie wußte, daß sie sich eigentlich fürchten müßte, denn sie war über die Grenzen ihrer eigenen Fähigkeiten und Kräfte gegangen und in großer Gefahr, sich für immer zu verlieren. Aber sie hatte nicht einmal mehr genug Stärke übrig, um sich zu ängstigen.

Dann war Rolan wieder bei ihr und ließ ihr seine Kraft zufließen. Talia machte viel, viel länger weiter, als sie sich vorgestellt hatte. Auf einmal hörte sie Kris' Stimme, der sagte: »Ich hab's!« und fühlte, wie er ihre Hand losließ.

»Euer Teil ist getan, Talia«, flüsterte Kyril.

In aller Eile floh das Mädchen in sich selbst zurück. Mit einem leisen Aufschluchzen der Erleichterung verbarg sie ihren Kopf in ihren Armen und ließ endlich den Tränen ihrer Trauer freien Lauf.

Irgend etwas klapperte dann mit einem metallisch klingenden Geräusch auf den Tisch. Das Geräusch wiederholte sich noch vier Mal.

Dirks Stimme, rauh vor Erschöpfung, sagte: »Da sind sie alle.«

Das leise Klappern von Metall auf Metall und das Rascheln von Papier waren zu hören.

Es herrschte vollkommene Stille. Dann seufzte die Königin auf. Ihre Bank scharrte über den Boden, als sie sich erhob. »Das ist der Beweis, den ich gebraucht habe«, sagte sie grimmig. »Ich muß sofort den Rat einberufen. Wenn die Arbeit dieser Nacht getan ist, werden ein paar Hälse in der Schlinge baumeln.«

Ein kühler Luftzug drang durch die geöffnete Tür, und Selenay war gegangen.

Talia spürte, wie Kyril sich neben ihr erhob. »Mein Platz ist im Rat, um den Kreis zu vertreten«, sagte er, zögerte aber noch.

»Geht, Kyril«, antwortete Kris auf sein Zögern, »wir kümmern uns um Talia.«

Kyril seufzte erleichtert. Er war offensichtlich zwischen seinen Verpflichtungen gegenüber Talia und dem Kreis hin- und hergerissen gewesen. »Seid bedankt, Brüder. Talia, du bist mehr als würdig, Heroldin der Königin zu sein. Was wir getan haben, wäre ohne deine Hilfe unmöglich gewesen. O verdammt, Worte können nicht ausdrücken, was ich fühle! Du wirst bald genug erfahren, was die Schmerzen dieser Nacht für uns alle gewonnen haben: lang überfällige Gerechtigkeit. Ich glaube, Ylsa wäre stolz auf dich.«

Die Tür knarrte leise, und er war verschwunden.

»Talia?« Irgend jemand hatte Kyrils Platz zu ihrer Rechten eingenommen; es war Dirk. Mit großer Anstrengung dämmte sie die Tränenflut ein und erlangte endlich wieder eine gewisse Kontrolle über sich. Sie hob ihren schmerzenden Kopf und wischte sich mit dem Ärmel über die Augen.

Kris hatte Tränen in den Augen, und auch Dirks Wangen schimmerten feucht. Beide versuchten ihren eigenen Kummer zu überwinden, um sie zu trösten, und wußten doch nicht, was sie sagen sollten.

»Ich ... ich glaube, ich möchte zurück in mein Zimmer gehen«, sagte Talia langsam, zwischen Wellen von Schmerz. Ihr Kopf dröhnte im Rhythmus ihres Pulsschlages. Jedes Mal, wenn der Schmerz schlimmer wurde, verschwamm ihre Sicht. Sie versuchte aufzustehen, aber als sie das tat, drehte sich das Zimmer rasend schnell um sie, das Licht wurde dunkler, und in ihren Ohren dröhnte es. Kris schob den Tisch aus dem Weg, damit sie sich an ihm nicht den Kopf aufschlagen konnte, und Dirk warf in seiner Eile sie aufzufangen die Bank um. Dann schien alles zu verschwinden, auch ihr eigener Körper, und ihre Gedanken verstummten, ertränkt in einer Welle der Qual.

Es waren Ylsa und Felara bei ihr. Zumindest dachte Talia, daß es Felara war, denn die Gefährtin hatte nicht einen Augenblick lang die gleiche Gestalt, sondern ein faszinierendes, leuchtendes und ständig wechselndes Aussehen. Und wo sie sich aufhielten, war eine Art Geisterbild ihres eigenen Raumes zu sehen; alles war grau und substanzlos. Man konnte den Mond und die Sterne durch die Wände hindurch erkennen.

»Ylsa?« fragte Talia zweifelnd, denn der Herold sah kaum älter aus als Talia selbst.

»Liebes«, antwortete Ylsa, und ihre Worte klangen wie ein Segen. »O mein Liebes, du wirst dich nicht mehr klar an das erinnern können, aber erinnern wirst du dich. Sag Keren, sie soll nicht zu lange trauern. Und wenn sie nicht annimmt, was Sherrill ihr anbietet, dann werde ich kommen und spuken! Die Dunkelheit ist nicht das Ende von allem, Liebes, dahinter liegt die Freistatt, und ich bin dort schon überfällig. Aber bevor ich gehe, will ich dir ein paar Dinge sagen und geben ...«

Talia erwachte am nächsten Morgen mit brennenden Augen, aber ihre Seele fühlte sich seltsam getröstet. Sie hatte etwas geträumt. War es ein Traum gewesen? Ylsa hatte zu ihr gesprochen. Für einen Geist aber hatte sie erschrekkend wirklich ausgesehen. Sie hatte eine lange, lange Zeit zu Talia gesprochen; einige Dinge, die sie gesagt hatte, waren noch so deutlich zu vernehmen, daß Talia sie beinahe immer noch hören konnte. Dann hatte sie Talias Hand in die ihre genommen – und etwas getan. Aber was?

Talia konnte sich daran nicht mehr genau erinnern; die Seelenqual der letzten Nacht war irgendwie durch einen sanfteren Kummer ersetzt worden, der sich viel leichter ertragen ließ.

Irgend jemand hatte der jungen Heroldin die Tunika ausgezogen und sie nur mit dem leichten Hemd und den Hosen bekleidet ins Bett gesteckt. Als sie sich aufsetzte, wurde ihr übel. Die Symptome waren sehr leicht zu erkennen. Schließlich hatte sie sich ziemlich überanstrengt. Jetzt mußte sie dafür den Preis bezahlen. Ylsa hatte auch darüber irgend etwas gesagt, in diesem Traum …

Talia schleppte sich aus dem Bett zu ihrem Schreibtisch und entdeckte, daß irgend jemand ihre Bedürfnisse vorausgeahnt hatte. Ein Krug voll mit Ylsas Kräutermedizin stand bereit, und ein Kessel voll Wasser hing über dem winzigen Feuer in ihrem kleinen Ofen. Sie mußte nur noch das heiße Wasser über die zerdrückten Pflanzen gießen und warten, bis sie genügend gezogen hatten. Sie zählte langsam bis hundert und trank das Gebräu dann aus, ohne sich damit aufzuhalten, es zu süßen oder zu verdünnen.

Als das Hämmern in ihrem Kopf ein wenig nachgelassen und ihr Magen sich beruhigt hatte, ging Talia in den Baderaum. Ein langes, heißes Bad gehörte auch zur Heilung, so blieb sie über eine Stunde in dem warmen Wasser liegen. Dann waren die Kopfschmerzen erträglich geworden, und das Mädchen zog sich saubere Kleidung an. Dann ging sie hinunter in die Küche.

Mero arbeitete, als wäre er von einem Dämon besessen.

Sein rundes Gesicht zeigte seinen tiefen Kummer. Er begrüßte Talia bei ihrem Eintreten mit einem überraschten Ausruf. Das Mädchen bekam einen weiteren Krug Kräutertee und ein Stück Honigkuchen.

»Ist seit letzter Nacht irgend etwas geschehen?« fragte sie. Talia wußte, daß Mero alles hörte, sofort nachdem es geschehen war.

»Nicht viel«, antwortete er, »aber – aber in der Morgendämmerung haben sie sie nach Hause gebracht ...«

Sein Gesicht verzog sich für einen Augenblick, und Talia erinnerte sich daran, daß Mero und Ylsa seit vielen Jahren Freunde gewesen waren, daß er sie genauso ›adoptiert‹ hatte, wie er jetzt Elspeth als seinen Liebling auserkoren hatte.

»Und Keren?« fragte sie zögernd.

»Sie – sie schafft es schon. Es geht besser, als ich es erwartet hätte. Es war sehr weise – sehr, sehr gütig, was du getan hast. Jemanden an ihre Seite zu rufen, der ihre Trauer und ihren Verlust wohl am stärksten und am ehrlichsten mit ihr teilen kann«, antwortete er und sah sie mit einem traurigen, aber bestätigenden Blick an. »Das ›Buch des Einen‹ sagt, daß jene Liebe die wahrste ist, die zuerst an den Schmerz des anderen und danach an den eigenen denkt. Sie – die Dame – sie muß sehr stolz auf dich sein, glaube ich ...« Er verstummte und wußte nicht, was er sagen sollte.

»Ich hoffe, daß sie stolz auf mich ist, Mero«, antwortete Talia mit tiefem Ernst. »Was ist mit der Königin, dem Rat und mit Teren?«

»Teren hilft Sherrill dabei, sich um seine Schwester zu kümmern. Ich glaube, es genügt ihm zu wissen, daß sie nicht mehr in Gefahr ist. Und Sherrill hat den Befehl erhalten, am Collegium zu bleiben, bis ihre neuerwachte Gabe ausgebildet ist. Der Rat selbst tagt immer noch hinter verschlossenen Türen. Eine Stunde vor Sonnenaufgang gab es unter den Palastwachen einiges Kommen und Gehen. Die Gerüchte sagen, daß einige Hochgeborene heute morgen aus ihren Betten abgeholt worden sind. Aber du ißt ja gar nicht!« Strafend sah er sie an, und Talia begann hastig von ihrem Kuchen abzubeißen.

Plötzlich vermißte Talia die Stimmen und Geräusche, die sonst immer das Collegium erfüllten. »Es ist so ruhig«, sagte sie. »Wo sind sie alle?«

»In der Großen Halle, sie warten auf eine Nachricht vom Rat. Vielleicht solltest du auch dort sein.«

»Nein – ich glaube nicht, daß das nötig ist«, antwortete sie und schloß ihre müden Augen. »Ich weiß schon, wie die Entscheidung lauten wird.«

Entweder hatte sie die verwirrenden Erinnerungen alleine neu zusammengesetzt, oder irgend jemand hatte ihr dabei geholfen, aber sie wußte jetzt, was das war, wofür Ylsa gestorben war. Es waren Briefe; Beweise für den Verrat an Selenay und die Morde an vielen Herolden durch fünf sehr hochgestellte Persönlichkeiten am Hof. Diese Briefe waren die unumstößlichen Beweise, die die Königin schon seit langem in Händen haben wollte. Zwei der Adeligen, die in diesen Briefen erwähnt wurden, waren Mitglieder des Rates; gegen sie war zuvor kein Verdacht geäußert worden. Sie konnten ihre eigenen Briefe nicht verleugnen. Noch vor dem Einbruch der Nacht würde die Verschwörung, die unter Selenays Gatten begonnen hatte, bis auf die Wurzeln ausgerottet sein. Diese Dokumente, verborgen in den hohlen Pfeilen und durch Dirk und Kris in das Gemach im Palast geholt, waren die Werkzeuge der Rache für Ylsa selbst, für Talamir und viele andere Herolde, deren Namen Talia nicht einmal kannte. Wie Ylsa an diese Dinge gekommen war, wußte Talia nicht. Und weil die Medizin, die sie zu sich genommen hatte, langsam zu wirken begann, interessierte es sie auch nicht sehr.

Talia döste ein, und ihr Kopf wurde schwer. Plötzlich verstummte das Läuten der Totenglocke. Sie wachte durch die unvermutete Stille auf. Dann begannen andere Glocken zu läuten, jene Glocken, die nur erklangen, um wichtige Entscheidungen, die der Rat getroffen hatte, anzukündigen. Sie verkündeten die Todesurteile.

Mero nickte. »Der Rat hat entschieden, die Königin hat es bestätigt. Sie haben das Todesurteil gewählt«, sagte er. »Möglicherweise gewähren sie den Verurteilten das Recht, von eigener Hand zu sterben, aber falls sie den Mut nicht aufbringen, werden sie am Morgen dem Henker übergeben. Ich wünschte nur …« In seinem Gesicht mischten sich Trauer und Wut. »Es ist nicht der Weg des Einen, möge Er mir vergeben, aber ich wünschte mir, sie hätten jeder ein Dutzend Leben, damit sie wahrhaft für das bezahlen müßten, was sie getan haben! Und ich wünschte, ich könnte derjenige sein, der ihnen ihre Strafe zumißt …«

Die Blüten, die von den Apfelbäumen fielen, waren weiß wie Rolans Fell – und weiß wie Skifs neue Reisekleidung.

»Schau ich irgendwie anders aus?« fragte er Talia nervös. »Ich meine, ich *fühle* mich nicht anders.«

»Ich befürchte, du siehst anders aus«, sagte sie ihm mit vollkommen ernster Miene. »Wie jemand ganz, ganz anderer.«

»Wie?«

»Nun, wenn ich dir die ganze Wahrheit sagen soll …« Ihre Stimme wurde leise, als hätte sie ihm die schlimmsten Nachrichten mitzuteilen. »Du wirkst so …«

»Was? Was?«

»Verantwortungsvoll. Ernst. *Erwachsen*.«

»Talia!!«

»Nein, wirklich, du siehst überhaupt nicht anders aus.« Sie kicherte. »Es wirkt nur so, als wärest du in ein Faß voll Bleiche gefallen.«

»Ach, Talia.« Er stimmte in ihr Lachen ein. Doch dann wurde er ernst. »Ich werde dich vermissen.«

»Ich dich auch.«

Schweigend gingen sie zusammen unter den fallenden Blüten. Es war Skif, der die Stille schließlich brach.

»Wenigstens werde ich mir jetzt nicht mehr solche Sorgen

um dich machen. Nicht so, als hätte ich schon letzten Herbst abreisen müssen.«

»Sorgen? Um mich? Was gibt es denn *hier*, weswegen du dir Sorgen machen müßtest?«

»Zum einen bist du jetzt sicherer, es gibt niemand mehr, der dich gefährden könnte. Und zweitens, ...nun, ich weiß nicht, aber vorher hat es immer so auf mich gewirkt, als würdest du nicht wirklich hierher gehören. Jetzt schon.«

»Ich fühle mich jetzt so, als hätte ich mir meinen Platz hier verdient.«

»Du hättest ihn dir nie verdienen müssen.«

»Ich dachte, ich müßte es.« Sie kamen jetzt zu der Hütte, in der Skifs Gefährtin Cymry auf ihn wartete so wie Dirk, sein Lehrer. »Versprichst du mir etwas?«

»Was?«

»Du wirst nicht das Lachen vergessen?«

Er grinste. »Wenn du mir versprichst, daß du es lernen wirst.«

»Clown.«

»Pedantin.«

»Schlingel.«

»Alte Jungfer.« Dann, gänzlich unerwartet: »Du bist die beste Freundin, die ich jemals haben werde.«

Der Hals wurde ihr eng. Talia konnte nicht sprechen. Sie vergrub ihr Gesicht in seiner Schulter und hielt ihn so fest wie sie nur konnte. Einen Augenblick später umarmte er sie.

»Jetzt schau uns einer an!« brachte sie schließlich heraus. »Ein Paar heulender Kinder!«

»Aber mit gutem Grund.« Er wischte sich über die Augen. »Talia, es gibt da wirklich etwas, das ich dich fragen wollte, bevor ich gehe. Etwas, das ich gerne hätte, das du für mich tust.«

»Alles.« Sie schaffte es zu grinsen. »So lange es mich nicht in allzu große Schwierigkeiten bringt!«

»Nun gut, ich hatte nie eine Familie. Würdest ... würdest du meine Familie sein? Meine Schwester? Weil es ohnehin so aussieht, als würden wir nie etwas anderes für einander sein?«

»Ach Skif!« Das Mädchen schluckte. »Nichts würde mich glücklicher machen, nicht einmal, wenn ich das Heroldsweiß erhalte. Ich habe auch keine Familie mehr, aber du allein bist zwölf ganze Siedlungen wert.«

Ganz ernst fügte er sich am Handgelenk eine kleine Schnittwunde zu und reichte ihr sein Messer. Sie machte es ihm nach, und dann hielten sie ihre Handgelenke aneinander.

»Blut zu Blut, verbunden bis zum Tod«, flüsterte er.

»Und danach«, antwortete sie.

»Und danach.«

Er riß sein Taschentuch in zwei Hälften und verband ihre beiden Handgelenke. »Ich glaube, es wird Zeit. Wenn ich hier noch länger herumtrödle, dann wird Dirk sicher wütend sein. Paß auf dich auf.«

»Sei sehr vorsichtig da draußen, versprochen? Wenn du es fertigbringst, verwundet zu werden, dann – dann – dann hetze ich Alberich auf dich.«

»Herr des Lichts, du *bist* aber bösartig!« Skif wandte sich wieder ihr zu und zog sie mit einer festen Umarmung an sich. Dann gab er ihr einen schnellen, harten Kuß auf die Lippen und rannte davon, zu seinem wartenden Lehrer. Während er rannte, blickte er über die Schulter zurück und winkte ihr zum Abschied zu.

Sie winkte ihm nach, bis er vollkommen außer Sicht war.

Es war ihr nicht aufgefallen, daß jemand sie beobachtet hatte.

»Und da geht ihr letzter Freund«, Selenay seufzte. Ihre Augen waren voll Schuld.

»Das glaube ich nicht«, antwortete Kyril, der hinter der Königin stand.

Sie hatten ihre eigenen Gefährten auf die Wiese gebracht und waren langsam in Richtung Palast zurückgegangen. Die sanfte Wärme und der duftende Blütenregen hatten sie davon abgehalten, allzu schnell zu ihren Pflichten zurückzukehren. Kyril hatte Talia zuerst gesehen, sie hatten sich zwischen ein paar Bäume zurückgezogen, um nicht zu stören.

»Warum?« fragte Selenay. »Die Herrin weiß, sie hat wenig Zeit genug gehabt, um Freunde zu finden.«

»Sie muß keine Freunde finden, die finden sich ganz von selbst. Und es sind nicht nur die Jungen, sondern auch Keren, Sherrill – sogar Alberich.«

»Genügt das, um sie hier zu behalten? Wir haben ihre Kindheit gestohlen, Kyril, wir haben sie vor der Zeit zu einer Erwachsenen gemacht und ihr eine Verantwortung aufgezwungen, die selbst einen Erwachsenen erbleichen ließe.«

»Wir stehlen *allen* die Kindheit. Das passiert, wenn man erwählt wird«, seufzte er. »Unter uns ist nicht einer, der wirklich die Gelegenheit zum Kindsein gehabt hat. Die Verantwortung kommt auf uns zu, wenn wir noch sehr jung sind. Und was Talia betrifft – sie hatte nie wirklich eine Kindheit, die man ihr hätte stehlen können, das haben schon ihre eigenen Leute besorgt.«

»Das ist nicht gerecht!«

»Das Leben ist nicht gerecht. Wenn sie aber die Wahl hätte, sie würde ihre Erwählung jedem anderen Schicksal vorziehen. Ich weiß, daß sie das tun würde. Glaubt Ihr, daß sie irgendwo anders glücklicher sein würde als hier bei uns?«

»Wenn ich mir dessen nur sicher sein könnte.«

»Dann beobachtet sie – Ihr werdet sehen.«

Talia schaute so lange in die Ferne, so lange sie noch etwas von Skif und Dirk sehen konnte, dann wandte sie sich in Richtung Collegium. Während sie sich drehte, konnte Selenay ihr Gesicht sehen. Talia dachte, daß niemand sie beobachtete und hatte alle ihre Barrieren gesenkt. Und während sie ihr Gesicht abwandte, verwandelte sich der traurige, nachdenkliche Ausdruck. Und Selenays Herz jubelte, als sie alles, was Kyril ihr versprochen hatte, in Talias Augen lesen konnte.

Talia seufzte und lenkte ihre Schritte zum Collegium zurück. Während sie das tat, konnte sie Rolan spüren, der zögernd nach ihr fühlte. Einen langen Augenblck, nachdem Skif in der Ferne verschwunden war, hatte sie sich beraubt und schrecklich einsam gefühlt. Aber jetzt …

Wie sollte sie jemals wieder einsam sein, wenn doch Rolan bei ihr war?

Und Skif war nicht der einzige Freund, den sie hatte. Jeri war auch irgendwo unterwegs, aber Sherrill war immer noch da und Keren, Devan, die kleine Elspeth, Selenay, sogar der liebe, übermäßig galante Griffon.

Sie alle waren mehr als nur ihre Freunde, sie waren ihre Verwandten – Seelenverwandte. Ihre Familie. Ihre *wahre* Familie. Hierher hatte sie schon die ganze Zeit gehört. Sie hatte nur so lange gebraucht, um es zu begreifen.

Ihr Herz war leicht, als sie den Weg betrat, der sie zum Collegium zurückführte.

Zum Collegium – nach Hause.

ENDE